CHI Zijian

NEIGE ET CORBEAUX

Roman traduit du chinois
par François Sastourné

Éditions Picquier

Ouvrage publié sous la direction de
CHEN Feng

DU MÊME AUTEUR
AUX ÉDITIONS PICQUIER

Toutes les nuits du monde
Bonsoir, la rose
Le Dernier quartier de lune
A la cime des montagnes

Titre original : *Baixue wuya*

Published by arrangement with
People's Literature Publishing House Co., Ltd. China.

Mas de Vert
B.P. 20150
13631 Arles cedex

www.editions-picquier.com

En couverture : © Honolulu Musum of Art

Conception graphique : Picquier & Protière

ISBN : 978-2-8097-1481-4

LE CHEVAL NOIR

Lorsque le givre arrive avec l'hiver, il amène la mélancolie. Dès qu'il apparaît, les rues de la ville de Fujiadian[1] ressemblent à un poisson sorti de l'eau et se débattant sur le sol mais déjà presque raide, presque mort. Tous ces petits métiers que l'on peut exercer à l'extérieur pendant l'été, comme coiffeur de rue, pédicure, lavandière, écrivain public, diseur de bonne aventure, ceux qui pressent les grains de beauté, tirent le portrait, changent de l'argent, font des travaux d'aiguille, cirent les souliers sont contraints de plier leur matériel et de rentrer dans les maisons. Seuls ceux qui réparent les jarres ou les bols en porcelaine avec des agrafes, ceux qui font sauter des grains de maïs s'affairent comme d'habitude sous les ormes – après tout, leur travail se fait avec du feu. La différence, c'est que les ormes sur lesquels ils s'appuient sont, tel un riche qui a tout perdu, chauves, hébétés, dénués de feuilles. C'est la période où la chance sourit aux cardeurs de coton et aux vendeurs de bois de chauffage. Les premiers font revivre le coton qui était mort, après lui avoir rendu son lustre et sa souplesse, les

1. Fujiadian, littéralement le « domaine de la famille Fu », était le nom du quartier chinois de Harbin, ville fondée en 1898 lors de la construction du Chemin de fer de Chine orientale. En 1910, les étrangers, essentiellement russes, résidaient dans le quartier des Quais et dans la Nouvelle Ville.

femmes cousent des vestes et des pantalons molletonnés ; les seconds prennent du bois bien vivant et le font mourir dans la chaleur du feu, le transformant en fumée et en cendres. Les jeunes gars qui travaillent pour le marchand de bois endossent une palanche lourde et sillonnent rues et ruelles pour fournir les restaurants, les maisons de thé, les auberges, les maisons closes, les bains publics et les théâtres. L'hiver venu, les feux brûlent grâce à eux.

C'était à la fin de l'automne, en 1910, Wang Chunshen rentrait chez lui à Fujiadian dans son fiacre. Il faisait un noir d'encre, à la différence du quartier des Quais dont il venait, illuminé et animé. En fait, la Compagnie de lampes électriques Yaobin avait bien ouvert une centrale de production d'électricité à turbine au nord de Fujiadian, dans la douzième rue, fournissant la majorité des foyers de l'endroit. Mais comme chaque mois elle faisait payer plus d'un tael d'argent, les gens trouvaient que c'était cher et continuaient à s'éclairer à la lampe à huile. Et comme la compagnie se faisait payer au mois, elle gagnait d'autant plus qu'elle fournissait peu, raison pour laquelle elle éteignait avant minuit. Avant l'installation des lampadaires, ceux qui tenaient des boutiques avaient l'habitude d'y accrocher des lanternes à huile. Avec l'arrivée de l'électricité, ils les avaient rangées. Maintenant, quand les lampadaires étaient éteints, les cambrioleurs pouvaient agir, moyennant quoi, à l'automne, la police avait dû demander aux résidents du quartier de remettre à leur porte une lanterne allumée toute la nuit, pour se prémunir contre les voleurs. Difficile pourtant de rallumer ces lanternes mises au rancart. Telles des prostituées converties qui refusent de recevoir des clients, elles tenaient leur lumière cachée dans leur tréfonds.

Mais Wang Chunshen aimait en fait cette obscurité. La nuit, il fallait quand même qu'elle ait l'air de la nuit, non ? Certes, il était le patron de l'Auberge des trois kangs[1], mais chaque soir il lui fallait en rentrant affronter sa femme et sa concubine, aussi avant d'entrer aimait-il prendre au toucher sa pipe accrochée à sa ceinture et profiter du noir pour en fumer une, en caressant le museau de son cheval noir. Après tout, celui-ci l'avait suivi toute la journée, il lui devait bien ça. L'animal savait que son maître l'aimait et il collait son visage contre le sien, comme pour lui dire qu'il était prêt à donner sa vie pour lui. Alors Wang Chunshen lui disait avec émotion : « Brave type ! » La pipe terminée, il le dételait et le conduisait derrière l'auberge dans son écurie, craquait une allumette et allumait sa lanterne, il lui donnait à boire et mettait du foin dans sa mangeoire, puis il éteignait et s'en allait. Il y avait parfois un ou deux autres chevaux appartenant à des clients de l'auberge, mais il n'attachait jamais le sien, parce qu'il savait qu'un bon cheval ne se laisse pas emmener.

La femme de Wang Chunshen s'appelait Wu Fen, sa concubine Jin Lan. Normalement, compte tenu de sa position sociale et de ses moyens financiers, il n'aurait pas dû avoir deux femmes. Seuls les riches peuvent se permettre d'avoir trois femmes et six concubines. Mais depuis que Wu Fen était entrée dans sa famille, ils n'avaient pas eu de chance avec les enfants, elle avait fait deux fausses couches et n'était plus tombée enceinte. Or la mère de Wang Chunshen, gravement malade, tenait absolument à tenir un petit-fils dans ses bras de son vivant. En fils respectueux, il ne pouvait que prendre une concubine. Mais être la deuxième ou troisième épouse, pour une femme, même dans une famille illustre, c'est humiliant, et ça l'est encore plus dans une maison humble comme celle de Wang Chunshen. Quand il avait épousé la deuxième, on eût dit des funérailles. Wu Fen, refusant que le palanquin

---

1. Grand lit à plusieurs places, sur briques chaudes occupant une grande partie de la pièce, en usage dans le nord de la Chine.

passe par la grande porte, avait fait ouvrir exprès une porte latérale. Quant à Jin Lan, laideron bien connue dans le quartier, elle pleurait toutes les larmes de son corps : la donner à Wang Chunshen, c'était planter une fleur sur un tas de fumier. Quel genre de fleur était-ce ? Deux yeux, un nez pointé vers le ciel, une face de petit cochon, courtaude et boulotte, et de surcroît le visage grêlé. Quand elle marchait dans la rue, les enfants s'enfuyaient en la voyant. La nuit de noces, Wang Chunshen avait l'air de monter à l'échafaud, tant il était mortifié. A peine avait-il soufflé la bougie et se mettait-il à faire un enfant à Jin Lan que Wu Fen vint frapper à leur fenêtre : elle avait découvert un serpent près de la grande jarre à eau et voulait qu'il se lève pour l'attraper. La mère de Wang Chunshen, alertée par le bruit, sortit en s'appuyant sur sa canne et lui reprocha vertement d'empêcher son fils de faire son devoir, la traitant de mauvaise femme. Wu Fen pleurait à l'extérieur de la chambre nuptiale, et Jin Lan pleurait à l'intérieur : une vierge comme elle, si on l'avait mise dans une maison close, elle aurait été déflorée par un richard et aurait gagné quelques sapèques, mais l'être par Wang Chunshen ne servirait à rien, elle n'en retirerait pas le moindre avantage, elle y perdait tout. Vexé à mort, Wang Chunshen avait envie de la pousser à coups de pied dans le poêle pour qu'elle y brûle comme du bois de chauffage.

Pourtant, ce jour-là, Wu Fen n'avait pas appelé au secours en l'air, il y avait bien près de la grande jarre un serpent long comme une paire de baguettes. Ce n'est que deux mois plus tard que Wang Chunshen comprit comment il était arrivé là. Un jour, en allant se faire couper les cheveux dans la rue, il rencontra Zhang Xiaoqian, cueilleur d'herbes médicinales de son état. Celui-ci lui demanda si son remède contre les rhumatismes était plus efficace avec un adjuvant tiré d'un serpent vivant. Il apprit ainsi que deux jours avant l'arrivée de Jin Lan, Wu Fen était allée acheter à Zhang Xiaoqian un reptile en expliquant que la jambe de son mari lui faisait très mal, que la pharmacie traditionnelle lui avait bien fourni un médicament mais qu'il fallait le renforcer avec un serpent vivant, et qu'elle en avait absolument besoin d'un qui ne soit pas venimeux. En entendant cette histoire, Wang Chunshen prit sa femme en pitié, et comme Jin Lan était enceinte, il allait chaque soir passer la nuit avec Wu Fen. Mais, bien sûr, Jin Lan n'était pas une femme à se laisser provoquer si facilement. Délaissée, sachant bien ce que Wang Chunshen et sa belle-mère craignaient par-dessus tout, elle décida d'en jouer. Elle se mit à boire de l'eau froide, à grimper sur des escabeaux pour nettoyer portes et fenêtres, à fendre du bois à la hache, à dégager le chemin à coups de pied, bref à tout faire pour que le bébé dans son ventre n'ait pas une minute de paix. La mère de Wang Chunshen prit peur et se mit à escorter sa bru du soir au matin, de crainte qu'il ne lui arrive quelque chose. Wang Chunshen prit la résolution de s'installer dans les appartements de sa mère. Finalement, Jin Lan donna naissance sans problème à un garçon. La vieille mère était si contente qu'elle affichait un sourire permanent ; Wu Fen au contraire prit un air perpétuellement chagriné. Elle et Jin Lan ne pouvaient plus se voir et ne cessaient de se disputer, au grand dam de Wang Chunshen. Il songea que si l'homme était une montagne, la femme était une tigresse, et qu'il ne pouvait y avoir deux tigresses sur la même montagne, sauf à ne plus avoir un jour de repos. Peu à peu, il n'éprouva plus qu'indifférence pour ses deux épouses.

L'année où la mère de Wang Chunshen mourut, Jin Lan donna naissance à une fille. La vieille femme, bien qu'elle n'en sût rien, avait dit à son fils, toute contente : « Notre famille aura un fils et une fille, on voit que l'adage selon lequel une femme laide est un trésor dans la famille a du vrai. » Mais Wang Chunshen savait bien que, pour se venger de lui parce qu'il ne partageait pas sa chambre, elle avait conçu un bâtard. Et dans son esprit, seuls deux hommes pouvaient être allés avec elle : soit Zhang l'aveugle qui tirait la bonne aventure dans les rues, soit Li le Noiraud, le chiffonnier. Celui-ci avait des goûts étranges, il était connu pour ça à Fujiadian. Qu'il aime le poisson ou les crevettes avariées, passe encore, mais on disait qu'il attrapait aussi des rats et des vers pour les manger.

A la mort de sa mère, Wang Chunshen vendit la maison et l'argenterie qu'elle lui avait laissée, acheta rue Tongfa une résidence en bois à toit de chaume, quitta son travail à la minoterie et ouvrit avec ses deux épouses une auberge. Avant même l'ouverture, les deux femmes se crêpaient déjà le chignon à propos de son nom. Wu Fen voulait qu'on l'appelle l'auberge « Chun Fen », jugeant la combinaison de son nom et de celui de son mari de bon augure ; Jin Lan trouvait « Chun Lan » plus agréable à l'oreille. Mais Wang Chunshen n'avait pas l'intention de mêler son nom avec le leur, et dit que l'auberge porterait leurs noms à elles, voilà tout. Cela donnait « Wu Jin ». Trouvant cette combinaison dissonante, il ne la retint pas. Arrivé à la combinaison « Fen Lan », il décida que c'était encore moins bien, ça n'allait pas du tout, ça donnait l'impression que l'établissement était tenu par un étranger. Il opta pour « Jin Fen », ce que refusa Wu Fen : elle était la première épouse, son nom ne pouvait être à la seconde place. Il envisagea alors « Fen Jin », mais ça sonnait mal. Cela devenait inextricable. Finalement un jour où il se promenait sur les quais de la rivière Songhua, il tomba sur un vieil ami manutentionnaire, qui lui demanda :

— Il paraît que tu vas ouvrir une auberge, combien de kangs ?

— Trois, deux grands et un petit, de quoi accueillir vingt clients.

Du coup, il se dit, pourquoi ne pas l'appeler « Aux trois kangs » ? Un nom sans lien avec elles, chic et approprié. Wang Chunshen se rendit directement dans la grand-rue Zhengyang et fit faire une enseigne horizontale en frêne cernée de cuivre avec cinq caractères noirs bordés d'or, *Auberge des trois kangs*. Mais lorsqu'il l'accrocha au-dessus de la porte, Wu Fen fit encore une scène : pourquoi avoir choisi des caractères noirs bordés d'or ? Wang Chunshen se rendit soudain compte que pour elle le mot « or », *jin*, était tabou. Il ne put que ricaner : « Si tu t'appelais Bai (blanc), j'aurais mis deux bordures blanches ; si tu t'appelais Lan (bleu) j'en aurais mis trois bleues ; et si tu t'appelais Hong (rouge), et que je n'en aie pas mis six rouges, tu me couperais une main, à coup sûr ! ». Cela la fit rire, et elle n'en parla plus.

Les affaires ne commencèrent pas mal. Les deux grands kangs réservés aux hommes étaient toujours pleins ; le petit réservé aux femmes avait souvent huit places libres sur dix. Pas étonnant, ce sont les hommes qui voyagent pour leurs affaires, et ils n'emmènent pas leur femme, en général.

Ils s'étaient partagé les tâches entre eux trois de façon claire : Wang Chunshen se chargeait de l'eau et du bois, d'acheter les provisions et les billets de train ou de bateau pour les clients ; Wu Fen s'occupait du chauffage des kangs, du ménage et de la lessive, ainsi que des comptes ; Jin Lan faisait un travail plus dur, elle s'occupait des cuisines. Mais elle le faisait volontiers, chaque fois qu'elle préparait un ragoût, elle goûtait quelques morceaux de viande pour voir s'il était bon. Du coup, son visage grêlé devint, après l'ouverture de l'auberge, radieux.

Les deux enfants que Jin Lan avait mis au monde s'appelaient Jibao et Jiying, ils avaient trois ans d'écart. L'été, ils jouaient dans la cour après les repas, l'hiver, ils rampaient dans la grande cuisine, où il faisait chaud, ils n'étaient pas embêtants. Wang Chunshen préférait naturellement le garçon, Jibao. La nuit, il avait l'habitude de le tenir dans ses bras. Ses deux femmes, délaissées, attiraient l'attention des clients. Un jour, Wang Chunshen tomba dans l'écurie sur Wu Fen qui se roulait dans le foin avec un maquignon. Il ne se fâcha pas, il leur dit juste de ne pas faire peur aux chevaux, pour ne pas recevoir de coup de sabot. Plus tard elle vint s'agenouiller devant lui, rouge de honte, en disant qu'elle ne lui en voudrait pas s'il la fouettait à mort. Il lui répondit avec mépris : « Je n'ai pas le temps de te fouetter, je préfère fumer une pipe ! » Cela blessa Wu Fen plus profondément que d'être fouettée ! Elle comprit que Wang Chunshen ne la toucherait plus et s'intéressa aux clients de l'auberge, venus des quatre coins de Chine, histoire de trouver un exutoire. Et elle finit par en rencontrer un. L'homme s'appelait Ba Yin, il avait été « coutelier » à Hailar, en réalité il coupait et récoltait le pavot à opium. Puis, quand la cour des Qing en avait interdit la culture et la consommation, il s'était mis dans la fourrure. Les migrants venus du Shandong et du Henan aimaient chasser les marmottes pour leur fourrure, qu'ils revendaient aux marchands. La fourrure de ce mammifère, souple et douce, belle et noble, était connue pour tenir chaud, on en faisait des vêtements d'hiver qui se vendaient bien, et ceux qui en faisaient le commerce étaient bien dodus. Chaque fois que Ba Yin revenait à Harbin pour en vendre, il descendait à Fujiadian à l'Auberge des trois kangs. Jin Lan, voyant que Wu Fen s'était trouvé un partenaire, ne voulut pas être en reste et elle s'efforçait d'attirer l'attention des clients avec ses bons petits plats. Mais avec son visage à faire peur, les gens l'évitaient. Cependant, un eunuque venu tout droit de la Cité interdite, du nom de Zhai Yisheng, s'éprit d'elle et s'installa à l'auberge. Bien qu'il ne pût la satisfaire sur le plan sexuel, on le craignait à cause de son air patibulaire et personne n'osait lui chercher noise ; il était donc le protecteur de Jin Lan, qui du coup put redresser la tête.

Depuis que Wu Fen et Jin Lan étaient en bons termes, Wang Chunshen avait quasiment cessé d'exister à leurs yeux. Quant à lui, il en avait assez d'elles et quand il avait envie d'une femme, il se rendait dans les maisons closes. Les femmes y étaient chaleureuses et douces, elles prenaient soin de vous, elles n'avaient pas d'états d'âme. Quand Wu Fen et Jin Lan apprirent ces visites, furieuses, elles resserrèrent les cordons de la bourse pour que l'argent de l'auberge ne glisse pas dans les mains de Wang Chunshen, lui coupant net les moyens de ses plaisirs, et elles cessèrent de feindre de cacher leurs relations respectives avec Ba Yin et Zhai Yisheng. Wu Fen massait le dos de Ba Yin, Jin Lan curait les oreilles de Zhai Yisheng, toutes deux ouvertement, au nez et à la barbe de Wang Chunshen. C'est pourquoi celui-ci n'aimait pas rester à l'auberge.

Chaque année au début de l'été, les chevaux des écuries de l'Intendance régionale devaient passer une inspection sanitaire au Yamen, le siège du gouvernement local, près du fleuve, afin de retirer du service les animaux malades ou trop vieux. Deux ans plus tôt, à cette occasion, un nouveau champ de possibilités s'était ouvert par hasard devant Wang Chunshen. Les chevaux du Yamen étaient sélectionnés aussi soigneusement que les concubines destinées au palais impérial, il fallait dans les deux cas une belle silhouette sans défaut, raison pour laquelle les chevaux réformés par le Yamen étaient très recherchés. Wang Chunshen connaissait bien Yu Qingxiu, une aide cuisinière de l'Intendance régionale, qui lui parla d'un jeune cheval en excellente santé, travailleur, qui n'était jamais choisi pour les cérémonies en raison de sa robe noire, que les hommes de corvée dédaignaient pour la même raison, et dont le Yamen voulait se défaire ; elle lui demanda s'il n'avait pas besoin d'un cheval à l'auberge.

Wang Chunshen était justement en train de réfléchir à un nouveau commerce, il en parla à ses femmes qui l'encouragèrent avec enthousiasme car dès lors que Wang Chunshen s'occuperait d'autre chose, l'auberge serait à elles. Ce cheval noir était grand et de belle prestance, il avait le pelage luisant, le seul regret c'est qu'il avait sur la croupe une marque ronde attestant qu'il avait appartenu à l'Intendance régionale. Quelle que soit la façon dont on regarde de telles marques, ce sont des cicatrices.

Wang Chunshen se lança dans le métier de cocher de fiacre. Il aimait aller dans le quartier des Quais et dans la Nouvelle Ville, qui étaient plus occidentalisés et où il y avait plus de clients. A midi, il déjeunait sur le pouce, deux pains au sésame ou un bol de nouilles. Le soir, il rentrait en guidant son fiacre à travers les rues des quartiers traditionnels, et quand il arrivait à Fujiadian, ce qu'il souhaitait le plus, c'était une bonne soupe chaude. Mais Wu Fen et Jin Lan lui faisaient souvent la tête et il se retrouvait souvent avec un repas froid. Sans la présence de son fils Jibao à l'auberge, il n'aurait plus eu envie d'y remettre les pieds. Il trouvait de plus en plus que dans sa famille, il était comme un de ces chevaux « retirés du service » ; quant à savoir pourquoi il en était arrivé à une telle veulerie, il n'aurait pu le dire clairement. Il aurait bien voulu faire preuve d'autorité, mais curieusement, dès qu'il entrait dans les lieux, il avait l'impression d'être un laquais qui fait ce qu'on lui dit de faire.

Ce soir-là, comme Ba Yin revenait de Mandchourie, Wang Chunshen profita de sa présence : le repas du soir ressemblait à quelque chose. Ragoût de mouton aux navets, poitrine de porc fraîche aux nouilles plates, crêpes à l'oignon, il se régala. Assis sur ses talons devant le poêle, la bouche dégoulinante de graisse, il entendit Ba Yin tousser dans la chambre de Wu Fen. Et il pensa, putain, cette débauchée l'a crevé, on dirait !

LE RACHAT D'UNE FILLE DE JOIE

La boutique familiale de Zhai Fanggui, dans la deuxième rue du quartier des Quais, attirait particulièrement les corbeaux. D'une part, il y avait devant sa porte deux grands ormes dans lesquels ils pouvaient se percher, d'autre part il s'agissait d'un entrepôt de grains. Et rien n'est plus attrayant, pour des corbeaux que l'odeur du blé et du riz, du millet et des haricots.

Ces oiseaux volent en groupe, et il y en avait souvent dans ces ormes au moins quatre ou cinq. Lorsqu'elle ouvrait sa boutique le matin, Zhai Fanggui avait l'impression que les arbres avaient rapetissé, parce que les corbeaux, tels des fruits lourds, faisaient ployer les branches. Pour qu'elles reprennent leur position d'origine, il fallait prendre une poignée de grains et les disperser au pied des arbres : les corbeaux descendaient pour les picorer, tout excités. Les arbres semblaient s'ébrouer et retrouvaient leur taille.

Zhai Fanggui ne détestait pas les corbeaux, d'abord ils s'habillent bien, le noir ne passe jamais de mode. Ensuite, ils sont énergiques et ne craignent pas le froid. L'hiver venu, les oiseaux aux jolies couleurs migrent vers le sud, mais les corbeaux demeurent vaillamment dans les neiges du nord. Enfin, leur cri rauque porte les accents de l'amertume, il a quelque chose d'humain, ce n'est pas comme le passereau, le loriot ou l'hirondelle, dont le chant est certes joli mais évoque les voix du ciel, qui paraissent infiniment lointaines. Comme elle aimait bien les corbeaux, Zhai Fanggui leur donnait parfois du grain à manger. Mais quand son homme Ji Yonghe l'y prenait, il la grondait en même temps que les volatiles : « Si vous en êtes capables, cherchez à manger par vous-mêmes ! Si vous mangez mes grains à l'œil, gare à vos becs ! » A ses yeux, les corbeaux portaient une tenue de deuil, leurs cris ressemblaient à des sanglots, c'étaient des oiseaux de mauvais augure. Et les corbeaux connaissent les hommes : les jours où c'était Ji Yonghe qui ouvrait la boutique, ils n'attendaient pas qu'il les chasse, ils s'envolaient en groupe vers la rivière.

Lorsque le commerce du grain allait moins fort que d'ordinaire, Ji Yonghe avait tendance à blâmer les corbeaux qu'il n'aimait pas. Pour les empêcher de venir, un jour, il était grimpé dans l'arbre et avait pris tous leurs œufs, puis détruit leurs nids. Les œufs de corbeaux ont une coquille verdâtre, et quand Ji Yonghe les avait réduits en miettes, il avait dit d'un ton mauvais à Zhai Fanggui : « Des oiseaux qui se cachent dans un palais de printemps[1], ça ne peut pas être bon ! » Zhai Fanggui avait songé à ses jours passés en maison close, et n'avait pu que lâcher un soupir. Les corbeaux ont de la mémoire, et ils n'avaient plus fait leurs nids dans ces ormes, mais comme ils les appréciaient, ils y revenaient toujours matin et soir. Ji Yonghe, furieux, envisagea d'abattre les arbres. Mais ils avaient beau pousser devant sa porte, ils ne lui appartenaient pas. S'y attaquer eût été comme arracher les cheveux d'un Occidental, Ji Yonghe n'en avait pas l'audace.

Lorsqu'il insultait les corbeaux, Ji Yonghe se gardait néanmoins de le faire devant Chen Xueqing, qui tenait

---

1. Allusion aux maisons de plaisir

une boutique de bonbons dans la troisième rue. Elle était mandchoue, or une légende voulait qu'un corbeau ait sauvé l'empereur Qing Taizu, et depuis ce temps-là, ces oiseaux étaient considérés par les Mandchous comme des génies protecteurs et de bon augure[1]. Un « mât de Solon » – un mât sacré – avait même été installé dans le palais impérial pour faire des sacrifices aux corbeaux. Quand les Mandchous en voyaient, ils étaient si contents qu'ils leur donnaient des graines et ils ne leur faisaient jamais de mal. Chen Xueqing avait une robe traditionnelle de satin bleu avec un couple de corbeaux brodé sur la poitrine. Une fois, en venant acheter du grain, elle avait vu Ji Yonghe en train de pester contre ces oiseaux, et elle avait tourné les talons, fâchée. Ji Yonghe l'avait rattrapé, cherchant à faire amende honorable. Il était connu pour son avarice, mais avec elle il n'osait pas se montrer trop pingre. Quand elle venait se fournir en grain, il était prêt à baisser son prix. Un peu parce qu'il était amoureux d'elle, mais aussi parce qu'il craignait l'homme qui la protégeait, un bandit de grand chemin. En fait, personne ou presque ne l'avait jamais vu. Quand il revenait à Harbin, c'était apparemment toujours en pleine nuit, il rentrait dans sa maison et n'en sortait plus pendant deux ou trois jours, puis il repartait. Les gens en étaient réduits à deviner ses traits à travers ceux du fils de Chen Xueqing. Il devait avoir un visage carré, de petits yeux, un nez en gousse d'ail et une large bouche de vorace. La boutique de Chen Xueqing n'était pas grande, tous les bonbons qu'elle vendait venaient de l'usine de sucre de la rivière Ashi, ils étaient fades et ses affaires ne marchaient pas fort, mais elle mangeait et s'habillait avec plus de raffinement et de recherche que quiconque. Les gens disaient avec

1. Le fondateur de la dynastie mandchoue (1616-1912) des Qing, Qing Taizu (1559-1626), aurait été sauvé par un corbeau d'une sécheresse et d'une invasion coréenne.

assurance que sa boutique n'était qu'une façade. Ses vraies ressources pécuniaires provenaient de cet homme louche. Il lui apportait de grosses sommes d'argent qui seules lui permettaient de se maintenir. Le quartier des Quais, depuis la construction du chemin de fer, était le terrain de prédilection des Russes. Ils tenaient des boulangeries, des cafés, des charcuteries, de débits de boissons, des magasins de fleurs, peu fréquentés par les Chinois, mais Chen Xueqing y allait souvent. Elle avait au moins une bonne dizaine de robes de satin pour l'été, de toutes les couleurs, et deux manteaux de marmotte pour l'hiver, un blanc et un noir. Les fins de semaine, elle emmenait son fils au cinéma « Illusion » à l'entrée de la rue commerçante voir les films venus directement de Paris ou de Berlin. Quand ce cinéma avait ouvert, Zhai Fanggui était passée devant. En voyant les myriades de bougies allumées pour l'inauguration, elle s'était dit que ce serait beau d'y entrer avec un ami prévenant pour regarder un film ! Dans son esprit, voir un film était simple, trouver la bonne personne pour vous y accompagner était plus difficile.

Zhai Fanggui était originaire de Shunde dans la province de Zhili, elle avait un frère aîné et une sœur cadette. Les garçons de cette zone devenaient souvent eunuques, en raison de la pauvreté. S'il leur manquait quelque chose en bas, le haut était complet, ils étaient riches et donc dignes d'intérêt. Son frère Zhai Yisheng avait de l'ambition, et à quatorze ans, il s'était fait volontairement châtrer pour entrer au palais impérial en tant qu'eunuque. Depuis, sur la poutre de leur maison, il y avait un boisseau enveloppé d'un tissu rouge, à moitié rempli de chaux, dans lequel étaient conservés son pénis et ses testicules. Par-dessus, son contrat de castration enveloppé dans du papier huilé. Zhai Fanggui voyait souvent sa mère regarder le boisseau, les larmes aux yeux, et secouer la tête en soupirant. Quant à son père, il avait pris l'habitude au milieu de la nuit de s'asseoir sur un tabouret sous le boisseau et de fumer pipe sur pipe. Dans leur mélancolie, ils s'étaient convertis au christianisme sous l'influence d'un missionnaire français. A la fin de la semaine, quel que soit le travail qui restait à faire aux champs, ils allaient à la messe dans une petite église. Zhai Fanggui n'aimait pas la croix que portaient ses parents sur leur poitrine, on aurait dit des épées croisant le fer, c'était lugubre. Mais elle aimait bien l'église du village, à cause du joli son de son carillon.

Quelques années après la conversion de ses parents, la révolte des Boxers éclata. Pendant ce raz-de-marée de « soutien à la dynastie des Qing et de destruction de l'Occident », un grand nombre d'églises furent brûlées. Les missionnaires furent surnommés les « grands velus », les tenants du catholicisme et du protestantisme, les « seconds velus » ; et ceux qui se servaient de marchandises occidentales, les « troisièmes ou quatrièmes velus ». Et il suffisait d'être « velu » pour faire l'objet d'une expédition punitive.

A seize ans, un soir d'été, Zhai Fanggui, ne trouvant pas le sommeil à cause de la chaleur, se mit à sa fenêtre et regarda la pleine lune. Elle eut soudain envie d'aller à la rivière se laver les cheveux, histoire de se rafraîchir. Ses longs cheveux collés par la transpiration ressemblaient à une poignée de céleri moisi et dégageaient une odeur nauséabonde. Quant à se les laver à la maison, c'était gaspiller de l'eau et risquer de réveiller ses parents et sa sœur. Elle sortit sans bruit de la cour, referma doucement le portail et se dirigea vers la rivière. Celle-ci se trouvait à peu près à un li de leur maison. Zhai Fanggui était plus audacieuse que les autres filles du village, et puis cette nuit-là, la pleine lune éclairait presque comme en plein jour, elle marchait sans crainte. En se lavant les cheveux, elle toucha plusieurs fois des poissons, qui prenaient peut-être sa chevelure pour des algues. Quand elle eut fini, elle s'en retourna et vit à son grand désarroi le village en feu, les flammes s'étirant vers le ciel comme si celui-ci voulait se faire griller quelque chose et qu'il se servait des fermes comme combustible. Terrifiée, elle se précipita vers sa maison. Lorsqu'elle y arriva, tout essoufflée, elle vit quelques villageois rescapés, parmi lesquels son voisin qui tenait l'huilerie, Zhang Erlang.

Zhang Erlang avait vingt-trois ans, un visage en lame de couteau, de petits yeux, il était tout maigre, comme s'il pressait aussi son corps pour en extraire de l'huile. Il ne s'attendait manifestement pas à voir Zhai Fanggui : « Les Boxers ont mis le feu aux maisons des chrétiens, tous ceux qui ont des liens avec les « velus » sont menacés de mort ! Enfuis-toi ! Ta maison est presque complètement brûlée, tu as eu de la chance ! » C'était la panique, une âcre odeur de brûlé emplissait l'air. Zhai Fanggui demanda : « Mais mon père et ma mère et ma sœur, où se sont-ils enfuis ? » Zhang Erlang frappa le sol du pied : « Ils ont condamné les fenêtres avant de mettre le feu aux maisons, personne n'a pu s'enfuir ! » Zhai Fanggui sanglota : « Il faut que j'aille voir, je ne suis pas croyante, je ne crois pas qu'ils voudront me tuer ! » Zhang Erlang l'attrapa par les mains : « Tu n'es pas croyante mais tes parents le sont. Ce sont des seconds velus, ils te traiteront comme une fille de velus ! Si tu vas chez toi, tu aurais beau avoir neuf vies qu'il ne t'en resterait aucune ! » Sans lui laisser le temps de répondre, il la prit par la main et se mit à courir. Voyant les gens s'enfuir, échevelés, en chemise, elle le suivit. Ils coururent ainsi pendant un temps qu'elle ne mesura pas, et quand la lune fut en plein milieu du ciel, ils arrivèrent dans un bosquet de saules qui semblait calme. La lune était belle, la brise douce, l'herbe accueillante, et Zhai Fanggui sentait bon. Zhang Erlang qui était toujours à la recherche d'une femme bien en chair mais n'était pas encore marié, ne put s'empêcher de prendre dans ses bras cette jeune fille. Quand elle se débattit, il dit : « Avec moi, tu ne manqueras jamais d'huile de toute ta vie ! » Elle l'implora : « Je ne veux pas d'huile, lâche-moi ! » Mais Zhang Erlang, tel un chasseur ayant pourchassé sa proie par monts et par vaux pendant plusieurs jours, n'allait pas laisser la biche s'échapper sans décocher sa flèche. Zhai Fanggui fut surprise par la force de ce garçon si maigre. Face à lui, sa résistance valait celle d'une touffe d'herbe face à un taureau affamé. Cette nuit-là, Zhai Fanggui détesta non seulement Zhang Erlang mais aussi la lune, parce qu'elle se contenta de danser au lieu de lui porter secours. Dans son esprit, la lune avait ce pouvoir.

Le lendemain, elle rentra avec lui au village, dont il ne restait que des ruines. Des tas de ruines qui ressemblaient à des champignons écrasés par une pluie trop forte. La petite église avait entièrement brûlé et aucune maison de chrétien n'avait été épargnée. La seule partie qui restait de sa maison était le porche. Elle s'appuya contre un montant, pensant aux corps de ses parents et de sa sœur engloutis dans la cendre noire. La terre tourna et elle s'évanouit. Quand elle revint à elle, elle était dans l'huilerie de Zhang Erlang. Celui-ci lui dit : « Tu n'as plus de famille, reste avec moi, tu apprendras à presser l'huile. » Zhai Fanggui se mit à pleurer. Il reprit : « A quoi bon pleurer ? Tes parents n'avaient qu'à ne pas croire à la Bible prêchée par ces prêtres occidentaux. Avec leurs yeux bleus et leurs cheveux jaunes, il n'y en a pas un de bon. Tous des diablotins ! Tu n'as pas entendu dire que dans leurs hôpitaux, ils arrachent les yeux des nourrissons pour en faire des drogues ? Que leurs abbés se servent d'un truc spécial pour extraire le sperme des petits garçons ? Fréquenter les Occidentaux, ça ne peut que porter malheur ! »

Pourtant, dans son huilerie, il y avait bien des produits occidentaux, comme des clous, un parapluie en métal, des chaussettes, raison pour laquelle il avait fui lors de l'attaque. Mais une fois rentré, il se débarrassa de tous ces objets jusqu'au dernier.

Zhang Erlang se montra compatissant, il acheta un cercueil pour les restes des corps calcinés des parents de Zhai Fanggui, les mit en bière et les enterra dans le cimetière du village. Comme ça, quand ils lui manqueraient, elle aurait un endroit où pleurer. C'est ce qui la fit rester, alors qu'elle s'apprêtait à s'enfuir.

Un jour, Zhang Erlang ramena à la maison dans une brouette la cloche de l'église. Tout excité, il dit à Zhai Fanggui : « La seule chose qui n'a pas brûlé de l'église, c'est cet engin. Ça fera un bon tabouret ! » Zhai Fanggui ramassa une pierre et frappa doucement la cloche. Elle pouvait encore émettre un son, mais pas aussi cristallin qu'avant, plutôt un bruit sourd, comme si elle était enrhumée. Zhang Erlang sauta de joie : « C'est une solide cloche, avec un incendie pareil, elle sonne encore. J'ai ramassé un trésor. » Zhai Fanggui ricana : « Je croyais que tu avais peur des objets occidentaux ? La cloche vient de l'église, elle en fait partie, non ? » A ces mots, Zhang Erlang se mit à trembler. Il n'osa pas garder la cloche même une nuit, il la remit dans sa brouette et la ramena à l'église. Mais il ne revint pas : en entrant dans l'église il avait fait un faux pas et était tombé dans la crypte. La balustrade de couleur qui la protégeait avait été réduite en cendres.

Après la mort de Zhang Erlang, son frère Zhang Sanlang vint à l'huilerie. Il donna à Zhai Fanggui une palanche d'huile et la chassa. Zhai Fanggui n'avait pas l'intention de demeurer dans ce village sans espoir qui était pour elle une meurtrissure, elle vendit l'huile, acheta deux paquets de billets funéraires qu'elle alla brûler sur la tombe de sa famille, garda le reste comme viatique et prit la route. Elle avait une tante à Changchun chez qui se réfugier. L'armée des huit puissances occupait déjà à ce moment-là la Cité interdite, c'était la panique générale, le chaos, il y avait des réfugiés partout. On disait que le gouverneur du Zhili s'était suicidé, que l'impératrice avait fui avec sa suite à Xi'an. En y passant, Zhai Fanggui pensa à son frère eunuque et se demanda, les yeux embués de larmes, s'il vivait encore. A cause des armées en déroute qui bloquaient les chemins, elle n'arriva à Changchun qu'au début de l'automne. Elle eut du mal à trouver sa tante, mais leurs retrouvailles, loin d'être joyeuses, furent tristes. La tante était hémiplégique, clouée sur son kang, elle avait besoin d'aide pour se nourrir et faire ses besoins. L'oncle tenait une petite épicerie, il arrivait à peine à nourrir les quatre membres de la famille. L'arrivée de Zhai Fanggui, une bouche de plus à nourrir, ne le réjouit pas.

Les étals c'est comme les hommes, il y a ceux d'en haut et ceux d'en bas. Les premiers vendent des cigarettes, de l'alcool, du thé ou du sucre, des pâtisseries et des bonbons ; les seconds vendent de l'huile et du sel et du vinaigre. L'oncle était de la seconde catégorie. Pour éviter d'être à leur charge, Zhai Fanggui trouva un travail de lingère. La nuit, elle dormait dans la boutique. Baignant dans les odeurs de sauce soja et de vinaigre, elle avait l'impression qu'elle sentirait bientôt le poisson salé.

Trois ans plus tard, la tante s'éteignait. A peine la cérémonie du septième jour après le décès achevée, l'oncle fit venir chez lui une femme d'une cinquantaine d'années, une entremetteuse, qui lui présenta un parti pour Zhai Fanggui, un homme plus âgé qu'elle de quatre ans dont la famille, prospère, tenait une pharmacie traditionnelle à Harbin. Après l'indemnisation payée par la Chine pour la révolte des Boxers en 1901, les taxes s'étaient considérablement alourdies, les affaires de la petite épicerie de l'oncle périclitaient, et la blanchisserie où Zhai Fanggui travaillait dut fermer. Désœuvrée, elle se dit que tôt ou tard elle devrait se marier, que plus tôt elle se marierait, plus tôt elle aurait des enfants, et plus tôt ceux-ci la soutiendraient quand elle serait vieille. Elle suivit donc la femme jusqu'à Harbin. Ce n'est qu'arrivée sur place qu'elle comprit qu'il n'y avait pas de pharmacie, et qu'en fait son oncle et la femme l'avaient vendue à une maison close de Fujiadian, la Bibliothèque des nuages bleus. La mère maquerelle avait cru, à entendre l'entremetteuse, qu'elle était vierge, et pour son premier jour à la maison close, elle avait prévu de la donner à un fils de riche famille, espérant en tirer une somme rondelette. Quand le client ressortit en se plaignant à haute voix d'avoir été trompé, la mère maquerelle la battit vertement en se plaignant de l'avoir achetée à perte.

Les filles qui vendent leur corps pour manger ont toutes un surnom, comme Rose rouge, Souci d'Or, Lys sauvage, pour la plupart lié à une fleur. Comme Zhai Fanggui avait un visage rond, la peau blanche, un air un peu noble, la mère maquerelle la surnomma « Pivoine blanche ». Mais Zhai Fanggui ne voulait pas d'un nom de fleur : si belles soient-elles, elles fanent toutes. Elle voulut choisir Bingling Hua, « Fleur de glace », parce qu'elle était la seule à s'ouvrir dans le froid et à avoir l'orgueil de ne pas être odoriférante. La mère maquerelle lui dit, c'est un nom trop froid, personne ne voudra toucher à toi. Elle refusa fermement. Zhai Fanggui dut céder et opta pour Zhilan, « Orchidée » parce qu'elle aimait les savonnettes de cette marque. Ce choix réjouit la maquerelle : « Les femmes viennent au monde pour laver les hommes de leur poussière, un nom de savonnette, c'est bon signe ! » Cependant, comme toutes les filles avaient des pseudonymes en trois caractères, elle ajouta devant Zhilan le caractère Xiang, « parfum ». Zhai Fanggui s'appela donc Xiang Zhilan.

Xiang Zhilan devint peu à peu la carte maîtresse de la Bibliothèque des nuages bleus, grâce à sa douceur. Une fois qu'elle eut compris qu'elle n'avait guère de chances de mener une meilleure vie, elle se résigna. Curieusement, une femme même très belle, pour peu qu'elle ait mauvais caractère, aura toujours l'air renfrogné et déplaisant, quel que soit le regard qu'on porte sur elle ; alors qu'une femme au caractère calme et amène arrivera à transformer un physique ordinaire en une prestance attrayante. Telle était Xiang Zhilan, elle avait beau avoir les yeux un peu trop éloignés, une coquetterie dans l'œil, comme elle était souriante, la commissure des lèvres tournée vers le haut, et avait le regard vif, cela lui donnait un charme spécial. Ce que les hommes préféraient chez elle, ce n'était pas sa figure mais son caractère.

Parmi les clients de Xiang Zhilan, les habitués étaient nombreux. Ses amoureux comptaient un tenancier de salon de thé, un marchand de fruits de mer, un négociant en semences, un responsable des prêts dans une banque occidentale, ainsi qu'un enseignant. Celui qu'elle préférait était Xu Yide, de trois ans son cadet. Il n'était pas vraiment un client régulier, il venait seulement trois ou quatre fois par an. Il avait des doigts de fée, capables de modeler des figurines en terre ou de fabriquer des lanternes. Il tenait une toute petite boutique, où il ne vendait que des objets de bon augure : des bougies occidentales polychromes, des lanternes rouge feu, des bandes de pétards et des estampes pour le Nouvel An. A la fin de l'année, il achetait des estampes colorées de la bourgade de Zhuxian, avec des inscriptions en quatre caractères du genre *Tian Xian Song Zi* (Immortelle céleste, donne-nous un fils), *Bu Bu Lian Sheng* (Qu'à chaque pas éclose une fleur de lotus), *Song Ji Yan Nian* (Puissiez-vous atteindre la longévité d'un pin ou d'une grue), *Wu Zi Deng Ke* (Que vos cinq fils réussissent aux examens impériaux), les gens les aimaient toutes. Ce que préférait Xiang Zhilan parmi ces estampes, c'étaient celles représentant les gardiens des portes, ces divinités chargées de protéger l'accès à l'autel dont on placarde les images sur les portes d'entrée au Nouvel An. D'une carrure impressionnante, leur robe flottant au vent, le front large, les sourcils épais, dotés de longs favoris et de beaux yeux, le sabre à la ceinture, un fouet à la main, même si leur tête paraissait démesurée par rapport à leur corps, ces divinités avaient l'air martial qui seyait à leur rôle. Xiang Zhilan pensait souvent que si elle était avec un homme de cette trempe, elle accepterait volontiers d'être un pas-de-porte qu'on piétine. Elle qui n'avait pas de porte sur laquelle placer ces estampes en achetait quand même une chaque année, qu'elle plaçait la nuit près de son oreiller, cela la rassurait. En plus de ces gardiens des portes, Xiang Zhilan aimait les figurines de terre modelées par Xu Yide. A l'entrée de la Bibliothèque des nuages bleus se trouvaient les statuettes de quatre grandes courtisanes, modelées de sa main : Zhao Feiyan de la dynastie des Han, Hong Fu des dynasties du Nord et du Sud, Xue Tao de la dynastie des Tang, Li Shishi de l'époque des Song. Sous ses doigts, elles étaient belles à faire tourner les têtes, de vraies créatures de rêve. Cependant, ce n'étaient pas ces figurines-là qu'aimait Xiang Zhilan, mais celles de la boutique de Xu Yide, par exemple le vieux bonhomme qui riait en mordant un épi de maïs, la grand-mère qui cousait avec ses lunettes de lecture, ou encore le jeune pâtre qui jouait d'une flûte de saule ou la fille aux tresses qui découpait des fleurs de papier. Elle l'avait plusieurs fois taquiné, si tu me rachètes, moi je t'achèterai des lanternes et des figurines toute ma vie. Il répondait toujours, ha, ha, je n'ai pas les moyens de te racheter, c'est trop cher pour moi. En fait, Xiang Zhilan ne nourrissait pas l'illusion de se faire racheter, elle savait pertinemment que les filles comme elle, aussi distinguées, aussi accommodantes soient-elles, n'étaient jamais aux yeux des hommes que des jouets.

Et pourtant, voilà que Ji Yonghe, le marchand de grains qui avait dix ans de plus qu'elle, n'avait pas regardé à la dépense pour la racheter, ce qui avait fait du bruit à l'époque, la nouvelle avait même été publiée dans le journal. Les filles de la Bibliothèque des nuages bleus étaient jalouses qu'elle ait trouvé un tel point de chute. Mais Zhai Fanggui n'avait compris la raison de ce rachat qu'après son arrivée dans la famille Ji. Ji Yonghe avait déjà été marié deux fois mais ses deux femmes étaient mortes. La première s'était noyée dans la rivière alors qu'elle pêchait des petits poissons et des écrevisses pour nourrir les quelques canards qu'ils élevaient. Elle avait été emportée par les flots, enceinte de cinq mois. La seconde était morte en couches. Ji Yonghe trouvait bizarre que ses deux femmes aient disparu ainsi, sans lui laisser d'enfant. Il se dit qu'il avait sans doute commis quelque faute et il demanda à un devin de venir le voir. L'homme interrogea les huit caractères liés à sa naissance et déclara que son destin était de ne pas avoir une femme vertueuse ni de descendance, et que s'il voulait prendre femme, il devait choisir une traînée qui ait dormi avec mille ou dix mille hommes pour que ce soit durable. Voyant cela, Ji Yonghe commença à fréquenter les filles des lieux de charme. Il avait entendu dire que les hommes se précipitaient pour aller voir Xiang Zhilan à la Bibliothèque des nuages bleus, il eut envie de la posséder et la racheta. Depuis son arrivée à la boutique de grains, on peut dire que Zhai Fanggui n'avait pas eu une seule bonne journée. Ji Yonghe, pour amadouer les clients et regagner l'argent dépensé pour la racheter, l'avait forcée à reprendre son ancien métier. En plus, chaque fois qu'elle recevait un client, son mari se sentait perdant, il la plaquait sur le kang et elle repassait à la casserole : ça le calmait. Zhai

Fanggui trouvait qu'elle était plus libre à la Bibliothèque des nuages bleus. Elle pensait même que, plutôt que de mener cette vie clandestinement, comme une souris de la nuit, mieux valait le faire comme une mouche virevoltant au soleil, c'était plus propre. En retournant aux Nuages bleus, au moins elle retrouverait ses collègues avec lesquelles elle pourrait bavarder, ce serait beaucoup plus amusant que de rester avec Ji Yonghe. Mais un mois plus tôt, le réservoir de kérosène de la cuisine s'était renversé, provoquant un grand incendie qui non seulement avait détruit la maison close mais s'était étendu aux rues voisines. Malgré l'arrivée de la police et des pompiers, on n'avait pu contenir les flammes et, en une nuit, une centaine de maisons avaient brûlé. Zhai Fanggui n'avait plus nulle part où aller.

Ce matin-là, ce fut elle qui ouvrit la boutique, mais comme Ji Yonghe était derrière elle et la surveillait, les corbeaux dans les branches durent se contenter de regarder. Il faut dire cependant qu'ils eurent de la chance : juste au moment où ils allaient s'envoler, Chen Xueqing apparut. Vêtue de sa robe chinoise de coton bleu, un châle de laine rouge sur les épaules, ses escarpins à demi-talons résonnaient joliment dans la rue. Lorsque Ji Yonghe la reconnut, il prit une poignée de grains et la jeta au pied de l'arbre. En voyant les corbeaux venir s'en repaître, Chen Xueqing s'arrêta et les regarda en souriant. Mais elle n'entra pas dans la boutique et continua son chemin.

Ce visage de Ji Yonghe s'allongea, manifestement il regrettait d'avoir gaspillé cette poignée de grains. Cela amusa Zhai Fanggui, qui ne peut retenir un sourire. Alors que Ji Yonghe allait l'injurier, Ba Yin arriva. Il avait le visage couleur de cendre et toussa en entrant. Ji Yonghe pensa qu'il venait vendre ses peaux de marmottes et dit d'emblée : « Je ne fais pas le commerce des peaux. »

Ba Yin répondit : « Il y a eu des inondations l'été dernier à Harbin, je crois que cette année le grain est rare. En Mandchourie, la récolte a été bonne, tu pourrais en acheter un peu pour le revendre ensuite plus cher aux négociants qui exportent. Je me suis laissé dire que l'Angleterre avait besoin de soja en grandes quantités.

— En plus des peaux, tu fais dans le grain, maintenant ? Tu entretiens trop de femmes, tu es à court d'argent, on dirait ? se moqua Ji Yonghe.

Ba Yin montra ses dents blanches, content de lui : « Tu veux parler de cette femme de l'Auberge des trois kangs ? Ce n'est pas moi qui l'entretiens, c'est le contraire. Renseigne-toi dans le quartier, chaque fois que je reviens, je suis logé et nourri à l'œil !

— C'est ton talent », dit Ji Yonghe en riant. Puis il commença à parler affaires avec Ba Yin. Il l'interrogea sur le prix du soja, puis fit une grimace, comme s'il avait mal aux dents, en disant que c'était trop cher, et il commença à marchander. Ba Yin qui voulait faire affaire baissa un peu son prix, il ne s'attendait pas à ce que Ji Yonghe veuille encore le faire baisser. Le visage violacé par la colère, Ba Yin eut une violente quinte de toux et cracha même du sang sur la dalle !

LE BOUFFON

Deux ans plus tôt, le dernier caractère du nom de Fujiadian avait été remplacé par un autre de prononciation identique : le premier *dian* signifiant boutique, relais ou domaine, le nouveau évoquant un espace plus vaste. Le préfet de Harbin avait trouvé le premier trop mesquin. Au tout début, l'endroit n'était qu'une grande prairie, appelée la Prairie aux Chevaux, parce que s'y rassemblaient des éleveurs de chevaux et des pêcheurs. Par la suite, deux frères venus du Shandong, Fu Baoshan et Fu Baoshan (la syllabe *shan* s'écrivant « montagne » pour le premier et « bonté » pour le second) y installèrent le premier grand commerce de voitures, offrant des services aux fiacres et calèches de passage tels que le ferrage des chevaux, les réparations, et vendant aussi des vivres. L'endroit prit le nom de « Magasin ou boutique de la famille Fu » – Fujiadian. Le nom de Prairie aux Chevaux disparut silencieusement, sans laisser de traces, comme le soleil derrière l'horizon quand le soir tombe. Quand les Russes obtinrent le droit de construire le Chemin de fer de Chine orientale, cela attira un grand nombre d'ouvriers migrants, ainsi que de petits commerçants. Avec l'apport des migrations intérieures, Fujiadian devint peu à peu prospère et le magasin d'origine laissa place à une rangée de boutiques, puis à un village de taille moyenne. Et quand le chemin de fer entra en service, l'endroit prit un nouvel essor, avec des rues bien droites et animées. Avec lui arrivèrent une banque, une chambre de commerce, un prêteur sur gages, l'électricité et le téléphone. Cependant, Fujiadian restait un cran en dessous par rapport à des endroits comme le quartier des Quais ou la Nouvelle Ville, terrains annexes de la Compagnie de chemin de fer.

Sept ans plus tôt, à l'ouverture de la ligne ferroviaire, le bourg de la rivière Songhua était devenu la ville de Harbin. Celle-ci s'était divisée en deux moitiés, est et ouest, de part et d'autre du chemin de fer qui la traversait. Le côté ouest s'appelait Daoli « côté intérieur de la voie ferrée », l'Est, Daowai, « côté extérieur ». D'un point de vue géographique, Harbin se composait du quartier des Quais, de la Nouvelle Ville, de Fujiadian. Du point de vue de l'appartenance, les deux premiers relevaient des Russes, et Fujiadian des Chinois. Le nombre de Chinois dans la Nouvelle Ville et dans le quartier des Quais était faible, ils tenaient de petits commerces. Il y en avait qui essayaient d'imiter le style occidental, qui allaient exprès acheter des vêtements à l'européenne, mal taillés dans du mauvais tissu, histoire de changer de costume, comme au théâtre. Habitués à porter les habits chinois amples, ils avaient l'air engoncés comme Sun Wukong, le Singe pèlerin du *Voyage vers l'Ouest*, sous l'effet des incantations du Cerceau d'Or du moine Tang, leur démarche n'était pas naturelle ; quant aux Russes et aux Japonais de Fujiadian, noyés dans la foule des Chinois, ils s'étaient habitués avec le temps aux vêtements et aux coutumes chinoises. Cette minorité d'Occidentaux de Fujiadian était composée surtout de tenanciers d'auberges, minotiers, verriers ou pharmaciens.

Si l'on comparait ces trois quartiers de Harbin à des femmes, alors Fujiadian serait une fille aux traits ordinaires modestement vêtue, le quartier des Quais une douairière couverte de bijoux, et la Nouvelle Ville, qui comprenait le nouveau marché et le Coteau des Qin, une beauté hautaine. Mais les gens de Fujiadian préféraient Fujiadian. Pourtant, les voitures à chevaux s'y embourbaient dans les ornières boueuses au printemps, les marchés étaient sales et infestés de mouches l'été, la poussière soulevée par le vent leur brouillait la vue à l'automne, et l'hiver, les eaux usées que les gens jetaient devant chez eux transformaient leur pas-de-porte en patinoire, faisant chuter les passants innocents.

Ceux qui aimaient le plus Fujiadian, c'était sans aucun doute la famille de Zhou Ji qui habitait rue du Temple des Patriarches.

Zhou Ji était originaire de Quwo, province du Shanxi, où il tenait jadis une fabrique de vinaigre. L'homme était têtu et, contrairement aux autres commerçants, qui couvraient secrètement de cadeaux les fonctionnaires de l'administration locale et achetaient, à la fin de l'année, un an de tranquillité, il s'y refusait et sa fabrique de vinaigre était harcelée. Un jour où un employé du Yamen venu chercher sa gratification avait renversé deux jarres pleines, Zhou Ji avait laissé éclater sa colère, s'était emparé d'une hache et avait coupé un pied de l'intrus. Catastrophe ! Le soir même, il prit la fuite avec sa femme Zhou Yu et ses deux fils. Il savait que plus la distance serait grande, plus il serait en sûreté, il s'en fut donc vers le nord et atterrit à Fujiadian, où il reprit son métier. Mais les gens du nord aiment manger salé et pimenté, et même si son vinaigre n'était pas mauvais, l'affaire ne prenait pas. Il changea de corde à son arc et ouvrit une gargote de nouilles, mais celle-ci ne marcha pas non plus. Le tournant dans le destin de sa famille vint de Zhou Yu.

Une année, en plein automne, Zhou Yu tomba malade : elle resta allongée sur le kang, à demi comateuse, sans boire ni manger, le corps mou comme une nouille, mais le teint d'un rose extraordinairement resplendissant. Les gens renseignés dirent à Zhou Ji que sa femme était possédée par un esprit surnaturel. Quand elle reviendrait à elle, elle se lancerait dans l'arène et deviendrait guérisseuse. Zhou Ji, qui n'avait jamais cru à ces histoires de diables et de divinités et d'Immortels, prépara des habits funéraires, acheta un cercueil et se procura serviettes et cuvettes pour les obsèques. Mais le miracle se produisit : dix jours plus tard, Zhou Yu bâilla longuement et revint à elle. Elle semblait ne pas savoir qu'elle avait dormi plusieurs jours d'affilée, et demanda à son mari : « Tu t'es rasé hier, comment ta barbe a-t-elle pu pousser autant en un jour ? » Elle regarda avec surprise l'arbre devant leur fenêtre et s'exclama : « Ça alors, comment a-t-il perdu toutes ses feuilles en une nuit ? » Zhou Ji n'osa pas lui dire qu'elle avait dormi pendant tout ce temps. Elle lui expliqua que la veille, elle s'était couchée très fatiguée parce qu'un renard blanc ne l'avait pas lâchée, blessé par un chasseur, il voulait à tout prix qu'elle le porte sur son dos. Elle l'avait fait, avait traversé sept rivières et franchi six montagnes avant que le renard descende, la remercie et s'en aille. Lorsqu'elle eut dit cela, Zhou Yu fut prise d'un grand frisson : le renard qu'elle avait vu en rêve était là, sur la table de jujubier carrée où l'on plaçait les offrandes à la divinité de l'argent. Elle dit à son mari : « Vite ! Regarde ! Le renard est là ! » Zhou Ji regarda mais ne vit que la statuette de la divinité et le brûle-encens. La peur lui donna des suées froides.

Zhou Ji ne désirait nullement que sa femme devienne guérisseuse et il s'abstint d'ériger chez lui un autel aux génies renards comme certains le recommandaient. Mais Zhou Yu commença à avoir des rechutes de temps à autre. Parfois elle s'endormait en faisant la cuisine, elle laissait tout en plan ou s'endormait là où elle était, pour trois à cinq jours. Zhou Ji ne croyait pas au mauvais sort, il fit venir des médecins traditionnels pour qu'ils diagnostiquent son mal. Tous lui trouvèrent un pouls stable, une respiration sans encombre, un teint frais : elle n'avait rien de grave. Zhou Ji ne put faire autrement, à la quatrième fois, que de faire venir des spécialistes pour installer un autel aux génies renards. Avec des offrandes régulières de fruits, du vin et des mets pour la nouvelle année, la maladie de Zhou Yu se calma. Lorsque quelqu'un venait lui demander secours, elle brûlait de l'encens devant l'autel et peu après, le génie s'incarnait et, à travers elle, indiquait la voie à suivre. Ses prévisions d'avenir, ses prescriptions pour les malades tombaient juste à tous les coups. Bientôt les volutes de fumée d'encens enveloppèrent la maison des Zhou et leur pas-de-porte devint aussi animé qu'un marché. Zhou Ji transforma donc sa gargote de nouilles en officine, et en peu de temps l'argent coulait à flots.

Mais chez les génies, les trois premières années sont exceptionnelles, les trois suivantes moins bonnes, et à la septième le génie renard, peut-être lassé des hommes, décida de se retirer. Zhou Yu, privée de son esprit, redevint normale et se mit à l'application de ventouses. Bien sûr, la clientèle baissa considérablement, et Zhou Yu en était vivement découragée. Elle était comme un être habitué à se promener au paradis qui se retrouve soudain au fin fond de l'enfer, à la dix-huitième strate ; incapable d'accepter ce nouveau statut, elle compensa par la boisson et la nourriture et devint obèse en un clin d'œil. Zhou Ji, craignant qu'elle ne perde la raison, décida de fermer l'officine, laissant le pas-de-porte à son fils aîné, déjà marié et père de famille, pour qu'il y tienne le commerce qu'il voudrait ; de toute façon, avec l'argent gagné grâce à Zhou Yu en six ans, ils pourraient passer leur vieillesse à l'abri du besoin.

Zhou Ji s'installa rue Zhengyang dans le quartier commerçant, avec ses lunettes sur le nez et les jambes croisées, comme changeur de monnaie. Une table et une chaise, de l'argent sonnant et trébuchant, et il avait ouvert boutique. En fonction des cours, il gagnait un peu sur la différence. Parmi les monnaies circulant dans le marché, le rouble russe faisait office d'étalon et avait libre cours, mais on trouvait aussi des billets de Jilin ainsi que des pièces d'argent ou de bronze, très usitées. Zhou Ji, assis dans un coin, doté d'un gagne-pain, profitait aussi du paysage et il était très heureux. Il pensa faire venir Zhou Yu près de lui pour qu'elle se change les idées, mais elle refusa de sortir. Depuis quelques années elle ne faisait que manger et dormir, elle avait les yeux gonflés le soir, et quand elle voyait des gens elle radotait, elle ne savait pas ce qu'elle disait. Deux fois par mois, le 1er et le 15 du calendrier lunaire, elle allait au temple de Guandi brûler de l'encens. Chaque fois, au retour, ses yeux luisaient d'un vif éclat, mais trois jours plus tard, elle semblait avoir perdu tout espoir et son regard s'assombrissait.

Le couple avait deux fils, l'aîné s'appelait Yaozu, le second s'appelait Yaoting. Zhou Yaozu et sa femme Yu Qingxiu transformèrent le pas-de-porte légué par leur père en une échoppe de pâtisseries et petite restauration, qui marchait fort bien. Ils avaient eux-mêmes un garçon et une fille, appelés respectivement Xisui et Xizhu.

Xisui avait le teint blanc, des traits réguliers, sa grand-mère disait qu'il ferait un bon acteur d'opéra chinois. A l'âge de sept ans, elle l'envoya dans une classe d'art lyrique pour qu'il travaille sa voix. D'après elle, dès qu'il monterait sur scène, il ferait danser ses manches ondulantes, et il aurait alors toujours à manger et de quoi s'habiller, qu'il vente ou qu'il pleuve. Xisui avait une voix claire et limpide, elle le fit former aux rôles d'hommes du commun. Mais le garçon détestait les exercices de chant, et plus encore les hommes du commun. Parmi les cinq catégories de rôles de théâtre, hommes du commun, femmes, personnages maquillés à outrance et violents, vieillards et bouffons, il n'aimait que le dernier, il trouvait que le bouffon, qu'il soit civil ou militaire, était le rôle le plus en vue et le plus drôle. Dès qu'il entrait en scène, le public riait aux éclats, alors que les autres, lorsqu'ils chantaient les scènes d'amour, ne lui tiraient que des larmes et le rendaient triste.

Zhou Yaozu ne voyait pas d'un bon œil que son fils traîne dans le milieu du « verger des poiriers », comme l'on surnomme les gens du théâtre. Dans son esprit, ce n'était pas une bonne façon de gagner sa vie, mais il ne voulait pas contrevenir à la volonté de sa mère et il observait donc en silence la souffrance de son fils. Les enfants du cours de théâtre y demeuraient en pension, et même s'ils habitaient tout près, ils ne pouvaient rentrer chez eux qu'au Nouvel An. Zhou Yaozu, à l'idée que son fils allait devoir subir six ans d'apprentissage avant d'en sortir, s'en plaignait souvent la nuit à sa femme Yu Qingxiu. Mais finalement l'enfant ne resta que trois ans, au motif que sa grand-mère Zhou Yu, furieuse d'apprendre qu'il se formait aux rôles de bouffons, s'entraînait à faire le poirier, les roulades et autres acrobaties, lisait ses textes mais ne faisait aucun progrès en chant, déclara qu'un bouffon qui faisait des culbutes était la honte d'une famille intègre et qu'il valait mieux qu'il cesse ses études. Le petit revint donc à la maison, tout guilleret. En fait, si sa grand-mère ne l'avait pas fait revenir, il se serait évadé : leur professeur traitait les enfants avec une grande cruauté. Pendant les cours ils devaient supporter ses hurlements, lui masser le dos quand il le leur demandait, ou lui laver les pieds, parfois il fallait aussi le gratter ou lui préparer une pipe d'opium. Le plus effrayant était que quand le maître crachait, il les forçait à attraper ses crachats dans leurs mains, pour entraîner leur regard, leur agilité et leur rapidité. Ceux qui n'y arrivaient pas étaient condamnés à rester debout tout raides avec un brûloir à encens à trois pieds rempli de riz sur la tête pendant deux heures. Si du riz se renversait ou s'ils laissaient tomber le brûloir, ils n'échappaient pas au fouet.

Depuis qu'il était revenu du pensionnat du cours d'art dramatique, les gamins de son âge n'osaient pas jouer avec Xisui : comme il y avait appris le kung-fu, ils avaient peur qu'il les tue. Du coup, il devint un enfant solitaire. Zhou Yaozu l'inscrivit à l'école, mais au bout d'une semaine, il refusa d'y aller en expliquant que la vue d'un caractère écrit non seulement l'ennuyait mais lui faisait mal aux yeux et lui donnait envie de casser des objets. C'est ainsi que, tel un cheval sauvage libéré de sa bride, il passait son temps à courir dans les rues. Il était audacieux, il allait partout. La plupart des quartiers de la ville lui étaient connus, de Sijiazi à Fujiadian, en passant par les Trente-Six Bicoques, la distillerie des Tian, la fabrique d'encens, le quartier de Zhengyanghe. Son père lui donnait un peu d'argent de poche mais il ne le dépensait jamais. Quand il avait faim, il entrait dans une gargote et donnait un coup de main pour servir le thé, essuyer les tables, et gagnait ainsi son repas. Parfois, il ne rentrait pas de la nuit, mais sa famille ne s'inquiétait pas, sachant qu'il aidait telle auberge à chauffer ses kangs et à nourrir ses canards, contre le gîte et le couvert.

Yu Qingxiu, qui voyait son fils grandir comme un bon à rien, s'en inquiétait et fronçait les sourcils lorsqu'elle le voyait. Pour elle, la piété filiale voulait qu'un fils suive les pas de son père, et elle suppliait son mari : Xisui sera bientôt adulte, il ne sait rien faire, ne connaît aucun métier, comment pourra-t-il fonder une famille à l'avenir ? Il faut lui serrer la vis, sinon cet enfant sera perdu.

Zhou Yaozu aurait bien voulu mieux contrôler son fils mais il n'en était pas capable. Il essaya de lui faire apprendre l'acupuncture par un vieux docteur, mais Xisui dit que piquer des malades qui déjà allaient mal, ce n'était pas bien, et qu'il ne pouvait pas étudier cette mauvaise médecine. Il essaya de lui faire apprendre le métier de barbier, mais Xisui refusa par une boutade en disant que la barbe était comme l'herbe, il n'y avait qu'à la donner à brouter à des vaches ou des chèvres. Zhou Yaozu, en désespoir de cause, lui laissait la bride sur le cou.

A l'âge de quatorze ans, Xisui se trouva tout seul un boulot : vendeur de journaux. Il s'était aperçu que les Russes aimaient particulièrement lire le journal. La presse russe lui était incompréhensible, mais pourvu qu'il gagne de l'argent, il se moquait bien du reste. Agile d'esprit, il vendait à côté des journaux des graines de pastèque et des cigarettes. Un gros sac de toile de jute accroché à chaque épaule, les journaux dans celui de gauche avec *Le Télégraphe quotidien, Les Nouvelles de Harbin, Le Bulletin officiel de Harbin, La Nouvelle Vie*, etc., et dans celui de droite, des pastèques grillées à l'odeur alléchante et des cigarettes Lopato de fabrication locale connues sous le nom de « tiges blanches », il sillonnait les rues. Les Russes appelaient les graines de pastèques *Maoke* et les cigarettes *sigarety*, et Xisui n'oubliait pas de crier ces deux mots lorsqu'il vendait ses journaux. Comme il était beau garçon, aimable et appliqué, toujours prêt à frotter une allumette pour qui venait d'acheter des cigarettes, les clients l'aimaient bien.

Xisui faisait comme Wang Chunshen : chaque jour il allait de Fujiadian au quartier des Quais et à la Nouvelle Ville. La différence, c'était que Wang Chunshen y allait très tard et en revenait tard le soir ; alors que Xisui devait aller très tôt le matin chercher les journaux et qu'il revenait assez tôt le soir. Xisui cachait l'argent qu'il avait gagné, billets comme pièces, dans son oreiller, en rêvant de faire fortune. Au bout d'un certain temps, cet oreiller était bien gonflé. La seule chose qui réjouissait Zhou

Yu était de flatter cet oreiller de la main en pensant, pas d'inquiétude, il trouvera femme. Zhou Ji et sa femme étaient contents de Xisui mais ils trouvaient que vendre des journaux n'était pas une situation stable et que pour un garçon, il fallait étudier quelque art ou métier pour s'établir durablement. Est-ce parce qu'elle ne fondait pas beaucoup d'espoir sur lui, Yu Qingxiu tomba de nouveau enceinte, et comme elle aimait manger acide, les gens devinèrent qu'elle mettrait au monde un garçon au printemps prochain.

Zhou Ji aimait Fujiadian parce que quand il y était arrivé, l'endroit était encore désert, mais vingt ans plus tard il avait bien changé. Il avait vu les maisons se construire une à une et les rues s'ouvrir, il avait vu les vieux s'en aller les uns après les autres et la nouvelle génération arriver. Il tenait toujours sa table de change et n'allait presque jamais dans les quartiers neufs ou celui des Quais, il n'aimait pas les choses occidentales, en particulier les banques. Elles perturberaient son commerce si elles se multipliaient. Mais ce que sa femme Zhou Yu ne pouvait accepter, c'étaient les églises que les Occidentaux avaient construites à Harbin. A ses yeux, seul le temple de Guandi méritait que l'on y priât. Parce qu'on y révérait ses ancêtres à soi, et que Jésus était un aïeul étranger. Dès qu'elle entendait dire qu'ici ou là on allait bâtir une église avec un nom étranger, Sainte-Sophie, ou l'Assomption ou Saint-Stanislas, cela la mettait dans une colère noire qui lui donnait le vertige, brouillait sa vision et la faisait lancer des objets par terre, pour le grand malheur de la vaisselle familiale. Quant à l'église de son quartier de Fujiadian, elle la détestait plus que tout et répétait que si le génie renard revenait en elle, elle soufflerait le feu dessus et la réduirait en cendres.

Yaozu et Yaoting, en comparaison, n'étaient pas aussi profondément attachés à Fujiadian que leurs parents, mais ils l'étaient néanmoins. En revanche, ils ne rejetaient pas les Occidentaux. Le magasin de Zhou Yaozu qui servait des pâtisseries et des petits plats, bien vu de l'intendant régional, jouissait d'une bonne réputation à Harbin. Les Russes qui aimaient ces douceurs pour accompagner le thé venaient exprès du quartier des Quais et de la Nouvelle Ville pour acheter une tarte aux pêches ou des crêpes aux jujubes, et parmi ces clients on comptait Sennikova, la chanteuse d'opéra. Lorsqu'elle venait, elle prenait toujours le fiacre de Wang Chunshen. Une fois, Zhou Yu, en revenant du temple de Guandi, tomba sur cette voiture et vit Sennikova sortir de la boutique, mais elle n'osa pas injurier Wang Chunshen en pleine rue, alors elle s'adressa au cheval : « Tu peux bien venir de chez l'intentant régional, tu as perdu tout prestige, tu manges à n'importe quel râtelier ! » Sur quoi elle rentra dans sa boutique en se dodelinant sur ses petits pieds bandés, pointa son index sur le nez de Zhou Yaozu et le gronda : « Tu vends tes pâtisseries aux velus[1], tu crois que ça te fera pousser des poils ? » Celui-ci réprima un sourire : « Non, ça ne me fera pas pousser de poils. La prochaine fois, je ne lui en vendrai pas, voilà tout. »

Il disait cela, mais il pensait qu'il serait bête de refuser les clients. Il demanda néanmoins à Wang Chunshen de ne pas lui amener la Sennikova chez lui les premier et quinze du mois.

Zhou Yaoting était plus désireux que son frère de demeurer à Fujiadian parce qu'il avait grandi là. Il avait été agent de police, puis quand le Centre de prohibition de l'opium avait été mis en place, il s'y était fait affecter. En fait, ce Centre surveillait les fumeurs d'opium, mais d'un œil seulement, pour ainsi dire. Après la fermeture des fumeries, les marchands d'opium brut avaient

1. Terme populaire pour désigner les étrangers et particulièrement les Russes, à Harbin.

secrètement détourné leur commerce vers les maisons closes et les maisons de thé, précisément les lieux où patrouillait Zhou Yaoting. Il les tolérait et les tenanciers étaient tout sourire avec lui, il pouvait y dîner ou dormir à l'œil, il économisait ainsi de l'argent, pour tout dire il s'était trouvé une sinécure. Quand il était policier, juste parce qu'il avait emprunté deux roubles à une prostituée du nom de Petite Taoli et oublié de les lui rendre, il avait été dénoncé par elle et sanctionné d'un mois de travaux pénibles dans le port, ce qui lui avait fait totalement perdre la face. A ses yeux, le commissariat de police était comme une prison, alors que le Centre de prohibition de l'opium était indubitablement le paradis. Zhou Yaoting avait trente ans mais il n'avait pas l'intention de fonder une famille, il trouvait qu'un homme marié était comme un poisson pêché par une femme, forcé de vivre hors de l'eau et privé à jamais de liberté, il n'y avait qu'à regarder Wang Chunshen pour s'en convaincre. C'était très clair dans son esprit, il se considérait comme une loche glissant entre les doigts, refusant de se laisser attraper, et Fujiadian était comme une rivière fangeuse, idéale pour lui.

La génération de Xisui et Xizhu était née à Fujiadian. Pour Xisui, qui regardait les différents lieux de la ville en les comparant à des rôles de la dramaturgie chinoise, le quartier des Quais était une guerrière pleine de vie, splendide, qui dès qu'elle s'immobilise pour prendre la pose, obtient l'attention de tout le théâtre ; quant à la Nouvelle Ville, c'était un rôle paisible, gracieux et raffiné, avec une note indéfinissable de mélancolie. Enfin Fujiadian, plus vieux, plus débraillé, plus sale, c'était le bouffon avec l'arête du nez peinte en blanc, naturel, à l'aise et donnant de la gaieté aux gens. C'est pourquoi, chaque jour, en vendant ses journaux, dès qu'il mettait les pieds dans les venelles sinueuses, il prenait de grands airs, faisait de grands gestes et récitait des vers qu'il avait appris dans son cours de théâtre, comme ceux de « La liste des lampes » de la pièce *Mettre une robe d'apparat*: « Le lampiste est bon, le lampiste est malin, écoutez-moi annoncer le nom des lampes... » Les vieux oisifs au bord du chemin qui le connaissaient se moquaient gentiment de lui quand il passait: « Xisui, tu te parles à toi-même ? » Il rigolait: « Je fais la liste des lampes, tiens. » « Alors nomme-les clairement pour moi. » Il se faisait espiègle, faisait la moue, il refusait en scandant: « Cette lampe-ci, cette lampe-là, moi le lampiste soudain je ne sais plus... » Et les vieux riaient du mignon Xisui.

Après les gelées blanches, le temps devenait encore plus froid, il fallait mettre des vestes et des pantalons molletonnés. Mis à part les docteurs traditionnels, Xisui fut l'un des premiers à s'apercevoir qu'à Fujiadian de plus en plus de gens toussaient. Il s'aperçut aussi que ces passants qui toussaient ne ressemblaient pas à ceux de l'année précédente, qui continuaient leur chemin après une petite quinte de toux; cette année, ils s'arrêtaient tous, s'appuyaient sur la porte d'une boutique ou contre un arbre, haletaient fortement, l'air de ne pouvoir tenir debout. Même s'il ne connaissait rien aux maladies contagieuses, Xisui dit à sa mère un matin: « Je crois qu'aujourd'hui il y aura des morts de froid! »

Yu Qingxiu le gronda: « Ne fais pas ta langue de corbeau! »

Xisui se passa machinalement la main sur la bouche et regarda le ventre de sa mère qui s'arrondissait: « Et le bébé qui est là-dedans, est-ce qu'il a une langue? »

Yu Qingxiu dit: « Oui, toute noire, et il peut nommer les lampes! »

Xisui comprit qu'il était visé et rigola.

C'était un jour de malchance, lorsqu'il rentra l'après-midi en passant devant la porte de la grande salle de danse de Huale, il vit un attroupement de quelques personnes formant un cercle, la tête basse, en train de regarder quelque chose. Il s'approcha, c'était un homme couché par terre, les quatre fers en l'air, un client fréquent de l'Auberge des trois kangs, Ba Yin. Il était vêtu de noir, avec un gilet de daim et un pantalon ouaté tout neuf. Il avait le visage cyanosé, des traces de sang sous le nez et sur la bouche, et bien qu'il eût les yeux à demi ouverts, les pupilles étaient immobiles, il était mort, bel et bien mort ! Les badauds n'osaient pas le toucher, mais quand quelqu'un trouva son gilet de daim à son goût et commença à le lui enlever, un autre lui ôta son pantalon, en expliquant que chaque année Wu Fen lui en confectionnait un, chaud mais léger, rembourré de coton neuf. Comme Ba Yin était déjà raide, ils eurent un peu de mal à le lui retirer. Mais en un rien de temps, Ba Jin avait été dépouillé de ses chaussures, de son manteau, de son gilet et de son pantalon ouaté, comme s'il était entré chez un prêteur sur gages. Et ceux qui n'avaient rien obtenu ne voulaient pas renoncer, ils tendirent la main pour quémander ce qu'il y avait dans les poches, celui qui avait le gilet y trouva un peu de monnaie qu'il distribua, dans les poches de son pantalon ce furent quelques graines de pastèque. Voyant Xisui debout à côté, il lui en donna un peu. Xisui les attrapa, regarda Ba Yin, à présent en tricot de corps et en slip fleuri, et eut la nausée. Il jeta les graines de pastèque et s'en fut en pleurant. Les graines étaient tombées sur le corps de Ba Yin, on eût dit que des fourmis grimpaient sur lui.

UNE STATUETTE EN OR

C'était pour Ba Yin une façon tragique de partir ainsi, le cadavre exposé dans la rue, presque nu. Les gens de Fujiadian qui connaissaient la situation familiale de Wang Chunshen, pensant qu'il serait soulagé, lui disaient pour lui faire plaisir : « Voilà bien un châtiment rapide ! » Wang Chunshen fronçait les sourcils et ne disait rien. En fait, il n'était pas heureux de ce dénouement. Ba Yin était mort, et c'était la police qui avait ramassé son cadavre ! Wu Fen pleura certes un bon coup, mais elle dit que la mort c'était comme éteindre un feu, si on passait son temps à se souvenir de la lumière du disparu, autant passer le reste de sa vie dans le noir. Où était la famille de Ba Yin, ses femmes et ses enfants, elle n'en savait rien. Si d'aventure après l'enterrement ils venaient la voir un beau matin pour réclamer le corps, ce serait fort ennuyeux. Mais finalement Wu Fen ne put même pas se résoudre à aller le voir une dernière fois, elle acheta juste un linceul qu'elle fit porter par quelqu'un.

Wang Chunshen se sentait triste pour Ba Yin, partir ainsi dans la force de l'âge, en pleine vie. D'ordinaire il détestait le personnage, avec son nez crochu et ses yeux de rats perpétuellement en mouvement. Mais maintenant, en repensant à son visage, il éprouvait une indicible peine, empreinte de compassion. Il en méprisait davantage Wu Fen, qu'il trouvait trop égoïste et intéressée, insensible et injuste, qui n'aurait pas de descendance et tant pis pour elle ! De la façon dont il voyait les choses, c'était Wu Fen qui avait aspiré entièrement le sang et l'esprit de Ba Yin et ainsi fait qu'il ait pu être emporté par une bourrasque de vent froid.

Quatre jours après la mort de Ba Yin, Wu Fen tomba malade. Cela commença par des maux de tête, une oppression à la poitrine ; puis elle prit froid et se mit à tousser ; enfin, la fièvre monta et elle se mit à délirer. Wang Chunshen pensa qu'elle était peut-être dure en paroles mais qu'elle avait néanmoins du cœur et qu'elle aimait encore Ba Yin. Sinon, pourquoi serait-elle tombée malade ? Il se dit que la maladie d'amour ne se soignait pas, qu'il fallait la surmonter soi-même, ce qui ne l'empêcha pas de demander à Jin Lan de lui donner des pelures d'orange en bouillie qui font baisser la chaleur interne du corps, ainsi que de la soupe de petits pois.

Voyant que Wang Chunshen se souciait encore de Wu Fen, Jin Lan en conçut une vive jalousie. Elle pensa que Wu Fen faisait semblant d'être malade après la mort de Ba Yin, pour apitoyer Wang Chunshen et tenter de renouer avec lui. Si tel était le cas, sa vie risquait de devenir infernale. Aussi, quand elle lui apportait à manger, gardait-elle un visage sombre, sans un mot gentil.

Ce soir-là, au crépuscule, Jin Lan posa sur la table le bol de bouillie, et au moment où elle repartait, Wu Fen la rappela et dit d'une voix faible : « Jin Lan, tu sais ce que je déteste le plus dans la vie ? »

Jin Lan hésita un instant : « Ce que les gens aiment, c'est toujours à peu près la même chose, l'argent et la richesse, le vin et les femmes ; pour ce qui est de la haine, chacun a les siennes, il y en a tellement, comment pourrais-je deviner ? »

Wu Fen eut un rire sarcastique : « Ce que je déteste le plus, c'est de ne pas être un homme. Qu'est-ce qu'un homme ? Droit comme une lance, osant aller partout, ne perdant jamais. Alors que la femme, c'est un bouclier de papier qui s'effondre au premier coup de boutoir. » Et elle se remit à tousser.

Jin Lan n'avait jamais entendu Wu Fen dire quelque chose d'aussi drôle, elle ressortit en riant et alla lui préparer spécialement un bol de nouilles à la mode de Yang Chun. Mais le lendemain, Wu Fen commença à aller très mal. La toux empira pendant la nuit, elle avait de plus en plus de mal à respirer et, au lever du jour, elle crachait du sang en grande quantité. En moins d'une heure elle expira, le visage noir comme de la cendre.

Les clients de l'auberge, apprenant le décès, décampèrent, ne voulant pas risquer de rencontrer son fantôme.

Wang Chunshen n'avait pas imaginé que Wu Fen suivrait Ba Yin aussi vite et il en fut fort affecté. Selon la coutume, il aurait fallu attendre trois jours pour l'enterrer, mais il décida de n'attendre qu'un jour et lança les funérailles le lendemain. Cela avait peut-être l'air d'expédier les choses en vitesse, mais elle rejoignait ainsi plus tôt l'amour de sa vie.

Ce jour-là, Wang Chunshen ne mena pas son fiacre dans le quartier des Quais ni dans la Nouvelle Ville, il alla juste chez le marchand de pompes funèbres de Fujiadian. Pour pouvoir rapporter commodément un cercueil à la maison, il démonta l'habitacle et attela un traîneau long et étroit. Il acheta le cercueil, les vêtements funéraires en satin ainsi que bœufs et chevaux de papier, et rentra à l'auberge d'un pas lourd. Comme il y avait un peu de neige sur la route et que le traîneau était lourd, le cheval noir devait tirer de toutes ses forces, il était en nage. Les gens qu'il croisait dans la rue n'osaient pas le saluer, tant il avait l'air malheureux. Ils se disaient, sa femme lorsqu'elle était en vie n'était plus à lui, mais c'est lui qui doit la mettre en terre. Quant à Wang Chunshen, au fond de son cœur, il se souvenait qu'elle avait quand même été bonne avec lui. A la fin de chaque automne, elle n'oubliait jamais de lui confectionner un habit confortable pour l'hiver. Surtout ces deux dernières années où elle renforçait l'ouate aux genoux et aux coudes car elle le savait dehors toute la journée. Songeant qu'à l'avenir plus personne ne lui ferait des vêtements chauds et douillets, il grelotta de froid.

Lorsqu'il entra dans la cour, avant même qu'il ait eu le temps d'appeler des gens pour le décharger, Jin Lan se précipita dehors pour évaluer cet objet rare, tournant autour, flattant la surface de la main : « Ce bois est épais, c'est sûrement le plus cher ! »

Wang Chunshen lui dit en pensée, inutile de rivaliser, si par hasard tu meurs, je te trouverai un cercueil identique.

Jin Lan souleva le vêtement funéraire noir avec une pièce de monnaie jaune imprimée dessus et cela excita davantage sa jalousie. « Quand tu m'as épousée, ma robe n'était pas aussi belle que ça. »

N'y tenant plus, Wang Chunshen répliqua : « S'il te plaît tant, garde-le donc pour toi ! »

Jin Lan jura entre ses dents.

« Qui voudrait porter un vêtement funéraire ?

— Alors ne fais pas un concours de style avec une morte ! »

Jin Lan se moucha et, l'air de rien, essuya la morve sur le cercueil, en disant sur le ton de la confidence : « Il n'est plus question de concours, maintenant tu n'as qu'une femme, désormais il faut renommer l'auberge Chun-Lan.

Wang Chunshen se fâcha : « Qui dit que je n'ai qu'une femme ? J'en ai autant que je veux ! » Il montra du doigt la morve qu'elle avait laissée : « Si tu ne l'essuies pas tout de suite, je te fourre dans le cercueil ! »

Jin Lan n'avait jamais vu Chunshen dans une telle rage. « J'ai pas fait exprès », dit-elle. Elle tenta d'essuyer la morve avec sa manche. Avec le froid, celle-ci avait gelé, impossible de l'enlever. Elle regarda Chunshen, embarrassée :

« Il fait froid, ça a gelé, ce n'est pas de ma faute.

— Même si tu dois le faire avec ta langue, il faut me nettoyer ce cercueil ! » beugla Wang Chunshen.

Jin Lan pleura un coup : « Si on peut être réincarné, il faut absolument que je revienne sur terre en homme, je te prendrai comme deuxième femme et tu verras ce que ça fait !

— Faudrait encore que je veuille bien revenir en femme, ricana-t-il, et puis que je veuille bien t'épouser !

— Les laiderons de cette vie reviendront dans la prochaine comme des beautés. » Elle fronça le nez et ajouta avec une grimace : « Quand on sera dans ce monde-là, c'est pas sûr que je voudrai de toi comme femme. »

Wang Chunshen ne peut retenir un éclat de rire. Il pensa, quand quelqu'un est trop laid, sa cervelle est exceptionnelle.

Le lendemain matin, Zhou Yaozu et Zhang Xiaoqian se rendirent à l'Auberge des trois kangs pour donner un coup de main. Wang Chunshen mit Wu Fen en bière, Zhang Xiaoqian referma le cercueil et Zhou Yaozu le cloua. Jibao, en costume de deuil, une cuvette funéraire sur la tête, suivit les instructions des adultes : au moment de lever le cercueil, il jeta la cuvette par terre, accomplissant ainsi le rite funéraire dévolu au fils aîné. Bien qu'il eût onze ans passés, c'était un enfant fragile et timoré. Cette cuvette de terre inanimée rebondit sur le sol, fit un demi-tour comme une roue de charrette et resta renversée par terre, intacte. Selon la superstition, si la cuvette ne se brisait pas, le fantôme du mort hanterait les lieux. C'est pourquoi, lorsque la charrette portant le cercueil eut quitté la cour de l'auberge, Jin Lan lança une invective : « Le fils que j'ai élevé a lancé la cuvette à terre pour toi, ça ne te suffit pas ? Tu voudrais rester ici ? N'y compte pas ! Fiche-moi le camp ! » Elle brisa d'abord la cuvette d'un coup de pied, puis elle attrapa une poignée de cendres et en dispersa devant tous les seuils, afin d'éviter que le fantôme n'entre dans la maison. La ligne de défense des seuils mise en place, Jin Lan prit le voile funéraire que portait Jibao et le jeta dans le four, ajoutant du petit bois, attisant les flammes, puis elle ouvrit en grand les fenêtres de la chambre de Wu Fen qui étaient toujours hermétiquement fermées, ainsi que les portes, jurant d'en faire sortir l'air vicié.

A midi, l'enterrement de Wu Fen était terminé. Wang Chunshen ne rentra pas à l'auberge, il invita Zhou Yaozu et Zhang Xiaoqian à la gargote Taishun à boire un verre et manger un morceau, pour les remercier. Un repas funéraire n'est jamais très gai, tous trois ne parlaient presque pas ; mais à la troisième tournée, Zhang Xiaoqian se fit volubile, il rit sous cape : « Cette fripouille de Zhai Yisheng, ces derniers jours il en a fait voir à Xu Yide ! »

Zhou Yaozu lui fit immédiatement un clin d'œil appuyé pour lui signifier de ne pas parler de Zhai Yisheng devant Wang Chunshen.

Mais Wang Chunshen le pria de continuer, en précisant que de toute façon, à ses yeux, Zhai Yisheng n'était pas un homme.

Zhang Xiaoqian continua donc : « Il n'a pas arrêté de harceler Xu Yide en lui disant que son *gaosheng* avait brûlé par malchance dans un incendie. Ainsi à sa mort il ne pourrait pas être complet, et il voulait que Xu Yide lui fasse un joujou en terre cuite. »

Zhou Yaozu leva les sourcils : « C'est quoi ce *gaosheng* ? »

Wang Chunshen était au courant : « Le "joujou" que les eunuques perdent à la castration, en général il est gardé dans de la chaux et suspendu à une poutre dans leur maison ou chez le maître qui a procédé à la castration, c'est ça qu'on appelle leur *gaosheng*. Quand l'eunuque atteint quarante ou cinquante ans on le décroche, et on le place dans la tombe des ancêtres. Si on le perd, on ne peut pas être enterré avec ses aïeux.

— Et si le *gaosheng* tombe, il risque d'être mangé par un chien ou un rat, ce serait bien embêtant ! dit Zhou Yaozu.

— Mais dans le cas de Zhai Yisheng, il a brûlé dans un incendie, non ? intervint Zhang Xiaoqian. Xu Yide ne voulait pas lui en mouler un, mais il a eu peur qu'il vienne faire du grabuge à sa boutique, alors il a accepté. Mais le premier qu'il a fait n'a pas plu à Zhai Yisheng qui l'a trouvé trop petit et s'est plaint que Xu Yide ne le considérait pas comme un homme. Alors Xu Yide lui en a fait un plus gros, et il s'est plaint qu'on le prenait pour un âne. Ne sachant que faire, Xu Yide en a fabriqué sept ou huit pour qu'il choisisse, et devinez quoi ? Aucun ne lui a plu. Alors Xu Yide lui a demandé ce qu'il voulait, au fond, qu'il le dise clairement. Zhai Yisheng a répondu qu'il ne savait pas, parce qu'il n'arrivait pas à évaluer quelle serait la taille de son joujou si on ne le lui avait pas coupé. Sur quoi il s'est mis à pleurer. Vous pouvez imaginer ça ? »

Zhou Yaozu lâcha un « Aya ! Il est bien à plaindre, lui aussi ».

Wang Chunshen marmonna : « Mais il est en bonne santé, qu'est-ce qui lui prend de penser à l'au-delà ?

— A mon avis c'est de voir partir Ba Yin comme ça, d'un coup, ça lui a fait peur, dit Zhou Yaozu.

— S'il meurt, ce ne sera pas comme Ba Yin, dont le corps a dû être ramassé par la police ! » dit Zhang Xiaoqian, qui ajouta : « Si Jin Lan ne s'occupe pas de lui après sa mort, sa sœur Xiang Zhilan le fera sûrement. »

Et voilà comment ces trois hommes, en parlant de Zhai Yisheng, en vinrent à parler de Xiang Zhilan, puis de Xiang Zhilan à Ji Yonghe, et de Ji Yonghe aux grains et à la nourriture, jusqu'au repas du soir. Avant de se séparer, Zhang Xiaoqian tira gentiment Wang Chunshen par le bras : « Mon vieux Wang, cherche donc une autre femme, sinon ce serait trop dommage pour toi. » Zhou Yaozu lui tapa doucement sur l'épaule : « Vieille branche, demain on viendra faire un tour dans ton fiacre, histoire de se changer les idées. On ira voir Sennikova, on lui dira que ma femme a fait une nouvelle pâtisserie salée, une farce de poisson séché effiloché et d'arachides. Un jour, tu nous l'amèneras ! Je te garantis que quand elle y aura goûté, ça lui éclaircira la gorge et elle chantera à faire éclater les pinsons de colère ! »

Wang Chunshen hocha la tête, les yeux embués de larmes. Heureusement que le ciel était presque aussi sombre que des feuilles de thé, le crépuscule approchait, personne ne pouvait le voir nettement. Il retourna à l'auberge dans son fiacre et en chemin il songea soudain qu'on était dimanche. Sennikova devait aller à la messe à l'église Saint-Nicolas, si elle ne le voyait pas, quel fiacre prendrait-elle ? Wang Chunshen était un peu inquiet.

Il n'y avait aucun client à l'auberge et Zhai Yisheng n'était pas là. Jibao était accroupi devant le poêle et mangeait une orange, Jiying grignotait une poire, apparemment Jin Lan était allée acheter des fruits. Ce soir-là elle avait mis beaucoup de soin à sa toilette, poudrant son visage grêlé, allongeant ses cils, mettant la blouse ouatée qui datait de son union avec Wang Chunshen. Toutes ces années dans la cuisine avaient fait d'elle une femme replète. Cette blouse pourpre était encore assez épaisse mais, sur elle, on aurait dit une mince feuille de papier ; sa poitrine haut perchée, flamboyante la remplissait au point que les boutons semblaient sur le point de craquer.

Une odeur de viande mitonnée flottait dans la cuisine. Jin Lan fit un clin d'œil à Wang Chunshen et lui dit qu'elle avait acheté exprès pour lui des côtes de mouton, son mets préféré, elle les avait fait mijoter avec de la badiane et de la cannelle et elles seraient bientôt tendres. Elle ajouta qu'elle avait aussi fait remplir au restaurant voisin une jarre de vin de riz, pour qu'il ait de quoi boire aujourd'hui.

« Je viens de boire un coup avec Zhang Xiaoqian et Zhou Yaozu, je suis épuisé, j'ai envie de me reposer, répondit Wang Chunshen.

— Cela fait combien d'années que tu n'as pas bu avec moi, pour une fois faisons comme je dis », insista-t-elle en minaudant. Elle tira sur sa manche, roula ses hanches en forme de tonneau et ajouta d'une voix rauque : « Tu as déjà vu des hommes qui se couchent avec le soleil ? Attends au moins que les étoiles apparaissent avant de monter sur le kang. »

Wang Chunshen repoussa sèchement sa main et demanda : « Et ton mignon ? »

Elle comprit qu'il parlait de Zhai Yisheng. « Je ne sais pas où il est allé, il a juste dit qu'il ne venait pas ce soir. »

Pour le dissuader d'aller se coucher, elle retourna au poêle et lui servit un bol de ragoût de mouton, attrapa une paire de baguettes et lui tendit un morceau en disant : « Goûte-moi ça, c'est tendre ? »

Il ouvrit la bouche et avala. La côte de mouton était bien tendre, elle avait bon goût, mais pour se dérober il mentit : « Ce n'est pas assez cuit, c'est dur à mâcher. »

Un peu vexée, elle lui dit que pour attiser le feu, elle avait brossé les vêtements qui restaient de Wu Fen, en avait fait un ballot et les avait brûlés dans le poêle, de toute façon tôt ou tard il faudrait les brûler, le faire à l'extérieur c'était allumer un feu pour rien, autant que ça serve à mijoter des plats.

En entendant cela, Wang Chunshen fut pris de nausées ; il se précipita vers le seau des eaux grasses et se mit à vomir violemment. Jin Lan le suivit pour lui taper dans le dos, en disant d'un ton démoralisé : « Ah, si j'avais su, je ne me serais pas tracassée toute la journée pour faire ce plat ! »

Quand il eut tout vomi, Wang Chunshen se rinça la bouche à l'eau fraîche ; il allait retourner dans sa chambre mais Jin Lan l'arrêta. Elle apporta de la chambre de Wu Fen un coffre métallique, le posa sur la table et lui dit que pendant toutes ces années, les rentrées de l'auberge avaient été gérées par Wu Fen et qu'elle ne savait pas combien il avait d'argent en tout. Maintenant que Wu Fen était partie, c'était à son tour de gérer la boutique et elle voulait compter l'argent en sa présence, devant lui. Mais elle avait eu beau fouiller la chambre de Wu Fen, elle n'avait pas trouvé la clef du coffre et proposait donc de le forcer. Sans attendre qu'il approuve de la tête, elle prit un marteau qu'elle avait déjà posé sur la table et frappa sur la serrure. Elle avait vraiment de la force, en quatre ou cinq coups la serrure sauta et le coffre s'ouvrit. Mais elle s'était si bien démenée que les deux boutons de son chemisier avaient fini par lâcher, et ses deux seins, répondant à l'appel de la liberté, se dégagèrent sous le regard médusé de Wang Chunshen.

D'un geste vif, Jin Lan plongea les mains dans le coffre et compta l'argent. Elle allait se plaindre qu'il n'y en avait pas beaucoup quand elle découvrit, au fond du coffre, une petite boîte oblongue. Elle l'ouvrit et Wang Chunshen, à son regard exalté, au tremblement de ses lèvres et à la salive qui en coulait, comprit qu'elle avait découvert un trésor. Il se pencha pour voir, c'était une statuette en or ! De la longueur d'un empan, le visage rond, les lèvres épaisses, les yeux grands, les bras potelés, et entre les jambes il y avait une zézette. Avec son air grassouillet et son sourire joyeux, c'était un petit garçon tout à fait charmant. Jin Lan prit la statuette dans la main et la soupesa, fit une grimace et dit : « Ça alors ! Sous prétexte qu'elle était la première épouse, elle a fait faire cette statuette sans nous en parler, elle exagérait, non ? »

Wang Chunshen prit la figurine, la gorge nouée. Il savait que Wu Fen aurait tant voulu avoir un enfant, c'était pour cela qu'elle avait fait faire cette statuette en or. Au cœur de la nuit, combien de fois elle avait dû la regarder !

« Elle est sûrement allée en catimini dans le quartier des Quais, avenue de Chine. A Fujiadian l'orfèvre n'aurait pas pu tenir sa langue ! », dit Jin Lan.

La statuette plaisait beaucoup à Wang Chunshen, il la remit dans sa boîte, pensant l'emporter, il voulait en profiter quelques jours. Jin Lan, croyant qu'il la voulait pour lui tout seul, s'écria : « J'ai ma part dans cette auberge, elle n'a pas tout fait toute seule ! » Sur quoi, elle lui reprit la boîte des mains, en ressortit la statuette, et en un clin d'œil, lui arracha la tête et les membres. C'était manifestement de l'or de qualité, à la fois dur mais ne manquant pas de souplesse, elle n'eut aucune peine à le faire. Wang Chunshen, voyant ce bébé qui était si joli écartelé de la sorte, explosa de colère, et la gifla vivement. Jin Lan éclata en sanglots. Son visage grêlé, lessivé par les larmes, semblait couvert d'écailles.

Ce soir-là, Wang Chunshen ne trouva pas le sommeil. A minuit, il entendit frapper à sa fenêtre : c'était Zhai Yisheng, qui s'écria en entrant : « Oh la mère Jin, dehors il pleut de l'argent, qu'est-ce que tu attends pour le ramasser ? » Apparemment il neigeait, et Zhai Yisheng était encore ivre mort.

LA CHASSE AUX RATS

Depuis le début de l'hiver, il avait neigé plusieurs fois à Harbin. Mais ce n'avait été que de petites chutes gentilles qui n'avaient pas laissé grand-chose. La veille, en revanche, cela avait été vraiment sérieux, couvrant la ville d'un manteau blanc. Les ormes le long des rues, dont la vie semblait déjà ne tenir qu'à un fil et qui n'avaient gardé que quelques rares feuilles mortes comme des pièces d'or à leurs branches, faiblirent en ce jour de grande neige et laissèrent ployer leurs branches et tomber leurs dernières feuilles. Dans les prés, les herbes sauvages, raides comme des baguettes, ne pouvaient plus rêver d'automne, la neige avait enterré leur rancœur. A quoi ressemblait Harbin après une telle chute de neige ? Aux yeux des corbeaux, à trois crêpes tout juste sorties de la poêle. Celle du quartier des Quais était un peu plus grande que les autres, celle de la Nouvelle Ville moyenne, celle de Fujiadian la plus petite. Mais elle avait l'air couverte de graines de sésame. Car après la neige, une nouvelle terrifiante se répandit : la peste était arrivée ! Les gens ne pouvaient plus rester tranquillement chez eux, ils allaient par les rues voir ce qui se passait.

Deux jours avant la mort de Ba Yin, dans une baraque de chantier de Majiagou, un homme de retour de Mandchourie pour une visite familiale était mort en crachant du sang après quelques jours de fièvre. Puis trois hommes de la même baraque avaient présenté les mêmes symptômes. Le médecin de l'hôpital russe de la Nouvelle Ville craignait que la peste soit arrivée à Harbin. Et, chose à laquelle les gens de Fujiadian n'avaient pas prêté attention, le troisième jour après la mort de Ba Yin, le patron du petit restaurant « Aux trois fraîcheurs du tofu », Liu Wenqing, fiévreux et toussotant depuis quelques jours, s'était évanoui alors que sa famille l'emmenait à la clinique, puis s'était mis à cracher du sang avant de rendre l'âme. La couleur de son visage et de ses yeux dans le trépas était identique à celle du visage mortuaire de Ba Yin, d'un violet très foncé ! Or Ba Yin était un habitué du lieu. Après la mort subite de Wu Fen, la patronne de l'Auberge des trois kangs, Fu Baichuan, personnage en vue à Fujiadian, prit vivement conscience que ces trois personnes étaient mortes de façon similaire en présentant des symptômes étrangement semblables, et il alla en informer l'intendant régional Yu Sixing. Celui-ci en fut vivement ému : apparemment, la peste déjà présente en Mandchourie, ce dont il avait entendu parler, se répandait comme un feu de prairie et avait atteint Fujiadian. Déjà, les Russes, très sensibles à la sécurité de leurs ressortissants à Harbin, avaient pris des mesures préventives et alloué des crédits à l'aménagement d'un centre de mise en quarantaine. Yu Sixing comprit qu'il s'agissait d'une affaire vitale et convoqua immédiatement une réunion des autorités de police et du comité directeur de la chambre de commerce pour discuter des mesures à prendre. Un Centre de lutte contre l'épidémie fut mis sur pied à Fujiadian. Yu Sixing en prit la responsabilité. Il loua une dizaine de maisons dans la rue Badao et les transforma en hôpital provisoire, organisa des patrouilles d'agents de santé dans chaque quartier avec pour consigne d'y transférer toute personne présentant ces symptômes pour la placer en isolement strict. En même temps, il donna instruction de chasser les rats afin de couper l'épidémie à la source.

Dès que l'on eut la certitude que l'épidémie de peste avait éclaté et qu'elle avait été apportée à Fujiadian par Ba Yin, tous ceux qui jusque-là le plaignaient se mirent à le haïr. Ceux qui avaient été en contact avec lui, le serveur de la maison de thé, le patron du petit restaurant, le portier du théâtre, les policiers qui s'étaient occupés de son cadavre, furent pris de panique : ils se touchaient le front en permanence pour voir s'ils avaient de la fièvre ; ils vérifiaient sans cesse leurs crachats pour voir s'il y avait des traces de sang. Quant à ceux qui l'avaient simplement croisé dans la rue, ils s'alarmaient de tout et de rien. Le plus effrayé pendant cette période, c'était à coup sûr Wang Chunshen. Il n'avait pas peur pour lui, mais pour Zhou Yaozu et Zhang Xiaoqian qui l'avaient aidé, par sympathie, à mettre Wu Fen en bière. Il avait peur également pour son cheval noir chéri. Si par hasard il attrapait lui-même la peste et la transmettait à son cheval, ce serait une catastrophe. Il ne voulait pas se séparer de lui. Mais la peste pouvait-elle se transmettre de l'homme à l'animal ? Il n'en savait rien et ne savait qui interroger sur ce point.

Wang Chunshen, qui n'avait nulle envie d'habiter sous le même toit que Zhai Yisheng, profita de l'occasion pour s'installer à l'écurie avec un lit de camp et une petite valise. Voilà pour le gîte, mais le couvert ? Il y avait un poêle dans l'écurie, il suffisait d'apporter un peu de bois, des ustensiles de cuisine, d'acheter du sel, de la sauce soja, du vinaigre et des vivres, voilà tout. Le poêle pouvait servir de cuisinière et de moyen de chauffage, c'était parfait. Une fois rassasié, il dormait bien au chaud dans la quiétude de la nuit en sentant sur lui l'haleine de son cheval, il se sentait bien. Il se fit des reproches : pourquoi n'avait-il pas pensé plus tôt à loger avec lui ?

Une fois bien installé à l'écurie, il décida de faire venir Jibao, après tout il était le fils unique de la famille. Mais celui-ci renâclait parce que le cheval n'était pas attaché, si par hasard dans la nuit il lui donnait un coup de sabot au ventre, ça pourrait y faire un trou. Wang Chunshen accepta d'attacher le cheval, mais Jibao renâclait toujours. Si le cheval faisait un cauchemar et cassait son frein, le danger serait le même. Wang Chunshen trouva cela très amusant, parce qu'il ne savait pas si les chevaux rêvaient.

Le Centre de lutte contre l'épidémie commença par envoyer deux agents à l'auberge des trois kangs, munis de masques de protection, pour en désinfecter tous les coins à l'acide carbonique. Malgré cela, les affaires ne cessaient de décliner, comme si c'était devenu l'antre du démon, personne n'osait entrer. Jin Lan ne décolérait pas contre la perfidie de Wu Fen, qui même après sa mort ne laissait pas la famille en paix. Elle ne craignait pas la peste, elle disait qu'elle était venue au monde avec un visage grêlé et un corps plein de toxines, et qu'un poison en neutralisait un autre : la pestilence ferait aussi bien d'abandonner l'idée de l'infecter.

Jin Lan demanda à Zhai Yisheng s'il voulait aller s'installer dans l'écurie, auquel cas elle lui fournirait de la literie. L'eunuque se raidit et gronda : « J'ai fréquenté la Cité interdite, foulé les escaliers de l'empereur, comment pourrais-je m'installer avec des bêtes ? » Wang Chunshen pensa, le mieux c'est que tu ne viennes pas, sinon tu verrais combien mon cheval chéri est bien monté et tu risquerais de profiter de mon absence pour le castrer.

Les aubergistes n'ont pas de chiens, de peur qu'ils n'effraient le chaland, mais les chats sont au contraire une nécessité. Sans eux, souris et rats feraient chaque jour bombance dans la cuisine. Jin Lan avait un chat jaune, qui était comme elle très laid : des yeux étriqués, une gueule de travers, des moustaches irrégulières qui semblaient à rebrousse-poil. Il aimait dormir dans le tas de bois de chauffage, il s'y salissait mais c'était son coin préféré. Il était arrivé que Jin Lan, voulant allumer le feu, ne s'aperçoive pas qu'il dormait là comme un prince et manque de le jeter dans le poêle et de l'incinérer. Mais il ne fallait pas se fier à son air, ce chat était la terreur des rats, il pouvait en attraper sept ou huit par jour. Jin Lan se disait que les rats qui venaient à l'Auberge des trois kangs devraient le haïr à mort. Le jour où il viendrait à mourir, ils feraient certainement la fête.

Pour encourager les gens à chasser les rats, les autorités donnaient une prime de cinq centimes de sapèque par tête. Jin Lan décida que puisqu'elle n'avait pas grand-chose à faire, elle pourrait attraper des rats avec son chat jaune, après tout un sou est un sou. Elle disposa dans chaque recoin de l'auberge des pièges à rats et mit le félin en chasse. Mais celui-ci avait l'habitude, lorsqu'il en attrapait un, de le faire disparaître. Or à présent, manger un rat c'était avaler de l'argent, et Jin Lan ne pouvait le permettre. Alors elle le guettait et dès qu'elle le voyait sur le point d'avaler un rongeur, elle intervenait et le lui ravissait. Le chat hérissait le poil, miaulait, ne comprenant pas pourquoi on ne le laissait pas manger ce qui était destiné à l'être.

Le chat jaune était donc maussade et n'avait plus envie de chasser. Une nuit, Jin Lan entendit dans la cuisine les rats s'affairer. Au matin, elle découvrit que la moitié des aliments secs du panier en osier avaient disparu, et qu'il ne restait plus rien de la viande laissée sur la planche à découper. Inutile de préciser que c'était l'œuvre des rats à la faveur de l'obscurité. Et, histoire de la mettre encore plus en colère, ils avaient laissé partout dans la cuisine des crottes noires de la taille de grains de riz. A l'idée qu'après ce festin les rats étaient rentrés se coucher repus, Jin Lan se fâcha tout rouge contre ce chat qui sabotait le travail. Elle l'attrapa et lui serra le cou pour lui faire comprendre par la manière forte qu'il n'était pas question de regarder passer les rats sans rien faire. A ce moment-là, Zhai Yisheng poussa la porte et entra.

Les eunuques se sentent à part parmi les hommes et ils aiment plus que d'autres élever des chiens ou des chats. Zhai Yisheng ne faisait pas exception. Lorsqu'il était arrivé à Fujiadian, il portait un habit officiel de tissu gris et une natte sur la nuque, un baluchon bleu à l'épaule et, dans les bras, un chat blanc comme neige. C'était un chat châtré, dont la voix ne ressemblait pas à celle des autres félins, elle était perçante et glaçante, comme le cri du hibou. Il ne s'entendait pas avec le chat jaune de Jin Lan, les deux animaux se lançaient souvent des regards courroucés. Le blanc était trop paresseux pour chasser les rats, il était fort dodu avec quelque chose d'une douairière. La nuit, il se lovait auprès de l'oreiller de son maître. Jin Lan ne l'aimait pas et rêvait depuis longtemps de s'en débarrasser. Un jour, alors qu'il se repaissait d'arêtes de poisson, il s'étrangla et mourut d'étouffement. Zhai Yisheng, accablé, le prit dans ses bras et se mit en quête d'un arbre fruitier au pied duquel l'enterrer. Il chercha une journée entière, en vain ; il l'enterra donc au pied d'un orme. Précisément celui sous lequel s'installait régulièrement le marchand ambulant de pop-corn. Ainsi le chat blanc ne souffrirait pas du froid, l'hiver venu. Privé de son chat blanc chéri, Zhai Yisheng transféra son affection sur le chat jaune. Chaque fois qu'il revenait à l'auberge, s'il avait apporté de quoi manger, il nourrissait d'abord le félin. Mais celui-ci ne lui était aucunement reconnaissant et ne répondait pas à ses appels. Un soir, Zhai Yisheng le lava soigneusement, usant de trois bassines d'eau, puis il le prit dans ses bras et l'installa doucement sur un coussin. Mais le chat resta près de lui moins de temps qu'il n'en faut pour fumer une cigarette. Il se releva, secoua son pelage et retourna dans la cuisine dans le tas de bois de chauffage. Jin Lan s'en amusa intérieurement : trois bassines d'eau pour rien !

Zhai Yisheng, voyant Jin Lan serrer le cou du chat qui se débattait, crut qu'elle voulait l'étrangler et lui donna un coup de poing dans le dos. Elle chancela et lâcha l'animal, qui retomba sur ses pattes et s'assit, leva la tête et regarda calmement Zhai Yisheng faire le procès de Jin Lan.

« Si j'étais arrivé une seconde plus tard, tu aurais mangé du chat, n'est-ce pas ? cria-t-il avec une voix de canard.

— Et alors ? Je l'empêche de manger ces rats de malheur, et du coup il se fâche et ne chasse plus. Tu n'as pas entendu le raffut qu'ils faisaient dans la cuisine, ces deux dernières nuits ? » A Fujiadian, on avait l'habitude de les appeler « rats de malheur », comme dans toute la Chine du Nord, à cause des dégâts qu'ils causent aux récoltes.

« Et pourquoi ça, tu veux les manger, toi ? cria Zhai Yisheng toujours en colère.

— Il est hors de question que j'en mange ! Tu ne sais pas qu'on peut échanger leurs cadavres contre de l'argent ?

— Quel argent ? Ce sont des rumeurs. Va voir dehors si les gens attrapent les rats. Si tu veux en tirer de l'argent, inutile de les chasser à la maison, il n'y a qu'à les ramasser dans la rue ! »

Jin Lan le regarda, l'air déçu.

— Je croyais que tu devais être absent de toute la journée ? Tu es revenu bien tôt ?

— C'est bien grâce à toi ! » Il cracha et continua à maugréer : « Où que j'aille maintenant, je me heurte à des portes closes !

— Tu n'es pas malade, de quoi ont-ils peur ? Ba Yin a contaminé Wu Fen parce qu'ils dormaient sur le même kang, joue contre joue, ce n'est pas ton cas. Comment pourrais-tu être infecté ? Et puis, le Centre de lutte contre l'épidémie a désinfecté l'auberge.

— Qui peut dire avec certitude comment cette maladie se transmet ? Il y en a qui disent qu'il suffit de se servir d'un bol que les rats ont touché, ou de dormir dans un kang où ils sont passés.

— Alors il faut que je fasse plus souvent la vaisselle et le ménage, voilà tout. On n'est pas loin du puits, l'eau n'est pas un problème. Sait-on combien de gens ont été touchés par l'épidémie ? As-tu entendu quelque chose ?

— Bien sûr. A la chambre de commerce, rue Badao, il y en a eu cinq, mais seulement un qui était venu à notre Auberge des trois kangs. »

Jin Lan demanda de façon pressante de qui il s'agissait.

« C'est Zhang Xiaoqian, il avait tant de fièvre qu'il ne tenait plus debout, hier sa femme et son oncle l'ont emmené au Centre de lutte contre l'épidémie. »

— Et là-bas, on peut être soigné ? Je ne le crois pas. Si tu attrapes la maladie, je ne t'enverrai pas là-bas, je n'ai pas confiance en eux. J'aurai recours à la médecine paysanne, elle te guérira.

— Aurais-tu l'intention de me jeter un sort ? » Bien qu'un peu fâché, Zhai Yisheng sentait bien au ton de Jin Lan qu'elle se souciait de lui, qu'elle tenait à lui. Il se radoucit : « Et comment ta médecine me guérira-t-elle ? Explique-moi ça, un peu. »

Elle minauda : « Tu m'as donné un méchant coup à l'instant, tu m'as fait mal. Tu dois me masser l'épaule si tu veux que je t'explique ce remède. »

Zhai Yisheng comprit qu'elle voulait la douceur de ses mains. Il souleva son vêtement et la massa doucement. C'était curieux, Jin Lan avait un visage grêlé mais son corps était soyeux et luisant. Si son visage évoquait une serpillière, la peau de son corps rappelait le satin. Sous les caresses de Zhai Yisheng, elle se mit à ronronner, et le chat jaune, dépité, baissa la tête et s'en alla.

Zhai Yisheng n'était pas très grand mais il était étonnamment fort et adroit de ses mains, tout aussi capable de fabriquer une lanterne que de repriser ses chaussettes. Quand il marchait, la chair de son double menton ballottait, comme si elle allait s'échapper. Il craignait la chaleur et transpirait à profusion. C'est pourquoi il devait laver ses chemises tous les deux ou trois jours. De même, sa couverture devait être fréquemment aérée, faute de quoi elle dégageait une odeur de sueur nauséabonde. Jin Lan s'était toujours demandé pourquoi il avait dû quitter le palais : à quoi bon partir si sa substance lui était assurée, alors qu'il fallait gagner son riz à l'extérieur ? Il avait répondu qu'il avait le mal du pays, voilà pourquoi il était parti. Elle lui avait alors demandé ce qu'il faisait au palais et il avait répondu : « Oh, ci et ça, des tâches de serviteur. » Et il n'avait rien dit de plus. Mais au sujet de ses émoluments, il avait été plus disert : il gagnait chaque mois au moins deux taëls d'argent, plus six à sept cents sapèques, et deux livres de riz. Jin Lan pensait qu'il avait été chassé du palais. Comme il n'avait pas l'âge de prendre sa retraite, il n'avait pas pu être renvoyé pour cette raison. La plus grande probabilité était qu'il avait commis quelque faute et été chassé après avoir été châtié. Il avait eu la jambe droite cassée, il lui restait une cicatrice. Dans son esprit, ce n'était sûrement pas le résultat d'une glissade, comme il le prétendait, mais d'une bastonnade. Zhai Yisheng disait pouvoir deviner s'il allait pleuvoir où neiger le lendemain, parce que sa jambe lui faisait mal.

Chaque fois que ses mains touchaient sa peau, Jin Lan ressentait un bonheur indicible. Wang Chunshen avait beau être son mari, il ne lui témoignait aucune tendresse, alors que Zhai Yisheng, si. A ses yeux, il était son homme. Peut-être qu'un jour Wang Chunshen la laisserait tomber, mais elle n'avait pas peur, parce qu'elle avait Zhai Yisheng.

Alors qu'elle était comme dans un rêve, elle entendit soudain des rats s'agiter dans la cuisine. Elle eut envie d'aller les chasser mais elle ne voulait pas rompre le charme des mains de Zhai Yisheng, et puis il n'y avait à la cuisine que des carottes à se mettre sous la dent. Si les rats ne craignaient pas le piment, ils pouvaient se servir ! Mais à sa grande surprise, Zhai Yisheng réagit immédiatement au bruit et se rua dans la cuisine, où il attrapa un rat. A le voir à plat ventre dans la cuisine, un rongeur dans les mains, on eût dit un véritable chat ! Elle s'exclama : « Eh bien ! Je ne t'aurais jamais cru capable d'attraper un rat !

— Ça fait plusieurs années que je n'ai pas fait ça, je ne m'attendais pas à y arriver du premier coup. Quand j'étais au palais, au début, j'en attrapais six ou sept par jour comme ça, à mains nues », commenta Zhai Yisheng. Puis il fut pris d'un grand frisson, jeta le rat et se donna une gifle en disant : « Pourquoi faut-il que je me rappelle encore cette technique ! »

Le rat, qui avait bien failli mourir, tomba sur le sol. Il n'en revenait pas, il trembla un peu avant de filer. Peu probable qu'il s'aventure encore chez les hommes à l'avenir.

Jin Lan en demeura interdite : l'incident venait de lui faire comprendre ce qu'il faisait autrefois au palais. Elle ne dit rien, mais elle alla puiser une bassine d'eau dans la cuve et la lui apporta en lui disant gentiment : « Lave-toi les mains. Désormais, tu n'as plus besoin de faire ce travail. » Zhai Yisheng resta les bras ballants. Elle répéta : « Lave-toi donc les mains. » Brusquement il lui prit la bassine en fer-blanc des mains et lui versa l'eau sur la tête, puis la jeta par terre. Jin Lan se fâcha tout rouge, elle lui reprocha son ingratitude le rouant de coups de pied. Son corps était si ramolli qu'elle avait l'impression de taper dans une balle de coton.

UN PAPILLON

Sennikova habitait sur la rue Shaman, dans le quartier des Quais, un pavillon entouré d'un jardin.

Les fondations étaient en granit, le corps du bâtiment en briques et en bois. Les murs étaient badigeonnés de crépi beige, le toit était vert foncé. Sous l'avant-toit était incrustée une décoration vert-jaune évoquant une frange de plumes splendides. De l'extérieur, il était difficile de dire s'il y avait un ou deux étages. Ce pouvait être un car la façade montrait deux rangées de fenêtres correspondant à des pièces habitées ; ce pouvait être deux étages car, au-dessus du premier étage, il y avait, à droite et à gauche, deux flèches, tels deux gardiens de bois, dépourvues de fenêtres, apparemment inhabitées. Les fenêtres ressemblaient à celles des autres maisons russes quoiqu'un peu différentes dans leur style. Celles de l'étage qui étaient orientées vers l'est avaient le dernier carreau oblique ; celles qui étaient tournées vers l'ouest avaient la forme d'un losange. Bref, cette maison avait l'air d'une fille habillée de façon extravagante, un peu naïve et un peu sauvage. Dans ce voisinage où se concentraient les Russes, la rue Ma, le quartier commerçant, la rue Dakeng, les ruelles et le quartier des pharmacies, on ne voyait pas ce genre de maison. Peut-être parce qu'elle avait un air de fleur romantique, elle attirait les papillons plus que les autres dans le quartier des Quais. Derrière la barrière basse il y avait un massif de fleurs ovale, avec des chrysanthèmes jaunes et blancs, des roses roses et des iris violets. Les papillons rivalisaient de couleurs avec les fleurs, les mêlant sur leurs ailes comme un peintre le fait sur sa palette.

Aux yeux de Wang Chunshen, cette maison était parfaite pour Sennikova, parce qu'elle-même ressemblait à un papillon. Elle habitait là avec son mari Yaslutine, sa fille Natacha et son père Lushkovich.

Grande, la trentaine, Sennikova avait de longues jambes, une poitrine opulente et de belles fesses, elle était vraiment mince où il fallait et plantureuse où il fallait. Peut-être par déformation professionnelle, elle avait toujours un air mystérieux, le regard brumeux, et de fines fossettes lorsqu'un sourire effleurait ses lèvres. Les femmes russes ont un nez assez droit, ce qui a ses qualités et ses défauts. L'avantage, c'est qu'il souligne la clarté des traits, un peu comme un éclairage venant du dessus. L'inconvénient, c'est que le nez est trop long, trop près de la bouche, ce qui en accentue la dureté. Mais le nez de Sennikova ne donnait pas ce sentiment. D'abord parce qu'elle avait un menton plus pointu que la normale : entre les deux, sa bouche semblait un lac entre deux monts, d'une tendresse indescriptible. Et puis, consciemment ou non, Sennikova se caressait souvent la joue de la main, ce qui semblait porter une ombre rafraîchissante sur le milieu de son visage. Et un visage de femme a besoin d'ombre fraîche. Cela avait la vertu de rendre la protubérance de son nez moins abrupte.

Ses cheveux évoquaient un peu les barbes d'un épi de maïs, blonds avec une trace de roux. Cette couleur paraissait venir des rayons du soleil. Lorsqu'elle ne les attachait pas, les boucles roulaient sur ses épaules comme des flammes cernant ses joues et son cou, illuminant son visage tel un soleil couchant et lui donnant un teint éclatant. C'était ainsi lorsqu'elle lisait le journal en prenant le thé, près du parterre de fleurs dans le jardin où se trouvaient deux chaises basses en bois. Lorsqu'elle sortait, en revanche, elle les nouait en chignon, laissant juste une frange sur le front. Alors son visage était pâle comme une lune en hiver, d'une froideur oppressante.

Wang Chunshen n'était jamais entré dans l'enceinte du théâtre, et les soirs où Sennikova se produisait, il l'accompagnait juste sous l'éclairage de l'entrée et s'en allait. Mais s'il ne l'avait jamais vue sur scène, il avait vu son portrait dans les journaux russes que vendait Xisui, et elle était vraiment photogénique. Les mélomanes de Harbin étaient tous fascinés et bouleversés par sa voix. Lorsqu'il la conduisait dans son fiacre, Wang Chunshen l'avait plus d'une fois entendue fredonner. S'il l'emmenait à l'église, elle chantonnait toujours un air calme et doux ; si elle allait au théâtre, elle fredonnait parfois un air triste. Chaque dimanche, Sennikova allait immanquablement dans deux endroits, l'église Saint-Nicolas près de la gare et une échoppe d'horloger sur la grand-rue Horvath. Il semblait que sa montre n'était jamais à l'heure et qu'il fallait à tout moment la réparer. Wang Chunshen avait entendu dire que le réparateur de montres était un vieux juif avec une jambe paralysée qui ne sortait jamais et que son frère était violoniste dans l'orchestre de la ville.

Wang Chunshen éprouvait pour Sennikova un sentiment qu'il n'aurait su définir. Ce sentiment ressemblait à des flocons de neige virevoltant dans le ciel, à la fois splendides et silencieux. Il savait qu'elle était une déesse et qu'il n'était qu'un rustre. Elle était un papillon plein de subtilité alors qu'il n'était qu'une pauvre fourmi rampant entre les fleurs. Mais chaque fois qu'il la conduisait dans son fiacre par les rues de la ville, il oubliait que l'abîme qui le séparait d'elle était aussi profond que la rivière

Honggou[1], il avait l'impression que la Sennikova qui fredonnait derrière lui était une petite fille qu'il portait dans son dos. Dans ces moments-là, il trouvait qu'il y avait du bonheur à vivre, parce qu'il avait devant lui son cheval noir chéri, et derrière lui la femme à laquelle il pensait tout le temps même s'il ne la voyait pas tous les jours.

L'harmonie entre le bruit des sabots du cheval et le fredonnement de Sennikova était le seul rayon de lumière dans sa sombre vie. Curieusement, ce son-là agissait sur lui comme un frein : lorsqu'il avait envie de visiter un lupanar, il semblait lui lier invisiblement les pieds et les poings. Il y allait donc de moins en moins. Au point qu'une fois, il prit comme passagère la tenancière d'un établissement où il avait autrefois ses habitudes, et elle refusa de lui payer sa course en se plaignant qu'il faisait des infidélités à ses filles, qu'il avait sûrement trouvé un autre lieu et qu'elle se devait de laver l'affront en leur nom.

Le mari de Sennikova, Yaslutine, était un cadre du Chemin de fer de Chine orientale. Il était arrivé dès le début de la construction de cette voie ferrée, quand le poste de commandement était sis à la distillerie de la famille Tian, et il avait donc vu la ville de Harbin grandir et devenir prospère de jour en jour. Il n'y avait alors pas de route là où se trouve à présent la grand-rue de Chine du quartier des Quais, les matériaux pour la construction du chemin de fer étaient acheminés par voie fluviale depuis Vladivostok, sur la rivière Songhua, et de là portés par palanches ou charrettes à chevaux. Les passages réguliers avaient fini par damer un chemin, que les Russes appelèrent la rue de Chine. Les Chinois qui habitaient le long du fleuve continuèrent à y faire

1. Rivière qui séparait sous la dynastie des Qin les Etats de Chu et de Han, symbole d'une distance infranchissable.

leurs affaires. Mais comme ce secteur était devenu une concession, ils durent changer de statut, passant de celui du propriétaire à celui de résidents. Pour construire une échoppe dans la zone d'implantation du siège Chemin de fer de Chine orientale, les Chinois devaient demander une autorisation. Une fois enregistrés, ils devaient payer un droit d'occupation pour pouvoir ouvrir boutique. Et depuis quelques années, les loyers avaient grimpé, ce qui nourrissait le mécontentement des commerçants.

Wang Chunshen se souvenait que l'automne précédent, la distillerie de vodka que dirigeaient des Russes avait demandé une baisse des taxes et obtenu un accord, finalement la diminution avait été de 37,5 pour cent. Les commerçants chinois ils avaient fait la même demande et non seulement avaient été déboutés, mais cela leur avait valu des attaques de la police militaire, ce qui les avait mis en colère. C'est ainsi que, lorsqu'un dimanche de cette année-là, Wang Chunshen avait rencontré Yaslutine devant un café qui lui avait fait signe pour qu'il le conduise à la Nouvelle Ville chez le coiffeur Prima ouvert par des juifs, il avait secoué la tête et refusé, prétendant attendre un client qui avait réservé. En fait il craignait que les commerçants chinois, le voyant transporter un Russe, ne lui jettent des regards courroucés.

Aux yeux de Wang Chunshen, Yaslutine n'était pas à la hauteur de Sennikova. Il était certes grand et fort, mais il avait le dos un peu courbé, ce qui le vieillissait. Et puis il avait un air peu aimable. Des cheveux gras coiffés à l'embusqué, de grands yeux surmontés de sourcils fournis qui n'arrivaient pas à lui donner un air de fermeté et qui clignaient constamment lorsqu'il regardait les gens ; les poches sous les orbites étaient si grandes que ses yeux avaient l'air de plantes ayant poussé sur un tas d'ordures, ils avaient toujours un air sale. Par-dessus le marché, il portait une moustache comique, comme si un poisson lui avait été fiché dans le nez et que la queue, trop grosse, était restée dehors, coincée au-dessus des lèvres pour la vie. Il habitait le quartier des Quais mais travaillait dans un beau bâtiment en pierre de la Nouvelle Ville, et il faisait la navette tous les jours. Il y allait en calèche mais parfois une voiture automobile venait le chercher, en général lorsque le siège du Chemin de fer de Chine orientale accueillait quelque réception ou événement important. Il allait toujours au travail dans un uniforme élégant, avec une cravate, des souliers aux pieds et une canne à la main.

Une autre raison pour laquelle Wang Chunshen ne l'aimait pas, c'était qu'il trompait Sennikova. Il l'avait vu plus d'une fois sortir de la maison d'une Japonaise. Elle s'appelait Michiko, elle était petite et rondelette, avec des sourcils et des yeux effilés, une bouche de nourrisson et une épaisse couche de fard sur le visage, blanche et grasse. Son homme s'appelait Kato Nobuo, il brassait moult affaires et était souvent en voyage. Wang Chunshen en savait un peu sur lui parce qu'il avait deux affaires à Fujiadian, une pharmacie japonaise et la fabrique de sauce soja qui venait d'ouvrir dans la rue Sidao. La sauce soja japonaise n'est pas très salée, elle est plus parfumée et longue en bouche, il y a des gens qui l'apprécient. Dès qu'elle avait fait son apparition sur le marché, elle avait réduit la part de marché dont bénéficiait la sauce Xiangyi sur cette partie de la ville. Le patron de la compagnie qui la produisait, Gu Weici, avait été contraint de baisser ses prix, et au bout d'une petite année de compétition, il était sur le point de perdre son capital. Aussi, lorsqu'il voyait Nobuo Kato, il le considérait comme un crabe qu'il aurait bien voulu attraper et faire macérer dans la sauce soja de son cru pour en faire des conserves.

Wang Chunshen détestait Michiko à cause de Sennikova. L'été précédent, par une journée étouffante, elle avait pris son fiacre pour aller au grand auditorium de la communauté japonaise, et il avait fait exprès de passer dans un nid-de-poule, faisant criailler cette femme comme une corneille, kraa kraa ! Arrivé sur place, la brève course aurait dû coûter vingt-cinq kopecks, mais il lui en réclama cinquante. Il dépensa la différence en s'offrant du thé frais. Depuis, Michiko n'avait jamais fait appel à ses services.

Parfois, Wang Chunshen trouvait que le métier qu'il faisait s'apparentait à celui de détective privé. En attente devant la porte d'un grand restaurant, on pouvait voir qui sortait déjeuner ou dîner avec qui, deviner s'ils trinquaient par amitié ou par intérêt, pour quelque transaction ; quand à qui était l'amant de qui, cela se démêlait en pleine nuit, au hasard de rencontres imprévues en passant devant les maisons.

Les moyens de transport dans Harbin étaient soit des pousse-pousse, soit des fiacres. Il y avait quelques automobiles, comme des Renault, mais qui n'étaient utilisées que par des membres de la haute société ou des hauts fonctionnaires, et elles étaient fort rares. Les pousse-pousse se confinaient généralement à un quartier, alors que les voitures à cheval allaient de l'un à l'autre. L'hiver, on voyait des traîneaux tirés par des chevaux, mais dans les conditions habituelles, il s'agissait de voitures à roues. Il y en avait à deux roues et à quatre roues. Ces dernières étaient conduites par des Russes, elles étaient souvent tirées par un attelage de deux chevaux, alors que les voitures à deux roues n'étaient tirées que par un cheval. Avec deux chevaux de type cabriolet, cela allait plus vite, et donc cela coûtait plus cher. Le fiacre de Wang Chunshen était, d'une part à deux roues, mais il était apprécié à cause de son cheval noir qui était aussi rapide qu'un attelage, d'autre part à cause de sa capote qui attirait les regards, s'ouvrait sur les quatre côtés et sur le toit de laquelle était sculpté un couple de canards sur une branche de saule qui réjouissait les gens, et enfin parce que Wang Chunshen ne pinaillait jamais sur les prix avec ses clients. Par exemple, de la rue Shaman à la gare, une voiture à deux chevaux prenait un rouble, un cabriolet cinquante kopecks, mais lui n'en prenait que quarante. De même, les conditions de fonctionnement des voitures à cheval prévoyaient que pour les veilles de Noël, du Nouvel An et de Pâques ainsi que pour la fête du Printemps, les tarifs soient plus chers de cinquante pour cent. Mais Wang Chunshen ne prenait qu'une augmentation symbolique. Et lorsqu'un client qu'il attendait arrivait avec plus de dix minutes de retard, il ne le faisait que rarement payer plus cher. Bien sûr, si les clients payaient un peu plus d'eux-mêmes, il l'acceptait. Mais pour lui, l'amabilité, une large clientèle, la rapidité étaient à la racine des profits.

Sennikova était une cliente régulière de Wang Chunshen, mais ce n'était pas parce qu'il n'était pas cher. D'abord, elle aimait ce cheval noir. Il avait de la prestance, une allure stable, et il semblait accommodant, sympathique. Tant que vous n'étiez pas bien assise, le cocher avait beau lui ordonner de partir, il ne bougeait pas. A chaque descente de voiture, il levait la tête et donnait un coup de sabot avec sa patte avant sur le sol, comme s'il saluait le client. Ensuite, Sennikova aimait le cabriolet qu'elle trouvait joli, confortable et pratique. L'été, sous la capote, le vent était rafraîchissant ; l'hiver, des rideaux de coton coupaient le vent, de sorte qu'on n'y avait pas trop froid. Enfin, elle aimait bien l'humeur du cocher, jamais un mot de trop, très prévenant. L'été, il fournissait ombrelle et éventail, l'hiver, une couverture à rouler autour des pieds. Et il avait l'air loyal. Un visage carré, d'épais sourcils, un nez épaté, un large menton, des yeux noirs un peu tristes, le regard droit et ferme, on voyait bien qu'il n'était pas une girouette. Sennikova allait deux fois par semaine se produire au théâtre, et toujours avec le fiacre de Wang Chunshen. Et le dimanche, naturellement, il lui était quasiment réservé.

Peut-être que Wang Chunshen ne détestait pas les Russes autant que les autres Chinois, parce qu'ils formaient une partie de sa clientèle. Les Russes, après tout, savaient construire des maisons et routes, et rien n'est plus agréable que de rouler sur une bonne route. Et puis, voir depuis son siège de cocher toutes ces maisons différentes comme un défilé de peintures, c'était très plaisant. Surtout les églises aux toits pointus, lorsqu'il neigeait, on aurait dit des ailes blanches prêtes à s'envoler.

En plus de l'église Saint-Nicolas, Sennikova se rendait de façon régulière au marché Moscou, au siège de la société Qiulin et au cinéma « L'Orient ». La destination que préférait Wang Chunshen était la société Qiulin. C'était un bâtiment vert-de-gris, avec un mur de façade ondulé et un portail élégant. Entre les portes et les fenêtres étaient incrustées des gravures florales. Son dôme en forme d'olive, pareil à nul autre, avait l'air d'un chapeau de feutre. Aux yeux de Wang Chunshen, ce bâtiment était comme une jeune fille simple et fraîche dans un pré. Sennikova s'y rendait pour acheter du caviar et de la saucisse.

Après les funérailles de Wu Fen, Wang Chunshen emménagea dans l'écurie. Il y resta tranquille quelques jours puis il envisagea de reprendre le travail. Mais dès que son fiacre arriva à la jonction entre Fujiadian et le quartier des Quais, il fut stoppé par un rugissement d'un policier militaire russe, qui lui annonça que, la peste ayant éclaté à Fujiadian, personne ne pouvait en sortir librement. Il prit la direction de la Nouvelle Ville et fut également arrêté dans son élan. Il retournait chez lui tête basse, lorsqu'il apprit une mauvaise nouvelle : Zhang Xiaoqian, qu'on avait emmené à la clinique provisoire, était dans le coma. Le cœur de Wang Chunshen fit un bond dans sa poitrine, il semblait bien que les docteurs n'avaient aucun moyen de lutter contre la peste. Il avait cru que, parmi les gens envoyés à l'hôpital, certains seraient sauvés.

Les passants dans les rues s'étaient faits rares et de nombreux magasins étaient fermés. Wang Chunshen se rendit rue Beisan, le cœur gros, pour acheter un peu à manger avant d'aller voir Zhang Xiaoqian chez lui. En chemin, il passa devant le prêteur sur gages Gongji qui venait d'ouvrir, et en le voyant, le jeune employé qui époussetait un tapis sur le parterre de fleurs fila dans le magasin comme s'il avait vu un fantôme. Surpris, Wang Chunshen se demanda de quoi il avait peur. Mais quand il arriva chez la marchande de fruits, avant même qu'il soit descendu de voiture, la patronne qui l'avait entendu et sortait à sa rencontre lui dit en agitant les mains : « Nous sommes fermés aujourd'hui, revenez un autre jour ! » et elle rentra dans sa boutique. C'est alors que Wang Chunshen réalisa qu'à cause de la peste, il était devenu comme un rat des rues que tout le monde voulait abattre. Pas étonnant que le tailleur de pierre Wang lui ait donné des nouvelles de Xiaoqian en criant à quelques mètres de distance. Il pensa qu'il risquait de ne pas être le bienvenu chez Xiaoqian. Il bondit dans son fiacre et s'en retourna à son auberge, un sourire amer aux lèvres.

En entrant dans sa cour, il tomba sur un homme à l'air bizarre. Vêtu d'un pantalon de flanelle noire et d'une veste ouatée bleue, sur le crâne une toque en poils de chien qui lui couvrait les oreilles, sur le nez une paire de belles lunettes noires et dessous une belle paire de moustaches bien fournies et droites et il sortait de l'auberge d'un pas assuré. Wang Chunshen se demanda si c'était un client. Il le regarda s'éloigner et, au vu de la tresse noire qui sortait de sa toque en peau de chien en ballottant, de sa démarche et de son port, il comprit qu'il s'agissait de Zhai Yisheng. Il se demanda pourquoi il s'était accoutré de la sorte. En rentrant son cheval dans l'écurie, il tomba sur Jin Lan, un fagot dans les bras, et ne put se retenir de lui demander :

« Pourquoi ton eunuque déguise-t-il comme ça ?

— Peuh ! laissa-t-elle échapper. Les gens de Fujiadian l'évitent quand ils le voient, ils ont peur d'attraper la peste. Quand il en a assez de tourner en rond dans l'auberge et qu'il a envie de sortir, il s'habille de cette drôle de façon.

— Et d'où sort-il cette moustache ? Elle a l'air vraiment bizarre !

— Du baluchon qu'il portait quand il est arrivé ici, soupira-t-elle. Il est imberbe, qui aurait cru qu'il avait une collection de postiches.

Wang Chunshen eut envie de dire que non seulement il collectionnait les fausses barbes, mais qu'il avait forcé Xu Yide à lui modeler un « engin » en glaise, mais il se retint. Il secoua la tête en disant : « S'il se promène comme ça, les gens vont croire que le cirque Borowski est en ville. »

Le cirque Borowski, fondé par des Russes, était célèbre à Harbin depuis six ou sept ans. Wang Chunshen y avait emmené plus d'une fois Jibao, qui aimait beaucoup le clown aux singes. Quand il était malade, inutile de lui donner quelque chose de particulier à manger, il suffisait de l'emmener au cirque et il allait mieux.

« Tu reviens bien tôt aujourd'hui. Il n'y a pas de clients ? demanda Jin Lan.

— Les routes du quartier des Quais et de la Nouvelle Ville sont fermées, les gens de Fujiadian ne peuvent pas y aller, tout ça à cause de la peste.

— Bah ! Sans ces diables au grand nez, la peste ne serait jamais venue jusqu'ici ! Je suis sortie acheter du sel tout à l'heure et j'ai entendu dire que Ba Yin avait attrapé la peste en Mandchourie, c'est peut-être vrai, mais comment y est-elle arrivée ? Elle est venue de Russie ! Ils ont découvert qu'en quelques jours, six ou sept Chinois d'une baraque de chantier étaient morts, alors ils ont chassé les autres et brûlé la baraque. Résultat, les Chinois malades sont revenus en Mandchourie, se sont installés à l'auberge, et voilà comment la peste s'est répandue. » Elle continua avec hargne : « Là-bas ils sont tranquilles, et nous ici on n'arrête pas ! Si Dieu a des yeux, qu'il fasse périr ces longs nez jusqu'au dernier, ils sont foutrement trop méchants !

— Et toi, quand tu sors, personne ne t'évite ? Ils osent te parler et te vendre du sel ? » demanda Wang Chunshen.

Jin Lan pointa son index sur son propre visage et dit : « Tu n'es pas au courant ? Tout le monde le sait à Fujiadian. Mon visage, tout le monde le craint, personne n'en veut, même la mort ! Il n'y a eu que toi qui as eu le cran, et on a eu Jibao ensemble ! Moi, je peux vivre mille ans ! En fait, tu ferais mieux d'habiter avec moi que dans l'écurie, c'est plus sûr, je t'assure ! » Cela dit, elle eut un sourire énigmatique.

L'ironie de son propos n'avait pas échappé à Wang Chunshen, ni la tentative de séduction, ni l'aveu implicite que Jiying n'était pas de lui. Mais il pensa, même si tu avais un élixir d'immortalité, je ne dormirais jamais plus avec toi sur le même kang. Il rentra dans l'écurie, alluma le poêle, découpa du bacon en sauce qu'il avait acheté quelques jours plus tôt à la boucherie Zhengyang qui venait d'ouvrir, sortit de l'eau-de-vie et entama son repas solitaire. A la moitié du flacon, il se mit à penser à Zhang Xiaoqian, entre la vie et la mort, et à Sennikova, qui était comme un papillon, et ressentit une infinie tristesse qui le fit pleurer. Le cheval noir ne savait pas pourquoi son maître était triste, il s'approcha de lui et le regarda, les yeux humides, tendant doucement un sabot. Wang Chunshen prit le sabot et le serra comme il l'aurait fait d'une main.

LIBERTINAGE

Depuis que la nouvelle que Ba Yin était mort de la peste s'était répandue, Ji Yonghe était sur le point de devenir fou, il se démenait sans relâche, dedans comme dehors. Le sang que Ba Yin avait craché sur la dalle d'entrée de son magasin le taraudait comme un cauchemar. Il l'avait fait nettoyer dix fois à l'eau savonneuse par Zhai Fanggui, mais il n'était toujours pas tranquille. Peut-être que le poison qui était dans le sang avait pénétré la pierre, alors il l'avait carrément arrachée et l'avait jetée. Pour combler le vide qu'elle avait laissé, il avait fait le tour des tailleurs de pierre, à s'en user les jambes, sans en trouver une semblable. Soit c'était l'épaisseur qui différait, soit c'était la couleur qui n'allait pas. Finalement, il avait dû choisir une dalle de mêmes dimensions que l'ancienne mais un peu plus foncée pour servir d'entrée à son magasin. Mais elle avait à peine été posée depuis trois jours qu'il le regrettait déjà. Elle était gris foncé, alors que la première était gris clair, et de quelque façon qu'il la regardât, elle lui rappelait un nuage noir.

En outre, les ormes qui poussaient devant son entrepôt de grains étaient devenus ses bêtes noires. Ils attiraient les corbeaux, qui apportaient la malchance, et c'était pour cela que Ba Yin avait fini là. Impossible d'abattre ces arbres, alors il pensa à fabriquer des épouvantails pour chasser les corbeaux. Il se démena comme un diable pour en avoir deux. L'herbe sèche des bords du fleuve était déjà couverte de neige, il dut donc aller acheter du foin, mais comme cette herbe était destinée à la consommation du bétail, elle était déjà largement hachée. Il fit trois magasins avant de pouvoir en rapporter une botte. Et le prix du foin était près de deux fois plus élevé que l'année précédente ! Ji Yonghe demanda pourquoi, et le patron du magasin lui expliqua qu'avec les crues de l'été, l'herbe fauchée au bord de la rivière Songhua avait été emportée avant même d'avoir séché ; une fois l'eau retirée, impossible de faucher à nouveau sous peine de lourdes amendes, au motif que les terrains appartenaient au Chemin de fer de Chine orientale et qu'il était défendu de se servir à sa guise. Le prix du foin ne pouvait que monter. Ji Yonghe rapporta sa botte sur son dos en jurant. Mais fabriquer un épouvantail avec du foin est un art dont tout le monde n'est pas capable. Ji Yonghe s'y essaya, ne réussit pas et dut payer un spécialiste, ce qui lui coûta un boisseau de millet. Les épouvantails une fois fabriqués, il grimpa dans les arbres avec une échelle et les installa à la cime, bras écartés, conformément à son plan.

Mais les corbeaux ne montrèrent aucune crainte, non seulement ils continuèrent à venir mais certains se perchaient sur les hommes de paille, comme pour en faire leur nid douillet ! Ji Yonghe ne put que grincer des dents en regrettant l'argent et le millet dépensés pour le foin et la fabrication des épouvantails.

Un entrepôt de céréales attire avant tout deux engeances : les corbeaux du ciel et les rats de la terre. Tenir un magasin de céréales, c'est comme tenir une auberge, il faut avoir un chat. Avant, les chats attrapaient les rats et les souris la nuit, dormaient sur le kang pendant la journée, et le soir profitaient à la table du dîner des miettes que leur laissait leur maître. Mais depuis l'arrivée de la peste,

Ji Yonghe avait peur non seulement des rats, mais aussi des chats. Parce qu'une fois que les chats avaient attrapé les rats, ils les mangeaient. Leurs griffes et leurs dents, aux yeux de Ji Yonghe, étaient comme la gueule menaçante d'un canon pointé sur sa poitrine. Il demanda à Zhai Fanggui de laver le chat une fois par jour, de lui interdire de monter sur le kang, et plus encore d'approcher la table à manger. C'en était fini de la belle vie pour le chat, et il ne s'y accoutuma pas. En plus, en plein hiver, se laver une fois par jour à l'eau froide, c'était humiliant. Il fronçait le nez, serrait les babines en une grimace offensée, le regard blessé.

L'entrepôt de grains de Ji Yonghe était en bois. Les céréales occupaient la place principale, sur l'aile est se trouvait l'habitation. Contrairement au magasin, elle avait un faux plafond en papier. Chaque année, on le changeait au moment de la fête du Printemps. Pour les rats, voilà qui était doux comme un mille-feuille. Au milieu de la nuit, ils venaient le ronger. Avant, ce remue-ménage n'empêchait pas Ji Yonghe de dormir, mais maintenant, au moindre bruit de ces animaux, il sursautait. Il craignait que les rats, déchirant le papier, lui tombent dans la bouche et lui refilent la peste, alors il se levait pour les chasser avec un balai. Mais ils revenaient avant trois minutes. Ji Yonghe n'osait pas faire venir le chat comme avant. Du coup, il ne fermait pas l'œil de la nuit. Au matin il avait les yeux rouges comme ceux d'un lapin.

Le chat faisait la sourde oreille et laissait courir les rats à leur guise. Du coup dans l'entrepôt ils s'en prenaient à belles dents aux sacs de sorgho, se roulaient dans les boisseaux de sésame, faisaient leurs nids dans les coffres à soja. Et comme pour pallier l'absence de riz noir, ils laissaient partout des crottes. Voyant que les rats s'en donnaient à cœur joie et que le chat ne faisait rien, Ji Yonghe l'enferma dans une cage à oiseaux inutilisée, avec l'intention de le laisser jeûner deux jours afin de l'inciter à se remettre à chasser. Mais le lendemain, quand il se leva, il découvrit la cage saccagée : le chat avait disparu sans laisser de traces.

Un entrepôt de céréales ne saurait se passer de chat. Ji Yonghe dut donc se rendre au Bazar en chercher un autre. Ce Bazar se trouvait dans le quartier des Quais, il était très animé mais aussi très désordonné. La rangée de baraques ressemblait à la dentition d'un vieillard, de l'extérieur elle avait l'air à peu près normale, mais à l'intérieur ce n'étaient que dents cassées et manquantes. Là se rassemblaient surtout des petits commerçants chinois. Ils vendaient des chats et des chiens, des chapeaux et des chaussettes, des semences et des plats cuisinés, des galettes farcies et de la barbe à papa, on voyait de tout. Quand les Russes avaient besoin, pour bâtir leurs maisons, de maçons, de menuisiers, de tailleurs de pierre et de peintres, nul besoin d'aller plus loin, on pouvait tous les recruter au Bazar. C'était là que Ji Yonghe avait acheté pour un boisseau de blé le chat qui venait de s'enfuir de chez lui. Mais depuis l'arrivée de la peste, les chats étaient très demandés et le magasin où il l'avait acquis n'en avait plus un seul.

En revenant du Bazar, Ji Yonghe pensa à la gargote Wangde qui avait deux chats, un blanc et un noir, et décida de tenter sa chance. Le patron le reçut mal : « En ce moment, donner un chat c'est comme jeter de l'or ! » Ji Yonghe dit qu'il voulait l'acheter, mais le patron ajouta : « En ce moment, vendre un chat c'est comme vendre son sang ! » Ji Yonghe ne trouva pas cela drôle et rentra chez lui, découragé.

En l'absence de félin, Ji Yonghe ne tarda pas à se transformer en chat lui-même. De toute façon, il n'arrivait pas à fermer l'œil, alors autant monter la garde dans l'entrepôt. Si les rats faisaient du raffut dans le millet, il y courait, s'ils s'amusaient dans le maïs, il s'y ruait, et ainsi de suite. Un matin, Zhai Fanggui se leva et ouvrit la porte du dépôt ; Ji Yonghe, le regard brouillé, la prit pour un gros rat et mordit ses pantoufles. Zhai Fanggui prit pitié de cet homme à plat ventre par terre, et se dit que s'ils n'arrivaient pas à se procurer un chat, il allait sombrer dans la folie.

Le petit déjeuner pris, elle conseilla à Ji Yonghe de monter sur le kang et de rattraper son sommeil, et elle se prépara à sortir pour se procurer un chat. Ji Yonghe lui dit qu'à partir de ce jour, il fermait boutique. Zhai Fanggui, surprise, lui demanda pourquoi. Il cligna de l'œil et répondit : « Les femmes ont vraiment les cheveux longs et les idées courtes. Tu n'as pas compris qu'avec la peste, la richesse va venir ? J'ai fait mes calculs, dans dix ou quinze jours, il y aura tant de morts que le chemin de fer devra cesser de fonctionner. A ce moment-là, il n'y aura plus d'importation de grains, mais les survivants devront quand même manger. Tous les entrepôts de grains de Harbin seront vides et ne pourront pas être approvisionnés. Alors moi, avec mon entrepôt plein, je vais engranger or et argent ! » Sur ces mots, son regard devint luisant et son visage jaunâtre rosit.

« A ton avis, de combien vont monter les prix ? demanda Zhai Fanggui.

— De combien ? »

Ji Yonghe écarta ses dix doigts et se mit à compter, puis dit, sûr de lui : « Aujourd'hui un hectolitre fait trente-cinq ligatures de sapèques et sept cents pièces, mais le moment venu, je ne les vendrai pas à moins de cinquante. Le riz est aujourd'hui à quarante-six ligatures l'hectolitre, faudra pas penser l'emporter à moins de soixante-dix. Les petits haricots rouges font trente ou quarante ligatures et trois cents pièces, le moment venu ce sera au moins cinquante. Le soja, les petits pois, le sorgho, le riz rond, le sésame, tout devrait doubler, ou devrait gagner vingt à trente ligatures par hectolitre, sinon je me pends !

— Et si la peste fait comme une inondation, si elle se retire dans dix ou quinze jours, les cours des grains n'augmenteront pas et on n'aura rien vendu, on y perdra, non ? »

Ji Yonghe roula des yeux : « Même si on ne vend pas de céréales, si on ne reste pas oisifs, l'argent rentre quand même, non ? » Il ajouta sans prendre de gants : « Le comptoir Yitai fait de bonnes affaires en ce moment, le patron a de l'argent en trop, ça fait un moment que j'ai remarqué que tu lui avais tapé dans l'œil. Il y a un entrepôt de céréales près de chez lui mais il vient toujours ici pour en acheter, ce serait bien bête de ne pas lui soutirer de l'argent, hein ? »

Le comptoir Yitai se trouvait sur la quatorzième rue, c'était un magasin de fournitures pour la maison, vitres, chaux, plâtre, tôle ondulée, quincaillerie, des clous de toutes tailles, du fil et des feuilles de cuivre... Le patron He Wei avait la quarantaine, un visage buriné, une voix forte, un caractère explosif, mais c'était un type droit. On disait qu'avant il était apiculteur sur le mont Baishan, il avait là-bas un morceau de forêt excellent qui avait été réservé par la cour impériale afin de la fournir exclusivement en miel. Puis il y avait eu un incendie de forêt et il était redescendu dans la vallée pour se faire batelier au bac. Son destin avait pris un tournant lorsqu'il avait sauvé de la noyade une femme tombée à l'eau. Son père était un riche négociant en sel de Harbin. He Wei non seulement l'avait épousée, mais il avait pu monter son magasin. Malheureusement son épouse n'était pas une femme au foyer, elle était gourmande, paresseuse, capricieuse, certes fertile mais de peur qu'une grossesse ne déforme sa taille, elle refusait de lui donner un enfant. He Wei n'osait pas prendre une seconde femme, même s'il n'était pas satisfait. Il aimait boire, et quand il était soûl, il pleurait ; et quand la tristesse le prenait, il allait de temps en temps au cercle de jeux de Tianfu. Une fois où il avait perdu au jeu, il n'avait pas sur lui assez de liquide pour payer et avait dû abandonner sa montre en or. Chaque fois qu'il venait acheter du grain, il dévorait Zhai Fanggui des yeux, comme l'avait observé Ji Yonghe.

Mais Zhai Fanggui n'avait aucune intention de s'en prendre au portefeuille de He Wei, elle craignait que la fille du marchand de sel ne l'apprenne et ne lui jette du sel dans les yeux. Le monde n'était peut-être pas bien beau à voir, mais elle n'avait pas encore envie de perdre la vue.

L'impudence de Ji Yonghe avait mis Zhai Fanggui dans une colère noire. Elle décida de ne pas chercher de chat pour lui. S'il voulait devenir fou, à sa guise ! Quant aux céréales de l'entrepôt, s'il voulait les vendre cher, qu'il rêve !

Quand elle était déprimée, Zhai Fanggui aimait faire les magasins. Les rues étaient comme un aspirateur, elles pouvaient aspirer les soucis du fond de son cœur. Et l'endroit où elle aimait le plus aller, c'était le magasin de chaussures de Lojaev.

Lojaev était un cordonnier venu d'Irkoutsk. Contrairement aux autres marchands russes, il n'avait pas ouvert boutique dans le quartier commerçant, mais dans le Bazar. Les loyers y étaient nettement moins chers, et ses chaussures étaient belles et bon marché, très appréciées de la clientèle chinoise. Le magasin se trouvait dans le coin ouest, le plus animé du Bazar. Zhai Fanggui aimait particulièrement l'enseigne, qui représentait deux chaussures, l'une à talon haut et pointue, l'autre plate et à bout rond, de la même couleur d'un rouge chaud. De loin, on aurait dit un couple d'oiseaux. Dans la pénombre du Bazar, cette enseigne évoquait un nuage de couleur qui plaisait aux gens.

Lojaev n'était pas vieux, il avait la cinquantaine. Mais les gens du Bazar l'appelaient le « père Lojaev », parce qu'il était devenu chauve trop tôt, ce qui le vieillissait. Il avait le front bombé, le teint rougeaud, particulièrement sur le crâne, luisant comme un bol rouge. Ses yeux étaient saillants, le nez aquilin, et la bouche un peu pincée, ce qui lui donnait un air étrange. Mais il avait très bon caractère, il aimait parler dans son chinois mal dégrossi et bavarder avec les clients, et tout le monde l'appréciait. Dans son magasin il portait en permanence des lunettes de presbyte, assis sur son tabouret. Lorsqu'un client entrait, il ne regardait pas d'abord son visage mais ses pieds. Il avait le regard sûr, d'un coup d'œil il en jugeait les dimensions et présentait du premier coup des souliers qui convenaient. Le plus étonnant, c'était qu'à partir des plis des chaussures, il pouvait juger de la forme des chevilles et des orteils, saillants ou abîmés.

Le père Lojaev était un vieux garçon qui avait adopté un muet d'une vingtaine d'années du nom de Pirof. Grand, maigre, une chevelure blonde bouclée, d'épais sourcils noirs, de profonds yeux gris, la peau blanche, il avait l'air distingué d'un gentleman. Il ne travaillait pas au magasin de chaussures avec Lojaev, il jouait de l'accordéon dans la grand-rue de Chine. Les autres artistes de rue étaient en général négligés et vêtus de haillons, d'un grand laisser-aller ; Pirof était toujours propre, impeccablement habillé, même la coupelle qu'il plaçait à ses pieds pour recevoir l'aumône brillait. Contrairement aux autres artistes, il ne craignait pas les éléments et jouait quel que soit le temps. Les gens le disaient bête, les jours de mauvais temps, peu de gens sortaient dans les rues et ceux qui sortaient se dépêchaient, qui allait s'arrêter pour écouter un accordéon ? Jouait-il pour la pluie et la neige ? Et même si celles-ci avaient des oreilles, pouvaient-elles lui donner de l'argent ? Chaque fois que Zhai Fanggui passait dans la grand-rue de Chine, elle s'arrêtait pour l'écouter et lui donnait quelques pièces. Sa musique était reconnaissable entre toutes : alors que les autres jouaient des airs gais, lui était mélancolique. Dans le cœur de Zhai Fanggui, la musique de Pirof était comme un compagnon invisible, auquel on pensait même après une longue séparation.

Les artistes de rue subissent non seulement la pluie, le vent, la neige, mais aussi parfois les avanies des hommes, ivrognes, voleurs ou gredins locaux. Mais Pirof n'était que rarement importuné par ce genre de personnages. Ils devaient penser que maltraiter un muet porterait malheur. Le seul qui le faisait, c'était Zhai Yisheng. Lorsqu'il venait dans le quartier des Quais, il passait chaque fois devant lui, tendait la main vers son écuelle, prenait l'argent, achetait des graines de pastèque et venait les grignoter exprès devant lui en recrachant sur lui les peaux ; ou bien il achetait des cigarettes et fumait debout devant lui en lui soufflant la fumée au visage.

Le magasin de chaussures de Lojaev avait deux habituées chinoises, Chen Xueqin et Zhai Fanggui. Leurs pieds lui étaient plus familiers que leurs visages. La plupart des Chinoises de leur âge avaient les pieds bandés, mais pas elles, et cela plaisait à Lojaev. Il n'arrivait pas à s'habituer à voir marcher les femmes aux pieds bandés, il avait tout le temps l'impression qu'elles allaient tomber par terre, il avait envie de les retenir. Chen Xueqing comme Zhai Fanggui aimaient acheter des chaussures, mais leurs goûts étaient différents. Chen Xueqing aimait les couleurs froides, le noir ou le bleu ou le marron ; Zhai Fanggui, elle, aimait le rose, le beige et le gris, des couleurs soit chaudes, soit neutres. A la fin de chaque année, Lojaev leur confectionnait à chacune une paire de chaussures.

Zhai Fanggui sentait bien qu'elle intéressait Lojaev. Chaque fois qu'elle achetait des souliers, il l'aidait à les passer, amoureusement, et il pressait délicatement les chevilles. Une année, Ji Yonghe était venu avec elle et ce manège ne lui avait pas échappé, de retour à la maison il avait explosé, ce type est une vieille chèvre débauchée qui cherche de la chair fraîche, un sacré effronté ! Il l'avait prévenue, même s'il la payait une ligature de cent sapèques, interdit de coucher avec lui ! Zhai Fanggui s'était demandé, troublée, qu'est-ce que cet homme qui ne pensait qu'au profit avait soudain contre l'argent ? Elle lui avait demandé pourquoi et il avait dit : « Peuh ! Quand tu sentiras le cuir tanné, personne ne sera content ! Réfléchis, quel homme accepterait d'entrer dans une bergerie ? » Zhai Fanggui avait piqué un fard, elle avait ouvert la caisse, pris une poignée d'argent et était allée dans les magasins russes de confection s'acheter une tenue complète d'Occidentale, chapeau compris : une jupe longue en laine, des bottes en cuir montant aux genoux, un large manteau en cachemire et un chapeau en velours gris orné de plumes colorées, et elle était rentrée à l'entrepôt en tortillant le popotin. En la voyant de loin, Ji Yonghe avait d'abord cru à une nouvelle cliente et son visage s'était éclairé d'un grand sourire. Lorsqu'il comprit son erreur, il se mit en colère et la poussa dans la neige, il lui arracha sa tenue en la traitant de « femme perdue », il prit la jupe de laine, le manteau et le chapeau sous le bras et alla les porter à un entrepôt-vente. Zhai Fanggui, tremblant de froid et d'humiliation, se releva, entra dans le magasin, prit un boisseau dans lequel elle mélangea du riz, du blé et du sorgho, et alla le répandre au pied des deux arbres. Le lendemain matin, Ji Yonghe entendit par la fenêtre les corbeaux faire un raffut extraordinaire. Il regarda et les vit en train de se gaver d'un repas aux trois graines. Il comprit ce qui s'était passé, il enferma à clef dans la chambre Zhai Fanggui qui dormait encore et l'y laissa trois jours et trois nuits durant sans lui donner le moindre grain de riz à manger. Et il dormit pendant ces trois jours dans l'entrepôt. Dans la chambre de Zhai Fanggui, silence total, assez inquiétant. Le quatrième jour au matin, il commençait à paniquer, il demanda à travers la porte : « Tu supportes la faim, ça va ? Dis-moi un mot gentil, et je te libère. » Zhai Fanggui répondit d'une voix faible : « Ce n'est pas la peine, attends encore un jour ou deux et c'en sera fini, tu seras débarrassé. Si tu veux économiser l'argent de mon cercueil, tu n'as qu'à faire venir un chien pour me traîner jusqu'à la rivière, les corneilles me mangeront. » Ji Yonghe prit peur et ouvrit la porte, il n'avait aucune envie de détruire son arbre à sapèques.

Déjà, l'année précédente, pour mettre de l'ordre parmi les commerçants du Bazar, les Russes avaient commencé à bâtir sur la rive du fleuve le marché du Sud, c'est-à-dire le nouveau marché du Bazar, en demandant à chaque vendeur de s'y installer avant l'hiver. Mais en raison des grandes inondations de l'été, les murs s'effritaient, les plafonds pourrissaient, les sols étaient imbibés d'eau, de nombreuses boutiques devaient être remises en état et de plus les loyers du marché du Sud étaient élevés, les gens n'avaient pas les moyens, du coup très peu s'étaient installés. Ce que craignait le plus Zhai Fanggui, c'était que le magasin de chaussures de Lojaev déménage. Parce qu'elle était habituée à cette échoppe dans cette ruelle grisâtre, à cette enseigne, et qu'il n'y avait que dans cet environnement qu'elle sentait battre son cœur.

Le magasin de chaussures de Lojaev n'avait plus aucun client, peut-être à cause de la peste. Quand Zhai Fanggui entra, elle sentit une odeur d'alcool. Lojaev expliqua qu'il revenait d'un enterrement et qu'il y avait bu deux bières. Il souleva le panier d'osier à ses pieds, en disant qu'il avait rapporté de ces funérailles des crêpes et des pâtes de fruits, et il lui en offrit. Zhai Fanggui savait que les

Russes faisaient de bonnes pâtes de fruits et elle ne se fit pas prier, elle en choisit une en demandant de quoi était mort le défunt. Lojaev prit un air grave et dit: « De la peste. » Voyant que Zhai Fanggui hésitait, il secoua la tête en disant: « Je te fais marcher », ce qui la rassura. Lojaev expliqua qu'en ce moment en ville tout le monde avait peur des rats, mais qu'en fait il n'y avait rien à craindre, si on n'était pas mordu par une puce, on ne risquait pas d'être contaminé. Zhai Fanggui ne comprenait pas quel était le rapport. Il lui expliqua que les rats n'avaient pas le pouvoir de transmettre la peste même s'ils le voulaient et qu'ils devaient donc compter sur les puces pour ce faire. Une fois piqué par une puce, l'homme attrapait la peste. Zhai Fanggui comprit que les rats utilisaient des mercenaires. Mais si c'étaient les puces qui transportaient le mal, il était dangereux d'avoir des chats ou des chiens, parce que les puces aimaient les parasiter aussi.

Lojaev lui demanda quel type et quelle couleur de bottes elle souhaitait pour cette nouvelle année. Il voulait pouvoir préparer le matériau à l'avance. Zhai Fanggui l'interrogea sur les choix de Chen Xueqing, et il se frotta les yeux: « La marchande de bonbons, cette année, veut des bottes rouges à talon plat. » Il avait pris l'habitude de parler de Chen Xueqing en ces termes. Zhai Fanggui songea qu'en cette année de peste, Chen Xueqing qui avait toujours préféré les couleurs froides avait dû choisir du rouge pour chasser les mauvais augures. Mais elle n'avait aucune intention de choisir la même couleur qu'elle et elle opta donc pour des bottines vertes. Lojaev devait aimer le vert, il sourit et leva un pouce en l'air en signe d'approbation.

Personne ne connaissait les pieds de Zhai Fanggui aussi bien que lui. Mais chaque année, au moment de lui fournir une nouvelle paire, il fallait qu'il les étudie encore de près et les palpe. Il y avait quelques tabourets pliants dans un coin de la boutique pour les clients qui essayaient leurs chaussures. Zhai Fanggui en prit un, s'assit devant Lojaev et se déchaussa. Peut-être parce qu'il n'y avait pas d'autre client dans le magasin et que Lojaev était un peu éméché, au moment où Zhai Fanggui tendit le pied, il le prit dans ses bras, comme il l'eût fait d'une colombe aimée, le caressant doucement, le massant, l'appelant éperdument *xiang zhilan* – Orchidée parfumée. Ce nom qu'elle avait porté autrefois, ressortant soudain de la bouche de Lojaev, la fit frissonner, et elle sut ce que voulait l'homme. Elle ne refusa pas. Elle se leva, alla tomber le loquet et baisser le rideau. De la sorte, si un client se présentait, il penserait que le magasin était fermé. Elle voulait faire cela une fois avec Lojaev, pour pouvoir dire à Ji Yonghe en rentrant à la maison qu'elle était entrée dans la bergerie.

L'idée de Zhai Fanggui était de se servir de Lojaev comme d'une pique pour qu'il l'estampille légèrement, mais à sa grande surprise il était déchaîné, il la tourna dans tous les sens pendant plus d'une heure. Il était tellement ému de l'avoir eue qu'il en pleurait. Lorsqu'elle repartit, il insista pour lui offrir une paire de bottes noires, qu'elle refusa. Elle trouvait que les accepter aurait équivalu à s'être vendue à lui. Et cette fois, elle n'avait pas ce sentiment, elle se sentait légère.

Lorsqu'elle quitta le magasin, il était presque midi. En passant devant la grande pharmacie japonaise, elle vit une affiche sur la porte signalant un arrivage de produits contre les rats. Elle entra et acheta de la mort-aux-rats, de la chaux et du mercure « Double Vert », ainsi qu'un vaporisateur de désinfectant en forme de cloche. En arrivant à la maison, elle découvrit que Ji Yonghe avait accroché à la porte un panonceau indiquant *Fermé*, apparemment il s'entêtait, il voulait faire fortune grâce à la peste. Elle entra, posa ses achats sur la table en disant qu'ils seraient plus efficaces qu'un chat et qu'il fallait vite désinfecter. Ji Yonghe demanda : « Tu es sortie toute la matinée et tu n'es allée qu'à la pharmacie ? » Zhai Fanggui répondit en riant : « Je suis aussi allée à un autre endroit, mais ce n'est pas au comptoir Yitai. » Ji Yonghe eut l'air d'avoir compris, il s'approcha vivement d'elle, le nez froncé, pour la flairer comme un chien, il inspira une grande bouffée et dit méchamment : « Tu es allée avec ce vieux bouc ? » Zhai Fanggui dit, l'air mystérieux : « Ce n'est pas faux, maintenant personne n'osera entrer dans la bergerie. » Ji Yonghe, les lèvres tremblant de colère, le regard furieux, n'arrivait pas à prononcer un mot. Il recula d'un pas, fit « euh, euh », trépigna en se frappant la poitrine et, incapable de se retenir, se courba et se mit à vomir.

LA DISTILLERIE

Si on peut dire que le prélude de la peste à Fujiadian avait été joué par Ba Yin et Wu Fen, la vérité veut que le vrai lever de rideau ait été du fait de Zhang Xiaoqian. A compter de sa mort à la mi-novembre, en une dizaine de jours, le nombre de victimes atteignit plus quatre cents personnes ! Les seuils des vendeurs de cercueils et de vêtements funéraires avaient cédé sous les pas des clients. Le bois pour la fabrication des cercueils commençait à manquer, en moins d'un demi-mois, les fournisseurs avaient été dévalisés. Quant aux marchands de tissus, soie ou nankin, ils ne désemplissaient pas. Les gens, de peur de ne pas avoir d'habits à se mettre, une fois morts, et d'être pris au royaume de la camarde pour des mendiants, se battaient pour se faire faire un costume funéraire.

Y avait-il des gens qui ne craignaient pas la mort ? Bien sûr. C'étaient ceux qui avaient travaillé toute leur vie et étaient dans le dénuement le plus complet, les grands malades qui souffraient le martyre, les solitaires qui avaient perdu la compagne ou le compagnon de leur vie, les vieux privés de descendance. Les pauvres pensaient que, dans l'autre monde, ils pourraient devenir riches ; les grands malades croyaient qu'en abordant un nouveau monde ils laisseraient leur maladie derrière eux et se retrouveraient forts comme des bœufs ou légers comme des hirondelles ; quant à ceux qui avaient perdu l'âme sœur, ils songeaient que ce monde-ci avait beau être éclairé, en l'absence d'être aimé, l'obscurité y régnait, et que de l'autre côté, même s'il faisait noir, la retrouver apporterait la lumière ; et les vieux esseulés étaient sûrs qu'une fois passés de l'autre côté, enfants et petits-enfants abonderaient. Tous ceux qui ne craignaient pas la mort, en cette épidémie de peste, trouvaient une nouvelle vie. Ils prenaient tout ce qu'ils avaient pour acheter vins et viandes et se gaver, soie et satin pour renouveler leurs vêtements, bois et charbon de bois pour se chauffer mieux que jamais. Les boucheries, les magasins d'ustensiles de cuisine et de bois de chauffage faisaient grâce à eux des affaires en or.

Fu Baichuan ne tenait pas moins de sept ou huit magasins. L'épicerie « Monts et Marées », l'abattoir, la pharmacie traditionnelle chinoise, la maison de thé, le magasin de tissus, la blanchisserie, la boutique d'outils agricoles, le pressoir à huile, la distillerie, etc. Bien que de tailles différentes et dépourvus de lien entre eux, tous ces commerces fleurissaient et prospéraient. Il n'y avait pas à Fujiadian de magasin qui puisse être comparé à l'épicerie « Monts et Marées ». Non seulement elle était vaste et approvisionnée en tout, mais les produits étaient de qualité et les prix bas. On pouvait y acheter des champignons de Jiaohe, des oreilles de chat de Heihe et de Jialandun, des petites crevettes séchées de Jingzhou et des crevettes de Yingkou. Pour ce qui était de sa pharmacie traditionnelle, même si elle n'avait pas la réputation de la pharmacie Shi Yi et ne vendait pas la fameuse pilule de ginseng qui était son produit phare, les médicaments qui y étaient préparés contre les maladies provoquées par le grand froid, comme le sirop pour la toux Du Xiang ou la crème Wan San, et les pilules fortifiantes d'os de tigre, de bile d'ours étaient fort populaires. Quant au magasin d'outils agricoles, en plus des bêches, pelles, râteaux, faucilles et serpes, il vendait toutes sortes de semences provenant de la ferme expérimentale de Fengtian[1], de sorgho, de blé, d'avoine, de piment, de courge, de petits pois, d'épinards et de brocoli, bref de tout. Mais parmi toutes ces entreprises, celle dans laquelle Fu Baichuan avait le plus investi et qui comptait le plus pour lui, c'était sa distillerie.

A Fujiadian il y avait deux fabriques traditionnelles : une minoterie et une distillerie. Le moulin faisait de la farine, sa matière première était le blé. La distillerie faisait de l'eau-de-vie, sa matière première était essentiellement le sorgho. Si la distillerie de Fujiadian était si fameuse c'était à cause de la qualité de son maître de chai. Il s'appelait Qin De et on le surnommait Qin Ba Wan, Qin Huit Bols, parce qu'il était capable de boire huit bols d'alcool Haiwan sans que son teint change ou que son cœur batte plus vite, tout en continuant à travailler. Qin Huit Bols était originaire du Shandong comme Fu Baichuan, et bien qu'ils n'aient pas de liens de sang, ils se ressemblaient comme deux frères. Même corpulence, visage carré, épais sourcils, des yeux ni grands ni petits, une large bouche, des favoris, un grand nez et un teint de jujube. La seule différence, c'est que le visage de Fu Baichuan était plus fin, celui de Qin Huit Bols plus rustre. Et aussi que Fu Baichuan avait la voix haute et claire, tandis que lorsque Qin parlait, on avait l'impression qu'il gardait au fond du palais une boule de glaires qui rendait sa voix rauque. Tous deux étaient du genre inflexible.

Quand il était dans le Shandong, Qin Huit Bols était déjà bouilleur de cru, mais il faisait alors de l'alcool de patate douce. Il était arrivé à Fujiadian un peu de la même manière que Zhou Ji, il avait commis au pays

1. Fengtian était le nom de l'actuelle Shenyang, aussi connue à cette époque en Occident sous le nom de Moukden.

quelque délit et avait pris la fuite. Zhou Ji avait offensé un fonctionnaire, alors que Qin Huit Bols avait offensé le chien d'un riche. Il avait perdu son père tôt et sa mère l'avait élevé seule en fabriquant du « papier grossier de retour à la vie » pour rituels, les billets utilisés lors des funérailles. Les notices arrachées par le vent, les affiches déchirées, les cartons d'invitation de toutes les couleurs jetés dans les poubelles pouvaient tous servir de matière première pour ce papier de funérailles. Lorsque Qin Huit Bols eut l'âge adulte, sa technique de fermentation de l'alcool lui permit d'entretenir sa mère. Celle-ci n'avait plus besoin de fabriquer son papier de funérailles, mais elle ne pouvait s'empêcher de ramasser les vieux papiers dans la rue comme avant. Un automne, le richard de la rue, Hu Siye, prit une nouvelle épouse et fit sauter à cette occasion deux caisses de pétards de bambou, laissant devant sa porte un amas de confettis, restes de ce feu d'artifice. Ils étaient en papier jaune et rouge, excellent pour le papier funéraire. Après la cérémonie du mariage, la mère de Qin Huit Bols alla les ramasser, une hotte en osier dans le dos, mais Hu Siye l'aperçut. Il trouva de mauvais augure qu'on lui vole des choses liées à la noce et lâcha un gros chien qui mordit la mère de Qin Huit Bols. Celui-ci avait vingt-trois ans, une fougue juvénile, et pour venger l'affront, il empoisonna le chien. Dans le coin, tout le monde savait que Hu Siye adorait ce chien plus que son père. Qin Huit Bols savait aussi qu'après ce forfait, il n'aurait plus jamais la paix et, le soir même, il prit la fuite avec sa mère. Le lendemain matin, ils échouèrent à Yingkou dans le Liaoning, où ils vécurent de la pêche. Il se trouva qu'une année, Fu Baichuan vint à Yingkou pour acheter du poisson et perdit imprudemment son portefeuille – que Qin Huit Bols trouva, opportunément. Il se décarcassa pour trouver l'auberge où Fu Baichuan était descendu et le lui rendit. Le geste toucha Fu Baichuan qui, au cours de la conversation, apprit les talents de bouilleur de cru de Qin. Comme il avait l'intention d'agrandir sa distillerie, il lui fallait un spécialiste et c'est ainsi qu'il emmena le fils et la mère à Fujiadian. Ses espoirs ne furent pas déçus : une fois confiée à Qin Huit Bols, la distillerie prit son essor. Le maître de chai avait conquis l'esprit de tous les hommes de Fujiadian. Boire son eau-de-vie non seulement vous détendait les os et les muscles, mais vous faisait faire de beaux rêves. Grâce à la recette secrète de Qin Huit Bols, la distillerie de la maison Fu s'engagea sur la voie de la prospérité.

En bon fils, Qin Huit Bols se maria peu après leur arrivée à Fujiadian. Mais ce n'était pas une bonne fille : quand il était absent, elle ne servait à sa mère que des restes et l'eau des bains de pieds n'était jamais assez chaude. Lorsque Huit Bols s'en aperçut, il se fâcha tout rouge et répudia sa femme. Jusqu'à quel point était-il un bon fils ? Par exemple, si le matin il avait préparé de la bouillie de riz pour le petit déjeuner et que sa mère réclamait des nouilles, il allait tout de suite lui en préparer ; si le soir en se couchant elle se mettait à tousser, il se levait immédiatement pour prendre un navet dans la réserve et lui préparer un expectorant. Non seulement il lui lavait les pieds mais il lui coupait aussi les ongles. Tous les vieux de Fujiadian enviaient la mère de Qin Huit Bols. Ils disaient qu'elle avait élevé un fils qui en valait dix. Elle coulait certes de beaux jours, mais deux choses l'inquiétaient : le fait que son fils n'avait pas de femme, et le fait de ne pas savoir si, après sa mort, elle pourrait être enterrée au pays natal. Même si elle vivait bien à Fujiadian, elle y pensait toujours. Elle espérait pouvoir y mourir et être enterrée avec le père de son fils. Aussi, chaque fois que sa santé faiblissait, elle marmonnait à son fils, rentrons dans le Shandong, je ne veux pas mourir ici. Elle disait que si elle laissait ses os dans ce pays où il neigeait la moitié de l'année et où rien ne poussait pendant ce temps-là, elle ne pourrait pas se réincarner. A l'entendre, ses os étaient comme une semence.

A la différence de sa mère, Qin Huit Bols était tombé amoureux de Fujiadian, il aimait les vents froids et les flocons de neige, il trouvait qu'il n'y avait qu'ici que l'eau-de-vie donnait de la force, que seuls les hommes qui se roulaient dans la neige et sur la glace en se battant avaient des os durs. Mais il avait promis à sa mère que lorsqu'elle aurait cent ans, il ramènerait son âme au pays.

Ce qu'aimait Fu Baichuan, c'était le côté intrépide de Qin Huit Bols. A ses yeux, il fallait une âme forte pour faire d'une autre contrée la sienne.

Fujiadian avait été fondé par ses ancêtres. Il avait hérité de leurs traditions commerciales, il ne négligeait aucune petite affaire et mettait toute son énergie dans les industries locales. Pour lui, la distillerie traditionnelle était aussi importante que la vie. Elle était la banque du sang de l'abondance, capable de débloquer les circuits vitaux, d'insuffler de la force vitale aux femmes et de redresser les reins des hommes. Une fois le chantier du Chemin de fer de Chine orientale terminé, la distillerie fut soumise à rude pression : l'ouverture de la première brasserie Wroblewski en 1900 fut suivie de celle de la brasserie tchèque de Bohême orientale Pilsner. En sus de ce débordement de mousse, les Russes apportèrent leur vodka, avec des marques comme Efimov, Kanno, Frid…, qui se partagèrent le marché de l'alcool. Mais à Fujiadian, les ventes de l'eau-de-vie de la maison Fu ne fléchirent pas et l'esprit de la bière et de la vodka ne parvint à prospérer que dans le quartier des Quais. Les gens de Fujiadian disaient que la bière était de la pisse de cheval et que la vodka était une imbuvable eau sale d'égouts. Alors que leur eau-de-vie faisait autant de bien que la pluie après la sécheresse qu'elle enchantait le cœur. Ils disaient même que Qin Huit Bols avait le génie de puiser l'eau de la Voie lactée, et que c'était la raison pour laquelle son eau-de-vie était si douce au palais et si désaltérante. Avec le soutien des habitants de Fujiadian, le fanion jaune à l'enseigne de la distillerie qui flottait au-dessus du portail ne fut jamais baissé. Le premier diptyque, en caractères d'or sur fond noir, référence aux balbutiements de l'ivresse, avait été rédigé par Fu Baichuan :

Pe... pe... perdus au printemps dans les mon... mon... montagnes

Huit... huit Im... Im... Immortels ivres portent les nu... nuages.

Les hommes du coin eurent tôt fait de le transformer en une comptine :

Deux joueurs de mourre
Trois égarés dans les monts,
Quatre joyeux drilles
Cinq caciques
Six gais lurons
Sept couleurs de l'arc-en-ciel
Huit Immortels ivres
Neuf dragons
Dix pièges à rats
Une poêlée de riz

Fu Baichuan vit la fabrique de sauce soja Xiangyi de Gu Weici poussée hors du marché par la sauce japonaise de Kato Nobuo ; il vit les cigarettes traditionnelles « Crapaud » remplacées par la marque « Grand Bâton blanc » des deux frères Lopato, juifs polonais ; il vit une série de petits moulins qui faisaient de la farine absorbés un à un par la grande minoterie russe ; il vit la raffinerie de sucre, si prospère, et la fabrique de savon péricliter et aller dans l'impasse. Il pensa que, parmi les affaires qu'il détenait, n'importe laquelle pourrait faire faillite, sauf la distillerie. Si un jour la distillerie de Fujiadian était supplantée par un fabricant de vodka russe ou de saké japonais, les hommes de Fujiadian deviendraient certainement anémiques et verraient leurs os ramollir. Cependant Fu Baichuan n'était pas opposé à l'idée de faire des affaires avec les Occidentaux, par exemple il admirait beaucoup Wu Baixiang qui avait créé l'enseigne « Tong Ji », comme lui il avait commencé par l'épicerie, puis avait bien évalué le marché pour les chapeaux de cuir anglais, avait acheté des machines à coudre et fait ce commerce en grand. A l'opposé, Gu Weici qui avait perdu face à la concurrence de la sauce soja japonaise ne lui inspirait aucune sympathie. Gu Weici avait fait le fier et refusé de participer au voyage d'étude de la chambre de commerce au Japon, c'est pourquoi il n'avait pas su combattre ses concurrents.

Autant Fu Baichuan réussissait dans les affaires, autant sa vie affective était triste et solitaire. Contrairement aux autres riches, qui fondaient une famille puis prenaient des concubines, il n'avait qu'une femme, aux pieds bandés, Su Xiulan. Atteinte de démence, elle était une lourde charge.

Xiulan venait d'une grande famille, mais elle avait perdu sa mère très tôt et sa belle-mère l'avait rejetée. A seize ans, elle avait pour ainsi dire été chassée de la maison et fiancée à Fu Baichuan. Elle était petite, très fine, jolie comme un cœur, mais d'avoir subi les humeurs de sa belle-mère lui avait laissé le défaut de pleurer à tout bout de champ et d'arborer en permanence un air mélancolique. A Fujiadian, ce qu'elle redoutait le plus c'était l'hiver. Peut-être qu'elle manquait de force vitale, elle ne quittait jamais le poêle et se taisait dès la première neige, les mains croisées dans le dos. Une femme qui craint le froid n'aime rien tant que se lover dans les bras de son mari pour se réchauffer, et c'est ce que faisait Xiulan. Fu Baichuan qui était porté sur le sexe l'aimait beaucoup. Résultat, tous les deux ans la famille s'augmentait d'un enfant. En six ans, ils eurent deux garçons et une fille. Fu Baichuan les nomma d'après leur saison de naissance, Fu Xia (Eté), Fu Qiu (Automne) et Fu Dong (Hiver). Xiulan en femme attentionnée pensa qu'il manquait à la liste le Printemps pour avoir une année complète, aussi, au mois de juin, elle fit un effort particulier dans l'espoir de concevoir un enfant qui naîtrait au printemps. Le ciel répondit à ses vœux et le bébé du printemps, Fu Chun, naquit. Fu Qiu et Fu Dong étaient les garçons, Fu Xia et Fu Chun les filles, avec les quatre saisons au foyer, Su Xiulan était comblée. Elle n'interrogeait jamais son mari sur ses affaires, elle allait occasionnellement à la blanchisserie ou à la pharmacie pour faire nettoyer les vêtements des enfants ou préparer un précieux fortifiant pour son mari. Ce qu'elle aimait le plus, c'était rester au bout de son kang à câliner les petits ou broder des chaussures. Elle confectionnait des petits souliers pour ses pieds bandés, en coton, à bouts ronds ou pointus, à semelle plate ou à talons, unis ou fleuris, de toutes sortes, au point qu'elle aurait pu ouvrir boutique. Après la naissance de Fu Chun, elle trouva probablement que sa mission de femme sur terre était remplie, son enthousiasme au lit faiblit, et Fu Baichuan, délaissé, commença à songer à prendre une concubine. Lorsque Su Xiulan s'en aperçut, elle lui dit qu'elle était d'accord mais fit tout pour s'y opposer. Non pas en pleurant ou en faisant des scènes, mais en refusant de manger et de boire, en se jetant sur le lit, les yeux fixés sur la poutre du plafond, en disant qu'elle avait assez vécu, qu'il ne lui restait plus longtemps à vivre, et en demandant à son mari de lui acheter un cercueil et des vêtements funéraires, ce qui ne manquait pas d'effrayer les enfants. Fu Baichuan, craignant qu'elle n'attente à ses jours, dut renoncer à prendre une concubine. Après un certain temps, l'indifférence s'installa entre eux.

Le drame arriva avec la mort de Fu Chun. Un jour qu'elle jouait dans la rue, elle fut renversée par une voiture dont le cheval effrayé avait fait un écart. Sans Fu Chun, il manquait aux quatre saisons la plus importante, le printemps, et Su Xiulan ne put le supporter. Elle se reprocha d'avoir laissé l'enfant jouer dehors, elle aurait dû la surveiller, et elle se frappait le front des poings, accablée de tristesse et de remords. En moins d'un an, la démence l'atteignit. Elle ne distinguait plus ses enfants, elle les confondait tout le temps. Lorsqu'elle voyait Fu Baichuan, elle l'appelait la Camarde. Elle ne distinguait plus le jour de la nuit, demandant le jour pourquoi le ciel était aussi noir et remarquant la nuit combien le ciel était clair. Fu Baichuan fit venir tous les docteurs de renom de Harbin, de médecine chinoise comme de médecine occidentale, sans résultat. Elle avait perdu la raison, ne reconnaissait plus les gens, mais elle reconnaissait les rues. Elle se chaussait en fonction de la saison et allait à la distillerie chercher Fu Chun pour, disait-elle, la ramener à la maison. Les employés prétendaient qu'elle était partie jouer, et Su Xiulan s'étonnait : « A cette heure elle joue encore, elle ne sait pas qu'elle manque à sa mère ? » Et elle ressortait la chercher. Le plus souvent, elle allait jusqu'au puits de l'arrière-cour, se penchait vers le fond et appelait « Chun'er, Chun'er ! », ce qui donnait des frissons aux employés de la distillerie. Il faut savoir que ce puits clair et frais était essentiel pour la famille Fu. Il avait été creusé pour distiller l'eau-de-vie, et au moment où l'eau avait jailli, la pluie venait de s'arrêter et un arc-en-ciel était apparu – ce qui fit qu'on l'appela le « puits arc-en-ciel ». En privé, les gens de Fujiadian disaient que si l'eau-de-vie de la distillerie était aussi bonne, ce n'était pas seulement grâce aux talents de Qin Huit Bols mais aussi grâce à cette eau. Aussi, quand Su Xiulan venait à la distillerie, les employés prévenaient Qin Huit Bols, qui la suivait de près, afin d'éviter qu'elle ne tombe dedans, ce qui aurait coupé net l'artère vitale de l'établissement.

Fu Baichuan avait décidé pour ménager Su Xiulan, de ne pas prendre une seconde épouse. Un autre choc aurait pu être mortel pour elle. Les femmes de Fujiadian le respectaient pour cela, c'était une attitude noble, il était riche, sa femme avait perdu la raison mais il ne découchait jamais, il lui restait fidèle, c'était vraiment exceptionnel. Pour cette raison, les femmes, lorsqu'elles achetaient de l'eau-de-vie pour leurs maris, prenaient celle de sa distillerie; lorsqu'elles avaient besoin d'huile, elles s'approvisionnaient à son pressoir; en cas de maladie, elles achetaient les médicaments à sa pharmacie. Quand venait le temps de coudre des vêtements pour la nouvelle année, elles se fournissaient en tissu chez lui. Ces femmes, inconsciemment, étaient devenues les soutiens les plus solides de ses commerces. Mais seul Wang Chunshen savait que Fu Baichuan n'était pas aussi net et propre que les femmes de Fujiadian l'imaginaient, car la nuit il fréquentait les quartiers obscurs des quais et plus d'une fois il l'avait vu entrer dans des maisons closes russes ou japonaises. Il avait pensé qu'il cherchait exprès ses plaisirs ailleurs qu'à Fujiadian, pour éviter de tomber sur des connaissances. Mais il n'avait rien dit parce que lui-même se trouvait dans une situation comparable et qu'il pouvait le comprendre.

En fait, Fu Baichuan, tout comme Wang Chunshen, abritait une femme dans son cœur: c'était Yu Qingxiu, qui tenait la pâtisserie. Elle n'était pas vraiment jolie, mais se laissait regarder. De taille moyenne, ni grosse ni maigre, la peau blanche avec une touche de rose, des sourcils arqués, des yeux d'un noir de jais, des dents d'un blanc éclatant, un grain de beauté rouge à la commissure des lèvres qui avait l'air d'avoir été mis là exprès par elle, le regard espiègle. Elle était intelligente et vive, cela se voyait à la façon dont elle améliorait sans cesse ses pâtisseries en les variant. En outre, elle avait fréquenté une école privée et elle était bonne lettrée, ce qui la détachait du lot. Un jour où elle était allée à la distillerie acheter de l'eau-de-vie, elle avait remarqué le diptyque de Fu Baichuan et déclaré qu'il était mauvais. Qin Huit Bols lui demanda sur-le-champ si elle pouvait en écrire un. A sa grande surprise, elle ne se laissa pas démonter, elle sourit, réfléchit quelques instants et écrivit dans le livre de comptes sur le comptoir ces deux vers : *Un bol, on dit adieu aux tracas de ce bas-monde ; trois bols, la Voie lactée se mue en une longue flûte*, qui laissèrent maître Qin bouche bée. Lorsque Fu Baichuan passa à la distillerie, maître Qin les lui montra, ce fut comme s'il lisait un écrit céleste, il admira son auteur et se lamenta de l'incurie de son propre diptyque. Mais pour ne pas perdre la face, et parce que son texte avait donné naissance à une comptine, il préféra ne pas le changer. Cependant le livre de comptes quitta le jour même le comptoir, et devint le livre d'or de la distillerie. Ceux dont les noms figuraient dans ce registre y gagnèrent, parce que leurs dettes furent annulées. De temps à autre, Fu Baichuan allait chercher ce registre et l'ouvrait à la page où Yu Qingxiu avait écrit son diptyque. L'écriture était petite et très fine, mais à ses yeux, ces caractères projetaient de la lumière.

Yu Qingxiu n'était pas comme les autres femmes, elle n'aimait pas tenir un long fume-cigarette au bout de ses doigts. Selon elle, fumer jaunissait les dents, quel homme serait prêt à s'attaquer avec les lèvres à un rempart aussi sale ? Mais elle aimait boire, et tous les dix à quinze jours, elle buvait pour de bon, elle se saoulait un bon coup, ça lui faisait du bien. Quand elle était ivre, elle aimait se promener dans les rues en chantonnant, joyeuse, saluant les gens d'un petit « aïe aïe », qu'elle les connût ou non. Elle saluait aussi de la sorte les cabriolets et les arbres, la brume du soir et les oiseaux. Une fois, Fu Baichuan la rencontra dans cet état devant le magasin de Xu Yide, elle voulait acheter deux lanternes rouges pour en faire des cages à poules, elle lui expliqua que des poulets élevés dans de telles cages pourraient voler, quelle idée adorable ! Fu Baichuan envia Zhou Yaozu, ce type avait vraiment de la chance d'avoir épousé une femme aussi talentueuse, d'une intelligence discrète, d'un tempérament naturel. Il remarqua que cet hiver son ventre grossissait de nouveau et il en éprouva de la jalousie. Quand il croisait Zhou Yaozu, sa jalousie se rallumait, il avait l'impression que l'homme épuisait sa femme, son nouvel amour. Mais il aimait leur fils Xisui. Lorsqu'il ouvrit son magasin de thé, il l'invita spécialement pour allumer les pétards. A ses yeux, ce gamin débrouillard était comme les estampes de Nouvel An, capable d'apporter de la chance.

En cette période où le nombre de morts à Fujiadian ne cessait d'augmenter, Yu Qingxiu était la personne qui manquait le plus à Fu Baichuan. Il avait entendu dire que c'étaient Zhou Yaozu et Zhang Xiaoqian qui avaient accompagné Wu Fen dans sa dernière demeure. Et maintenant que Zhang Xiaoqian était mort, il craignait que Zhou ne soit lui aussi contaminé et qu'il transmette la maladie à Yu Qingxiu et à Xisui. Alors il demandait de temps à autre à sa cuisinière d'aller acheter des pâtisseries. Il lui suffisait de voir les gâteaux juste sortis du four pour savoir que Yu Qingxiu était en vie. La cuisinière s'étonna, elle ronchonna devant Su Xiulan : « Pourquoi monsieur aime-t-il autant les pâtisseries, maintenant ? » Su Xiulan se frappa la cuisse et s'écria : « Ces pâtisseries contiennent le printemps, elles rendent sa jeunesse à monsieur ! » La cuisinière soupira et jeta à sa patronne un regard apitoyé.

Les deux minoteries russes de Fujiadian avaient été les premières à fermer. Puis ce fut le consulat du Japon à Harbin qui exigea que la maison close japonaise de Fujiadian ferme ses portes et refuse les clients. Les magasins dont les affaires n'allaient déjà pas très bien saisirent l'occasion pour fermer, eux aussi. Ceux qui marchaient à peu près jugèrent que la vie comptait plus que l'argent et suspendirent leur activité. Les gens qui se connaissaient, lorsqu'ils se croisaient dans la rue, n'étaient pas aussi chaleureux qu'avant, chacun s'évitait, gardait une distance d'un petit mètre, faisait un signe de tête en guise de salutation. Avant, on célébrait les funérailles comme les mariages, à grand renfort de fêtes bien arrosées et en faisant bombance, mais maintenant, lorsque quelqu'un mourait de la peste, l'humeur n'y était plus, les rangs de ceux qui accompagnaient le défunt étaient clairsemés, tout le monde se couvrait le nez de la main, comme si le défunt allait pourrir. Seul un vol de corbeaux les accompagnait. Ils croassaient gaiement, sans se douter que le monde d'en bas était devenu un enfer.

D'abord, il y eut un marchand de bois de chauffage qui augmenta ses prix, rapidement suivi par les autres. Les magasins de vêtements funéraires ne voulurent pas être en reste et suivirent le mouvement. Les fabricants de cercueils, voyant les autres s'enrichir sur les malheurs du peuple, trouvèrent qu'ils seraient bien bêtes de ne pas faire de même, et emboîtèrent le pas. Fu Baichuan, voyant le commerce gagné par l'anarchie, se rongeait les sangs. Il réunit la chambre de commerce pour tenter de contrôler la hausse des prix, payant de sa personne, allant jusqu'à baisser de vingt pour cent les prix de son eau-de-vie, puis ceux de son épicerie Monts et Marées et de son magasin de tissus. Ceux qui goûtaient la saveur de l'augmentation des prix l'injurièrent dans son dos, disant qu'il vivait avec une folle et que ça l'avait rendu fou. Un commerçant qui ne gagnait pas l'argent qu'il pouvait gagner avait sûrement de l'eau dans le crâne.

Ce que n'avait pas prévu Fu Baichuan, c'est que sa baisse des prix ferait venir Kato Nobuo à lui.

Kato Nobuo était court sur pattes, joufflu, l'embonpoint imposant, gras jusqu'à saturation. Il haletait lorsqu'il marchait. Si son corps semblait lourd à manier, il avait le regard rapide, ses yeux furetaient partout, et on avait l'impression qu'en même temps son boulier intérieur fonctionnait. L'été, il portait un costume occidental, l'hiver, un grand manteau bleu en laine à double rangée de boutons. Ces vêtements élégants ne lui allaient pas du tout et avaient un côté comique sur lui. Lorsqu'il venait à Fujiadian, c'était pour voir sa fabrique de sauce soja. Mais cet après-midi-là, il se pointa soudain à la porte de Fu Baichuan. Celui-ci prenait le thé dans la bibliothèque en admirant une fois encore le diptyque laissé par Yu Qingxiu dans le livre de comptes, lorsque Fu Dong avertit son père de la venue d'un visiteur. Il pensa qu'il s'agissait d'un membre de la chambre de commerce. Il fut surpris de reconnaître Kato. Celui-ci, faisant fi des manières, s'assit sans y avoir été invité et annonça de but en blanc la raison de sa venue : il voulait acheter la distillerie de la famille Fu. Fu Baichuan en renversa son thé et demanda : « Qu'est-ce qui vous fait croire que je veux la vendre ? »

Kato pensa que Fu Baichuan était d'accord, ce qui dépassait ses espérances. Il avait entendu dire, expliqua-t-il, que le prix de l'eau-de-vie avait baissé, et il en déduisait que les affaires allaient mal. Pour lui, le prix ne pouvait avoir baissé que parce que la distillerie était dans une impasse et n'avait pas le choix. Et il souhaitait profiter de l'occasion pour l'acheter à bon prix. Compte tenu de sa réputation à Fujiadian, après la peste elle serait appelée à un beau développement.

Fu Baichuan sourit et dit : « Alors, que M. Kato vienne avec moi visiter notre distillerie et l'évaluer, nous verrons s'il a les moyens de l'acheter. »

Kato pensait déjà avoir fait la moitié du chemin et il suivit Fu Baichuan, sûr de son affaire.

La distillerie se trouvait sur la deuxième rue, tout près du salon de thé Qingfeng. En chemin, ils croisèrent un cortège funéraire. L'assemblée était clairsemée, chacun se tenait à distance du corbillard, le visage grave et fermé ; il semblait s'agir d'une victime de la peste, les gens ne pleuraient même pas. Fu Baichuan remarqua que le cercueil avait été cloué à la hâte et poussa un soupir.

Depuis l'épidémie, Fujiadian était devenu un véritable enfer, personne n'osait y venir, surtout pas les étrangers. Aussi les gens du quartier qui connaissaient Kato de vue étaient-ils surpris de le voir, ils se disaient, en voilà un qui n'a pas peur de mourir.

En entrant dans la distillerie, Kato voulut se rendre directement là où l'alcool était fabriqué. Fu Baichuan dit en souriant qu'il n'y avait pas urgence, maintenant qu'il était sur place, la première chose était de partager une coupe d'eau-de-vie, après on verrait.

La distillerie était scindée en deux parties, devant la partie vente, derrière la partie fabrication. La boutique n'était pas très grande mais il y avait une table rectangulaire près de la fenêtre et six tabourets. Sur la table, deux bols de porcelaine bleue, l'un contenant des cacahuètes, l'autre des fèves, pour accompagner l'eau-de-vie. Fu Baichuan invita Kato à s'asseoir et demanda qu'on leur verse deux coupes. Kato avait déjà bu de l'eau-de-vie de la maison Fu, il en connaissait la qualité, d'abord on avait l'impression que ça brûlait la gorge, puis peu à peu les arômes se déployaient dans la bouche, un souffle doux et harmonieux telle la marée du soir vous envahissait le cœur, et c'était bien là la raison pour laquelle il voulait acheter cette distillerie. Il avait goûté presque tous les alcools distillés à Harbin, et seul celui de la maison Fu était long en bouche, une saveur inoubliable. A peine la première coupe avalée, Kato commença à s'animer, le rouge aux joues. Il se dérida et sans attendre que Fu Baichuan en donne l'ordre, commanda une seconde coupe. Lorsqu'il l'eut finie, le soir commençait à tomber, il se leva en titubant et annonça qu'il était temps d'aller voir la distillerie et de discuter du prix.

« Le prix de ma distillerie n'est pas fonction de sa taille, mais d'un homme et d'une chose. Et leur prix est très difficile à évaluer, dit Fu Baichuan.

— Quel homme et quelle chose sont si importants ? » demanda Kato.

Fu Baichuan fit signe au serveur de faire venir Qin Huit Bols et présenta l'homme de forte carrure à Kato : « Si vous achetez cette distillerie sans lui, vous achetez une coquille vide. La qualité de notre eau-de-vie dépend totalement de lui. Sa formule, même moi je ne la connais pas. »

Interloqué, Kato demanda à quel prix il pourrait le recruter.

Qin Huit Bols ne s'embarrassa pas de circonlocutions : « Je m'appelle Qin Huit Bols, et si vous arrivez à boire huit coupes avec moi, je vous dirai mon prix. »

Kato aspira un peu d'air, il savait qu'il ne pouvait pas tenir plus de trois coupes, alors huit... Il demanda à Fu Baichuan : « Mis à part l'homme, à quelle chose faisiez-vous allusion à l'instant ? »

Fu Baichuan lui tapa sur l'épaule pour l'inciter à se lever et il le conduisit dans l'arrière-cour près du puits : « Si vous n'avez pas une eau de qualité, vous ne ferez pas de bonne eau-de-vie. Ce puits, vous en avez sans doute entendu parler, s'appelle le puits arc-en-ciel. Lorsque l'eau en a jailli, un arc-en-ciel est apparu en même temps.

A votre avis, combien vaut un puits comme celui-ci ? Plus que la moitié de Fujiadian ! »

Kato Nobuo n'était pas ivre au point de ne pas comprendre que cet homme et cette chose étaient une barrière infranchissable que dressait devant lui Fu Baichuan. Il comprit qu'il était tombé dans le piège. Humilié et en colère, il sauta de la margelle du puits et s'en alla, dépité. Une fois dehors, il se mit à trépigner en jurant vers le ciel : « La distillerie des Fu, qu'elle crève ! »

COMMUNIQUER AVEC LES MORTS

Xisui avait déjà vu des morts, mais installés dans leurs cercueils. C'est-à-dire qu'il n'avait pas vraiment vu de morts qui aient encore quelque chose à dire à leurs proches. Mais depuis l'arrivée de la peste, depuis la mort de Ba Yin, il voyait tous les jours des cadavres dans les rues. Certains marchaient de travers un moment, puis soudain s'effondraient par terre ; d'autres mouraient chez eux, et leur famille, craignant d'être mise en quarantaine, ou bien n'ayant pas les moyens de payer des funérailles, abandonnait leur corps dans la rue, puisque de toute façon il y avait maintenant un service qui les ramassait. Tous mouraient mécontents, les yeux et la bouche grande ouverts, comme s'ils n'avaient pas vu leur content du monde, ou avaient quelque chose à dire encore à leurs proches.

En repensant à Ba Yin, dépouillé de ses vêtements et laissé dans son maillot de corps blanc et son caleçon à fleurs, Xisui avait la nausée. Il haïssait les gens qui lui avaient arraché ses habits. Parmi eux, deux avaient subi un retour de sort et attrapé la peste peu après lui. L'un était mort, l'autre se débattait pour sa vie à l'hôpital.

Zhou Yaozu et Xisui ayant tous deux approché de près des pestiférés, au début Yu Qingxiu en perdit l'appétit et le sommeil, elle craignait que, tels des poissons, ils ne soient attrapés par le grand filet de la peste, ni vu ni connu. Après une quinzaine de jours, voyant qu'il ne leur arrivait rien, elle se détendit un peu. Depuis que les habitants de Fujiadian ne pouvaient plus circuler librement dans le quartier des Quais ou la Nouvelle Ville, Xisui ne pouvait plus vendre ses journaux. Il prit le goût du vagabondage, et alors que Yu Qingxiu lui répétait que c'était dangereux de sortir et tentait de l'en empêcher, il passait quand même ses journées dans les rues.

La peste avait radicalement changé les rues, Xisui le voyait bien. Les magasins ouverts étaient rares, les passants aussi, même les petits marchands de rue avaient disparu. Il y avait autrefois sous les ormes un marchand de pop-corn, des rémouleurs : ils s'étaient dispersés à présent, les arbres semblaient privés de cœur, et donc de vie. Un jour où il passa devant un de ces grands arbres, il se dit qu'il n'y avait plus à son pied de poêle à charbon de bois pour lui tenir chaud et qu'il devait se geler, et il ne put se retenir de lui demander avec une tape amicale : « Tu te les gèles aujourd'hui, hein ? » Quelle ne fut pas sa surprise de l'entendre répondre un « croâ ! » : un corbeau était perché sur une branche. Comme il avait l'air pensif, Xisui pensa qu'il avait commis une faute au royaume des corbeaux et qu'il le regrettait, tout seul sur sa branche.

Xisui s'aperçut qu'il y avait deux autres hommes qui comme lui sillonnaient le quartier, l'un était Li le Noiraud, l'autre Zhai Yisheng.

Li le Noiraud aimait manger du rat, et dès l'arrivée de la peste, il se dit que sa fin était proche. Il croyait que d'avoir mangé tant de rats devait l'avoir contaminé à coup sûr. Lui qui était d'un naturel peureux et craintif, alors qu'il cherchait des choses à récupérer, il tombait toujours sur des convois funéraires, et il se voyait alors dans son propre cercueil, enterré dans un champ couvert de neige et de glace, avec la seule lune froide pour lui tenir compagnie, et à chaque fois il frissonnait.

Le jour ou Li le Noiraud était devenu fou, Xisui l'avait tout de suite compris. Il l'avait vu la veille encore, vêtu normalement, et Li le Noiraud lui avait demandé si on avait arrêté d'imprimer les journaux à cause de la peste, parce qu'il n'en trouvait plus à ramasser dans la rue. Mais le lendemain, quelque chose clochait dans sa tenue et sa mine. Il avait sur le dos une toile à sac, à un pied un mocassin en coton noir, à l'autre une botte de feutre ocre, un billet de banque troué collé sur le front et un cataplasme sur le nez, il avait l'air d'un diable sorti tout droit d'un bénitier.

Xisui lui avait demandé : « Où vas-tu comme ça ? »

Il avait répondu, plein d'entrain : « Je vais au ciel faire des courses ! »

Xisui comprit qu'il devenait fou : « Et qu'est-ce qu'on vend au ciel ? »

Le Noiraud s'approcha de lui et se tapa le front du plat de la main : « Si je te le dis, tu ne dois pas le répéter. »

Xisui hocha la tête : « Je ne le dirai à personne d'autre. »

Le Noiraud regarda à droite et à gauche pour s'assurer qu'il n'y avait personne alentour, puis lui dit tout bas : « Tu sais, le ciel n'a plus de quoi vivre, il doit vendre ce qu'il a de plus précieux, le soleil et la lune ! »

Xisui tira la langue : « Et tu vas acheter lequel des deux ? »

Le Noiraud s'essuya la bouche : « Lequel je vais acheter ? Les hommes courent après la lune, non ? Si je l'achète, je dormirai avec une lune toute lisse, ronde, jolie, propre, ce sera chouette ! » Un filet de morve coulait de son nez.

« Regarde-toi, dit Xisui, tu as une belle morve qui te coule du nez. »

Le Noiraud s'essuya le nez avec sa manche et dit : « Si je dors avec la lune un an et que naît une petite lune, réfléchis, la vie sera belle ! »

Xisui ne put retenir un ricanement : « Mais comment iras-tu au ciel ? Tu n'as pas d'échelle. »

Le noiraud laissa échapper un « Idiot ! », puis il montra du doigt les ormes qui bordaient la rue : « Regarde, tu vois la corneille là-haut ? » A Fujiadian, on appelait les corbeaux des corneilles.

« Je vois.

— Je grimpe dans l'arbre, je monte sur le dos d'une corneille, elle prend son envol et elle m'emmène au ciel, voilà tout. Elle m'aide à rapporter la lune, et bien sûr ce n'est pas gratuit, alors je lui donnerai la petite lune comme compagne. » Sur ces mots, il s'élança vers un arbre et y grimpa comme un singe. On voyait qu'il avait l'habitude, en un rien de temps il fut en haut. Le corbeau d'abord retint sa respiration, puis, voyant qu'il montait toujours plus haut, sentit le danger et s'envola. Li le Noiraud qui ne s'y attendait pas sauta de l'arbre, se foulant la cheville, et revint devant Xisui en claudiquant : « Cette corneille s'est enfuie, une autre viendra. Je ne crois pas que si je lui donne une petite lune, elle n'y sera pas sensible ! »

A compter de ce jour-là, Li le Noiraud se promenait dans les rues non seulement le jour mais aussi la nuit. Le policier de patrouille lui intima l'ordre de rentrer chez lui mais il expliqua : « Ma maison est pleine de rats, qui ont tous de belles dents de rongeur. Si je rentre, ils vont me manger ! La rue est plus calme ! » Le policier ne prit pas la peine d'insister, de toute façon, en pleine épidémie, il y avait une foule de gens plus malheureux que ce Li le Noiraud.

Xisui se prit à aimer Li le Noiraud après qu'il fut devenu fou, parce qu'il s'accoutrait de façon étrange, qu'il était comiquement touchant et que, comme un clown de cirque, il disait des choses qui faisaient rire les gens. En revanche, il détestait Zhai Yisheng, avec sa longue natte dans le dos.

Avant, quand Zhai Yisheng voyait Xisui, il s'avançait vers lui et, qu'il y eût ou non du monde alentour, il tendait sa main molle et essayait de force de lui attraper la zézette. S'il y parvenait, il prenait une mine attristée; s'il n'y parvenait pas, c'était la même, mine attristée. Mais dans ce cas-là, les gens de Fujiadian qui se trouvaient là disaient à Xisui : « Laisse-le faire, va, il ne peut pas te la raccourcir. Lui n'en a pas, le pauvre. »

Si la personne qui faisait ce commentaire était un homme, Xisui rétorquait : « Alors pourquoi tu le laisses pas te l'attraper, toi ? »

Si la plupart des gens lui répondaient gentiment, certains faisaient des réflexions plus bizarres, avec une exclamation de dégoût : « Moi, mon engin, il n'y a que ma femme qui peut le toucher. Lui, s'il le touchait, il me donnerait deux taëls d'argent, peut-être ? »

D'autres encore disaient : « S'il essaie de me l'attraper, est-ce qu'elle se transformera en poireau sec ? Et si je ne peux plus faire d'enfants, est-ce qu'il aura les moyens de me donner une compensation ? »

Le plus drôle fut la réponse du père Gao, le vendeur de tofu : « Tu es un enfant, ton engin grandit encore, chaque fois qu'il l'attrape, il a une taille différente, c'est amusant. Alors que moi, il ne grandit plus, il rétrécit, ça ne l'intéresse pas, il n'est pas si bête. »

Xisui ne pouvait qu'admettre qu'il jouait de malchance. Les gens disaient dans son dos que si Zhai Yisheng l'avait pris pour cible et ne montrait pas d'intérêt pour les autres enfants, c'était parce qu'il était mignon et qu'il le mettait en joie. Quel que soit le degré de sympathie que les uns et les autres pouvaient avoir pour Zhai Yisheng, Xisui trouvait le geste vulgaire et dès qu'il le voyait, filait dans la direction opposée. Une fois il n'en eut pas le temps, alors il grimpa dans un arbre. Zhai Yisheng s'installa au pied pour l'attendre, sans vergogne. Lorsque Xisui s'aperçut qu'il s'était assoupi, le coquin lui pissa dessus, en guise de pluie de. Zhai Yisheng se réveilla, encore à moitié endormi, et croyant qu'il s'agissait de pluie, ouvrit la bouche, se reprocha d'avoir oublié de prendre un parapluie, puis se plaignit que l'eau n'était pas propre, qu'elle avait un goût âcre et salé, faisant rire tout le monde à gorge déployée.

La plupart des commerçants de Fujiadian en avaient assez de Zhai Yisheng. Sous prétexte qu'il n'avait pas d'engin, qu'il était infirme et que ceux qui étaient bien montés avaient le devoir de l'aider, il se servait à sa guise chez les gens. Chez le vendeur de crêpes, il ne sortait pas un centime, il en prenait une toute chaude et la mangeait. Chez le marchand de fruits, il s'emparait d'une poire, l'essuyait sur son habit et mordait dedans. Chez le vendeur de viandes marinées, en voyant sur le comptoir des tendons de pied de bœuf dorés, ou du jarret façon cristal, comme ce n'était pas facile à emporter, il demandait à être servi en disant qu'au palais impérial il n'en avait jamais vu d'aussi bons. Le vendeur comprenait bien le sens de ces flagorneries, et à contrecœur il lui coupait un morceau de l'un et une tranche ou deux de l'autre. Zhai Yisheng savait profiter de la vie, une fois qu'il avait ses viandes marinées, il allait à la taverne. En entrant, il montrait ses victuailles au patron pour lui dire qu'il ne lui fallait que le vin d'accompagnement. Le patron le laissait s'asseoir dans un coin et lui servait un bol de vin médiocre. De fait, Zhai Yisheng préférait l'eau-de-vie de la maison Fu, mais il n'osait aller à la distillerie. C'était curieux mais il ne craignait personne à Fujiadian, mis à part Qin Huit Bols, qu'il évitait soigneusement. Quand il voulait vraiment de cette eau-de-vie, il ne pouvait qu'envoyer Jin Lan en acheter.

Existait-il des lieux de commerce pour accueillir volontiers Zhai Yisheng ? Naturellement, par exemple le salon de thé. Mais pour eux, il était un appât. Il suffisait qu'il y aille pour que les clients tardent à repartir, une théière n'était pas assez, il leur en fallait d'autres. Ils se plaçaient en cercle autour de lui et le bombardaient de questions sur la vie au palais impérial, que mangeait l'empereur, où allait-il à la selle, quels étaient les couleurs et motifs des dessus-de-lit du dragon, laquelle des concubines était la plus élégante, quelle était la hauteur des seuils des portes intérieures, quelles variétés de fleurs y avait-il dans les jardins impériaux, combien de plats comprenait le dîner de Nouvel An de l'empereur, les questions fusaient. Lorsque Zhai Yisheng parlait d'autrui, ses sourcils dansaient, mais dès qu'on l'interrogeait sur lui-même, par exemple sur ce qu'il faisait au palais, est-ce qu'il avait été battu, etc., il tirait une longue face et répétait : « C'était d'un enquiquinant ! » Puis il époussetait ses manches, se levait et s'en allait.

Une fois, Xisui le rencontra devant la porte du théâtre et comme il s'enfuyait, Zhai Yisheng le rappela : « Ne t'en va pas, aujourd'hui je ne cherche pas à t'attraper, je veux juste te montrer quelque chose que les gens de Fujiadian n'ont jamais vu. » Xisui s'approcha, Zhai Yisheng sortit de sa manche une paire d'objets argentés et brillants, qu'il enfila sur les deux pouces de l'enfant en disant : « Tiens, ils te vont très bien, ils sont faits pour des doigts d'enfant, les miens sont trop gros, je ne peux pas les mettre. » C'était une paire de protège-ongles en argent ciselé avec un dessin d'orchidée, larges à la base et pointus en haut, en forme de corne de taureau.

« C'est pour moi ? » demanda Xisui.

A ces mots, Zhai Yisheng les retira rapidement de ses doigts : « Ce sont des objets rares que j'ai ramenés du palais, je ne peux les offrir à personne. Rien que les voir, c'est déjà beaucoup. »

— Qu'est-ce qu'ils ont de bien, ces objets ? dit Xisui. Ça empêche de faire la lessive, c'est trop pointu pour se gratter, à mon avis ça ne sert à rien !

— Aya ! Petit, qu'est-ce que tu en sais ? Ce sont des protège-ongles pour des mains de femme, avec ça on peut jouer de la cithare

— Le son de la cithare, c'est aussi criard que le cri du corbeau ! »

Le visage de Zhai Yisheng vira au vert. Il fit mine de griffer le visage de Xisui avec les protège-ongles, en lui disant que s'il répétait que ces objets ne servaient à rien, il lui déchirerait la bouche.

En rentrant chez lui le soir, Xisui raconta l'incident à ses parents et Yu Qingxiu dit : « A mon avis, il a quitté le palais à cause de ces protège-ongles.

— Tu crois qu'il les a volés ? demanda Zhou Yaozu.

— De toute façon, ce sont des objets de femme, c'est bizarre de les retrouver aux mains d'un homme, » conclut Yu Qingxiu.

Pendant l'épidémie de peste, Zhai Yisheng cessa d'embêter Xisui quand il le voyait. Il n'était plus comme avant, il ne marchait plus en se déhanchant, l'air d'un mollusque. A présent il bombait le torse, d'excellente humeur, comme si chaque jour c'était la fête. Quand il croisait un cortège funéraire ou voyait des cadavres dans la rue, Xisui n'osait pas s'approcher et il ne pouvait retenir ses larmes ; Zhai Yisheng au contraire allait au-devant du convoi pour regarder de près, examiner, soupeser, plus il regardait plus, il se sentait bien, les yeux écarquillés, s'imprégnant de la scène, l'air hébété du fumeur d'opium qui a eu sa dose.

Pour se prémunir contre la peste, tous les moyens étaient bons. Des superstitieux pratiquaient des ponctions de sang, d'après eux, si chaque matin on extrayait avec une aiguille une goutte de sang, cela le désintoxiquait et on ne pouvait pas se faire contaminer par les rats. Pour d'autres, c'était le raclage de peau, l'acupuncture ou la moxibustion, les médecins des cliniques traditionnelles faisaient face à un flux continu de patients et ne savaient plus où donner de la tête. D'autres encore choisissaient de ne plus consommer de céréales et de rester chez eux assis en méditation, ce qui permettait de fluidifier la circulation du sang, de purifier poumons et entrailles, et de prévenir l'invasion de toute toxine. Parmi toutes ces méthodes, celle que préférait Xisui était celle de sa grand-mère : passer du temps avec les morts. Chaque fois qu'elle le faisait, Xisui n'avait plus envie de sortir dans les rues, car écouter sa grand-mère raconter les haines ressassées des gens d'autrefois était passionnant.

La grand-mère, en tant qu'incarnation d'un génie renard, avait pénétré dans les foyers de la moitié de Fujiadian. Elle qui avait perdu son esprit et sa luminance, qui pendant toutes ces années était restée dans l'obscurité, était complètement découragée. Mais après la peste, elle put soudain communiquer avec les morts. Il suffisait qu'elle offre trois bâtons d'encens aux dieux, agenouillée, puis qu'elle se relève pour aller s'asseoir dans le fauteuil en rotin, qu'elle ferme à demi les yeux, qu'elle se concentre un moment, et elle passait un instant dans l'autre monde. Lorsque son âme était ainsi sortie de son corps, ceux qui étaient présents, attirés par sa réputation, s'agenouillaient devant elle et l'interrogeaient sur les fautes qu'ils avaient commises dans leur vie antérieure. La grand-mère les débitait une à une. On disait que si l'on regrettait sincèrement ses fautes d'antan, on ne mourrait pas de la peste. Parce que la peste emportait ceux qui avaient commis des crimes. Pour un temps, la fortune des Zhou retrouva de l'éclat. Les visiteurs apportaient de l'encens, des bougies et des fruits, de l'eau-de-vie et des victuailles, et donnaient même de l'argent. Aussi, pendant cette période où la grand-mère communiquait avec l'au-delà, Xisui ne manqua de rien. Abricots secs, raisins secs, dattes, bœuf à la sauce soja, haricots et poissons, c'était chaque jour comme le réveillon.

Aux oreilles de Xisui, ce que racontait sa grand-mère sur les fautes des gens était bien plus intéressant que ce qu'on racontait au théâtre. Elle révéla par exemple que le père Gao, le vendeur de tofu, avait à l'âge de huit ans étouffé dans une cuvette en porcelaine une couvée de poussins, une bonne dizaine en tout. Petit, il était insupportable et il avait bel et bien commis ce forfait. La grand-mère lui indiqua comment payer sa dette : au printemps, il devrait se procurer une couvée de poussins et les élever, puis les donner à manger à des vieux, des malades, des infirmes, et il serait quitte. Il y avait aussi la mère Liu qui tenait le débit de crêpes *shaobing* : certes elle n'avait ni tué ni mis le feu à aucun être vivant, mais elle mentait tout le temps, parlait de l'ouest quand elle avait vu l'est, insistait sur le nord quand elle avait vu le sud, montant les belles-sœurs les unes contre les autres, semant la discorde entre les voisins ; elle s'était montrée très méchante et la justice voudrait qu'en enfer sa langue soit coupée et mise à frire pour que les diables la mangent. La mère Liu, tremblant de tous ses membres, se prosterna devant l'autel et jura qu'on ne l'y reprendrait plus ; puis elle demanda comment racheter ses fautes. La grand-mère lui dit d'organiser deux tables de banquet et d'inviter tous ceux qu'elle avait brouillés par ses mensonges, pour réparer ses fautes et crever les abcès ; lorsque serait consommé le repas de la réconciliation, ses méfaits seraient lavés.

Mais Xisui trouvait les méfaits des vies antérieures bien plus intéressants que ceux des vies actuelles. Dans leurs vies antérieures, la plupart des hommes n'étaient pas des hommes. Il y avait des bœufs, des chevaux, des porcs, mais aussi des fleurs, de l'herbe, et même des serpents. Tous avaient réussi à se réincarner en êtres humains. Mais leurs méfaits étaient plus bizarres les uns que les autres. Un bœuf avait écrasé un serpent sur le point de devenir immortel, un cheval avait mâché de l'herbe de retour à la vie qui lui était interdite… Bien sûr, il y en avait aussi qui étaient des humains dans leur vie antérieure, mais ils étaient différents de ce qu'ils étaient aujourd'hui. Il y en avait qui étaient des bandits de grand chemin, d'autres des palefreniers, des geôliers, ou encore des demoiselles de bonne famille. Qu'avaient-ils fait de mal dans leur vie antérieure ? Pour le bandit de grand chemin, cela allait sans dire, mais le palefrenier avait eu une aventure avec la femme de son patron, le faisant mourir de colère ; le geôlier, parce qu'il était contrarié, fouettait toute la journée un prisonnier injustement condamné, qui en était devenu infirme ; la demoiselle de bonne famille qui menait un grand train de vie avait envoyé les chiens chasser un pauvre hère venu mendier à sa porte plutôt que de lui faire l'aumône. Et ainsi de suite. En écoutant ces histoires, Xisui pensait que sa grand-mère était une fée venue du ciel, une Immortelle, qui savait et pouvait tout. Les visiteurs repartis, il allait lui demander, tout mielleux, de lui enseigner la méthode pour accéder aux morts, en expliquant que ses journaux ne se vendaient pas et qu'il pouvait faire ça à la place. Mais quand la grand-mère revenait chez les vivants, elle était en général épuisée, il fallait qu'elle mange deux bouchées et boive une théière pour recouvrer ses esprits. Elle n'avait pas envie de répondre à Xisui, elle montait sur son kang et se reposait. Xisui était fâché qu'elle ne s'occupe pas de lui, une fois il profita de ce qu'elle dormait pour lui caresser le visage avec un plumeau en miaulant. La grand-mère s'éveilla à demi et gronda le chat : « On est en plein hiver, c'est pas encore le printemps ! », ce qui fit rire Xisui un bon coup.

Un soir, après une séance avec l'autre monde, Xisui la harcela encore pour qu'elle lui enseigne l'art de communiquer avec l'au-delà. Elle poussa un long soupir : « Un bon à rien comme toi, va donc apprendre à faire le clown au cirque ! Ton destin, c'est une vie de clown. Communiquer avec l'au-delà ça ne s'apprend pas, c'est un don des dieux, tu ne comprends rien à rien, casse donc ta croûte en vendant des journaux ! »

Vexé, Xisui rétorqua : « Si tu veux pas m'apprendre, tant pis ! Clown ou pas, tout le monde me trouve beau à Fujiadian. »

Grand-mère le taquina : « Toi, beau ? Comment ne m'en suis-je jamais aperçue ? »

Xisui pointa son index sur ses yeux, son nez puis sa bouche, pour souligner leur beauté. Puis il réfléchit, et montra sa braguette. Grand-mère sourit : « Là-dedans, il y a quelque chose de joli ? »

Xisui minauda : « Je n'ai pas seulement un beau visage, ma zézette est aussi plus belle que celle des autres. Sinon pourquoi Zhai Yisheng essayerait toujours de me l'attraper, et pas celle des autres ? »

C'est cette phrase qui tua la grand-mère. Elle éclata de rire sans pouvoir s'arrêter, son visage vira au rouge, puis au bleu, puis au violet, plus elle riait plus elle haletait, elle finit par perdre son souffle, couiner du fond de la gorge, être prise de tremblements, et patatras, elle s'effondra devant l'autel. En un clin d'œil elle avait expiré. Xisui cru d'abord qu'elle était entrée en communication avec l'au-delà et qu'il allait pouvoir profiter de ce qu'il n'y avait pas de visiteurs pour l'interroger sur sa vie antérieure. Il espérait qu'il n'avait pas été un être humain, parce qu'à ses yeux, aucun homme n'était libre ; il aurait voulu être un oiseau, même un corbeau, capable de voler par-dessus les montagnes et les fleuves en déployant ses ailes, ayant le monde entier pour domicile. Dans son esprit, les crimes commis par les oiseaux se limitaient à lâcher leur fiente sur la lessive que venaient de terminer les femmes, ou à briser des nuages en les traversant. Ces crimes devaient être faciles à racheter.

Puis il se rendit compte que grand-mère ne bougeait plus et que ses yeux étaient fermés à jamais. Pris de panique, il appela sa mère. Yu Qingxiu accourut, chercha sous le nez de la grand-mère sa respiration, l'appela, la gorge serrée, « maman, maman » et Xisui comprit alors que cette fois, elle était vraiment passée dans l'au-delà, dans l'autre monde, et qu'elle n'en reviendrait pas.

Zhou Ji avait passé toute sa vie avec Zhou Yu, et sans sa femme il était le plus malheureux des hommes. Mais il ne pleura pas, il dit simplement que partir d'un fou rire pendant une épidémie de peste était une bénédiction. Cependant, comme le Centre de lutte contre l'épidémie avait donné pour instruction à tous les foyers de ne pas veiller les défunts pour protéger les vivants, la famille Zhou cacha le décès, elle ne l'annonça pas, elle n'afficha rien sur la porte, les descendants ne portèrent pas la robe de toile blanche, la pâtisserie de Yu Qingxiu resta ouverte, et on ne prévint pas non plus Zhou Yaoting, de peur qu'on l'accuse de complicité et ne le condamne à un mois de travaux forcés avant de le renvoyer. Ils installèrent la défunte devant l'autel et récitèrent pour elle les mantras, pour l'accompagner dans l'au-delà. Si quelque visiteur se présentait pour une séance de communication avec l'au-delà, on lui répondait qu'elle était allée voir de la famille et serait de retour deux jours plus tard. De peur d'éveiller les soupçons, Yu Qingxiu ne se contenta pas d'ouvrir sa pâtisserie, elle envoya Xisui se promener dans les rues. Privé de sa grand-mère, Xisui trouvait le soleil éblouissant et le vent du nord-ouest cinglant au point de lui arracher des larmes, parce qu'elle ne pourrait plus profiter de l'un ni de l'autre. Il avait du remords, parce que s'il ne lui avait pas dit que sa zézette était jolie, elle ne serait pas morte de rire. Aussi, lorsqu'il croisait Zhai Yisheng, il s'en voulait de ne pas pouvoir en finir avec lui et jeter son corps aux chiens.

Conformément à l'usage ancien, on veilla le corps de Zhou Yu pendant deux nuits, et le troisième jour au matin, Zhou Ji alla avec Zhou Yaozu louer le cabriolet de Wang Chunshen pour transporter le cercueil. Quant à son autre fils, Zhou Yaoting, on envoya Xisui le prévenir. En apprenant que sa mère était morte de rire, il étira le cou et gloussa. Il prit prétexte d'avoir du travail au bureau pour ne pas partir tout de suite et dit à Xisui qu'il les rejoindrait plus tard. Xisui comprit que son oncle pensait que sa mère avait succombé à la peste et qu'il avait peur d'être contaminé. La mort dans l'âme, il rapporta ces paroles à son père et à son grand-père, qui frappa du pied par terre : « Ah, le poltron, on n'a pas besoin de lui pour accompagner son âme ! Ne l'attendons pas, allons-y ! »

Lorsque l'on emporta le cercueil, personne ne pleura : après tout, elle avait vécu longtemps et elle était partie en riant. Mais Xisui craignait que dans l'autre monde, avec sa mauvaise vue, elle ne reconnaisse pas les luminaires. Alors il s'agenouilla devant la bière pour lui déclamer la liste des lampes.

Ce geste mit toute la famille en larmes. Il annonça, d'une voix claire et sans frémir, méthodiquement : « Grand-mère, écoute bien, je vais te faire la liste des lampes ! La lampe de la convivialité, la lampe de l'harmonie, la lampe de la chance, la lampe des quatre saisons paisibles, la lampe du cinquième fils ambitieux, la lampe des six royaumes, la lampe des sept fils et huit gendres, celle des neuf fils et dix succès, la lampe des dix embuscades. Grand-mère si tu oublies, vient m'interroger en rêve ! » Lorsqu'il eut terminé, Xisui éclata en sanglots. Yu Qingxiu l'attira vers elle et le serra dans ses bras. Elle se rendait compte que, dans les rues enfumées de cette ville, fouettées par la bise et le grésil, son fils était devenu un homme.

LE CHANT DE LA SÉPARATION

Le 8 décembre, la « petite neige » disparut et la « grande neige » arriva. Ce jour-là c'était justement la fête du Bouddha. Les années précédentes, l'odeur d'encens dans les temples était particulièrement dense. Mais, déjouant les espoirs des gens, l'épidémie ne disparut pas dans la froidure et le silence, elle s'aggrava plutôt. Fujiadian devint ainsi le royaume de la Mort, chaque jour on voyait davantage de soldats sans que l'on sût quelle bataille ils livraient, ni pourquoi il fallait autant d'hommes.

Il avait peu neigé depuis le début de l'hiver. Parfois le ciel s'assombrissait et les flocons tombaient, mais très rapidement ils cessaient, peut-être qu'ils trouvaient ce monde trop rustre. Cela donnait le sentiment d'une tromperie. Avec le peu de neige qu'il y avait dans les rues et ruelles de Fujiadian, il suffisait d'un coup de vent violent et la terre, les cendres de charbon et le mâchefer s'envolaient, brouillant le regard des passants. Les gens, déjà habitués à voir trop de morts, étaient devenus insensibles et ne pleuraient plus, mais cette poussière atteignait leurs yeux et leur arrachait des larmes. C'était dans les venelles étroites qu'il y avait le plus de poussière, dans ces véritables bas-fonds qui souffraient pendant la saison des pluies, où les habitants des deux côtés s'unissaient pour mettre des planches par terre pour ne pas s'enfoncer dans la boue. L'hiver, ces planches restaient prises dans la gadoue gelée, comme cimentées, et le vent pouvait toujours essayer, impossible de les soulever.

Le lendemain de la grande neige, avant le lever du soleil, Wang Chunshen dormait encore. Jin Lan alla le réveiller à l'écurie parce que Jibao était malade, il avait eu un peu de fièvre une partie de la nuit et elle voulait lui donner des poires, est-ce qu'il pouvait se lever et aller en acheter ? Elle lui avait demandé cela d'un ton calme, mais Wang Chunshen s'inquiéta et, la bouche sèche, la voix rauque, il s'écria : « Jibao n'est pas sorti, comment a-t-il pu être contaminé ? »

Il ne voyait pas distinctement le visage de Jin Lan, parce qu'il ne faisait pas encore jour et que la lampe de l'écurie s'était éteinte. Jin Lan était debout devant lui, une silhouette floue, fantomatique. Il se demanda même s'il ne rêvait pas.

Jin Lan le rassura : « Ça n'a pas l'air d'être la peste. Il a les yeux rouges, avec des larmes, son nez coule, sa gorge est enflée, on dirait qu'il va avoir la rougeole. Lui, alors ! Sa sœur est plus petite mais elle l'a déjà eue, il va avoir dix ans et voilà qu'il l'attrape maintenant. Plus on l'a tard, plus on souffre.

— Tu es sûre que c'est la rougeole ?

— Même si c'était la peste, c'est ton fils, tu as peur de le voir ? » Elle avait haussé le ton, manifestement contrariée.

« Ce n'est pas ce que je voulais dire. J'ai peur pour lui. »

Jin Lan radoucit le ton : « Si c'est la rougeole, il faut faire attention et bien le surveiller. Si ça se passe mal, il aura des cicatrices et ce sera dur de lui trouver une femme.

— A quoi faut-il faire attention alors ? demanda Wang Chunshen en s'habillant pour aller voir Jibao.

— Il ne faut pas boire d'eau froide, il faut bien manger. Le plus important, c'est d'éviter les courants d'air. De toute façon, il n'y a personne à l'auberge en ce moment, personne ne frappe à la porte, le vent ne l'atteindra pas. »

Wang Chunshen n'était toujours pas rassuré : « Il faut combien de jours pour en guérir ? »

Jin Lan parlait d'expérience : « Il y a d'abord un ou deux jours sans fièvre, jusqu'à l'éruption, puis deux trois jours de fièvre, ensuite à la fin de l'éruption la fièvre retombera, les marques disparaîtront et tout ira bien. Une semaine à dix jours en tout, c'est selon.

— Jibao a bien choisi son moment pour faire sa rougeole ! » Wang Chunshen poussa un soupir. « Aujourd'hui, les commerçants n'osent plus venir à Fujiadian. A mon avis, chez le marchand de fruits on ne trouvera pas de poires, il aura tout vendu sans pouvoir en racheter.

— Un enfant qui a la rougeole, c'est comme une plante qui germe au printemps, on ne peut pas l'arrêter, il faut qu'elle pousse, non ? » Jin Lan, fâchée, ajouta méchamment : « Encore heureux que tu sois son vrai père ! »

L'expression « vrai père » était particulièrement stridente aux oreilles de Wang Chunshen. Pour lui, Jin Lan faisait exprès de souligner le fait qu'il n'était pas le géniteur de leur fille Jiying, laissant planer une menace. Il ne pouvait pas laisser passer ces insinuations, alors il y alla carrément : « Le père de Jiying est fou, comment pourrait-il la reconnaître pour sa fille »

Jin Lan lâcha un « Peuh ! » sonore.

« Qui dit que le père de Jiying est fou ?

— Ce chiffonnier, la peste ne l'a pas rendu fou ?

— Tu crois que moi, Jin Lan, je pourrais aller avec un type qui mange des rats ? Il n'y a que toi pour penser ça !

— Si le père de Jiying n'est pas Li le Noiraud, alors c'est Zhang l'aveugle avec son étal de rue ! »

Le « peuh ! » de Jin Lan avait fait bouillir de colère Wang Chunshen, il vida son sac sur les conjectures de la naissance de Jiying : « Ça ne peut être que l'un de ces deux salopards ! »

Cette fois, Jin Lan éclata de rire, un rire glaçant qui ressemblait au feulement d'un félin. Il fit non seulement se dresser les poils de Wang Chunshen mais il troubla également le cheval, qui s'ébroua. Jin Lan s'arrêta brusquement, donna à Wang Chunshen du « maître » et railla : « Tu crois que celui qui m'a mise enceinte, c'est un chiffonnier ou un aveugle ? C'est bien mal me connaître ! » Elle lâcha un nouveau « Peuh ! » et sortit de l'écurie en tapant des pieds.

Wang Chunshen fulminait, il fumait littéralement par les sept orifices du visage. Il s'habilla, fit sa toilette, tira sa blague à tabac et flatta la croupe du cheval : « Vieux frère, tu as tout entendu, voilà comment est ma femelle, voilà comment je vis, putain ! »

Quand Wang Chunshen entra dans l'auberge, il fut accueilli par le ronflement paisible de Zhai Yisheng. Pour économiser le bois de chauffage, Jin Lan ne chauffait qu'un seul kang, sur lequel dormaient Zhai, elle-même et les deux enfants.

Dans une auberge aussi grande, le ronflement d'un homme résonnait avec force. On eût dit que dans cette pièce chaque objet portait la marque du nom de Zhai. Ce matin-là, entendre ce ronflement d'usurpateur lui fit l'effet d'une vrille dans le cœur, et il regretta de ne pouvoir prendre un couteau sur la planche à découper et trancher la gorge de Zhai Yisheng.

Le long du kang étaient alignés la lampe à huile, des serviettes, un bol d'eau et un crachoir, objets préparés par Jin Lan pour s'occuper de Jibao. Cela montrait clairement qu'elle avait passé la nuit à recueillir ses crachats, à lui essuyer le front, à lui donner à boire. En voyant cela, ainsi que, à la lueur de la lampe, les yeux rougis par le manque de sommeil de Jin Lan, il se radoucit et son ressentiment envers elle et Zhai diminua.

Jibao dormait, Wang Chunshen lui caressa affectueusement le front et le visage, et dit à voix basse à Jin Lan : « Je vois que sa fièvre n'est pas très forte. »

Le jour s'était levé, Jin Lan éteignit la lampe d'un souffle et répondit : « Je viens de te le dire, maintenant sa fièvre est basse, elle va remonter dans deux jours au moment de l'éruption. Elle peut aller jusqu'à la perte de connaissance.

— On va bien s'occuper de lui et faire en sorte que ça n'arrive pas. Quand il sera guéri, je l'emmènerai au cirque.

— En ce moment, les rues sont pleines de clowns, pourquoi dépenser de l'argent pour aller au cirque ? » Jin Lan soupira, se rallongea à côté de Jibao, bâilla deux fois et ne s'occupa plus de Wang Chunshen.

Il savait qu'elle lui en voulait encore. Il alla à la cuisine, ranima les braises avec un pique-feu et rajouta un peu de bois, en vue de préparer le petit déjeuner. Il se dit que Jibao avait passé la nuit à se retourner dans son lit, qu'il devait être déshydraté et que le mieux était de lui préparer quelque chose de liquide, comme une bonne soupe de légumes variés. Il s'en alla donc vers la remise, dans le coin nord de la cour, puiser de la farine et prendre des légumes secs.

Dès qu'il mit le pied dehors, le vent froid le fit tousser. Le soleil était à moitié levé, et il avait l'air d'être lui aussi sacrément gelé, il était tout rouge. Il entra dans la remise et regarda les légumes soigneusement rangés, des navets séchés, des champignons, du piment sec, suspendus à la poutre, du rouge, du blanc, du jaune, fort jolis à voir. Sur le panneau mural étaient accrochées une scie, une pioche, une faux ainsi que des semences de fleurs. Chaque printemps, Jin Lan roulait ces semences entre ses mains et les répandait au pied du mur de l'auberge. Quant à savoir si elles allaient éclore ou non, cela dépendait de leur bonne étoile. Mais chaque été, le long de l'auberge, denses ou dispersées, on voyait des fleurs de toutes les couleurs, formant une bordure lâche de dentelle fleurie. Quand Jin Lan faisait pousser ses fleurs, Wu Fen était malheureuse, parce qu'elle était allergique au pollen qui la faisait tousser et couler du nez. En outre, les fleurs attiraient les abeilles qui piquaient les clients, lesquels se fâchaient. Mais plus une chose contrariait Wu Fen, plus Jin Lan y tenait. Aussi chaque automne, Jin Lan rassemblait et rangeait ses semences avec grand soin. Wang Chunshen songea que, maintenant que Wu Fen était morte, au printemps prochain, l'enthousiasme de Jin Lan pour ses fleurs diminuerait sans doute.

Les victuailles de la remise étaient rangées soit en bas, soit en hauteur sur des étagères. Le couvercle de la jarre à riz était couvert de piments pour dissuader les rats. Selon Jin Lan, le piment engourdissait la gueule des rats et leur ôtait l'envie de s'en prendre à la jarre de riz. Quant à la farine, elle était sur une étagère à mi-hauteur. Cela n'empêchait pas les rats insolents d'y goûter. Ils sautaient sur l'étagère et perçaient les sacs, il n'y en avait pas un qui ne fût rapiécé. En ouvrant un sac, Wang Chunshen se dit que, puisque c'était lui qui préparait le repas, il ne voulait en aucun cas laisser ce chien de Zhai Yisheng y toucher, sinon il serait comme un serviteur pour lui. Alors il ne prit qu'un bol de farine. Mais lorsqu'il eut refermé le sac, il se dit que s'il n'apportait pas la part de Zhai Yisheng et le laissait les regarder manger, les yeux écarquillés, il aurait l'air d'un pingre. Alors il rouvrit le sac, lâcha un soupir et rajouta un demi-bol.

Quand le parfum de la soupe de légumes envahit la cuisine, il faisait grand jour. Jibao et Jin Lan dormaient encore, mais Zhai Yisheng et Jiying étaient levés. Comme d'habitude, Jiying alla vers Wang Chunshen et lui dit « Père », et comme d'habitude celui-ci ne répondit pas directement mais lui dit : « Tiens, prends un bol, j'y ai ajouté de l'huile de sésame. Si un bol ne te suffit pas, sers-t'en un autre. »

Wang Chunshen n'avait aucune envie de manger à la même table que Zhai Yisheng, alors il s'accroupit devant le poêle et avala son bol en vitesse. Puis il posa son bol et ses baguettes et s'apprêta à aller acheter des poires pour Jibao. A ce moment-là, Zhai Yisheng l'arrêta pour lui demander un service, il souhaitait emprunter son fiacre pour transporter quelque chose à la maison.

Wang Chunshen lui demanda sèchement :

« Pour combien de temps ?

— La matinée, je pense. »

— Voyant que cela ne plaisait pas à Wang Chunshen, il ajouta : « De toute façon, en ce moment il n'y a pas de travail pour le fiacre, il ne sert pas. »

Wang Chunshen avala sa salive et s'écria : « Il ne sert à rien, et alors ? Mon cheval noir a beaucoup travaillé pendant deux ans, maintenant il se repose pour se refaire une santé !

— Il engraisse, et toi tu maigris, c'est bien ça ? » répliqua Zhai Yisheng, énigmatiquement.

Wang Chunshen ne voulait pas débattre avec lui et demanda : « Qu'est-ce que tu veux transporter ? C'est lourd ? Défense de fatiguer mon cheval !

— Si ça ne rapportait pas d'argent, je ne ramènerai pas cette chose, répliqua Zhai Yisheng en faisant le mystérieux. D'ailleurs, ton cheval noir en a déjà tracté, ce n'est pas lourd. »

Wang Chunshen fit un geste de refus de la main mais dit : « Si tu es capable de l'harnacher, vas-y. Si le cheval refuse de se laisser harnacher, je ne t'aiderai pas. »

Zhai Yisheng se tortilla un coup et dit en souriant, confiant : « Avec les bêtes, je sais m'y prendre mieux que personne.

— Toi, le nommé Zhai, rappelle-toi une chose, certaines personnes sont des bêtes, mais mon cheval noir n'en est pas une ! » s'écria Wang Chunshen fâché.

Il n'avait jamais parlé aussi durement à Zhai Yisheng, ni utilisé des paroles aussi claquantes. Il les avait lâchées dans ce matin clair avec la fougue d'un cheval sauvage qui se libère de son frein, et il se sentit léger, allègre même. En chemin pour le marchand de fruits, il se mit à siffler. Les gens qui le croisèrent se demandèrent pourquoi il avait l'air si alerte et rayonnant de joie. Ils pensèrent que Jin Lan était peut-être à l'article de la mort, ou alors que Zhai Yisheng avait été contaminé. Quoi d'autre l'aurait rendu si joyeux ?

Ainsi est la mort, elle oppresse l'homme avec une menace énorme, elle le transforme en prisonnier soumis et tremblant de frayeur, mais un prisonnier, après avoir été longtemps maltraité, finit par se rebeller. Après une période sombre et lourde de calme mortel, Fujiadian reprenait des couleurs. Les marchands de crêpes *shaobing* et de sucettes au caramel sillonnaient à nouveau les rues en criant, même si c'était moins fort qu'avant ; le vendeur de pop-corn s'était réinstallé sous son orme avec son poêle ambulant, même si ses affaires ne chauffaient pas autant que son poêle. Le restaurant de nouilles avait rouvert, même si ses nouilles étaient fanées comme les cheveux d'une vieille femme et qu'il n'avait guère de clients. Les gens avaient finalement compris que la lutte contre la peste était vaine et qu'on pouvait mourir à tout moment. Alors pourquoi ne pas mener carrément une vie normale, sans cette tension ? C'est-à-dire, mourir pour mourir, autant mourir en pleine vie, et pas comme Li le Noiraud, mourir mort. De leur point de vue, le fait que le Noiraud ait sombré dans la folie faisait de lui un mort.

Un soir, le Noiraud était allé à la distillerie de la famille Fu et le serveur, le voyant frigorifié dans ses haillons, lui avait servi deux verres d'eau-de-vie, par compassion. Hélas, on l'avait retrouvé au milieu de la nuit, mort gelé dans une venelle. Son cadavre avait été ramassé par la police. Mais comme il y avait de plus en plus de morts, les autorités n'avaient plus les moyens de fournir assez de cercueils, alors on l'avait enveloppé dans une natte d'herbe tressée et jeté dans la fausse commune. Li le Noiraud avait passé sa vie à ramasser des détritus, mais il n'avait probablement jamais rêvé que lui-même serait abandonné dans un terrain vague comme un détritus. Parmi les gens qui parlaient de lui, peu éprouvaient de la sympathie, la plupart le méprisaient.

Les gens de Fujiadian recommencèrent à oser se regrouper pour discuter. Ils parlaient de la peste, de la vie et de la mort, du temps qu'il faisait et des affaires domestiques. Ils n'avaient aucun tabou, jugeant mutuellement la qualité de leurs vêtements funéraires, qui avait le meilleur tissu, qui avait le motif de fleurs le plus original, le modèle le plus chic ; ils débattaient de la coiffe mortuaire qui convenait le mieux, des chaussures à porter et même du type de ceinture. On aurait dit qu'aller dans l'autre monde était une fête solennelle, pour laquelle il ne fallait rien négliger. Mis à part ça, ils réfléchissaient soigneusement à la profondeur à laquelle enterrer leur cercueil, qui devait être ni trop grande ni trop faible. Trop grande, en cas d'inondations de printemps, cela reviendrait à prendre un bain tous les jours, l'humidité serait réellement insupportable ; trop faible, dans le cas où le cercueil se briserait un jour, les loups de la steppe auraient vite fait de trouver les os pour les ronger. Les hommes reprirent l'habitude d'aller trinquer le soir dans les tavernes, quant aux femmes, qui n'avaient aucune envie de rester à la maison à attendre la mort sans rien faire, elles découpaient des modèles de chaussures ou brodaient, selon les cas. Ainsi, pendant que les hommes buvaient dans leur taverne préférée, appelée « Le Paradis », les femmes brodaient des fleurs qui, de fil en aiguille, sans qu'elles s'en rendent compte, devenaient des nénuphars et des nuages.

Wang Chunshen ne s'était pas trompé, il fit plusieurs marchands de fruits mais ne trouva pas de poires. Il n'y avait que deux sortes de fruits frais disponibles : des oranges et des pommes. Il pensa que les oranges ne conviendraient pas à Jibao dans son état, alors il acheta deux pommes. Elles étaient trois fois plus chères qu'avant. Il paya pourtant sans hésiter. Il lui apparut soudain que même si le patron gagnait de l'argent sur son dos, il pouvait aussi bien dans quelques jours être contaminé par la peste et ne pas s'en tirer, et il aurait gagné cet argent pour rien ; quant à lui, économiser quelques sous pouvait lui paraître important mais s'il était contaminé, ce ne serait que du papier inutile.

De peur que les pommes ne gèlent et ne s'abîment, il les serra dans son habit. Les gens qui le croisaient ne l'évitaient plus comme au début de la peste, ils le saluaient chaleureusement, certains lui proposèrent même d'aller au « Paradis » boire un coup ensemble.

Zhai Yisheng n'avait pas réussi à harnacher le cheval. En rentrant, Wang Chunshen le surprit en train de dire à Jin Lan : « Un cheval qui ne se laisse pas harnacher, ce n'est pas une bête de trait, à quoi ça sert de le garder ? Il faut l'abattre ! J'en ferai des pains fourrés à la viande de cheval !

— Si tu tues ce cheval, le nommé Wang te tuera et fera des petits pains à la viande d'homme ! » répondit Jin Lan.

Wang Chunshen comprit que « le nommé Wang », c'était lui. Mais quand elle s'adressait à lui, elle lui donnait du « maître » ou du « père de Jibao ». Comme quoi on ne pouvait guère croire ce que les femmes vous disaient en face.

Zhai Yisheng, voyant Wang Chunshen rentrer, lâcha son fiel : « Ton cheval, il fait sa chochotte, et en plus il ne sert à rien ! »

— Pas du tout ! répondit Wang Chunshen. Il vient de chez l'intendant régional, il est comme toi, il a vu le grand monde, il faut bien qu'il fasse sa chochotte et rien d'autre. » Cette phrase semblait un compliment mais était humiliante, et elle laissa Zhai Yisheng les yeux écarquillés.

Wang Chunshen posa ses pommes puis, comme Jibao dormait encore, retourna à l'écurie. Le cheval noir accueillit son maître avec un air de vainqueur, et Wang Chunshen, tout ému, colla sa joue contre la sienne et dit : « Bravo frère, quel cran ! »

Puis, comme il s'ennuyait, il annonça à Jin Lan qu'il allait à la taverne du Paradis se changer les idées. A midi, il se souvint de Jibao et rentra chez lui. Quelle ne fut pas sa surprise de voir, alignés dans la cour, huit cercueils rouges qui prenaient la moitié de la place ! Ses jambes se mirent à trembler, est-ce que Jibao serait mort ? En entrant dans la maison, sa voix chevrotait lorsqu'il héla son fils.

Celui-ci répondit faiblement « Père… » et les yeux de Wang Chunshen s'embuèrent immédiatement. Jibao avait encore un peu de fièvre, mais il était assis et jouait avec sa sœur sur le kang, ils faisaient des bateaux en papier. Jibao brandit le sien en disant qu'il allait le donner à son père, pour aller à la pêche cet été sur la rivière Songhua.

Wang Chunshen renchérit : « Et papa pêchera une magnifique carpe qui se transformera en une jolie fille pleine de talents, qui te fera à manger et te bordera !

— J'ai maman pour me faire à manger et me border, je demanderai à la fille de me porter sur son dos pour aller au cirque ! »

— D'accord, elle t'emmènera au cirque sur son dos ! »

Wang Chunshen alla voir Jin Lan pour lui demander ce que faisaient ces cercueils dans la cour : est-ce que les pompes funèbres y avaient déménagé ? Mais elle n'était ni dans la maison ni dans la cour. Il souleva le couvercle de la jarre à eau, elle était pleine : elle n'était donc pas partie au puits. Il souleva celui du faitout, un chou y cuisait, elle ne pouvait être partie loin. Alors qu'il allait jeter un coup d'œil dans la rue, elle rentra avec des côtes de bœuf badigeonnées de sauce rouge. Elle lui expliqua, tout excitée, que Wu Er, le voisin de derrière la maison, avait tué un bœuf et qu'elle lui avait acheté les côtes, qu'elle comptait préparer en ragoût, histoire que Jibao mange mieux et que tout le monde en profite.

Wang Chunshen remarqua : « Leur bœuf est une bête de trait, s'il l'a tué, avec quoi va-t-il labourer l'an prochain ?

— Depuis deux jours, ce bœuf creusait des trous avec ses sabots, et pour les Wu c'était comme s'il creusait une tombe, alors ils l'ont tué. Tant que l'on survit, un bœuf ce n'est rien ! Au printemps il en achètera un autre, voilà tout. »

Le gros bétail à Fujiadian provenait du marché de Hailar. Quelque temps auparavant il y avait eu une épidémie bovine qui avait tué beaucoup de têtes, et le prix du bœuf avait bondi. Sur les étals des bouchers, sa viande coûtait deux fois plus cher que le porc. Les amateurs de bœuf en étaient pour leurs frais. Wang Chunshen se dit que l'an prochain, quand le voisin Wu irait acheter un bœuf de trait et verrait les prix, cela l'effraierait autant que s'il voyait un pendu, et il regretterait d'avoir abattu celui-là. Le pauvre n'avait pas eu de chance, il avait mal choisi son moment pour creuser des trous. Si cela avait été son cheval noir, il ne l'aurait pas abattu, plutôt mourir !

Sans attendre que son mari l'interroge, Jin Lan dit : « Tu as vu tous ces cercueils ?

— J'allais te le demander de quoi il retournait, c'est encore un truc de ton eunuque ?

— Lui ? Voilà une chose qu'il a faite comme il faut. » Elle fit son éloge : « Avant, quand on avait des clients, on n'aurait jamais mis un cercueil dans la cour, sans parler de huit ! Sinon, personne ne serait venu loger ici. Mais maintenant que l'auberge est vide et que nous n'avons pas grand-chose à faire, il a remarqué que le prix des cercueils augmentait de jour en jour, comme le nombre de morts, il a donc pensé à en faire le commerce. Songe donc, tous ces riches qui perdent un proche, le minimum pour eux, c'est d'acheter un cercueil. Quand les pompes funèbres seront à court, ils viendront en acheter chez nous !

— Bah ! Et si à ce moment-là la peste est finie ? Comment ton châtré s'en débarrassera-t-il ? Il ne pourra pas les utiliser pour lui tout seul !

— A mon avis, cette peste, elle est encore là pour longtemps. » Jin Lan montra le ciel du doigt. « Tu n'as pas remarqué que cet hiver il y a beaucoup d'étoiles filantes ? C'est le ciel qui récupère les hommes. Les hommes peuvent-ils résister au ciel ? » Et elle lui demanda d'aller chercher du bois à brûler, car le bœuf de Wu Er était vieux et il faudrait le cuire longtemps.

« Tous ses cercueils sont là ?

— En tout, il en a acheté dix, les deux derniers vont arriver d'un moment à l'autre, je pense.

— M'est avis que ces côtes de bœuf, elles ne sont pas pour Jibao, mais pour récompenser cet eunuque ? » dit-il, amer.

— Comment peux-tu penser ça ? Je me demande depuis combien de jours on n'a pas mangé de viande. » Elle lui fit un clin d'œil en souriant. Manifestement, elle était contente que Zhai Yisheng ait acheté ces cercueils.

Wang Chunshen alla tristement chercher du bois, et soudain il songea à une question cruciale : Zhai Yisheng ne faisait rien de ses journées, il n'avait pas de ressources pécuniaires, avec quoi avait-il pu acheter autant de cercueils? Il demanda à Jin Lan si elle avait participé au paiement.

Jin Lan, les lèvres pincées, répondit: « Je suis comme toi, j'ai appris aujourd'hui qu'il les avait achetés. Je lui ai demandé d'où il tirait l'argent, il m'a dit que c'étaient ses économies. A y réfléchir, il a passé tant d'années au palais, il n'est pas possible qu'il en soit parti sans un sou.

— Je l'ai vu il y a quelques jours aller chez le prêteur sur gages, pourvu qu'il n'y ait pas déposé quelque objet de valeur volé à l'époque au palais », dit Wang Chunshen.

Jin Lan ne dit rien, elle n'était pas au courant de cette visite chez le prêteur sur gages. Et ses affaires étaient scellées dans un petit coffre de bois dont il gardait la clef suspendue autour du cou, personne ne pouvait y toucher. Que contenait ce coffret, mystère. Jin Lan se dit qu'elle était femme et n'était la confidente d'aucun homme. Elle poussa un soupir. Wang Chunshen l'entendit et n'insista pas.

Ces dix cercueils soigneusement alignés dans la cour avaient quelque chose de sinistre. Wang Chunshen demanda à Zhai Yisheng d'acheter une bâche pour les couvrir, pour que, quand viendrait la neige, Jibao et Jiying n'aient pas peur de sortir faire un bonhomme de neige. Zhai Yisheng leva la tête, regarda le ciel, étendit sa jambe estropiée et dit: « Cette jambe me fait très mal et le ciel est gris, il va sûrement neiger demain! Le ciel nous fournira une bâche, pas la peine d'en acheter une! »

La prévision de Zhai Yisheng était juste, le lendemain de l'arrivée des cercueils à l'Auberge des trois kangs, il neigea. Doucement d'abord, puis plus fort. Le soir, on avait de la neige jusqu'aux genoux. Les cercueils semblaient recouverts d'une bâche blanche. Mais cela ne réduisit en rien leur aspect sinistre, au contraire, le manteau de neige rappelait un tissu funéraire, accentuant leur côté terrifiant.

La fièvre de Jibao remonta à ce moment-là. Une éruption de petits boutons rouges apparut sur le lobe de ses oreilles et dans son cou. Ses yeux se gonflèrent, des cloques apparurent à la commissure de ses lèvres et il fut pris de vomissements. Il craignait la lumière, qui lui faisait verser des larmes. Pendant la journée, les rideaux de l'auberge restèrent tirés. Le soir venu, on alluma la lampe à huile, mais on la plaça loin de lui. Wang Chunshen voulut lui frotter la poitrine et le dos avec de l'eau-de-vie tiède pour faire tomber la fièvre, mais Jin Lan dit que c'était hors de question, qu'il fallait que l'éruption cutanée sorte naturellement pendant la forte fièvre pour pouvoir guérir.

Le lendemain, la fièvre demeurait forte et l'enfant toussait. L'éruption se calmait déjà et ne s'était pas produite sur d'autres parties du corps, ce qui inquiéta grandement Jin Lan. Elle dit à Wang Chunshen que si les boutons ne sortaient pas, le danger était grand, et elle lui demanda d'aller chercher le docteur de médecine traditionnelle. Quant à elle, elle alla au magasin d'articles funéraires acheter une poupée fétiche de papier qu'elle brûla, de sorte que le démon qui tenait le destin de Jibao entre ses mains, ayant obtenu ce substitut, se retire et le laisse tranquille. Tous deux sortirent ensemble, sans remarquer que Zhai Yisheng les suivait de près.

Wang Chunshen eut beaucoup plus de mal à trouver un docteur que Jin Lan le fétiche. Le nombre de personnes ayant recours à l'acupuncture avait explosé à cause de la peste, et il dut attendre longtemps. Aussi, lorsqu'il rentra à la maison avec le docteur, le fétiche brûlé, d'un blanc livide, se dressait près des cercueils.

Jin Lan et Zhai Yisheng se disputaient. Profitant de leur absence, Zhai Yisheng était allé aux Centre de lutte contre l'épidémie rapporter qu'il y avait un cas de peste à l'Auberge des trois kangs et demander qu'on vienne chercher le malade pour le mettre à l'isolement. C'est ainsi qu'un docteur de ce Centre avait suivi Zhai Yisheng à l'auberge et, voyant Jibao fiévreux et toussant, le visage et les oreilles rouges, l'avait jugé probablement contaminé par la peste et l'avait emmené.

Jin Lan couvrait Zhai Yisheng d'injures en pointant son doigt sur son nez : « Tout Fujiadian sait comment je te traite, un type comme toi, qui voudrait le recueillir ? Quel mari l'accepterait ? Il n'y a que moi et Wang Chunshen ! Et tu n'as aucune reconnaissance, tu jettes notre propre chair, notre enfant en enfer, tu vaux moins qu'un porc ou un chien ! Un pourri comme toi, il est ficelé par au moins huit ou neuf démons ! A mon avis, les corps à mettre dans ces cercueils dans la cour sont tout trouvés, c'est toi et tes neuf démons, vous hanterez moins de monde ! »

Wang Chunshen n'avait jamais entendu Jin Lan insulter quelqu'un aussi violemment, et surtout pas Zhai Yisheng. Tout ce qu'il pouvait faire, c'était augmenter un peu la joie de cette volée de bois vert. Il flanqua trois claques à Zhai Yisheng, pan pan pan ! Celui-ci tituba et fit dans sa culotte. Zhai Yisheng commençait à baisser la tête et à faire le gros dos, puis, n'y tenant plus il éclata en sanglots avec un « Ouin ! » sonore : « Frappe, frappe, de toute façon j'ai pris l'habitude d'être giflé au palais, en reprendre c'est en goûter des fraîches ! » Ces sanglots avaient quelque chose de féminin qui fit que Wang Chunshen s'arrêta.

Il se dirigea vers la porte en disant : « Je vais chercher Jibao et le ramener sur mon dos, il ne peut pas rester sans son père et sa mère.

— Tu crois que tu peux le sortir de là ? l'arrêta Jin Lan.

— Si je ne peux pas, je resterai près de lui.

— Tu ne comprends rien à la rougeole, si tu ne t'en occupes pas bien et qu'il lui arrive quelque chose, il sera trop tard pour regretter. C'est à moi d'y aller ! » Elle fouilla les coffres et armoires et fit un paquet avec les vêtements du Nouvel An de Jibao, de la sorte il reviendrait vivant.

Elle sortit, le sac sur l'épaule, et jeta un regard haineux à Zhai Yisheng : « T'as intérêt à surveiller la porte et à m'attendre, s'il manque une seule aiguille dans l'auberge, je t'arracherai les poils des couilles pour la remplacer ! » dit-elle avec un ricanement.

Ce furent les dernières paroles de Jin Lan à Zhai Yisheng, et la dernière fois qu'ils l'entendirent rire. Trois jours plus tard, Jibao mourait à la clinique de la peste, Wang Chunshen ne l'entendrait plus jamais l'appeler père. Quant à Jin Lan, elle suivit son fils quatre jours plus tard. Pendant cette période, chaque jour voyait mourir sept à huit malades à Fujiadian, et les corbillards étaient débordés. Il ne restait que les chevaux pour transporter les corps. Ils transpiraient, et les gouttes de sueur, à peine apparues, gelaient, donnant aux chevaux l'apparence d'avoir revêtu l'habit blanc du deuil.

Wang Chunshen trouvait que la mort de Jibao et de Jin Lan était injuste, Jibao n'avait que la rougeole, pourquoi le docteur l'avait-il prise pour la peste ? Il ne pouvait pas se contenter de tenir pour acquis ce qu'avait dit Zhai Yisheng. Quand Jin Lan était partie, elle était en bonne santé, et après une semaine, elle était morte, elle avait certainement été contaminée à la clinique. Très peu de ceux qui y entraient en ressortaient vivants. A quoi bon dépenser de l'argent pour ce mouroir ? Wang Chunshen était furieux. Il ramassa un tas de cailloux dont il remplit ses poches, il se rendit d'abord à la clinique pour les jeter sur les fenêtres, injuriant les docteurs qui n'étaient qu'une bande de porcs idiots ; puis il se rendit à une dizaine de *li* de là, au siège de l'Intendance régionale, et bombarda la grande porte rouge en accusant ceux qui étaient à l'intérieur de ne penser qu'à eux sans se soucier de savoir si le peuple vivait ou mourait ! Chaque jour, des gens mouraient à Fujiadian, et aucun fonctionnaire n'était encore mort !

Wang Chunshen était fou de rage. Avant, un tel raffut aurait ameuté une foule de curieux. Mais l'hiver était glacial et la menace de la mort planait sur chacun, alors personne ne prêta attention à son malheur.

Après la mort de Jin Lan, Zhai Yisheng se courba d'un cran de plus, comme une branche d'arbre chargée de neige. Le jour, il restait assis dans la cour devant son tas de cercueils, ressassant les mêmes mots : « Comment est-ce possible, comment est-ce possible, avec son visage grêlé que personne n'accepte sauf moi, où est-elle allée ? Qui voudra d'elle ? Comment est-ce possible, comment est-ce possible, Jin Lan, Jin Lan, ah ! » Il secouait la tête et l'appelait, les yeux pleins de larmes. Le soir venu, il s'accroupissait devant le poêle de l'auberge, ajoutant sans cesse du bois, les flammes sur le point de lui brûler les sourcils, ce qui ne l'empêchait pas de frissonner.

Wang Chunshen le détestait : sans lui, son fils ne serait jamais mort dans ce foutu endroit. Il haïssait aussi cet amas de cercueils, ils avaient apporté la poisse, selon lui. Il n'avait aucune envie de rester avec ce châtré, aussi il profita un soir de ce qu'il s'était absenté pour prendre son argent et le cacher dans le foin dans l'écurie, puis il déménagea de l'auberge tout ce qui pouvait être utile, vidant les armoires, prenant draps et couvertures, tables et chaises, poêles et bols, vêtements et souliers, fil et aiguilles, puis il emmena Jiying dans l'écurie. Cela fait, il arrosa de kérosène le tas de cercueils et l'auberge et y mit le feu. Ce soir-là, le vent du nord soufflait, des flocons de neige gros comme des plumes d'oie flottaient dans l'air, la maison en bois au toit de chaume et les cercueils savaient probablement que cette nuit ils seraient l'objet de l'admiration du ciel, et pour s'insinuer dans ses bonnes grâces, ils s'en donnèrent à cœur joie et flambèrent de leur mieux, allègrement et ardemment.

La femme de Wu Er, voyant que la maison devant chez elle brûlait, les flammes frisant le ciel, eut d'abord peur que l'incendie ne se propage de son côté et courut dire à Wang Chunshen d'aller prévenir les pompiers. La brigade de pompiers n'avait été formée qu'un an auparavant, et au moment où elle recrutait, Wu Fen avait proposé à Wang Chunshen de postuler, cela valait mieux selon elle que de faire le cocher. Mais Wang Chunshen n'aimait pas travailler dans la fumée.

Wang Chunshen lui dit : « Inutile de prévenir les pompiers, quand ils arriveront, le feu aura tout détruit, ils ne pourront rien sauver. »

La femme de Wu Er soupira et dit : « Une maison sans femme, ça ne tient jamais. Même le feu n'est pas surveillé. » Voyant que le vent ne dirigeait pas les flammes vers sa maison, elle bâilla un coup et rentra chez elle.

Wang Chunshen regarda son Auberge des trois kangs se réduire en cendres, sans une larme, ce n'était après tout qu'une fleur qui n'avait pu s'épanouir. En revanche, voir les flammes s'élever dans le ciel de la nuit et y rencontrer les flocons de neige lui arracha quelques larmes. Leur beauté, tel un bouquet de fleurs, et les flocons de neige dorés sous leurs reflets, tel une nuée de papillons, formaient un spectacle qu'il n'avait encore jamais vu, surprenant et émouvant.

Vers le milieu de la nuit, tout était consumé. Wang Chunshen retourna à l'écurie, comme allégé de l'énorme poids qui pesait sur ses épaules. Le lendemain matin, il fut réveillé par des sanglots : Zhai Yisheng était revenu. Il avait très envie de voir la tête qu'il faisait, alors il enfila rapidement un manteau.

Il ne neigeait plus, le soleil brillait, ses rayons donnaient des reflets rouges à la neige. A côté de Zhai Yisheng se trouvait une chose animée, c'était le chat jaune de Jin Lan ! Lorsqu'il avait mis le feu, il l'avait oublié, l'animal. Manifestement son instinct était bon, il avait réussi à s'échapper. Zhai Yisheng lui tournait le dos, il tenait fermement une chose dans la main gauche et, à l'aide d'un pique-feu dans la main droite, il cherchait quelque chose dans les débris calcinés. Son coffret qu'habituellement personne ne pouvait toucher avait été détruit par les flammes. De l'avis de Wang Chunshen, son contenu était comme les paroles dans le ventre d'un muet, personne n'y avait accès. Maintenant l'interdit n'était plus, le muet pouvait parler, mais il n'avait rien à dire.

Il demanda à Zhai Yisheng qui pleurait : « Il t'en reste combien, de tes trésors ? »

Zhai Yisheng ne répondit pas, il continua à pleurer. Alors Wang vint se mettre devant lui, pour voir son expression. Zhai Yisheng leva la main gauche et l'ouvrit, révélant ce qu'elle tenait, et dit d'une voix chevrotante : « Ce qu'il y avait dans le coffret n'a pas brûlé, c'est ça. »

Wang Chunshen s'approcha pour voir et ne put cacher son amusement : c'était un pénis moulé en terre cuite. C'était sûrement le *gaosheng* qu'il avait demandé à Xu Yide de lui fabriquer. Xu Yide était vraiment un bon artisan, il avait reproduit le modèle à la perfection. Manifestement l'incendie avait été le four secret de la cuisson de la pièce, d'un teint rose et délicat, il semblait plus vivant que jamais.

Wang Chunshen lui dit : « Tu n'es pas perdant, tu as obtenu ce que tu voulais le plus ! Le feu ne l'a pas brûlé, il lui a donné des couleurs. Tu ne l'avais jamais vu comme ça ? C'est moi qui te le dis, il est exactement comme un vrai ! Tu as obtenu ton trésor, plus tard tu pourras entrer dans ton tombeau de famille, va vite célébrer ça à la taverne ! »

Zhai Yisheng renifla et, craignant que la chose ne gèle, la serra bien fort dans son vêtement. Puis, ne perdant pas espoir, il reprit ses recherches avec le pique-feu. Mais il n'y avait que des décombres et de la neige, telles des perles cachées luisant dans les ruines.

L'INTENDANCE RÉGIONALE

Après que Yu Sixing eut rendu compte au gouverneur général des trois provinces de l'Est, Xi Lang, de l'arrivée de la peste à Fujiadian, celui-ci fit venir à Harbin deux docteurs pour aider à lutter contre l'épidémie. L'un, du nom de Yao, était cantonais ; l'autre s'appelait Sun et était du Fujian. Tous deux venaient de l'Ecole impériale de médecine de Beiyang à Tianjin, le premier hôpital occidental de Chine, et parlaient anglais. Ils découvrirent rapidement que l'épidémie se transmettait principalement par l'infection des voies respiratoires et que détruire la contagion propagée par les postillons dans l'air en désinfectant à toute force était un moyen efficace de la contenir. Ils louèrent une maison dans la troisième avenue au nord qu'ils transformèrent en centre de désinfection, y entreposant de grandes quantités de soufre brut et de d'acide carbonique acheté dans les pharmacies japonaises. Le docteur Yao apprit aux résidents à mettre le soufre dans une boîte de conserve, à le faire chauffer, à répandre la fumée de façon continue, de façon à tuer les microbes présents dans l'air ambiant et par là diminuer les risques de contamination ; quant à l'acide carbonique, il fallait le diluer dans quarante fois son volume d'eau, puis l'asperger dans chaque coin de la pièce. Et les personnes qui entraient et sortaient de la clinique, y compris les docteurs, les agents de ménage, les livreurs de repas, les brancardiers, devaient chaque jour sans faute s'asperger d'acide carbonique.

Les habitants de Fujiadian n'étaient guère enthousiastes à propos de la désinfection. Même si le Centre de lutte contre l'épidémie avait distribué à tout le monde soufre et acide carbonique en indiquant le mode d'emploi, peu de gens s'en servaient réellement. Ils se plaignaient que les fumées de soufre leur donnaient des reflux d'estomac et ils ajoutaient que la peste en cours était appelée peste des rats, et que les rats ne volaient pas, et que donc ils ne croyaient pas qu'il y avait dans l'air des microbes diffusés par ces rongeurs. Quant à l'haleine exhalée par les malades contaminés, pour peu qu'on s'en tienne à l'écart, comment pouvait-on l'inspirer soi-même ? Pour ce qui était de l'acide carbonique, sa solution avait un goût âcre plus désagréable que les choux blets le printemps venu, ils ne croyaient pas que des gouttes de cette solution pouvaient avoir un effet préventif. Pour que ça marche vraiment, il faudrait quelque chose de bon comme une douce rosée tombée du ciel. Aussi les docteurs Yao et Sun usaient-ils leur salive pour rien, très peu de gens les écoutaient, et ils ne pouvaient que secouer la tête en soupirant. Les habitudes hygiéniques des habitants de Fujiadian n'étaient pas bonnes, ils aimaient manger des poissons puants et des crevettes avariées, ils n'avaient pas coutume de se laver les mains avant et après manger, et en plus il n'y avait de système d'égouts, les huiles de cuisine comme l'urine des pots de chambre étaient vidées dans les rues. Ces liquides pollués et chauds jetés dans les caniveaux dégageaient au contact du froid des buées et fumées blanches, sources potentielles d'infection.

Les deux docteurs espéraient que leurs efforts, au bout d'un certain temps, permettraient de contenir l'épidémie, mais au contraire elle gagna en puissance, ce qui leur donna un sacré mal de crâne : si elle devenait virulente, ils seraient traités d'incompétents notoires, aussi songeaient-ils à battre le tambour de la retraite.

En sus de ces deux docteurs, les Japonais qui contrôlaient le Chemin de fer de Mandchourie méridionale avaient fait venir un médecin. Ce praticien ne faisait aucun effort de désinfection, contrairement aux deux autres, ce qu'il adorait c'était disséquer les rats. Il en disséqua des centaines dans son laboratoire, sans réussir à isoler le bacille de la peste, ce qui l'attristait profondément. Est-ce que par hasard l'épidémie ne serait pas la peste des rats ? Et si cela ne l'était pas, est-ce qu'une maladie infectieuse d'une forme nouvelle et virulente serait apparue ?

Il y avait quelqu'un de plus affecté encore que ces médecins, c'était l'intendant régional Yu Sixing. Au contraire de ce qu'imaginait Wang Chunshen, il n'était pas installé dans son étude à lire les classiques et livres canoniques, richement vêtu et nourri, inconscient de ce qui se passait au dehors. A mesure que le nombre de victimes croissait, les consuls généraux de la ville, l'Américain, le Russe, le Français, l'Allemand et le Japonais, le rencontrèrent tour à tour pour lui annoncer que si l'épidémie n'était pas contrôlée et touchait leurs ressortissants, ils feraient venir leurs propres docteurs pour prendre en main la lutte contre l'épidémie et chasseraient les docteurs chinois.

Yu Sixing se cassait donc la tête pour lutter contre la peste, le gouverneur général Xi Liang lui avait télégraphié en ce sens, il lui avait envoyé des docteurs, le gouvernement avait consacré plus de vingt mille lingots d'argent tirés des fonds publics pour la combattre, mais l'épidémie ne cessait de croître, vague après vague, chacune plus haute que la précédente. Il était sur les charbons ardents. Comme la peste était un ennemi invisible, il était impossible de s'y attaquer frontalement. En plus de ses fonctions à l'Intendance régionale, Yu Sixing était chef du service des négociations et du service des taxes ferroviaires à l'Office des chemins de fer de Harbin. Il ne pouvait pas rompre tout contact avec les Russes, même s'il leur était viscéralement opposé, à cause de la mort du général Shoushan.

Le général Yuan Shoushan était quelques années auparavant le commandant du Heilongjiang et Yu Sixing servait alors sous ses ordres. Il était un descendant du général Yuan Chonghuan, dont il avait hérité de la bravoure, de la droiture et de l'intrépidité. Dix ans plus tôt, lorsque les armées des huit puissances avaient envahi la Cité interdite, la Russie tsariste avait profité de l'occasion pour envoyer cent soixante-dix mille soldats, sous prétexte de protéger le Chemin de fer de Chine orientale, et envahir le Nord-Est par six routes différentes. L'armée russe avait demandé de la laisser passer par Aigun au sud, puis par Qiqihar, pour atteindre Harbin. Le général Shoushan s'y opposa catégoriquement. Il adressa plusieurs mémoires à la cour des Qing pour l'informer que cette demande de passage était un subterfuge, et que la Russie convoitait les terres fertiles de l'Empire. Il écrivait qu'il était un devoir de combattre et qu'on ne pouvait s'y dérober. Il prit des dispositions serrées, divisant la province en trois secteurs, attendant l'ennemi de pied ferme. Puis il ordonna au commandant des troupes d'Aigun, le général Feng Xiang : « Si les Russes passent la frontière, il faut les prendre de front, ne pas baisser la garde ! » En même temps il envoyait un télégramme à Sheng Jing, le commandant du Jilin, en lui demandant de se tenir prêt à envoyer des renforts pour écraser les Russes. Mais les Russes livrèrent bataille sans la déclarer, bombardèrent le mont Kalun à Aigun, et malgré une résistance acharnée, les soldats Qing, en infériorité numérique, perdirent Aigun et le général Feng Xiang, qui périt au combat. Après quoi, les soldats russes chassèrent les citoyens chinois et noyèrent Blagovechtchensk et la garnison Jiangdong 64 dans le sang. Yu Sixing avait vu de ses yeux les tempes du jeune général Shoushan blanchir en une nuit. Il savait que le Nord-Est était comme un tissu de qualité supérieure et que la brèche ouverte par les Russes à Aigun ne ferait que s'élargir. Et en effet, ceux-ci poussèrent jusqu'à Qiqihar. Et Sheng Jing ainsi que les soldats Qing de Jilin, obéissant aux ordres de la cour, ne bougèrent pas, laissant l'armée du général Shoushan se débrouiller seule. Le général, sachant qu'il avait le dessous, démoralisé, écrivit à l'impératrice une lettre, prit une dose d'opium et se coucha dans son cercueil. Cette drogue endort et elle a permis à d'innombrables personnes de s'engager sur la voie sans retour, mais elle ne parvint pas à bloquer la respiration du jeune général. Alors il décida de s'empoisonner, mais le poison ne parvint pas à étouffer son jeune cœur bondissant. Il dut se résoudre à ordonner à ses soldats d'ouvrir le feu. Son garde du corps Yu Zhongxiang tira trois fois avant qu'il ne finisse par mourir. Il avait fallu des balles pour transpercer le corps de fer du général Shoushan et atteindre sa poitrine. Yu Sixing accompagna le cercueil de Shoushan avec son fils Yuan Qing'en jusqu'à Dorbod pour l'y enterrer. Au moment de l'inhumation, il regarda le ciel bleu dépourvu de frontières et pleura en pensant aux territoires perdus et à leur défenseur éphémère, le général Shoushan.

La mort du général Shoushan avait ébranlé fortement Yu Sixing. Il comprit alors qu'une dynastie incapable de braver la mort pour protéger son territoire n'était pas loin du bout de la route. Il connaissait parfaitement les institutions politiques et les lois pénales, mais il préférait étudier l'histoire et psalmodier les soutras. Après cet événement, il passa plus de temps à lire les livres historiques et canoniques. Il aimait particulièrement le *Livre des Mutations* qu'il trouvait mystérieux et profond, beau et éblouissant comme l'immense Voie lactée, et il joua plusieurs fois avec l'idée de le commenter. En fonction à Fujiadian en tant qu'intendant régional depuis près de six mois, il n'était pas très occupé et pouvait consacrer quotidiennement une demi-journée à l'étude. Mais avec l'arrivée de la peste, les choses avaient changé, c'en était fini de ses jours de quiétude. A travers les notes qu'il recevait de tous les Consulats, surtout celles qui l'appelaient « M. l'Observateur Yu » de façon sarcastique, il voyait l'arrière-plan de la peste, comme un tigre fixant sa proie. Il pensa aux ambitions des Russes qui voulaient « occuper et protéger la route », pour lui l'intervention des étrangers dans la lutte contre la peste n'était pas mue seulement par la peur mais par des objectifs plus profonds. Et Yu Sixing en brûlait d'inquiétude.

Comme les médecins de Beiyang étaient impuissants face à l'épidémie, les médecins étrangers s'en mêlaient de tous les côtés, et Yu Sixing, que cela contrariait, envoya un agent demander à Fu Baichuan, le président de la chambre de commerce, de venir à l'Intendance régionale : il pensait que cet homme courageux et informé, qui se démenait en affaires, pourrait peut-être lui donner de bonnes idées.

Le premier intendant régional de Harbin, Du Xueying, trouvant les rues et ruelles de Fujiadian animées d'une trop grande effervescence, avait choisi pour installer le Yamen – le siège des autorités – un terrain relativement calme près de Sijiazi, non loin de la rivière Songhua. L'été, sous les ormes de la cour on pouvait méditer et écouter le silence que ne troublaient que le flot de la rivière et le chant des pêcheurs.

Ce Yamen, qui avait coûté trois cent mille ligatures de mille sapèques, avait de l'allure : une crête de tuiles vertes sur le toit, des poutres noires et un portail rouge. La voie d'accès faisait quarante-cinq toises de large et soixante-dix de long. Le bâtiment était agencé selon les plans classiques : le civil à gauche, le militaire à droite, le prétoire à l'avant et la résidence à l'arrière. Suivant l'axe central se succédaient des « murs de clarté » (ces murs écrans placés devant les ouvertures à l'intérieur de l'enceinte), la grande porte, la porte de cérémonie, la grande salle, la seconde salle, le portail, la troisième salle ; côté est, le temple des esprits, la bibliothèque, les cuisines et une pièce multi-usages ; côté ouest, le local à glace, le cachot, la salle de réception, etc. Dans l'enceinte du Yamen se trouvaient un garage, des écuries, un salon de thé et une réserve de riz.

La grande porte était en haut d'un escalier, deux lions assis la gardaient de part et d'autre. De chaque côté s'ouvraient deux portes annexes plus petites. Celle de l'est s'appelait la porte des hommes ou la porte de la joie, elle servait aux entrées et sorties des personnes ordinaires du Yamen ; celle de l'ouest s'appelait la porte des diables ou la porte de la fin, elle n'était ouverte que pour l'entrée des criminels. Bien qu'elles fussent de mêmes dimensions, la porte de l'est donnait une impression de clarté chaleureuse, et celle de l'est paraissait sombre et sinistre. Le plus curieux est que les hirondelles en hiver et les moineaux en été ne passaient jamais au-dessus de la porte de l'ouest pour aller picorer dans la cour du siège de l'Intendance régionale.

Les six pièces du siège de l'Intendance régionale étaient derrière la grande salle : à l'est les bureaux des fonctionnaires, des ménages, des rites, à l'ouest ceux des militaires, des peines et du travail. C'étaient là les services qui géraient les affaires internes et externes. Le bureau des fonctionnaires gérait leurs promotions et affectations ; celui des ménages s'occupait des taxes et impôts, notamment sur les céréales; celui des rites était responsable des cérémonies et des sacrifices. Celui des militaires recrutait les soldats, les entraînait et gérait les chevaux; celui des peines châtiait les criminels et celui du travail s'occupait des paysans, des ouvriers et des commerçants.

Les réceptions d'officiels de haut rang et les sessions du tribunal se tenaient nécessairement dans la grande salle. Le fronton qui la surmontait portait l'inscription *Justice et Probité*. Au milieu de la salle pendait une plaque avec les mots *Clairvoyance du juge*, en dessous de laquelle était placé un paravent multicolore décoré d'une peinture représentant un lever de soleil sur la mer, avec des oies volant dans les nuages, ce qui était l'emblème du fonctionnaire de qualité. Devant le paravent était placée une table longue et étroite, sur laquelle étaient disposés des objets servant pour le tribunal, comme des tubes de bambou pour les sentences ou un marteau en bois pour intimider les accusés. Les sentences pouvaient être signées en noir ou en rouge: le noir servait pour les peines légères, le rouge signifiait que les têtes allaient rouler. Un jour, Yu Sixing, curieux, était entré dans la grande salle avec la femme de ménage, la Mère Liu, et il avait vu sur la table une sentence signée en rouge. C'était comme s'il avait vu un pique-feu incandescent, il s'était mordu la langue de peur.

En comparaison, la deuxième salle où étaient traitées les affaires civiles semblait plus accueillante. Elle était encadrée de deux autres pièces plus petites à l'est et à l'ouest, et de deux petits bâtiments à chaque aile. Au-dessus de l'entrée était écrit en grands caractères *Intégrité, Attention, Diligence*. Et de chaque côté de la porte, verticalement, un diptyque: *Le ciel au-dessus de nos têtes est clair, il faut agir selon sa logique; et si la terre est stérile, veiller à ne pas saigner le peuple*. Au-dessus de la table placée au milieu de la pièce était suspendu un panneau portant l'inscription en quatre caractères *Franchise et Droiture* avec de chaque côté, verticalement, les mots *Gravité* et *Discrétion*. Sur le bureau se trouvaient les quatre trésors du lettré : le papier, le pinceau, l'encre et l'encrier ; l'essentiel des affaires de l'Intendance régionale était traité ici, ce qui lui donnait une touche d'humanité. L'aile est pouvait servir de salon de thé, ou de salle de détente pour les fonctionnaires ; dans l'aile ouest étaient exposés des trésors et joyaux d'une rare originalité. L'aile est était également réservée à l'accueil des visiteurs : c'est là que les mandarins et notables patientaient avant d'être reçus.

Après la grande salle et la deuxième salle se trouvaient les logements des employés de l'Intendance régionale et leurs familles. Bien qu'il n'y eût pas de massifs de fleurs devant, été comme hiver il y régnait une fragrance d'orchidée. La poudre qui recouvrait le visage des femmes et la crème dont elles s'enduisaient les mains embaumaient, intentionnellement ou non, le palais.

L'endroit où Yu Sixing préférait se tenir, où il se sentait le mieux, c'était la bibliothèque adjacente à sa résidence. Elle comprenait trois pièces autour d'un jardin plein de fleurs et d'arbres, avec l'été un ballet de papillons et d'abeilles, l'hiver des troupes de moineaux dans les branches, pépiant sans cesse, comme s'ils voulaient appeler les odeurs cachées des fleurs fanées et des bois morts.

Chaque fois que Fu Baichuan se rendait à l'Intendance régionale, Yu Sixing le recevait dans cette bibliothèque. Les deux massifs de roses dans le jardin avaient été plantés du temps du précédent intendant Shi Zhaoji[1] et provenaient du jardin personnel de Fu Baichuan qui les lui avait spécialement apportées. Peut-être qu'elles

1. Shi Zhaoji (1877-1958), premier étudiant chinois diplômé de l'Université de Cornell (Etats-Unis).

aimaient encore leur ancien propriétaire, lors d'une visite de Fu Baichuan à la fin du printemps, alors que normalement il n'y avait pas de vent, un souffle d'air parcourut le jardin. Les roses dorées scintillèrent dans la lumière comme des pièces d'or et leur senteur légère flotta jusqu'à ses narines. Fu Baichuan, ému, s'exclama : « *Venu un soir de printemps me plonger dans les livres, l'arbre reconnaissant un vieil ami diffuse son parfum.* » A quoi Yu Sixing répondit par un autre vers : « *La brise du bonheur accueille mon hôte, l'ombre des fleurs l'accompagne.* » Les deux hommes échangèrent un sourire. Toux deux collectionnaient les livres, et lorsqu'ils parlaient de poésie, c'était toujours en buvant le thé. Ils aimaient également déguster les pâtisseries de l'Intendance générale. Lorsque Yu Sixing s'en était aperçu, il avait ordonné qu'à chaque visite de Fu Baichuan on lui en donne une boîte quand il repartait.

Il y a bien longtemps, Yu Sixing avait parlé à Fu Baichuan de Yu Qingxiu : un jour de pluie, alors qu'elle était bloquée à l'Intendance, elle avait bu dans les cuisines avec quelques autres. Eméchée, elle était sortie dans la cour en titubant, et avait embrassé un cheval, puis un commis de cuisine et un porteur d'eau qui se trouvaient là. Puis elle avait voulu entrer dans la bibliothèque mais en avait été empêchée. Elle avait alors crié qu'elle voulait voir un responsable, pour changer la formule qui figurait sur les deux montants de porte, laquelle disait :

Aux premières ondées les fleurs prennent couleur,

Les arbres se parent de feuilles tendres, promesse d'ombre généreuse.

Yu Sixing qui lisait tranquillement dans la bibliothèque, curieux de voir à l'œuvre une aide-cuisinière qui avait le cran de vouloir changer ces deux vers, avait ordonné qu'on la fît entrer, lui avait donné pinceau, encre et papier. Yu Qingxiu, portée par l'ivresse, avait écrit :

Les fleurs fanées sur le chemin volent dans le vent en gardant leur éclat,

Les arbres se tendent vers le ciel pour se draper dans les nuages.

Et elle s'en était allée, toute guillerette. En lisant ces deux lignes de caractères en pattes de mouche mais au tracé souple et racé, Yu Sixing n'arrivait pas à croire qu'ils émanaient de la main d'une gâte-sauce des cuisines. Le lendemain, Yu Qingxiu, redevenue sobre, était retournée à la bibliothèque toute tremblante pour s'excuser. Non seulement Yu Sixing ne lui avait pas fait de reproches, mais il lui avait dit que si elle aimait la lecture et l'étude, comme elle portait le même nom de famille que lui, ses livres lui étaient ouverts. Yu Qingxiu, effrayée au point de n'oser relever la tête, avait marmonné qu'elle avait trop bu et s'était mal conduite, et qu'elle ne recommencerait pas.

Lorsque Fu Baichuan entra dans le Yamen, Yu Sixing avait déjà préparé le thé dans la bibliothèque, près du poêle. Ils échangèrent quelques propos sur le temps puis Yu Sixing en vint à l'objet de l'entretien : la peste à Fujiadian était très grave à présent et les Consulats étrangers exerçaient une pression constante, particulièrement les Russes ; il demanda à Fu Baichuan qu'elle était d'après lui la bonne politique pour y faire face. Fu Baichuan sourit et ouvrit un exemplaire du *Journal de Shengjing* qu'il avait apporté, un organe de presse japonais. Sur une page de publicité on voyait des réclames pour les savonnettes Jiuzhong, le dentifrice Jingangshi et une lotion pour les cheveux. Mais au beau milieu, attirant l'œil, se trouvait l'image d'un gros rat à l'air triste, un mouchoir à la main, essuyant une larme. A côté de lui, la présentation sommaire d'un produit pour tuer les rats, ainsi qu'une grande réclame pour la « Pilule Nipponne Nendan n° 1 » réputée prévenir la peste.

« Vous voyez, dit Fu Baichuan, les Japonais font des réclames grandes comme ça. Quel est leur objectif ? Le profit ! Dans les stations de désinfection à Fujiadian, on ne trouve que des produits japonais, n'est-ce pas ? Honorable Monsieur Yu, que peuvent rechercher les Russes à votre avis ? Le profit, toujours, bien sûr ! »

Yu Sixing poussa un soupir et hocha la tête. A ses yeux, le Nord-Est subissait la mainmise de deux serpents, la ligne du Chemin de fer de Chine orientale contrôlée par les Russes, et celle de Mandchourie méridionale contrôlée par les Japonais. L'une au nord, l'autre au sud, tels deux serpents endormis qui, au moindre frémissement, se réveilleraient et cracheraient leur venin. Mais Yu Sixing pensait qu'il ne servait à rien de grommeler, l'important était de trouver les moyens de faire face au problème épineux devant lequel il se trouvait.

Fu Baichuan proposa de réunir quelques praticiens connus de médecine traditionnelle chinoise de Fujiadian et de prendre leurs avis face à la situation actuelle de la peste et de sa propagation, afin de décider d'une méthode de prévention et de guérison selon les règles de la médecine chinoise. Si cette méthode se révélait viable, il pourrait recruter du personnel dans sa pharmacie traditionnelle et, en travaillant jour et nuit, préparer des décoctions pour tout le monde.

Yu Sixing trouva cette idée intéressante : si la médecine chinoise parvenait à vaincre la peste, ce serait une revanche sur les étrangers. Il n'y avait pas de temps à perdre, il nomma immédiatement un agent pour assister Fu Baichuan dans cette affaire.

En prenant congé, Fu Baichuan ne reçut pas comme d'habitude une boîte de pâtisseries. Lorsqu'il souleva légèrement les sourcils, Yu Sixing se rendit compte que quelque chose clochait, et il expliqua en souriant que comme Yu Qingxiu venait de perdre sa belle-mère, de la peste selon la rumeur, il n'osait plus lui demander de venir à l'Intendance. Les pâtisseries dont il disposait en ce moment n'étaient pas de sa main et c'est pourquoi il ne lui en offrait pas. Ces propos désarçonnèrent Fu Baichuan un instant, mais il se reprit très vite et dit avec un sourire : « Cela ne fait rien, cela ne fait rien. »

Yu Sixing ajouta non sans tristesse qu'il était bien fâcheux que Yu Qingxiu ne vienne plus car on arrivait à la période des fêtes occidentales, où d'habitude chaque année l'Intendance envoyait des agents porter des pâtisseries à tous les Consulats avec des vœux de bonheur. Les deux intendants généraux précédents leur faisaient livrer des pâtisseries de Yu Qingxiu. Si cette année le goût changeait ou la qualité baissait, cela entraînerait des inquiétudes, les gens se demanderaient si elle était toujours en vie.

Fu Baichuan lui dit qu'il avait vu son fils Xisui, qui lui avait raconté que sa grand-mère était morte de rire à cause d'une phrase qu'il avait dite et non de la peste. Quant à savoir quelle phrase il avait dite, Xisui n'avait rien révélé, et lui n'avait pas insisté. Mais Xisui n'était pas un menteur.

Yu Sixing dit : « Je ne vois pas des ennemis partout, mais j'ai peur que, si jamais elle était contaminée, ses pâtisseries provoquent des incidents chez les étrangers qui les auraient mangées et que cela fasse du grabuge. Mais si ce n'est pas elle qui les fait, ça ne va pas non plus. Ah là là ! Si tout va bien dans sa famille, je vais la faire revenir dans nos cuisines d'ici quelques jours, ça ne va pas tarder. »

Fu Baichuan répondit : « Sa boutique familiale est restée ouverte, Votre Excellence peut être tranquille. »

Lorsqu'il fut parti, Yu Sixing jeta un œil au journal qu'il avait laissé, regarda ce rat avec ses larmes de crocodile et eut un moment de panique. Il jeta le journal par terre et versa sur la face du rat le restant du thé : cette fois, le rongeur semblait pleurer pour de bon. Il roula ensuite le journal tout mouillé et le jeta dans la corbeille à papiers. Sur son bureau traînaient quelques numéros du *Journal de l'Extrême-Orient*, publication en chinois aux mains des Russes. Les articles sur la peste à Fujiadian étaient pleins de critiques. Après le déclenchement de l'épidémie, le commerce avait été durement touché. La succursale de la banque Daqing qui venait d'ouvrir avait déjà fermé. Les virements, les prêts n'étaient plus assurés. Et la société mixte japonaise « Renommée et Fortune » qui venait d'ouvrir était confrontée elle aussi à la fermeture. Le commerce était déprimé, les gens paniqués. Fujiadian semblait mort. Yu Sixing avait le pressentiment que si la peste n'avait pas reculé au Nouvel An, l'Intendance générale se verrait doter d'un nouveau chef. Il ne craignait pas d'être muté : pourvu qu'il dispose d'un cabinet d'étude et puisse écouter la pluie tomber, jouer du luth et admirer la neige, il serait content.

UN ENTERREMENT SACRIFICIEL

Les médecins traditionnels de Fujiadian n'avaient aucune expérience de la peste. Face à cette visiteuse importune, ils gardaient l'apparence du calme, tout en étant très inquiets au fond d'eux-mêmes. Fu Baichuan s'en rendit bien compte en observant leurs comportements et en les écoutant analyser l'épidémie lorsqu'il les rassembla. Certains avaient revêtu leur longue robe, et mis leur coiffe de cérémonie ; d'autres arboraient une tenue négligée et étaient mal rasés. Ceux dont la tenue était trop soignée ne savaient pas du tout que faire et s'appuyaient sur les apparences pour raffermir leur confiance dans leur art. Les autres ne savaient pas non plus que faire et voulaient montrer par leur tenue débraillée leur mépris de l'épidémie.

Le débat entre ces praticiens, à la maison de thé Qingfeng, fut tellement animé qu'ils en avaient tous la face rouge. Il y en avait qui jugeaient, d'après la saison pendant laquelle l'épidémie s'était déclarée, qu'il s'agissait d'une pénétration de vent froid, et que par conséquent l'important était de disperser le froid et de raffermir le corps ; d'autres, d'après les fortes fièvres et les crachements de sang, l'enflure des bubons et le teint cyanosé des morts, déduisaient qu'il s'agissait d'un excès de chaleur toxique, et que l'important était de chasser les poisons et de conjurer le mal. Les points de vue divergeaient, impossible de se mettre d'accord sur une formule. Certains préconisaient cinq plantes : le chrysanthème sauvage, le chèvrefeuille, le forsythia, le buplèvre et la réglisse pouvaient régler le problème ; pour les autres, pas moins de seize substances : du gypse, de la ficaire fausse-renoncule, de la menthe, de l'écorce de racine de pivoine, du fil d'or, de la laminaire, etc., étaient nécessaires pour avoir un effet dynamique. Ils se creusèrent la tête, burent cinq théières de cuivre grandes comme un boisseau et finirent trois assiettes de graines de pastèques, ce qui les obligea à aller aux feuillées plusieurs fois soulager leur vessie, jonchant le sol de coques de graines de pastèques, pour finalement décider d'une formule comprenant quatorze plantes médicinales. Fu Baichuan étudia la liste, et mis à part les bulbes de fritillaires à feuilles vrillées dont ses réserves étaient faibles et qu'il allait reconstituer d'urgence, il disposait en quantité suffisante des autres herbes. Il se dépêcha de la donner à ses pharmaciens pour qu'ils commencent à préparer les décoctions afin que les citoyens puissent en profiter sans délai.

Les années de disette, les habitants de Fujiadian allaient se nourrir au hangar où l'on servait de la bouille de riz aux nécessiteux, mais ils n'avaient jamais fait l'expérience de prendre des médicaments sans dépenser d'argent, et cela les rendit curieux. Ils interrogèrent en privé les vieux médecins qui avaient participé à la recherche de la formule : cette ordonnance marche vraiment ? Comme des diseurs de bonne aventure qui demeurent ambigus pour ne déplaire à personne, ils ne soutenaient ni qu'elle était efficace, ni qu'elle ne servait à rien. Ils craignaient, s'ils en disaient trop de bien et qu'elle ne protégeait pas efficacement de la peste, que les gens le leur reprochent ; et ils craignaient tout autant, si elle se révélait être une panacée alors qu'ils affirmaient le contraire, de perdre leur réputation. Ils restaient donc équivoques. Du coup, les gens n'étaient pas très enthousiastes à propos de ce remède. Peut-être qu'il évitait l'infection de la peste, mais peut-être aussi que c'était un philtre qui pouvait vous tuer, mieux valait ne pas le prendre aveuglément.

Si les docteurs traditionnels demeuraient très prudents sur le traitement, ils donnèrent leur aval à une méthode de désintoxication très répandue qui consistait à boire de l'eau bouillie avec des clous rouillés. Dès l'apparition de cette méthode, les portes des armoires, les tables et les chaises furent malmenées chez tout le monde. Il suffisait qu'on y voie un clou rouillé pour qu'on l'arrache avec une pince et qu'on le jette dans la bouilloire. Les meubles privés de clous, étaient comme des hommes dépourvus d'os ou de tendons – pour tout dire fichus. Parfois, vous vous asseyiez sur une chaise un moment et soudain elle se démantelait et vous vous retrouviez le cul par terre. Ou bien vous preniez votre repas à table et celle-ci, telle une fleur fanée, s'écroulait, brisant la vaisselle. Un repas de perdu et, en plus, vous étiez bon pour aller racheter des assiettes et des bols.

La peste était comme une crise de folie, qu'il s'agisse des décoctions de plantes ou de l'eau à la rouille, il était impossible d'en arrêter la marche. Le nombre de morts connut un nouvel apogée. Il y avait parmi eux le meilleur acupuncteur, le docteur Tan, le patron de la taverne du Paradis, ainsi que le paysan Wu Er. Pendant un temps, les patients qui se soignaient chez le docteur Tan se demandèrent s'ils en avaient encore pour longtemps à vivre. Certains, de peur que la mort ne les appelle pendant leur sommeil, dormaient avec l'habit prévu pour leurs funérailles. En outre, comme le docteur Tan participait à la confection des remèdes contre la peste, le nombre de gens qui prenaient la décoction préparée à la pharmacie de Fu Baichuan diminua ; tandis que les hommes qui avaient l'habitude de boire au Paradis, persuadés qu'ils pouvaient quitter ce monde à tout moment sans avoir profité de ce à quoi ils avaient droit, se firent plus prodigues et s'adonnèrent à la débauche de façon débridée. Presque tous les animaux de basse-cour et les chiens furent tués, et toutes les marmites fleuraient bon la viande. Les hommes sur leur kang bien chaud culbutaient leur femme sans répit, sous prétexte que c'était peut-être la dernière fois et qu'il fallait en profiter avant de mourir. Ils s'y épuisaient et le lendemain matin ils avaient le dos en capilotade et les genoux mous, ils n'avaient plus la force de passer le seuil de leur maison.

Après la mort de Wu Er, sa veuve traînait de temps en temps ses deux enfants dans leur cour et trépignait en maudissant ciel et terre, se plaignant qu'une maison sans poutre maîtresse ne pouvait rester debout. Elle alla jusqu'à dire que si quelqu'un voulait bien s'occuper de ses enfants, elle prendrait de l'opium et mourrait.

Wang Chunshen n'en crut pas un mot, bien sûr !

Le cinquième jour après la mort de Wu Er, sa veuve, le visage gris et le regard torve, vint à l'écurie trouver Wang Chunshen pour lui demander de réparer sa porte, faussée par l'arrachage de clous pour faire de l'eau bouillie à la rouille. Wang Chunshen vit dans son regard humide des hameçons lancés vers lui, et il refusa tout net en disant qu'il n'était pas menuisier.

Elle plaida d'une voix douce :

« Je peux vous apprendre.

— Si vous connaissez le métier, en quoi avez-vous besoin de moi ? Faites-le vous-même.

— C'est un travail d'homme, une femme le faisant serait la risée de tous.

— En ce moment, il y a tous les jours des morts et guère de visiteurs, qui se moquerait de vous ? »

Elle l'implora : « Nous sommes voisins, je vous demande un petit service, ne me faites pas l'affront de refuser, vous voyez bien que ce n'est pas facile d'être veuve. » Sur quoi ses yeux s'embuèrent, et elle leva le bras pour essuyer ses larmes avec sa manche.

Wang Chunshen savait que les larmes des femmes étaient autant de balles tirées sur un homme, et il n'avait aucune envie d'être touché, alors il refusa en disant gentiment : « Cela ne fait pas sept jours que Wu Er est décédé, si on me voit aller chez vous, on va jaser. »

Elle pensa que ces propos lui laissaient encore une marge, elle soupira : « Nous sommes tous les deux seuls, la vie est dure. Mais pour les enfants, une femme s'en sort un peu mieux. C'est dur pour vous d'élever un enfant tout seul. Vous pouvez me confier Jiying, j'en ai déjà deux à élever, trois c'est pareil, elle ne manquera pas de baguettes. »

Wang Chunshen vit bien qu'elle se servait de Jiying comme appât. Il ne voulait pas mordre à l'hameçon, alors il enchaîna : « Je vous remercie de proposer de prendre une part de mes soucis, mais j'ai l'habitude de m'occuper de Jiying. »

— Quand l'épidémie sera finie, comment allez-vous faire quand vous reprendrez votre fiacre ? Et puis, vous deux, vous ne pouvez pas éternellement habiter dans une écurie, ce n'est pas un endroit où vivre pour un humain, ça pue le crottin », dit-elle en se pinçant le nez.

Wang Chunshen expliqua que, le printemps venu, il allait reconstruire sa maison, quant à Jiying, il la prendrait avec lui dans son fiacre. La veuve Wu n'était pas contente, en repartant elle lui demanda ce qu'était devenu Zhai Yisheng, on ne le voyait plus depuis la mort de Jin Lan.

« Cela fait plusieurs jours que je ne l'ai pas vu, le diable sait où il est allé, répondit-il.

— Il n'est pas mort, quand même ? Ces temps-ci, la vie est plus mince qu'une crêpe. »

Il ne répondit pas, car sinon elle ne se serait jamais arrêtée.

Il n'aimait pas cette femme, parce qu'elle était pinailleuse et qu'elle n'était pas bien belle : la taille comme un seau à eau, des yeux globuleux, un double menton, aimant faire les yeux doux et minauder, répétant à qui voulait l'entendre qu'elle était très avenante quand elle était jeune fille, qu'elle avait eu beaucoup de prétendants. Si Jin Lan était un bol de sorgho mal cuit, alors la veuve Wu était un bol de morceaux de tofu avarié. Plutôt manger du riz durci que ça.

Avant de quitter l'écurie, elle lui dit une phrase qui lui fit froid dans le dos : « Pourquoi Jiying ne vous ressemble-t-elle pas ? Elle n'a aucun trait de vous. Si vous devez sortir un jour, ne la laissez pas seule dans l'écurie, envoyez-la-moi. »

Wang Chunshen accepta, tout en pensant, aucune chance que je vous l'envoie.

Mais peu avant le Nouvel An, il le fit quand même, parce que la mère de Qin Huit Bols était morte.

Qin Huit Bols, afin de satisfaire le vœu de sa mère de retourner dans son pays natal pour y être enterrée, était venu voir Wang Chunshen : il voulait louer son fiacre pour ce voyage. Wang Chunshen avait pour lui le plus grand respect et il ne pouvait lui refuser ce service, quelle que fût la distance. Non seulement Qin l'honorait de sa confiance, mais il aimait son cheval noir.

Wang Chunshen calcula que cette expédition prendrait, au bas mot, un mois et demi. Il ne pouvait emmener Jiying, il lui fallait donc la confier à quelqu'un de fiable. Il réfléchit à la question et jugea qu'en cette période exceptionnelle, la veuve de Wu Er était la seule personne qui pouvait s'en occuper, et il emmena la fille chez elle.

La veuve Wu Er, très joyeuse de voir Jiying, lui donna tout de suite une paire de chaussons de coton qu'elle avait faits spécialement pour elle comme cadeau de Nouvel An. Ce geste réchauffa le cœur de Wang

Chunshen, qui se dit qu'il avait peut-être sous-estimé cette femme.

Il harnacha le cheval, ferma la remise et l'écurie à clef, et partit chez Qin Huit Bols. En sortant, il tomba sur une voiture portant une pancarte *transport de cadavres* qui se dirigeait vers l'extérieur de la ville. Ses roues en écrasant la terre gelée couinaient à la manière d'un rat. Cela lui fit penser soudain à une chose cruciale : est-ce que la mère de Qin était morte de vieillesse ou de la peste ? Dans le second cas, devait-il craindre pour sa vie ? Il regarda le ciel gris, écouta les corbeaux croasser, songea au fils qu'il avait perdu et à sa vie qui n'avait plus guère de sens depuis, et n'eut plus peur de mourir. Puis il pensa au joli sourire de Sennikova et il eut peur de mourir.

Qin Huit Bols habitait à deux rues de la distillerie deux maisonnettes spacieuses de briques vert-de-gris. Un fanion de deuil était fiché dans le linteau du portail et un cercueil était déposé dans la cour, devant lequel était placée une table à offrandes garnie de petits pains à la vapeur, de pommes, de cassolettes à encens et d'une veilleuse rouge. Sous la table à offrandes, une cuvette contenait les cendres encore chaudes des billets funéraires brûlés pour la défunte : on voyait que cela venait d'être fait. Ce cercueil avait été acheté par Qin trois ans auparavant. Cette année-là, au printemps, la vieille avait soudain eu mal aux côtes, elle ne pouvait se redresser, elle avait perdu tout appétit et ne quittait plus son kang. Elle marmonnait qu'elle voulait mourir. Qin avait pris peur et était allé se procurer un cercueil. En bois de pin rouge, c'était alors le cercueil le plus cher des pompes funèbres, avec des planches épaisses finement décorées de nuages entrelacés. Le plus remarquable était, sur le haut du cercueil, la gravure d'une fleur de lotus au milieu de l'eau. Tous ceux qui l'avaient vu disaient que l'occupante de ce cercueil irait certainement au ciel. On l'avait surnommé le « cercueil au lotus ». S'il n'y avait pas eu l'épidémie, compte tenu du grand âge de la vieille dame, il aurait attiré pléthore de gamins volontaires pour pratiquer un *zuanguan*[1].

Qin Huit Bols dans sa robe de chanvre blanc ressemblait à un bonhomme de neige. Le moment était venu de charger le cercueil et de prendre la route, mais il rechignait à quitter la distillerie, il donna encore instruction aux gars venus donner un coup de main pour porter le cercueil de faire attention à ceci et à cela, ajoutant qu'il reviendrait dès sa mère enterrée.

Wang Chunshen avait très envie de voir si le visage de la défunte était violet ou noir, mais le cercueil était déjà fermé.

Qin Huit Bols se préparait à le charger sur le fiacre quand Fu Baichuan entra, une cruche d'eau-de-vie à la main.

Lorsqu'ils furent dans la maison, il dit à Qin qu'il risquait d'être difficile au cabriolet de sortir de la ville parce que Shi Zhaoji, qui avait été promu quelques mois plus tôt de l'Intendance générale de Harbin au ministère des Affaires étrangères, au vu de la gravité de l'épidémie, avait nommé un officier général de santé du nom de Wu, flanqué d'un assistant, qui étaient arrivés de Tianjin quatre jours plus tôt. Ce Wu avait rendu visite aux consuls de tous les pays et commencé son travail à Fujiadian, et il paraissait que tous les cadavres devaient être enterrés sur place, avec interdiction de sortir de la ville. Cette nouvelle inquiéta Qin Huit Bols, d'autant que le Centre de lutte contre l'épidémie lui avait déjà dit d'enterrer sa mère au plus vite.

1. Coutume qui consiste à faire traverser par des enfants de sept ou huit ans, dont les parents sont faibles ou souffrants, le cercueil vide et ouvert sur deux côtés d'une personne décédée à un grand âge, juste avant sa mise en bière. Cette action est réputée transmettre auxdits parents la longévité du défunt.

« Ma mère n'est pas morte de la peste mais de vieillesse. Hier soir elle a pris un bol de *wantan,* puis elle a reprisé des chaussettes sous la lampe. A ce grand âge, c'est comme un fruit bien mûr, il tombe quand il doit tomber, elle s'est endormie et ne s'est pas réveillée. Si vous ne me croyez pas j'ouvre la bière, vous verrez son visage, souriant ni violet ni noir ! »

Ces propos rassurèrent Wang Chunshen.

« Essayez d'y aller, mais si ça ne passe pas, n'insistez pas, dit Fu Baichuan.

— Il a fallu que ta mère choisisse ce moment pour partir ! » commenta un des hommes de la distillerie avec sympathie.

Mais Qin se fâcha, il fusilla le gars du regard et dit : « Quel que soit le jour où ma mère décide de partir, c'est le jour où je l'accompagne ! »

Wang Chunshen intervint : « On se moque de cet officier, qu'il s'appelle Wu ou Liu ou Qi ! Personne n'a rien pu faire contre cette épidémie. Les deux docteurs venus de Fengtian, à part promouvoir le soufre et les vaporisateurs, qu'ont-ils faits ? Et ce docteur japonais qui ne fait que disséquer des rats, il va bientôt en devenir un lui-même. Ce Wu est peut-être envoyé par la cour impériale, mais quand il voit un mort, il ne sait qu'écarquiller les yeux ! Pourquoi ? Le ciel rappelle des hommes, les hommes ne peuvent l'en empêcher. Mais hier j'ai pensé à quelque chose que je ne comprends pas, par exemple un gosse comme Jibao, pourquoi le ciel le rappelle-t-il ? Il ne peut ni porter de l'eau ni couper du bois. S'il pleure ou chahute là-haut, il ne faut pas le frapper... » Wang Chunshen se mit à pleurer.

Qin Huit Bols le consola : « Jibao est un enfant, il est parti là-haut mais il ne sera pas humilié, je pense que l'Empereur de Jade fera de lui un garçon d'écurie.

— Ah, sur terre je conduis un fiacre et mon fils deviendrait garçon d'écurie au ciel ? Pourquoi mon fils et moi devons-nous travailler comme esclaves des autres ? » dit Wang Chunshen tristement.

Qin, voyant que la perspective de voir son fils palefrenier ne lui plaisait pas, enchaîna : « Alors il sera chargé des fleurs. »

Cela ne plut pas davantage à Wang Chunshen, qui marmonna : « Un garçon, si ça s'occupe des fleurs étant petit, cela devient une mauviette en grandissant, il ne faut pas qu'il me ressemble, mené par le bout du nez par les femmes ! »

Pendant que Wang Chunshen se lamentait, Fu Baichuan avait versé l'eau-de-vie en l'honneur du voyage de Qin Huit Bols. Tous levèrent leur coupe et trinquèrent. Les coupes en s'entrechoquant prirent la forme d'un lotus. Mais ce fut un lotus éphémère, à peine ouvert chacun reprit son pétale. Tous semblaient pourtant avoir été touchés par le parfum de cette fleur fictive, ils vidèrent leur coupe et lâchèrent un profond soupir. Qin Huit Bols reposa sa coupe, remercia Fu Baichuan et sortit le premier. Il renversa la cuvette funéraire et appela en pleurant « Mère ! ». Les hommes s'unirent pour charger le cercueil au lotus sur le fiacre.

Ils sortirent de la cour à trois heures de l'après-midi. A cette heure-là, en été, le soleil semble marcher dans le ciel, tout feu tout flamme, comme une femme aux pieds bandés allant au marché ; mais en plein hiver, la nuit tombe tôt et le soleil est comme un nouveau-né abandonné, jeté à l'ouest du ciel, sans que personne se soucie de lui. La mince lumière blanchâtre en halo du crépuscule, mêlée aux fumées des cheminées, donnait à Fujiadian un air encore plus lugubre que d'habitude. Les passants dans les rues, l'air abattu, marchaient les bras croisés dans les manches de leurs habits. En voyant le fiacre arborant le fanion funéraire de Qin Huit Bols se diriger dans une autre direction que celle du cimetière, ils comprirent que ce citoyen honorable emmenait le cercueil au pays natal. Ils regardèrent le cheval noir, qui partait pour une si longue route, avec sympathie : c'était lui qui souffrirait le plus de ce voyage, et non les hommes. Ils devinaient qu'au retour du périple, le cheval aurait maigri au point de n'avoir plus que la peau sur les os.

En passant devant la maison de thé Qingfeng, le fiacre en croisa un autre. Il était évident qu'il s'agissait d'une voiture officielle : la croupe du fringant cheval bai portait une marque ronde ; en outre, l'habitacle était en bois de rose de qualité supérieure, les fenêtres de chaque côté étaient cachées par des rideaux de coton de couleur foncée. L'absence de soldats ouvrant la route avec une pancarte montrait que le passager n'était pas un personnage important de l'Intendance générale. Alors, qui cela pouvait-il être ?

Wang Chunshen était intrigué. La voiture s'arrêta, le rideau s'écarta, laissant apparaître un visage aux traits fins et distingués. L'homme pouvait avoir trente ans, avec un visage carré, des lunettes à monture fine dorée perchées sur le nez, un large front, de grands yeux pénétrants, des oreilles décollées, des lèvres serrées, une attitude exempte de vulgarité. Il dit quelque chose à Wang Chunshen, qui ne comprit pas. Il avait l'air d'un Chinois mais il parlait une langue étrangère. Alors que Wang Chunshen était plus intrigué que jamais, l'homme descendit de voiture.

De petite taille, il portait un haut-de-forme noir et des bottes de cavalier, en uniforme de drap amidonné, il avait l'air grave et autoritaire, comme un officier. Dans l'air froid de l'hiver, les boutons de cuivre de son uniforme luisaient tels des boutons de pâquerettes, splendides et frais. Après lui descendit un homme un peu plus grand, en veste ouatée bleue à col gris, jeune et mince. Il dit à Wang Chunshen : « L'officier de santé Wu vous demande pourquoi votre voiture qui transporte un cercueil ne va pas dans la direction du cimetière. »

Wang Chunshen comprit qu'il avait en face de lui l'officier de santé dont Fu Baichuan venait de leur parler.

« Ma mère a disparu, nous l'accompagnons à sa terre natale, hors de la ville », dit Qin Huit Bols.

Le visage de l'officier Wu se rembrunit, il leva le bras droit et fit un geste leur intimant l'ordre de s'arrêter, puis il dit quelques mots en langue étrangère, que le jeune homme s'empressa de traduire : « L'officier Wu dit que, pendant l'épidémie, il n'est pas permis de transporter les cercueils hors de la ville et vous demande de l'inhumer sur place. »

Qin Huit Bols s'adressa au jeune homme en désignant l'officier du doigt : « Dites-lui que si ma mère était morte de la peste, je n'oserais pas demander l'aide d'autres personnes pour la conduire si loin. Ce serait leur tendre un piège. Ma mère est morte de vieillesse ! Vous savez ce que cela veut dire ? Elle a vécu longtemps, mangé et bu ce qu'elle devait manger et boire, vu ce qu'elle devait voir, elle a profité de tout et elle en avait assez de vivre, elle a fermé les yeux et elle est entrée dans le sommeil éternel. Si vous ne me croyez pas, ouvrez le cercueil pour voir si son visage a la couleur des victimes de la peste ! »

Le jeune homme regarda Qin d'un air embarrassé, puis l'officier. Celui-ci prononça quelques mots que le jeune homme ne traduisit pas. Ils remontèrent en voiture et s'en allèrent à la vitesse de l'éclair. Wang Chunshen, pensant que tout allait bien, reprit son chemin, mais juste avant d'arriver à la distillerie des Tian, une patrouille de police montée les rattrapa et leur dit de nouveau que dorénavant les morts de Fujiadian devaient être inhumés sur place et qu'il leur fallait s'en retourner sans opposer de résistance.

Le soleil se couchait, le ciel s'assombrissait. Qin Huit Bols leva la tête vers le ciel et s'écria, face au cercueil au lotus : « Mère, ton fils ne peut faire preuve de piété filiale, à cause de la peste, il ne peut pas te ramener au pays natal. »

Wang Chunshen poussa un soupir, il croyait qu'après avoir quitté Fujiadian tout irait bien, mais cet officier Wu avait l'air déterminé et pas du tout conciliant. Au moment où il faisait faire demi-tour à son fiacre, Qin Huit Bols s'agenouilla soudain par terre, se tourna dans la direction de son pays natal et frappa lourdement le sol de sa tête par trois fois. Lorsqu'il se releva, il avait le visage couvert de larmes.

De la distillerie des Tian à Fujiadian, c'était un chemin de terre désolé. Même très forte une chute de neige ne blanchissait le sol que trois à cinq jours, car dès que l'écume de fumée soufflait, le manteau de neige blanche se déchirait, laissant apparaître maintes crevasses. Qu'appelait-on l'écume de fumée ? C'était un violent vent du nord-ouest. Quand il arrivait, les bêtes sauvages se mettaient à hurler. Alors la neige et la terre volaient ensemble en l'air, les herbes hautes tremblaient comme un épileptique en crise. Les gens qui se trouvaient dehors marchaient la tête baissée, penchés en avant, et n'osaient pas ouvrir la bouche. Après, on pouvait voir que le terrain avait changé de forme. Par exemple, la neige qui surmontait un tumulus avait été comme rasée, laissant le tertre chauve comme un moine. Quant à celle qui tapissait une cuvette, il ne faut pas croire qu'elle était à l'abri comme de l'argent dans une cassette enfouie : ce grand brigand de vent du noroît la faisait disparaître de la même manière, laissant la cuvette comme le bol d'un mendiant, vide et fendue de tous côtés.

Sur le chemin du retour, le fiacre tomba sur ce vent-là. La neige qui couvrait le sol, paisible comme une vierge, se transforma en véritable furie volant dans toutes les directions, insaisissable. Les rafales faisaient tousser Wang

Chunshen. Le cheval baissait la tête, comme un homme, pour parer aux coups de fouet du vent. Wang Chunshen plaignait l'animal mais il se dit qu'ils avaient eu de la chance d'être refoulés : s'ils avaient continué, qui sait quelles difficultés ils auraient affrontées ! Si son cheval noir s'était écroulé de fatigue en chemin, il en aurait eu le cœur brisé.

Peu avant d'arriver à Fujiadian, Wang Chunshen remarqua que le bruit du vent avait subtilement changé : devenu triste et perçant, il contenait maintenant une plainte familière, comme une étoile faisant irruption dans la nuit noire, pinçant une corde douloureuse qui réchauffait un peu le cœur. Intrigué, il regarda Qin Huit Bols derrière lui et s'aperçut qu'il pleurait, et il sut d'où venait cette tonalité claire. Il savait que seuls les gens liés par le sang et séparés par la mort pouvaient produire de tels sanglots. Lorsqu'un enfant perdu ne trouve pas sa mère, ce sont les mêmes sanglots, empreints d'un sentiment d'injustice et d'un attachement infini.

Le soleil s'était couché. En été, la lumière s'attardait un certain temps après sa disparition derrière l'horizon ; en hiver, la nuit devenait tout de suite noire, on ne pouvait plus rien distinguer. Fujiadian était tel un bateau tacheté de rouille, plongé dans la nuit. Les habitants avaient été d'abord terrorisés par la peste, puis la peur les avait quittés, mais lorsque le nombre de morts avait atteint un nouveau pic, elle était revenue, comme un poisson mort remonte à la surface. Les gens attendaient maintenant avec espoir la tombée de la nuit pour se coucher tôt sur le kang et dormir. A cet instant, les yeux fermés, dans le silence, le monde redevenait paisible.

Wang Chunshen demanda à Qin Huit Bols dans quel cimetière il voulait inhumer sa mère. Celui-ci répondit, n'importe où, de toute façon, même si elle avait habité à Fujiadian pendant des années, aucun endroit ne lui plaisait.

« Alors inhumons-la dans mon caveau de famille, au moins ce n'est pas comme le cimetière public, plein de morts de la peste, proposa Wang Chunshen.

— Merci mon frère. Je suis sûr que ma mère sera contente d'être voisine de la tienne », répondit Qin à voix basse.

Wang Chunshen, voulant alléger un peu l'ambiance triste, renchérit :

« Si ma mère et la tienne deviennent proches, elles parleront sûrement de petits-enfants. Ta mère n'en a pas encore mais il ne faut pas qu'elle fasse fuir la mienne à force de prières et de fumées d'encens !

— Non, cela n'arrivera pas, rétorqua Qin en souriant. Je vais prendre une femme pour lui en donner un bientôt.

— Huit Bols, tu ne sais pas ce que tu dis : si tu te maries et que tu fais un petit enfant pour elle, comme ils seront dans deux mondes différents, elle ne le verra pas. Ce n'est pas comme Jibao, il a été rappelé par ma mère, et il est vraiment avec elle. » Wang Chunshen avait voulu réconforter Qin Huit Bols, et pour finir il se faisait de la peine à lui-même.

Hors de la ville, tout semblait mort. A Fujiadian, il y avait un peu de vie. Non parce qu'il y avait des gens mais à cause des lampadaires. Ceux-ci avaient été rallumés après une période d'extinction. Même si cette lumière était faible et blafarde, elle éclairait le cœur des hommes, plongé dans la mélancolie. Peu avant d'arriver à la distillerie, Qin Huit Bols demanda à Wang Chunshen s'ils pouvaient s'y arrêter un moment pour boire un bol et se réchauffer.

En arrivant sur place, le cheval noir s'immobilisa avant même que Wang Chunshen ne lui en donne l'ordre. Il devait savoir qu'avec Qin Huit Bols, cet arrêt était obligatoire.

Gu Weici le fabricant de sauce soja et Xu Yide étaient assis à la table près de la fenêtre, ils venaient manifestement d'arriver, ils ne sentaient pas encore l'alcool et leurs visages n'étaient pas rouges. Le serveur qui se tenait derrière le comptoir, voyant enter Qin, comprit que le fiacre n'avait pas pu passer. Il ne dit rien mais prit une pile de bols qu'il plaça sur le comptoir et commença à remplir d'eau-de-vie. Qin huit-bols lui dit : « Deux bols, ça suffit. »

Gu Weici vit que Qin portait l'habit de deuil et comprit qu'il avait perdu sa mère.

« Quand est-elle partie ? demanda-t-il

— Au petit matin. »

Sur ces mots Qin tendit un bol à Wang Chunshen, puis en prit un, et ils les vidèrent d'un trait. Puis il précisa : « Ma mère n'a pas eu la maladie, hier soir elle allait très bien, elle a mangé un bol de *wantan* et reprisé des chaussettes. »

Gu Weici lança une cacahuète dans sa bouche et dit : « Même si c'était la peste, on n'aurait pas peur. La vie est si dure, autant mourir vite et en être libéré ! »

Xu Yide intervint : « J'ai entendu dire que le nouvel officier de santé avait aujourd'hui même avec son assistant ouvert la poitrine de Grande Poire blanche qui venait de mourir et lui avait pris le cœur, le foie et les poumons, soi-disant pour faire des tests sur la maladie et comprendre de quoi il s'agit. »

Il y avait à Fujiadian une Japonaise qui avait épousé un aubergiste chinois et qu'on appelait Grande Poire blanche. Elle avait un long visage, le teint très clair et des cheveux très fins. Aux yeux de Wang Chunshen, elle n'était pas comme cette Michiko du quartier des Quais, allumeuse et poseuse, pour tout dire antipathique. Poire blanche était honnête, travailleuse, et les gens de Fujiadian ne la détestaient pas. L'idée que l'officier Wu lui avait ouvert la poitrine le choqua.

« C'est déjà assez triste de mourir de cette maladie, dit-il, si en plus elle se fait charcuter et qu'elle ne peut partir avec un corps complet dans l'autre monde, comment se réincarnera-t-elle ?

— Putain, cette épidémie a déjà fait tant de morts, si ce n'est pas la peste, qu'est-ce que cela pourrait être ? s'emporta Gu Weici. De quels tests ont-ils encore besoin ? Quand ils en auront fini avec leurs expériences, il ne restera plus personne de vivant à Fujiadian ! Je ne peux pas croire qu'un type avec un passeport anglais, incapable de prononcer un mot de chinois, ait la moindre chance d'arrêter cette épidémie ! A mon avis, ces docteurs occidentaux sont tous des bons à rien !

— Pour prévenir la maladie, mieux vaux venir chez moi acheter deux estampes représentant des gardiens des portes et les placarder sur votre porte, avec ça même les démons les plus mauvais ne pourront pas entrer chez vous, conseilla Xu Yide.

— Tout à fait d'accord ! Demain j'irai à ton magasin en acheter ! » s'écria Wang Chunshen.

Gu Weici le regarda avec sympathie : « Wang mon frère, c'est tout vu, il y a deux malchanceux à Fujiadian, toi et moi. Un homme qui en est réduit à habiter dans une écurie n'est-il pas un raté ? »

Qin Huit Bols prit la parole : « Ma maison et tout ce qu'il y a dedans, je les donne à mon frère Wang, il n'aura plus besoin de dormir avec son cheval.

— Si tu donnes ta maison, où iras-tu habiter ? demanda Gu Weici avec un ricanement. Ah, je sais, ta mère n'est plus, tu peux te marier. Tu vas sûrement trouver une fille de riche et t'installer chez elle, alors ta maison sera libre ! »

Qin Huit Bols dévisagea Gu Weici, secoua la tête mais ne dit rien.

Lorsque Qin et Wang sortirent de la distillerie, le ciel était étoilé. Des étoiles en pleine épidémie, c'était à vous émouvoir aux larmes, tellement il y avait de gens qui montaient au ciel. Qin Huit Bols dit qu'ils creuseraient la tombe le soir même et qu'il fallait aller chez lui chercher pelles et pioches, ainsi que des lanternes. Wang Chunshen conduisit donc le fiacre jusqu'à sa porte. Qin ouvrit puis défit une de ses ceintures. Les hommes qui partaient en voyage portaient toujours deux ceintures, une pour tenir leur pantalon, l'autre scellant l'argent du voyage. C'est celle-là que Qin donna à Wang, en disant : « Je n'ai pas pu rentrer au pays, au moins j'économise l'argent du voyage. Tout à l'heure on va inhumer ma mère, prends cet argent et trouve deux hommes pour nous aider. Quand tout sera fini, on les emmènera boire une coupe et je te laisserai répartir l'argent.

— Garde-le, tu me rembourseras après, dit Wan Chunshen.

— C'est trop compliqué, je te fais confiance. Tu dépenses ce qu'il faut et tu me rends le reste demain, voilà tout. »

Wang Chunshen réfléchit, se dit qu'il avait raison et n'insista pas. Il partit chercher deux hommes de main après avoir attaché la ceinture à sa taille. Il se dit qu'à cette heure la plupart des gens dormaient, et qu'il n'en trouverait que dans les tavernes. Il en fit trois d'habitude assez animées, mais deux étaient fermées et dans la troisième il n'y avait qu'un ivrogne fin saoul, incapable de faire un pas. Alors qu'il allait tenter sa chance dans une quatrième, il pensa brusquement à Xu Yide et se dit, autant aller le chercher à la distillerie, il est jeune et costaud, à trois on arrivera bien à enterrer une vieille femme.

Sur le chemin de la distillerie, il tomba sur Xu Yide et Gu Weici qui venaient dans sa direction. Ils expliquèrent que tout à l'heure ils ne songeaient qu'à boire, puis qu'ils avaient pensé que ce cercueil au lotus était tellement lourd qu'à deux Qin et Wang auraient du mal à le mettre en terre, alors ils avaient décidé de venir leur prêter main-forte.

Avant même d'arriver chez Qin, Wang Chunshen entendit son cheval noir hennir. Or ce cheval ne hennissait que si quelque chose l'effrayait, sinon il restait silencieux. Ils s'approchèrent et virent à la lumière du lampadaire voisin que le cercueil avait été ouvert et placé debout, appuyé sur une roue du fiacre. Wang Chunshen pensa que c'était le fait de voleurs intéressés par les bijoux de la défunte, car celle-ci portait habituellement un bracelet en or. Mais quand il regarda à l'intérieur, il se prit la tête dans les mains et, de frayeur, tomba le cul par terre, incapable de dire un mot. Xu Yide, ne comprenant pas, regarda à son tour et comme Wang Chunshen tomba le cul par terre en laissant échapper un « aïe ! ». Le dernier à regarder fut Gu Weici, et lorsqu'il vit ce qu'il y avait dans le cercueil, il le tapota de la main et dit : « Sacré Qin Huit Bols ! Personne n'a eu autant de piété filiale que toi depuis la nuit des temps ! »

Qin Huit Bols, de peur que sa mère inhumée seule en terre étrangère ne soit désemparée, s'était ouvert le ventre pour l'accompagner dans la mort.

Fu Baichuan arriva dès qu'il apprit la nouvelle et resta un moment devant le cercueil, en signe de respect, il s'inclina profondément par trois fois devant Qin Huit Bols. Il savait que sans lui, la distillerie ne serait plus comme avant et perdrait son aura.

La mère et le fils enterrés, il était déjà minuit. Fu Baichuan invita tout le monde à la distillerie à boire une coupe et se réchauffer avant de rentrer chez soi. Wang Chunshen, sachant qu'il ne boirait jamais plus une aussi bonne eau-de-vie, se saoula. En repartant, il traversa le quartier dans son fiacre, submergé de tristesse, sanglotant sans retenue.

Arrivé chez lui, il eut du mal à descendre de voiture tant il était éméché. D'habitude c'était lui qui emmenait le cheval à l'écurie par la bride, cette fois ce fut l'inverse, il n'arrivait même pas à trouver la porte. Il finit par dénicher sa clef et ils entrèrent. L'écurie était lugubre et froide, mais

Wang Chunshen n'avait pas la force d'allumer le poêle, il marcha jusqu'à sa couche, se couvrit d'une couverture et s'apprêta à dormir. A cet instant la porte s'ouvrit. La veuve Wu s'était levée, ayant entendu du bruit dans la cour, et était venue voir avec une lanterne. Voyant que Wang Chunshen était rentré, elle s'étonna : « Qin Huit Bols n'a pas accompagné sa mère au pays ? » Puis elle posa sa lanterne, s'assit à côté de Wang Chunshen et lui massa le visage de ses mains chaudes. Cette chaleur en pleine nuit froide lui donna l'impression que ce monde mort reprenait vie, le sang se remit à circuler dans son corps et il prit la veuve Wu dans ses bras. Celle-ci, toute contente, dit : « Economisons la lumière ! » en éteignant la lanterne, puis elle quitta ses chaussures et ses vêtements et se glissa dans la couche en gloussant. Elle s'aperçut alors qu'il était encore engoncé dans ses vêtements. Elle entreprit de défaire sa ceinture et découvrit qu'il en avait deux, chose qu'elle n'aurait jamais imaginée même en rêve. L'une d'elles était pesante. Bien qu'il fît noir dans l'écurie, un rayon de lumière l'éclairait un peu. Elle se montra particulièrement douce et prévenante avec Wang Chunshen. Celui-ci n'aurait jamais imaginé qu'elle serait sous lui comme une jument domptée, et cela lui remua le cœur. Il se sentit enfin un homme et il en conçut de la fierté.

Lorsqu'il se réveilla, il était déjà dix heures. Il faisait chaud dans l'écurie, manifestement quelqu'un avait allumé le poêle. Il vit ses vêtements soigneusement pliés à côté de son oreiller et devina que c'était la veuve Wu qui l'avait fait. En s'habillant il songea que rien de ce qu'il avait fait cette nuit avec elle n'avait échappé au cheval, et le rouge lui monta au front. Le cheval semblait en effet lui en vouloir, il détournait la tête et donnait de petits coups de sabots. Encore mal réveillé, Wang Chunshen puisa une louche d'eau froide et but, puis il s'assit, bourra sa pipe et fuma. Lorsqu'il eut repris ses sens, il songea soudain que la veille il avait deux ceintures et que maintenant il n'en avait qu'une, où était donc passée celle de Qin Huit Bols ? Il chercha partout, sous l'oreiller, sous la couche, à côté de la réserve d'eau, et même dans la mangeoire du cheval, mais cette ceinture semblait avoir creusé un trou dans la terre comme un ver, il n'en trouva pas trace. Il eut alors l'impression d'être tombé dans un piège. Il alla voir dans le tas de foin : l'argent qu'il y avait caché y était encore, la figurine d'or qu'il avait fait faire aussi, sinon il n'aurait plus eu qu'à se cogner la tête contre le pilier auquel on attachait le cheval. Alors qu'il lâchait un soupir, la veuve Wu entra en tenant Jiying par la main, tout sourire.

Elle avait soigné la mise de la petite, qui portait ses nouvelles chaussures mais aussi une longue tresse nouée avec un ruban rouge. Jiying salua Wang Chunshen d'un « Père » et la veuve Wu, malgré la présence de l'enfant épousseta l'habit de Wang Chunshen et lui dit carrément : « Hier tu as couché avec moi, ne reste pas dans l'écurie, viens habiter chez moi. Je viens d'aller à la distillerie t'acheter de l'eau-de-vie et l'employé m'a dit que Qin Huit Bols, juste avant de mourir, t'avait légué sa maison. A ton avis, on attend deux jours pour y aller s'installer, ou on attend la nouvelle année ? »

Wang Chunshen se dit qu'il allait maintenant être le père de trois enfants dont aucun n'était de lui et que les femmes qui l'épousaient étaient plus laides les unes que les autres ; et il regretta de ne pas pouvoir devenir une poignée d'herbe qui serait mâchée par le cheval et finirait en boule de crottin.

CHEMINÉES

L'officier général de santé Wu s'appelait Wu Liande[1]. Cantonais par sa famille, il était né sur l'île de Penang, l'un des établissements des détroits britanniques sur la côte malaise. Intelligent et brillant, il était allé poursuivre ses études à Cambridge à l'âge de dix-sept ans et à vingt ans était entré à l'Institut de médecine du St Mary's Hospital. Il en était sorti diplômé à vingt-quatre ans, titulaire de licences ès médecine, ès lettres, ès chirurgie et d'un doctorat en médecine. Après huit années d'études en Angleterre, il était retourné à Penang, s'y était installé comme médecin et avait rapidement atteint la notoriété en raison de ses talents. En 1907, à l'invitation du gouverneur du Zhili (l'actuelle province du Hebei) Yuan Shikai, il revint des mers du Sud pour devenir directeur adjoint de l'Ecole de médecine de l'armée impériale de Beiyang à Tianjin. Yuan Shikai l'avait choisi en partie sur la recommandation de Shi Zhaoji des Affaires étrangères, mais aussi parce qu'il avait entendu dire par Cheng Biguang du ministère de la Marine qu'il était un neveu de Lin Guoxiang, un héros de la guerre sino-japonaise de 1894-1995.

1. Wu Liande (1879-1960), connu à l'époque comme Goh Lean-Tuck, né à Penang (Malaisie actuelle), a joué un rôle de premier plan pour mettre fin à l'épidémie de peste de Harbin en 1910-1911.

L'Ecole impériale de médecine de Beiyang formant principalement des médecins de la Marine, Yuan Shikai avait décidé d'en ouvrir une pour l'armée de terre à Tianjin. Le corps enseignant y était majoritairement japonais. Or la médecine japonaise suivait l'école allemande mais sans en avoir hérité la primauté accordée à l'enseignement expérimental. Dans cet établissement, les connaissances livresques étaient de premier ordre, mais la pratique clinique restait faible. Pour remédier au monopole japonais sur cette académie, Yuan Shikai avait donc fait venir Wu Liande formé à l'école anglaise. Celui-ci ne déçut pas, il mit en place les pratiques expérimentales, introduisit les plus récentes innovations médicales et, en tout juste deux ans, transforma radicalement les mentalités à l'Ecole impériale de médecine de l'armée de terre. En matière d'enseignement, Wu Liande estimait qu'une académie militaire devait s'adjoindre un hôpital universitaire pour que les étudiants se forment par la pratique. Il alla plusieurs fois à Pékin en faire la requête et revint chaque fois bredouille, s'étant heurté à un mur. On lui objectait toujours les restrictions budgétaires. Il avait pourtant constaté que les dépenses pour les uniformes prenaient leur essor comme le soleil du matin au-dessus de l'océan, avec de grosses enveloppes à chaque fois, ce qui lui laissait un sentiment d'impuissance. Mais qu'y pouvait-il ?

Quelques années après son arrivée à Tianjin, sa femme Huang Shuqiong lui avait donné deux fils et ils coulaient des jours heureux, avec le bémol qu'il ne pouvait donner la mesure de ses ambitions à l'Ecole impériale de médecine. Wu Liande aimait la culture chinoise et il avait noué des relations avec des personnalités du monde non médical, comme Liang Qizhao, Hu Shi ou Gu Hongming, dont il goûtait la conversation.

L'épidémie de peste réduisit soudain ce bonheur en miettes.

La peste est comme un chien enragé, qui mord tout le monde sans distinction. Shi Zhaoji pensait qu'un bon mois après que ce chien enragé eut commencé à sévir à Fujiadian, il était à l'agonie ou que, qui sait, son âme était partie vers quelque endroit plus au sud, vers Changchun, Fengtian ou la passe de Shanhai, où il y avait régulièrement des victimes de la peste. A la capitale, les ambassades étrangères craignant que la peste n'atteigne leurs concessions, faisaient pression sur la cour en exigeant qu'elle éradique l'épidémie de peste dans le Nord-Est. Shi Zhaoji, en tant qu'adjoint aux Affaires étrangères, était sur les charbons ardents. L'urgence était de trouver un as capable de frapper ce chien enragé et de l'abattre. Ils avaient d'abord choisi l'officier de santé de la Marine Xie Tianbao, docteur diplômé de l'Université de Denver aux Etats-Unis. Celui-ci savait le danger que lui faisait courir la peste, et craignant de ne pas revenir et que sa famille se retrouve sur le carreau, il avait demandé à être indemnisé par avance. Ses exigences étant trop élevées, la cour les avait rejetées et il refusa de partir dans le Nord-Est. Shi Zhaoji avait alors pensé à Wu Liande. La première fois qu'il avait vu ce jeune homme, c'était à Penang, où il avait fait partie d'une commission d'étude sur la constitution en 1905. Bien que l'ayant peu connu, il avait gardé une bonne impression de ce diplômé de Cambridge, raison pour laquelle il l'avait recommandé à Yuan Shikai – ce que Wu Liande ne savait pas.

Shi Zhaoji avait envoyé un télégramme à l'Ecole impériale de médecine demandant à Wu Liande de se rendre à Pékin de toute urgence.

Dès réception du message, celui-ci se mit en mouvement. Lorsque l'élégant et raffiné Shi Zhaoji le reçut dans sa résidence à Pékin avec les mots chaleureux : « Docteur Wu, je suis très heureux de vous revoir », il se rappela qu'il l'avait rencontré cinq ans plus tôt à Penang. C'est alors qu'il se rendit compte que sans Shi Zhaoji, Yuan Shikai n'aurait sans doute pas fait appel à lui pour l'Ecole impériale de médecine. Il lui en sut immédiatement gré.

Shi Zhaoji ayant passé plusieurs années aux Etats-Unis, les deux hommes pouvaient converser en anglais. Après quelques propos convenus, Shi Zhaoji entra dans le vif du sujet : une épidémie de peste avait éclaté dans le Nord-Est, particulièrement virulente dans le quartier de Fujiadian à Harbin mais s'étendant à la région à l'ouest de la passe de Shanhai, la cour recevait chaque jour des menaces des légations occidentales à Pékin, il fallait au plus vite éradiquer la peste de Harbin, sinon elle risquait de se propager comme un feu de prairie et les Russes et les Japonais qui convoitaient les trois provinces du Nord-Est risquaient d'en tirer prétexte pour sortir du bois, avec des conséquences incalculables. Il demanda à Wu Liande s'il était prêt à prendre en charge cette mission. Celui-ci n'hésita pas, il accepta sur-le-champ, et contrairement à Xie Tianbao il ne fit pas de demande exceptionnelle. Shi Zhaoji, les larmes aux yeux, se dit qu'il ne s'était pas trompé sur ce jeune homme quelques années plus tôt. Il n'y avait pas de temps à perdre, ils allèrent directement au ministère des Affaires étrangères trouver le secrétaire permanent Na Tong pour faire faire un passeport pendant que Shi Zhaoji envoyait un télégramme aux gouverneurs des trois provinces du Nord-Est pour leur demander assistance et main-forte, et un autre à l'académie militaire de Tianjin pour annoncer sa nomination comme officier général de santé ; pendant cette période, il garderait son poste d'adjoint au directeur de l'Ecole impériale de médecine de Tianjin.

Ces formalités accomplies, la nuit était tombée. Wu Liande retourna avec Shi Zhaoji à sa résidence. Ils étaient trop excités pour avoir sommeil et goûtèrent divers thés tout en devisant. Shi Zhaoji expliqua en détail à Wu

Liande la situation à Harbin, qu'il connaissait bien pour y avoir occupé les fonctions d'intendant général. Bien qu'il s'agît d'un territoire de l'Empire des Qing, c'était aussi une dépendance du Chemin de fer de Chine orientale, et il était *de facto* sous le contrôle des Russes. Il y en avait cent mille à Harbin, ainsi que plusieurs milliers de Japonais, alors que la population chinoise de Fujiadian était de l'ordre de vingt mille. La plupart d'entre eux étaient des migrants venus de la région à l'ouest de la passe de Shanhai, certains défrichaient la terre et la cultivaient, d'autres tenaient de petits commerces, ils étaient honnêtes et travailleurs, plutôt épris de justice. Mais il y avait aussi des brigands qui sévissaient dans la campagne. Shi Zhaoji expliqua que, décidé à s'attaquer à ces bandits, lorsqu'il avait pris ses fonctions d'intendant général, il les avait fait arrêter et passer en justice. Ils l'avaient tellement pris en haine qu'ils avaient menacé de l'enlever, de lui couper la tête, de l'accrocher en haut d'un orme et de la donner à manger aux corbeaux !

Il rit et continua : « Apparemment ma tête n'était pas au goût des corbeaux, ils m'ont gentiment suivi. » Sur quoi il secoua drôlement la tête.

Wu Liande sourit et demanda : « Quel genre de gens les brigands enlèvent-ils ?

— Des aubergistes, des patrons de bars ou de restaurants, et même des prostituées, ils ciblent quiconque a de l'argent !

— Alors dès que j'aurai pris mon poste, je sors mon bistouri et le fais briller, que tout le monde sache que le fameux corsaire Dr Wu est arrivé, qu'ils dégagent la route ! »

Shi Zhaoji éclata de rire : « Si vous le prenez comme ça, Harbin est sauvé ! »

En fait, Wu Liande était tout sauf détendu. Il savait que sa responsabilité dans sa nouvelle mission serait grande. Il devait réussir, l'échec n'était pas possible. Parce que derrière la peste, il y avait nombre de malfaisants invisibles.

Il retourna à Tianjin et choisit parmi ses étudiants un assistant, Lin Jiarui. Il prépara le matériel d'expérimentation médicale nécessaire, quelques effets personnels et s'apprêta à prendre la route. Il n'était pas sûr de pouvoir gagner cette bataille avec panache. S'il était contaminé par la peste, que deviendraient sa femme et leurs trois enfants ? Huang Shuqiong était une fille de grande famille, lettrée, férue de littérature, qui avait écrit des romans. Elle était gentille et compréhensive. Lisant l'inquiétude sur le visage de son mari, elle lui dit que puisque son poste à l'académie militaire lui restait réservé, cela signifiait que sa mission se passerait bien et même lui serait propice, et qu'il reviendrait indemne. Et si ce poste lui était retiré, peut-être serait-ce parce qu'une belle du cru voulait le garder. Qu'elle se permette de plaisanter lui procura un grand réconfort.

Wu Liande et Lin Jiariu prirent le train et, après un voyage de trois jours, arrivèrent à Harbin. Le docteur observa soigneusement le paysage en chemin ; une fois franchie la passe de Shanhai, celui-ci devint de plus en plus désolé. Le vent secouait le train et semblait hululer. La neige était comme éperdue, les flocons volaient dans tous les sens. Des vols de corbeaux et de moineaux sillonnaient de temps à autre cette triste steppe sans fin.

Arrivé à la gare de Harbin, Wu Liande frissonna de tous ses membres. D'une part le froid était glacial, d'autre part, un an plus tôt, il s'était produit à cet endroit un événement qui avait ébranlé le monde : le héros coréen Anh Jung-geun, dissimulé parmi la foule accueillant Hirobumi Ito, conseiller privé de l'empereur du Japon et ancien résident général en Corée, l'avait abattu de trois coups de pistolet. Le jour où Shi Zhaoji avait présenté Harbin à Wu Liande dans sa résidence, il lui avait raconté cet événement : il se trouvait parmi la foule et avait vu la scène de ses yeux. Wu Liande avait été tenté de lui demander sous quel lampadaire du quai se tenait An Jung-geun quand il avait tiré. Il aurait voulu, au moment de mettre le pied à Harbin, se tenir au pied du lampadaire un instant, pour se donner le courage de se lancer dans l'obscurité qui l'attendait. Mais il n'avait pas osé demander à Shi Zhaoji des détails de la scène.

Ils furent conduits en calèche officielle à un restaurant russe près de la gare. C'était le 24 décembre, la veille de Noël, une nuit calme. Wu Liande pensa que c'était une date, de bon augure pour le début de sa mission.

Au bout de quelques jours, ce qu'il avait vu l'avait rendu pessimiste. Comme l'avait dit Shi Zhaoji, Harbin était aux mains des colons russes, et au cours de sa visite aux Consulats de la ville, lorsque sa calèche traversa le quartier des Quais ou la Nouvelle Ville, il vit des rues larges et propres, des maisons élégantes et des églises aux jolis dômes, des femmes russes en jupe droite en laine et manteau de cuir coiffées d'un feutre. Alors qu'en traversant Fujiadian, il vit surtout des baraques basses aux grossiers murs de boue et aux toits de chaume avec des cheminées de travers, ce n'était partout que crasse et délabrement. Les gens qui levaient la tête à son passage portaient des haillons, des vestes et pantalons ouatés sans doublure extérieure, aux points de couture apparents, sans doute lavés une fois par an ou tous les deux ans, des tissus sales, usés aux manches et aux genoux, patinés au point d'avoir des reflets métalliques, un tableau de misère. Si ces habits de coton n'étaient pas beaux, ils tenaient chaud. Comme on disait alors avec un pantalon et un manteau ouatés, l'écume de fumée aura beau souffler, on ne tombera pas. Mais la minceur des fils de coton et les bourrelets du tissu faisaient que les gens dans leurs vêtements étaient littéralement boudinés, leurs membres ressemblaient à des saucisses fraîches.

Pourtant, il existait à Fujiadian de belles choses à voir, telle l'avenue Zhengyang dans le quartier commerçant. Les enseignes des magasins étaient éblouissantes. L'échoppe de tofu, beignets longs et lait de soja, le restaurant de raviolis, les marchands d'estampes, les débits de boissons, les vendeurs de crêpes de maïs et de sorgho rouge, l'étal du boucher, les marchands de pains fourrés, de vêtements d'occasion, de tabac, les quincailleries, les miroiteries, l'épicerie de Shanhai, la pharmacie… En écho à ces enseignes, il y avait une diversité de cheminées qui firent forte impression sur Wu Liande. Elles n'étaient ni régulières ni carrées, comme les gardiens des portes des pagodes, ni majestueusement dressées sur les toits. Beaucoup étaient cylindriques, émergeant directement du haut des portes ou des fenêtres. Celles qui sortaient par les toits étaient droites comme si les maisons tenaient une cigarette à la bouche. Et celles des étages inférieurs, pour éviter de rejeter la fumée dans la rue et d'enfumer les gens, étaient tordues pour pointer vers le ciel. A cause de la peste, les cheminées des quartiers résidentiels fumaient plus que jamais, ce qui prouvait que beaucoup de gens restaient chez eux. Mais dans le quartier commerçant, peu fumaient, et faiblement, ce qui montrait que beaucoup de boutiques étaient fermées et que celles qui étaient ouvertes tournaient au ralenti. Wu Liande songea que le jour où les cheminées du quartier commerçant fumeraient autant que celles des résidences, cela signifierait que la peste était finie et le commerce florissait à nouveau. Et si elles ne crachaient plus de fumée, cela voudrait dire que les boutiques seraient devenues les pierres tombales de Fujiadian, ce que Wu Liande ne voulait voir à aucun prix.

Faisons en sorte que ces cheminées recrachent de la fumée blanche, souhaita Wu Liande à lui-même.

Ce vœu, qui semblait pourtant simple, soulevait en fait moult difficultés.

Il n'y avait à Fujiadian aucun praticien de médecine occidentale, les gens qui tombaient malades allaient tous voir un médecin traditionnel qui les auscultait en prenant leur pouls. Ils buvaient des décoctions de plantes, se faisaient soigner par acupuncture, avec des ventouses, des saignements, des raclages de peau : tels étaient les principaux traitements dans le Liaoning. Les méthodes de désinfections promues par les docteurs Yao et Sun venus de Fengtian auraient permis de contrôler la propagation de la peste, mais les gens ne les acceptaient pas, ce qui surprit grandement Wu Liande. Celui qui était principalement en charge de la lutte contre la peste était le magistrat de district Chen, un grand fumeur maigre comme un clou, vêtu d'une robe crasseuse, pris de quinte de toux chaque fois qu'il parlait. Wu Liande l'avait interrogé sur ce qu'il préconisait, mais il ne savait manifestement rien, il avait répondu que même la pire des maladies infectieuses était comme un enfant capricieux, il suffisait de ne pas s'en occuper et la crise passait, inutile de s'en faire. De son côté, l'intendant général Yu avait bien mis sur pied un Centre de lutte contre l'épidémie, mais comme il manquait de personnel qualifié, la structure, faute de compétences, restait comme une maison vide. Le célèbre marchand Fu Baichuan en accord avec l'intendant général, proposait un remède contre la peste, mais d'après ce qu'avait appris Wu Liande, les gens qui en prenaient étaient tout autant contaminés que les autres, ce qui prouvait son inefficacité. La lutte contre la peste à Fujiadian était un désastre.

Il y avait ce docteur japonais qui passait son temps à disséquer des rats et qui affirmait qu'ils n'étaient pas le vecteur de la peste de Fujiadian. Mais d'après l'observation des symptômes, Wu Liande pensait qu'il s'agissait bien de la peste transmise par ces rongeurs. Le plus urgent était de disséquer des cadavres afin de voir si on pourrait y découvrir le bacille de la peste. Justement, une Japonaise surnommée Grande Poire blanche venait de mourir de la maladie. Wu Liande demanda à Lin Jiarui de foncer à l'auberge où elle était, de désinfecter l'endroit et de lui ouvrir le ventre. Ils n'osèrent pas rendre cette décision publique, parce qu'ouvrir le ventre d'un cadavre était un événement sans précédent non seulement à Harbin, mais dans tout le nord-est de la Chine.

Wu Liande était parfaitement conscient du danger qu'il y avait à disséquer le cadavre d'une personne venant de mourir de la peste. Ces cadavres recelaient encore une foule de microbes vivants, et il suffisait d'un geste imprudent pour que le chirurgien soit infecté. Wu Liande et Lin Jiarui s'équipèrent de masques protecteurs couvrant la moitié du visage et de gants en caoutchouc, et, armés de bistouris, incisèrent avec circonspection la poitrine de la morte, prélevèrent ses poumons, son foie, sa rate, les placèrent dans une solution de formol, puis ils prélevèrent un échantillon de sang, puis, retenant leur respiration, ils recousirent le corps. Ils apportèrent en vitesse les bocaux à leur laboratoire, se désinfectèrent, coupèrent des tranches et les examinèrent au microscope. Très vite Wu Liande découvrit le bacille ovale de la peste. Il envoya Lin Jiarui à l'Intendance générale chercher Yu Sixing pour que celui-ci vienne au laboratoire examiner lui-même le bacille au microscope. Yu Sixing était convaincu que la peste était un ennemi invisible, mais maintenant qu'il voyait que cet ennemi était doté d'une forme, il ressentit une grande admiration pour Wu Liande ; cet émissaire que lui avait envoyé la cour était prodigieux et Fujiadian ne deviendrait pas une ville fantôme, pensa-t-il. Pour être tout à fait sûr, Wu Liande procéda à une culture de l'échantillon de sang, et au bout de trois jours, il y retrouva les mêmes bacilles. Ces tests prouvaient sans le moindre doute que l'épidémie de Fujiadian était bien due à la peste. Cependant, il ne s'agissait pas de peste bubonique mais de peste pulmonaire, bien plus meurtrière. Cela voulait dire que cette épidémie avait commencé par se transmettre du rat à l'homme, mais que maintenant elle se transmettait d'homme à homme, qu'elle n'avait plus besoin du rat comme intermédiaire. Pas étonnant que la mort du premier malade Ba Yin ait été suivie par celle de Wu Fen, puis de Zhang Xiaoqian qui l'avait mise en terre. En réalité, les habitants de Fujiadian qui ne connaissaient rien à la science avaient déjà compris avec acuité, à la suite de cette série de morts, que cette peste se propageait d'être humain à être humain. Ils avaient pris alors de façon plus ou moins consciente des mesures pour se protéger, comme de se tenir à distance des personnes infectées, et ils avaient raison de le faire.

Puisqu'il s'agissait de peste pulmonaire, la prévention devrait être extrêmement stricte. Wu Liande décida de mesures prophylactiques et adressa un télégramme à Shi Zhaoji pour lui demander son soutien. Il rendait compte dans ce message d'abord du résultat des tests qu'il avait menés, puis il suggérait que, face à la peste pulmonaire, la surveillance des chemins de fer était cruciale pour empêcher la propagation, et dans ces conditions, il proposait que l'on coopère avec les Russes et les Japonais, qui géraient respectivement le Chemin de fer de Chine orientale et le Chemin de fer de Mandchourie méridionale, pour que soient mis en place un contrôle serré des passagers et l'isolement immédiat des personnes infectées. Les mêmes mesures devaient être appliquées au chemin de fer Harbin-Shenyang, sous contrôle chinois. En sus de cela, il fallait renforcer les patrouilles aux carrefours des routes et sur les canaux glacés. Il était aussi nécessaire d'installer plus de dispensaires à Fujiadian en isolant les malades pour éviter les contaminations croisées. Pour faciliter la mise en œuvre de ces mesures, l'Intendance régionale devait y consacrer des moyens financiers suffisants, et compte tenu du manque de personnel, il espérait que l'on allait envoyer à Harbin un grand nombre d'infirmiers et de personnel soignant.

C'était juste après avoir envoyé ce télégramme, en rentrant à l'Intendance régionale, que Wu Liande avait croisé Qin Huit Bols qui voulait emmener le cercueil de sa mère dans son pays natal. De son point de vue, c'était là un geste fou et idiot qu'il fallait empêcher. Mais il n'avait pas imaginé qu'une mesure raisonnable comme celle-là conduirait Qin Huit Bols à se suicider pour être enterré avec sa mère, imposant des funérailles sacrificielles. Cela lui avait fait beaucoup de peine ! Pour présenter leurs condoléances à ce brave qui plaçait la piété filiale avant sa propre vie, Wu Liande et Lin Jiarui se rendirent à la distillerie, commandèrent trois bols d'eau-de-vie, en versèrent un devant la porte, à l'extérieur, en offrande à Qin Huit Bols, et burent ensemble les deux autres. Lorsque le liquide brûlant coula dans sa gorge, Wu Liande faillit s'étrangler jusqu'aux larmes. Mais une fois la sensation de brûlure passée, il sentit une brise de printemps, douce et apaisante, qui l'emplit d'aise. Cette eau-de-vie était comme un coup de tonnerre, elle vous ébranlait d'abord, résonnait dans votre poitrine, puis vous éprouviez la douceur d'une tiédeur humide et d'une saveur infinie.

Au moment où Wu Liande, ému, reposait sa coupe, une femme aux pieds bandés, un foulard bleu dans les cheveux, entra d'un pas mal assuré. Elle portait des chaussures brodées très jolies, mais qui ne semblaient pas de la même paire : l'une avait des fleurs rouges sur fond noir, l'autre des fleurs blanches sur fond vert. Elle se dirigea directement vers le bar et dit d'une voix forte : « Huit Bols, un bol d'eau-de-vie ! »

Le serveur en chemise bleue derrière le comptoir lui dit : « Madame, Huit Bols est rentré dans son pays natal, laissez-moi vous servir.

— Vous vous trompez, je l'ai vu hier soir, dit la femme en riant.

— Il est reparti chez lui, comment pourriez-vous l'avoir vu ? ».

La femme frappa le comptoir du plat de la main et dit, énigmatique : « Hier soir, je l'ai très clairement vu, il allait se marier ! La fille qu'il épousait portait des souliers brodés, une plume dans les cheveux, un gilet argenté, elle avait une coupe en or à la main, elle était jolie et riche ! Ma fille Chun'er, habillée toute belle, l'aidait à distribuer des dragées. Hi hi, elles étaient bien sucrées. » Sur ces mots, elle fit claquer de sa langue.

« Ah ! Vous avez fait un bien joli rêve ! dit le serveur. Apparemment l'ami Huit Bols n'a pas chômé, non seulement il a trouvé une épouse mais il a aussi trouvé votre fille, Chun'er ! A mon avis, l'année prochaine au même moment, il aura un beau bébé bien grassouillet. Comme ça, quelqu'un s'occupera de Chun'er vous n'aurez plus à vous inquiéter ! » Il prit un bol mais avant qu'il ne l'ait rempli, la femme retira brusquement une de ses chaussures et l'en frappa d'un air furibond en s'écriant : « Bien fait pour toi ! Prendre pour un rêve quelque chose que j'ai vu pour de bon ! »

Wu Liande comprit aux paroles et aux gestes de cette femme qu'elle avait perdu la raison. Il poussa un soupir dans son cœur, puis, comme il se levait pour repartir avec son assistant, elle se retourna tout d'un coup, le regarda fixement, puis regarda Lin Jiarui, fronça les sourcils et marmonna : « Comment se fait-il qu'en un clin d'œil, on ait percé dans la maison deux cheminées ? »

UNE ÉPOUSE PRISE À BAIL

Du moment où Zhai Fanggui se lia avec Lojaev, Ji Yonghe ne la toucha plus. Soit à cause de l'air bizarre du Russe, soit parce qu'il sentait mauvais, il avait la nausée. Zhai Fanggui en était secrètement contente, elle pensa qu'il était devenu un maniaque de la propreté, qu'il la considérait comme de la viande avariée qu'il ne voulait plus voir, ce qui pour elle signifiait la libération de son corps.

Mais quinze jours plus tard, par un après-midi sombre, Ji Yonghe accueillit un homme costaud et noiraud d'une cinquantaine d'années, un parent éloigné qui venait à Harbin se procurer la dot de sa fille qu'il allait marier. L'homme ne payait certes pas de mine, mais il sentait bon, d'un parfum indicible. Ji Yonghe mit les petits plats dans les grands pour le recevoir et invita Zhai Fanggui à boire avec eux. Comme chaque hiver, où elle était courbaturée et où son genou la faisait souffrir, elle se dit qu'un peu d'eau-de-vie ne lui ferait pas de mal et elle accepta.

Zhai Fanggui avait appris à boire à la Bibliothèque des nuages bleus : savoir boire avec les clients était indispensable dans son métier d'alors. A demi émoustillée, elle était toute molle comme une bougie laissée sur un kang bien chaud, incapable de se tenir droite. Voyant cela, Ji Yonghe se leva et sortit. Le cousin éloigné posa immédiatement ses baguettes, la prit dans ses bras et se mit à la peloter. Elle comprit alors qu'elle était tombée dans un piège.

Lorsque l'homme repartit, satisfait, Ji Yonghe rentra. Il expliqua alors à Zhai Fanggui que l'homme n'était pas un cousin éloigné, mais un marchand de parfums, qui avait ouvert le mois précédent une boutique dans la Nouvelle Ville. La raison pour laquelle il l'avait invité était qu'il voulait s'en servir comme d'un « nettoyeur », pour qu'il débarrasse Zhai Fanggui de son goût pour les étrangers, de sorte qu'elle puisse accueillir de nouveaux clients convenablement. Cette fois, c'était lui Ji Yonghe qui avait payé, il en était de sa poche ! Sur quoi il se jeta sur elle comme un chien affamé, la renifla et s'écria : « Tu sens vraiment le mouton » et il la gifla violemment en ajoutant : « Dorénavant interdit de toucher un étranger, tu me feras le plaisir de t'en souvenir ! »

Zhai Fanggui, qui n'aurait pas cru Ji Yonghe aussi tordu, se mit à pleurer. Elle se dit que, bougie ramollie, si elle avait encore une mèche et que quelqu'un frottait une allumette, elle pouvait peut-être encore briller. Mais maintenant la mèche avait été retirée, il ne restait que de la cire blanche, sans plus de lumière. Elle claquait des dents, elle avait froid et trouvait son avenir très sombre.

Dans l'espoir de toucher le gros lot, Ji Yonghe maintenait son magasin de grains fermé. Pendant cette période, outre la chasse aux rats, il s'adonnait au jeûne. Tout grain de riz mangé en trop équivalait à avaler une pièce de monnaie. Dans son imagination, au moment du pic de la peste, le grain ne serait plus du grain mais de l'argent brillant. Il obligeait Zhai Fanggui à ne préparer que de la bouillie claire de riz et il avait limité les repas à deux par jour. Si elle mettait une poignée de riz en trop dans la bouillie qu'elle préparait, il ajoutait immédiatement une louche d'eau, gagnant ainsi un repas supplémentaire.

Zhai Fanggui ne comprenait cette incroyable pingrerie, d'autant qu'elle en souffrait, elle aussi.

Un jour où Ji Yonghe semblait de bonne humeur, elle dit : « A quoi bon gagner tout cet argent, tu ne dépenses rien et tu n'as pas d'enfant, à qui tu vas le laisser ? »

Ji Yonghe dit entre ses dents : « Faut être riche pour être père. Quand j'étais petit, combien d'étrangers j'avais vu ? Je pêchais avec mon père dans la Songhua, on était libres, si on voulait faire une cabane quelque part on la faisait, on allait s'amuser où on voulait, c'est tout. Maintenant c'est comment ? Tu veux faire une cabane, il faut demander la permission aux services de l'urbanisme. Tu sais pourquoi ? On est pauvres ! Les gens riches, ils ont des enfants ! Le vieux dicton a raison, quand on a de l'argent, on peut faire pousser la meule par le diable, quand j'aurai gagné assez, je prendrai des étrangers comme esclaves et je deviendrai père. Bordel de merde, il faut que je bâtisse un étage sur ce magasin, au rez-de-chaussée les cheveux jaunes et les yeux bleus appelleront les clients pour vendre mon grain, à l'étage il y aura une cuisine et une chambre, tous les jours je resterai assis dans mon fauteuil et je me ferai apporter le thé par eux, laver les pieds, chauffer le vin, servir à manger, curer les oreilles, faire mon lit, curer les dents, masser les jambes ! » Il avait énuméré un tas de choses dont il voulait jouir, ce qui fit ricaner Zhai Fanggui.

Elle comprenait mieux maintenant pourquoi Ji Yonghe était si joyeux quand il entendait dire que la minoterie russe était arrêtée à cause d'une panne de machine, que les machines à écrire du Consulat d'Allemagne avaient été volées, qu'un Japonais s'était noyé dans la Songhua, ou ce genre de nouvelles.

Ji Yonghe espérait toujours que Zhai Fanggui accueille les clients pour lui. Mais comme le magasin était fermé, les clients ne venaient pas, et puis avec la peste, les hommes étaient devenus plus sages, ils restaient chez eux et il n'y avait aucune activité. Il tournait en rond comme un fauve en cage. Il envoya Zhai Fanggui chercher des proies. Elle lui répondit qu'avec le ventre vide, elle avait des vertiges et la vision trouble, elle n'avait pas la force de marcher, en plus elle n'avait même pas une boîte de fard digne de ce nom, juste cette crème grise. Quel homme voudrait d'elle ?

Ji Yonghe dut admettre qu'elle avait raison et modifia le régime des repas : dorénavant, ce serait un repas de bouillie claire de riz et un de riz à la vapeur. Puis il lui donna de l'argent pour qu'elle s'achète du fond de teint et du maquillage. Mais elle revint les mains vides en prétendant qu'on l'avait volée au grand magasin.

Ji Yonghe n'en crut pas un mot !

Il avait remarqué qu'en rentrant elle avait meilleure mine, les lèvres brillantes, et qu'elle avait eu deux hoquets à la suite, il était clair qu'elle était allée au restaurant. Il déduisit de l'odeur de lait qui émanait de sa bouche qu'elle avait mangé des plats russes, des fourrés à la crème, des crêpes au fromage frais, des blinis de banane ou des choses de ce genre.

Fou de rage, Ji Yonghe leva la main et lui donna une gifle. C'était une gifle légère, comme quand une libellule vous frôle le visage, Zhai Fanggui ne la sentit presque pas. Voyant qu'elle allait rire, il voulut lever à nouveau le bras pour lui en donner une seconde, mais il n'y arriva pas malgré ses efforts. Il haleta, ses bras puis ses jambes flageolèrent, son regard se brouilla, et patatras ! il tomba à terre.

Zhai Fanggui, le voyant évanoui, puisa un bol de maïs et un bol de sorgho, et les versa de façon égale au pied de l'orme.

Une heure plus tard, les corbeaux arrivèrent en bandes, attirés par cette nourriture inattendue, ils mangèrent tout puis allèrent se percher dans les ormes, tout contents, pour profiter du coucher de soleil.

Pour s'amuser, Zhai Fanggui imita le croassement des corbeaux – *croâ croâ*. Les oiseaux regardèrent à droite et à gauche, déployant leurs ailes, cherchant où était ce nouvel ami. Elle rit et recommença, et cette fois ils comprirent que c'était celle qui leur avait donné le grain qui les appelait. Comme des feuilles emportées par une rafale de vent, ils descendirent au sol en croassant à qui mieux mieux, l'entourant comme une princesse. Au milieu des corbeaux, elle se sentit comme sur un nuage, parce que ses amis qui l'entouraient venaient du ciel.

A dater de ce jour, Zhai Fanggui revint au régime d'un repas de bouillie de riz par jour. Ji Yonghe lui dit que comme elle ne gagnait pas sa vie ni ne vendait de grains, elle n'avait qu'à se contenter de respirer. Cependant dix jours ne s'étaient pas écoulés, son alimentation s'enrichit comme s'épanouit le soleil du matin, une table fleurie, chaque jour du poisson et de la viande, des longanes et des dattes, toutes sortes de bonnes choses. Celui qui dépensait tout cet argent pour elle était He Wei, du comptoir Yitai. Et cela, parce qu'il avait signé un accord avec Ji Yonghe.

Le long de la rivière, il y avait un célèbre campement pour pauvres qu'on appelait les Trente-Six Bicoques. Au moment où les Russes avaient grand besoin de main-d'œuvre pour construire le chemin de fer, tous ces hommes venus de l'intérieur de la passe de Shanhai pour être coolies s'étaient installés dans ces longues bicoques de style mandchou dont les toits en forme de V renversé descendaient jusqu'au sol. Il y en avait en tout trente-six, d'où le nom de l'endroit.

Nichées dans un creux de terrain, elles étaient basses, avec des portes et des fenêtres étroites, et pas de cour. En été les toits laissaient passer la pluie, en hiver le vent et le froid. Une comptine décrivait l'endroit : « Les trente-six bicoques sont un palais froid et désolé, les pauvres qui y passent l'hiver risquent d'y passer. Par les longues nuits sans feu, difficile de se réchauffer, alors on bat des pieds et des bras jusqu'au petit matin. »

Le chemin de fer terminé, les habitants des Trente-Six Bicoques avaient continué à travailler comme dockers sur les quais pour les marchands occidentaux. Ji Yonghe allait souvent sur les quais inspecter ses livraisons de grains et c'est ainsi qu'il avait lié connaissance avec pas mal d'ouvriers.

Un jour, un homme qu'il connaissait lui dit qu'il n'y avait plus de travail et qu'il avait du mal à nourrir sa famille. Ji Yonghe se renseigna et comprit que c'était à cause de la peste : il y avait moins de camions, les transports étaient en crise, et certains commerçants étrangers, craignant la peste, n'honoraient pas leurs contrats d'exportation de soja signés à l'automne et fuyaient Harbin. Le soja attendait d'être vendu et son prix n'augmentait pas, il baissait au contraire.

Cette nouvelle enchanta Ji Yonghe, qui y vit une excellente opportunité commerciale. Il se rendit dans trois hangars des quais et inspecta les réserves de soja entreposées : à part une dont l'état laissait à désirer, les deux autres lui parurent avoir bonne mine, les cosses étaient luisantes, pleines. Les beaux haricots de soja rouge lui parurent être des rubis et les haricots de soja jaune lui semblèrent être de l'or. Depuis la peste, le prix du soja avait beaucoup baissé ; par exemple le soja rouge valait avant trente-quatre ligatures de mille sapèques l'hectolitre, et maintenant trente et une ; le soja jaune avait baissé de deux ligatures trois cents. Ji Yonghe calcula que s'il achetait une grande quantité de ces deux sortes, après la peste quand les commerçants occidentaux reviendraient acheter du soja, l'offre du marché n'étant pas extensible, il ferait monter les prix et ils seraient bien obligés de payer le prix fort, même si ça leur coûtait la peau du dos. C'était là que ses réserves vaudraient de l'or ! Il calcula ce dont il disposait, c'était juste assez pour acheter trois cents hectolitres de haricots de soja, alors qu'il pensait en acheter sept à huit cents, de quoi remplir son hangar. Comment faire ? Emprunter à un fort taux d'intérêt ? Il avait déjà goûté à ça et c'était bien amer, comme d'avoir une plaie purulente sur le corps, toujours brûlante, c'était trop douloureux ; et puis, si par hasard les prix ne montaient pas et qu'il devait vendre au prix d'achat, avec les intérêts il perdrait un paquet d'argent. La méthode la plus sûre, c'était d'emprunter à quelqu'un à qui il n'était pas nécessaire de rembourser les intérêts. Il réfléchit et réfléchit encore et conclut que le patron du comptoir Yitai était le meilleur choix. D'une part, il avait derrière lui un beau-père qui était un gros négociant en sel, avec du répondant ; d'autre part, il ne s'entendait pas avec sa propre femme et aimait bien la sienne.

Une fois son plan arrêté, Ji Yonghe se fit tout miel avec Zhai Fanggui. Il alla lui acheter du fard et choisit spécialement pour elle une veste de satin ouatée vert clair. Il avait remarqué que l'enseigne de la boutique de He Wei était écrite en vert sur fond noir.

Zhai Fanggui, la veste dans les bras, regarda Ji Yonghe.

« Dis-moi, pour qui m'habilles-tu ? demanda-t-elle.

— Pour le patron du comptoir Yitai », répondit Ji Yonghe. Il lui expliqua son idée d'acheter une grande quantité de haricots de soja, en lui demandant de garder le secret : si quelqu'un l'apprenait, il ferait une razzia sur le produit, et ce ne seraient pas eux qui en retireraient profit.

A ces mots, Zhai Fanggui lâcha la veste de satin et dit froidement : « Le patron du Yitai, je ne le prends pas. »

Ji Yonghe s'engagea à lui acheter, une fois les bénéfices engrangés l'année suivante, un manteau en peau de panthère comme celui de Chen Xueqing.

Zhai Fanggui fit la moue et dit, comme une enfant faisant un caprice :

« Je ne veux pas un manteau comme celui de Chen Xueqing.

— Alors on achètera celui qui te plaira, promit Ji Yonghe.

— Je ne veux pas d'un manteau en panthère, je veux que quelqu'un habite avec nous.

— Qui ça ? dit Ji Yonghe, sur ses gardes.

— Tu sais bien que je n'ai qu'un parent sur terre ! dit-elle d'une voix tremblante.

— Tu veux parler de Zhai Yisheng. Je croyais qu'il te reprochait d'avoir travaillé à la Bibliothèque des nuages bleus et qu'il ne voulait plus reconnaître sa petite sœur.

— C'est une façon de parler, dit-elle. Chaque fois qu'il revient ici, il n'entre pas chez nous, mais il faut qu'il tourne une fois ou deux devant la porte, je l'ai vu faire de la fenêtre plus d'une fois ! Au début, comme il convolait avec Jin Lan, il avait un pied-à-terre, mais maintenant, elle est morte, l'Auberge des trois kangs est un tas de cendres. Je suis allée à Fujiadian me renseigner, personne ne sait où il est allé. » A force de raconter cela, les larmes lui montaient aux yeux. Ji Yonghe comprit alors que deux jours plus tôt, alors qu'il était sorti pour ses affaires, elle était allée discrètement à Fujiadian à la recherche de son frère.

« Il y a un barrage entre ici et Fujiadian, on ne peut pas y aller, non ? » demanda Ji Yonghe.

Elle haussa les sourcils : « N'oublie pas que je suis Xiang Zhilan. »

« Ouïe ! » Il cria de douleur comme s'il s'était mordu la langue, puis dit : « Je viens juste de te rendre propre comme un sou neuf, et tu es retournée voir des étrangers ! »

Zhai Fanggui, dévergondée, le taquina : « Je les laisse seulement goûter à mes seins… »

Ji Yonghe jeta un « Peuh ! » et dit : « Quel métier fais-tu, à la fin ? Tu as combien de tours dans ton sac pour séduire tes clients ? Putain, je devrais vraiment te couper les seins et les faire cuire à la vapeur, et les manger comme des petits pains à la vapeur ! »

Elle rétorqua, incisive : « Cuire deux petits pains à la vapeur, c'est gaspiller du bois de chauffage. »

Ji Yonghe lui flanqua une baffe : « S'il n'y en a pas assez, je te couperai les bras et les jambes pour garnir le poêle ! »

En fin de compte, tous deux firent des concessions. Pour peu que Ji Yonghe arrive à inviter He Wei au magasin, Zhai Fanggui se faisait fort de le séduire. Une fois l'argent emprunté et le soja acheté, quel que soit le résultat de la revente, l'année suivante Zhai Yisheng emménagerait au magasin.

Ji Yonghe alla à la boucherie acheter de la poitrine de porc, se procura une cruche d'eau-de-vie, puis il demanda à Zhai Fanggui de préparer le repas et partit chercher He Wei.

Ce dernier, qui n'avait habituellement aucune sorte de rapport avec Ji Yonghe, le voyant venir chez lui pour l'inviter à faire bombance, comprit tout de suite que ce type qui ne se levait que s'il avait un profit à faire venait lui demander quelque chose, alors il n'y alla pas par quatre chemins : « Que veux-tu ? Parle d'abord, on boira après. »

Ji Yonghe lui exposa son projet. Après la peste, dit-il, les haricots de soja revendus, il lui rendrait l'argent. Pour le remercier, pendant cette période, si cela lui plaisait, sa femme serait à lui.

D'abord bouche bée, He Wei rit d'un simple « Ha ! », puis il se tapa sur les fesses, sortit de sa poche une cigarette Dabaigan, la laissa pendre à ses lèvres, l'alluma, tira une grande bouffée, souffla la fumée au visage de Ji Yonghe et dit : « Ji Yonghe, tu sais, parmi les commerçants, celui que je méprise en premier c'est toi, et en deuxième c'est moi. Pourquoi ? Je vais te le dire, tu as une excellente femme dont tu ne t'occupes pas bien, et moi j'en ai une qui n'est pas bonne du tout mais je n'ose pas divorcer. Tous les deux, nous ne sommes pas des hommes ! »

Ji Yonghe crut qu'il était en colère et qu'il allait refuser la transaction, alors il ajouta : « Frère, en affaires il n'y a pas de sentiments. »

He Wei ricana encore d'un « Ha ! » et plaisanta : « Quand deux pourris s'acoquinent, les affaires marchent, bien sûr ! »

Il dit qu'il pouvait lui avancer l'agent pour acheter le soja, sept ou huit cents hectolitres, ou même mille... Simplement pendant les mois à venir, Ji Yonghe ne pourrait pas bénéficier de sa femme ni la laisser recevoir d'autres clients, il la voulait pour lui seul, parce qu'il voulait qu'elle lui fasse en douce un enfant ! Si Zhai Fanggui tombait enceinte de lui, il effacerait le prêt. Après la naissance, il ferait élever l'enfant par des parents à lui. Il proposait donc de prendre à bail la femme de Ji Yonghe, de louer son ventre, pour s'assurer une descendance. Comme ça, la fille du marchand de sel ne serait au courant de rien. Si pendant cette période Zhai Fanggui ne tombait pas enceinte, Ji Yonghe n'aurait à rembourser que les deux tiers du prêt. Et He Wei se chargerait de nourrir la famille de Ji Yonghe pendant ce temps-là. Cependant, pour des raisons de sécurité, il ne pouvait recevoir Zhai Fanggui chez lui, il irait la voir au magasin au minimum deux fois par semaine.

Ceci dépassait les espérances de Ji Yonghe qui se réjouit, il se dit que dans tous les cas de figure il y gagnait et que c'était là un beau cadeau qui lui tombait du ciel ! De peur que He Wei n'ait de soudains remords, il s'empressa de prendre un pinceau et du papier sur le comptoir afin de dresser l'acte de prise à bail de sa femme.

Selon les règles habituelles, lorsque deux parties établissaient un tel contrat de location d'épouse, il devait y avoir entre l'époux d'origine et la femme louée un témoin. Mais cette affaire étant très secrète, Ji Yonghe comme He Wei, craignant qu'un client ne les surprenne, fermèrent le magasin et couchèrent le contrat sur le papier en fixant la durée du bail à cinq mois. Le contrat fut établi en deux exemplaires, ils les signèrent et apposèrent leur sceau avant de garder chacun le sien.

He Wei dit que puisque tout avait été dit, il n'était pas nécessaire de trinquer, Ji Yonghe n'avait qu'à rentrer et attendre sa visite.

En le voyant rentrer du comptoir Yitai tout guilleret, Zhai Fanggui comprit qu'il avait gagné une bataille. Et en effet, son mari lui montra le contrat. De peur qu'elle ne le déchire, il le tint bien haut et le lui lut à voix haute.

Quand il eut terminé, elle poussa un soupir et rit tristement. Petite, elle avait assisté avec son frère à la célébration d'un mariage de femme en location. Ce type de mariage ne pouvait être célébré de jour et la famille du loueur ne pouvait pas mettre des lampions de toutes couleurs comme ceux qui épousaient leur femme en justes noces arrangées, la cérémonie avait donc été très simple, quelques tables de banquet et voilà tout. La mariée louée faisait une tête d'enterrement, comme si elle venait de perdre sa mère. Lorsqu'elle avait suivi le mari dans la chambre nuptiale, elle avait éclaté en sanglots, son fard en avait été tout chamarré, c'était comme si elle avait été enlevée, ce qui avait bien amusé les enfants comme Fanggui.

Voyant qu'elle ne répondait pas, Ji Yonghe comprit que sa femme n'était pas très enthousiaste, et il entreprit de la raisonner : « Si tu peux faire un enfant à He Wei, nous n'aurons plus de soucis de toute notre vie, et même pour notre prochaine vie ! Réfléchis, son beau-père est un grand négociant en sel, et qui peut se passer de sel ? Ce commerce est une mine d'or pour longtemps. En rejoignant sa famille, tu t'approches du mont d'or ! L'an prochain, quand ton frère s'installera ici, je lui bâtirai une pièce indépendante, il sera tout à son aise ! »

Zhai Fanggui ne refusa pas parce qu'elle avait très envie d'avoir un enfant. Lorsqu'elle travaillait à la Bibliothèque des nuages bleus, la tenancière, soucieuse que les affaires tournent, obligeait les filles à boire une émulsion de vinaigre qui leur faisait manquer leur cycle, sans parler de tomber enceintes. Quand Ji Yonghe l'avait rachetée, elle aurait voulu un enfant mais il lui avait dit qu'il était destiné à ne pas avoir de descendance et il lui avait interdit d'en faire un en expliquant que c'était un poids mort qu'il ne pouvait prendre en charge. Elle craignait donc, si elle tombait enceinte, d'être obligée d'avorter, chose pénible et dangereuse, et elle avait trouvé un moyen de contraception. Dans son esprit, le corps de la femme était comme une fleur, certaines s'épanouissaient naturellement et dégageaient leur parfum et exposaient leur beauté, mais elle, sa fleur avait subi dès le début les attaques de tempêtes et d'orages qui l'avaient empêchée de croître. Avec le temps, cette fleur s'était fanée et desséchée, elle avait perdu son parfum. C'était pourquoi, depuis deux ans déjà, elle n'avait ses règles que rarement.

Le lendemain au crépuscule, à l'heure de la fermeture de son comptoir, He Wei vint avec des saucisses et une bouteille d'eau-de-vie chez Ji Yonghe, qui le reçut avec beaucoup d'égards.

He Wei ouvrit son manteau et sortit l'argent promis à Ji Yonghe, le compta et le lui remit. Après quoi tous trois mangèrent à la même table, dans une ambiance plutôt réservée. Après le repas, Ji Yonghe s'éclipsa discrètement dans son hangar, tandis que He Wei et Zhai Fanggui allaient dans la chambre à coucher de l'aile est.

He Wei se plut manifestement avec elle, il ne repartit qu'à minuit. En marchant dans les rues et ruelles froides, il ne pouvait se retenir de siffloter. Le vent glacial hululait mais il voyait devant lui la lumière rayonnante du printemps.

Pendant que He Wei se laissait séduire par Zhai Fanggui, Ji Yonghe cédait aux charmes des haricots de soja. Une noria de charrettes venant des hangars des quais transportait ces hectolitres de graines dans son entrepôt. Ses voisins, voyant les formidables quantités qu'il avait achetées, qui étaient livrées chaque jour par deux dockers, un grand et un petit, en étaient babas. On ne l'appelait plus patron mais grand patron. L'adjectif « grand » le remplissait d'aise. Alors que la livraison aurait pu être finie en quatre ou cinq jours, il la fit durer une semaine – le grand jeu.

Sans doute parce qu'il était de bonne humeur, lorsque les corbeaux arrivèrent, il se donna le beau rôle et leur lança une poignée de maïs. Le grand docker ricana et dit : « Les corbeaux de chez vous, ils en ont de la chance ! »

Il s'appelait He San, et son acolyte s'appelait Ma Decao. Tous deux habitaient aux Trente-Six Bicoques. Lorsqu'ils étaient recrutés par un particulier, ils déjeunaient d'habitude chez lui. He Wei apportait certes beaucoup de victuailles, mais Ji Yonghe rechignait à les partager avec eux. Au vu des repas que préparait Zhai Fanggui, leurs yeux brillaient, ce qui avait le don d'énerver Ji Yonghe qui lui lançait des regards furibonds. Mais elle s'en moquait bien, après tout, elle était à l'origine de ces mets de choix et donc, en les servant à table, elle était dans son droit. He San aimait boire, Ma Decao aimait la viande ; dès qu'ils passaient à table, sans attendre leur tour, ils repéraient ce qu'ils préféraient et attaquaient les plats avec leurs baguettes. Ji Yonghe les retirait et les plaçait alors devant lui. On aurait dit trois porcs se battant pour leur pitance.

Quand Ji Yonghe avait le dessous, il lâchait ses baguettes, vexé, et disait avec amertume : « Vous alors, vous mangez comme des tigres ! » He San souriait d'un air gêné, et Ma Decao faisait de même, mais ils ne répondaient pas.

Le dernier jour, Zhai Fanggui prépara deux plats en plus, pour les remercier. Après le repas, He San qui marchait derrière Ma Decao avec sa palanche chargée sur les épaules sentit ses genoux fléchir. Il vacillait si fort qu'il était près de culbuter. Il allait deux fois moins vite que son collègue. Et à chaque palanche livrée il s'agenouillait par terre, pris d'interminables quintes de toux, le visage violacé.

Ji Yonghe lui fit des remontrances : « Quand on ne tient pas l'alcool, on ne fait pas le fanfaron ! »

He San, haletant, demanda à Ma de l'aider ; il avait envie de vomir, il était comme vidé, sans force, il fallait qu'il rentre se coucher.

Ma renifla un coup, se frappa la poitrine et dit : « Il n'en reste pas beaucoup, je m'en charge, rentre te reposer, demain tu me paieras un repas, voilà tout ! »

Une fois le soja dans son entrepôt, Ji Yonghe ne ferma quasiment plus l'œil de la nuit tant il était excité. Il restait couché un moment puis se levait de son kang, mettait un vêtement sur ses épaules et allait voir ce soja qui montait jusqu'aux poutres de son entrepôt. Chaque fois, il lui semblait être assis sur une montagne d'argent, et ce bonheur lui donnait le vertige. Il s'inquiétait que les rats ne le convoitent, et au moindre bruit, il allait à la source et miaulait de son mieux. Il se faisait du souci non seulement pour son soja, mais aussi pour la grossesse de Zhai Fanggui, il lui demandait s'il y avait des signes. Elle secouait la tête et il faisait une tête d'enterrement. Il regardait son ventre fixement et l'implorait : « Fais donc un effort ! »

Peut-être à cause du manque de sommeil, ses yeux devinrent rouges, son visage jaunit, il toussait et avait de la fièvre. Il imputa ce malaise aux corbeaux. Pendant la livraison, il les avait nourris et ils étaient devenus assidus. Puis il avait cessé ses distributions, mais les corbeaux continuaient à venir. Tous ces corbeaux, disait-il, puaient du bec.

Une nuit, alors que sa femme et He Wei étaient occupés à essayer de faire un enfant, il profita de l'occasion pour prendre une cuvette de maïs, y mettre du poison et la vider au pied des deux ormes. Le lendemain matin, en ouvrant la porte, Zhai Fanggui découvrit d'innombrables corbeaux au pied des deux arbres, incapables de s'envoler, la tête penchée de côté, couchés par terre, comme s'ils dormaient ensemble, immobiles. Elle comprit ce qui s'était passé. Elle mit sa main devant sa bouche et poussa un cri, puis elle se retourna vers Ji Yonghe et lui dit : « Ce que tu as fait, tu le regretteras ! »

A peine s'était-elle tue que Ma Decao arriva. Il portait un habit noir, un chapeau en peau de chien. Par ce grand froid, sa moustache était couverte de givre, on aurait dit qu'il avait pris dix ans d'un coup, Zhai Fanggui faillit ne pas le reconnaître.

Il la salua, les mains jointes, et dit d'une voix chevrotante : « Madame, He San a quitté sa famille hier soir, à la surprise de tous, il a claqué d'un coup ! Sa femme a beaucoup pleuré. Je vous en prie, demandez au grand patron de nous payer ce qu'il nous doit pour notre travail, le plus vite possible. Pour moi, deux jours de retard ce n'est rien, mais la famille de He San a besoin de cet argent pour acheter à manger. Madame, je vous laisse un peu de temps, je passerai demain à la même heure le prendre ! »

Zhai Fanggui sut alors que Ji Yonghe n'avait pas payé intégralement les deux dockers. Elle rentra dans la maison et le questionna.

Il se frappa la poitrine et toussa, le souffle court : « Je ne leur dois rien ! Ils se sont gavés chez nous pendant une semaine, réfléchis, où as-tu vu qu'on allait au restaurant sans payer ? Je leur ai déduit l'argent de la nourriture et de la boisson. Putain, sinon ils y gagnaient trop ! »

Le lendemain matin, Ma Decao vint au moment où les corbeaux partaient. Mais ce fut Zhai Fanggui qui le paya, Ji Yonghe était cloué sur son kang, trop malade pour se lever.

UNE LUNE FROIDE

Les églises de Harbin sont habituellement des églises, mais lors des fêtes de Noël et du Nouvel An, elles cessent de l'être pour devenir autant d'instruments de musique. Elles sont de tailles différentes, et la qualité de leur son l'est aussi, donnant un concert de cloches contrasté. Certaines ont une tonalité puissante et morne comme un jour de neige ; d'autres résonnent d'un ton clair et doux, comme une pluie fine. A écouter ces cloches du Nouvel An se faire écho, Wu Liande avait le sentiment d'être de retour en Europe, de revenir au temps de ses études à Cambridge.

Il allait rendre visite à l'hôpital russe dans le quartier de la Nouvelle Ville, marchant au milieu de ce carillon. Cet hôpital aux dimensions imposantes était doté d'un équipement moderne, et depuis peu il accueillait des patients atteints de la peste. Il y avait parmi ceux-ci des Chinois qui vivaient dans le quartier des Quais et dans la Nouvelle Ville, ainsi que des Russes. Wu Liande voulait voir comment ses collègues russes affrontaient à l'épidémie.

Le directeur de l'hôpital, monsieur Haffkine, diplômé de l'Université de Kiev, était un juif de grande taille qui n'avait pas encore trente ans. Dès qu'il lui serra la main, Wu Liande sentit qu'il avait affaire à un homme qui savait ce qu'il voulait et était certainement imbu de lui-même.

Haffkine avait appris par la presse de Harbin l'arrivée de Wu Liande. Lorsque celui-ci lui dit que la peste n'était pas bubonique mais pulmonaire, il secoua la tête et dit en souriant que l'épidémie de Harbin était bel et bien la peste, et certainement la peste bubonique, parce qu'en l'absence du vecteur qu'était la puce, cette maladie ne pouvait pas se propager.

Haffkine était le neveu d'un célèbre spécialiste de la lutte contre la peste qui, lors de la peste de Bombay quatorze ans plus tôt, avait réussi à arrêter la propagation de la maladie notamment par des mesures vigoureuses d'éradication des rats. Par transposition de la théorie et de l'expérience de son oncle, Haffkine pensait que les conclusions de Wu Liande sur cette nouvelle forme de peste ne tenaient pas debout. Wu Liande expliqua qu'en Inde, le climat chaud et humide était propice à la prolifération des puces, mais qu'à Harbin, avec le grand froid de cette saison, il n'y avait aucun foyer, hormis certaines habitations aux conditions hygiéniques très mauvaises, où les puces pouvaient se reproduire. Or les cas de peste se déclaraient à haute fréquence, ce qui signifiait que les puces n'étaient pas en cause.

Voyant que Haffkine n'accordait aucune valeur à sa théorie, Wu Liande n'insista pas et demanda à visiter les patients. Haffkine ouvrit les bras et lui dit : « Je vous en prie. »

Haffkine portait une longue robe et une coiffe blanches, mais pas de masque respiratoire. Il fournit la même chose à Wu Liande, ce qui l'étonna. Ils entrèrent dans la salle des pestiférés, Haffkine devant et Wu derrière.

Ce qui surprit davantage Wu Liande que le fait de ne pas porter de masque respiratoire, c'était que la porte de la salle des pestiférés était ouverte et qu'il était impossible de l'isoler du reste de l'hôpital. De son point de vue, cela revenait à libérer un tigre de sa cage et à le lâcher parmi la foule. Le tigre ouvrirait sa grande gueule pendant que tout le monde dormait les poings fermés.

Avant même d'entrer, Wu Liande entendit les quintes de toux émanant de la salle.

Celle-ci, spacieuse et propre, bien chauffée, accueillait huit patients, dont six Chinois et deux Russes. Le visage et les oreilles rouges, haletants, ils avaient manifestement de la fièvre. Haffkine dit à Wu Liande, sans la moindre précaution de langage, que si les Chinois étaient plus nombreux c'était parce qu'ils ne prenaient pas soin de leur hygiène : un environnement sale était un paradis pour les rats et les puces. Le regard des patients, éteint, assombri par leurs souffrances, s'illumina peu à peu à la vue d'un nouveau médecin. Haffkine passa son stéthoscope à Wu Liande, qui s'approcha prudemment d'un homme émacié, d'âge moyen. Il lut son nom sur l'étiquette : Ji Yonghe. Il l'ausculta en tenant la tête aussi haut que possible, en restant de profil, pour éviter tout contact avec les miasmes expectorés par le patient.

« Je ne peux pas mourir, docteur ! J'ai chez moi une grande réserve de grains, si vous me sauvez, je vous donne deux hectolitres de soja rouge. » Affaibli, la langue chargée, ses paroles n'étaient pas claires : « C'est bientôt le Nouvel An, vous rapportez les haricots rouges chez vous, vous faites des petits pains farcis à la vapeur, vous en aurez assez pour tenir jusqu'en février de l'an prochain… »

Wu Liande qui comprenait vaguement ce qu'il disait le réconforta doucement : « Tenez bon, vous vivrez certainement pour manger votre soja rouge. » Mais comme il avait répondu en anglais, Ji Yonghe écarquilla les yeux, stupéfait. Un docteur chinois à l'air si distingué qui ne parlait qu'étranger, il ne l'aurait jamais imaginé. Découragé, il se mit à tousser bruyamment. Wu Liande s'écarta vivement et retint sa respiration, puis il vit deux autres patients pour la forme et quitta rapidement la salle.

Haffkine expliqua à Wu Liande que ce Ji Yonghe tenait un commerce de grains dans le quartier des Quais. Il était allé aux Trente-Six Bicoques recruter des manutentionnaires pour transporter son soja, et c'était là qu'il avait été contaminé. Les Trente-Six Bicoques étaient un lieu connu où habitaient des indigents, sale, délabré, où les rats proliféraient tout au long de l'année. Si Ji Yonghe n'y était pas allé, il n'aurait pas été mordu par une puce et n'aurait pas été contaminé. Mais Wu Liande pensa que tel n'était pas nécessairement le cas, qu'il pouvait avoir été contaminé par voie respiratoire dans son entrepôt du quartier des Quais, qu'il fallait immédiatement isoler les gens qui avaient été en contact intime avec lui. Haffkine eut un sourire désapprobateur, il trouvait que cet officier général de santé, diplômé de Cambridge, voyait des ennemis partout, c'était sûrement à cause du poids de ses responsabilités et de la trop forte pression qu'il subissait.

Comme il revenait fort préoccupé à son laboratoire, Wu Liande apprit une nouvelle qui lui remonta le moral : la cour envoyait un nouveau médecin en renfort, détaché de l'Ecole impériale de médecine de Tianjin, le docteur Gérald Mesny, un Français. Il avait une riche expérience de la lutte contre la peste, acquise pendant l'épidémie de Tangshan, où il était allé sur le terrain. Il l'avait déjà rencontré à Tianjin. Son arrivée renforça la confiance de Wu Liande.

Mais quand il le rencontra le lendemain dans un restaurant russe, il le trouva renfrogné et froid. En fait, Mesny pensait que ses compétences étaient plus grandes que celles de Wu Liande et n'avait guère envie d'être sous les ordres d'un Chinois plus jeune que lui d'une dizaine d'années. Comme il n'était pas content, il était passé par Fengtian pour demander au gouverneur Xi Liang d'amender son ordre de mission et de le nommer responsable en chef de la prévention de la peste dans les trois provinces du Nord-Est, ce que celui-ci avait refusé. Il avait continué son voyage vers le nord la rancœur au ventre, et naturellement n'était pas très heureux de revoir Wu Liande. Celui-ci lui fit part de son jugement sur l'épidémie et expliqua qu'il préconisait d'isoler les malades et de fournir des masques respiratoires à la population, mais Mesny eut la même réaction que Haffkine, un rire méprisant : la peste ne se transmettait pas par voie respiratoire, le plus important était d'éliminer les rats. Alors qu'ils débattaient, Mesny s'emporta et fit un geste du revers de la main : « Vous, un Chinois, vous osez vous moquer de moi ? N'oubliez pas que je suis allé en personne éliminer les rats lors de l'épidémie de Tangshan ! Je suis l'autorité sur la peste en Chine, je peux rétablir la situation à Harbin ! »

Wu Liande prit congé de lui et, sur le chemin du retour, demanda à Lin Jiarui de lui acheter un paquet de cigarettes. Lui qui ne fumait jamais enleva son manteau en rentrant chez lui, se mit à la fenêtre et en alluma une.

C'était le soir, le froid se faisait plus perçant. Le givre sur les vitres, qui aurait dû disparaître après une journée de soleil et le chauffage de la pièce, avait cessé de fondre. Dans l'île tropicale de Penang, le jeune Wu Liande n'avait jamais vu de givre, et pendant ses années à Cambridge, si l'on en voyait souvent l'hiver, il était trop occupé par ses études pour avoir le temps de l'observer. A présent, il le trouvait beau et scintillant comme un rêve en plein jour. Il y voyait des branches effeuillées, des nuages voletant, des ruisseaux jaillissants, des falaises abruptes. Il savait que la peste pulmonaire qu'il avait identifiée était comme le givre : on la voyait, mais on n'en croyait pas ses yeux, comme si elle était une chimère.

Les cigarettes Dabaigan, trop fortes pour lui, le firent tousser. Bizarrement, après une petite quinte, il sentit que ses poumons étaient dégagés, et le goût âcre du tabac dans sa bouche évolua lentement en une senteur riche, légèrement douce, parfumée. L'image de ce patient qui voulait lui offrir des haricots de soja rouge surgit devant son regard. Avec le traitement du docteur Haffkine, le pauvre homme ne sortirait pas vivant pour goûter à ses haricots, et il ne put retenir un soupir. En repensant à tous les obstacles qu'il rencontrait depuis son arrivée à Harbin, au fait que le seul renfort qu'on lui avait envoyé, le docteur Mesny, était avec lui comme l'eau avec le feu, Wu Liande ne savait plus comment imposer ses vues et il se sentit découragé. Sa femme et ses enfants restés à Tianjin lui manquaient, l'idée de démissionner germa dans son esprit. A la troisième cigarette, il avait pris sa décision : il envoya un télégramme à Shi Zhaoji pour demander à être relevé de ses fonctions d'officier général de santé pour les trois provinces du Nord-Est.

A la lecture de ce télégramme, Shi Zhaoji ne dormit pas de la nuit. Il ne lui était pas venu à l'idée que Mesny, une fois à Harbin, disputerait sa place à Wu Liande pour une question d'amour-propre, mettant la lutte contre la peste au second plan. Il se dit que même si Wu Liande était titulaire d'un passeport britannique, il restait aux yeux de Mesny un Chinois. Il pensa qu'au-delà de leur désaccord sur la peste, Mesny manifestait cet orgueil et cette morgue innés chez les Blancs.

Le lendemain matin, à peine arrivé au ministère des Affaires étrangères, il reçut une note de la légation française demandant que Mesny remplace Wu Liande comme officier général de santé dans la lutte contre la peste dans les trois provinces du Nord-Est. Ne sachant plus que faire, Shi Zhaoji s'assit dans son fauteuil et se plongea dans la réflexion. Les visages de Wu Liande et de Mesny flottaient devant ses yeux, tels deux soleils, et lui-même se trouvait dans le rôle de l'archer mythique Hou Yi : il ne devait laisser qu'un seul astre dans le ciel. Depuis sa rencontre avec Wu Liande à Penang, il éprouvait pour ce jeune homme une sympathie et une confiance inexplicables. Son teint était peut-être jaune et celui de Mesny blanc, mais dans son cœur le premier était de plus en plus resplendissant et le second de plus en plus terne et pâle. Il était sur le point de tirer sa flèche sur Mesny. Cependant, afin d'être sûr, il décida de rendre visite au chef de la légation britannique, Sir John Newell Jordan.

Il n'y avait pas de temps à perdre, il se rendit immédiatement à la légation britannique. Malheureusement, Jordan était parti à Tianjin et ne reviendrait que le soir. Shi Zhaoji retourna à son bureau. Il passa encore une nuit sans sommeil et retourna à la légation au petit matin.

Lorsqu'il vit Jordan, il entra tout de suite dans le vif du sujet. Il avait besoin d'un avis. D'un point de vue médical, entre l'Angleterre et la France, quel pays était le meilleur ? Jordan répondit en souriant que la France était la patrie des arts et des lettres, supérieure dans ces domaines, mais que sur le plan médical elle cédait le pas à l'Angleterre. Shi Zhaoji, très satisfait de cette réponse, demanda quelle était la meilleure école de médecine en Angleterre. Sans hésiter, Jordan répondit que c'était bien sûr Cambridge. Shi Zhaoji dit que c'était parfait, il posa la tasse de thé qu'il venait de prendre sur la table et prit congé. Dans sa calèche, en écoutant les sabots du cheval claquer sur la route, l'inquiétude qui le taraudait depuis la veille s'estompa, il savait sur qui il devait tirer sa flèche.

Quand Lin Jiarui entra dans le laboratoire en brandissant joyeusement la réponse de Shi Zhaoji, Wu Liande était penché sur son microscope. Il vit à l'expression de son assistant qu'il avait la confiance et le soutien de la cour. Par télégramme, Mesny était démis de ses fonctions et Wu Liande confirmés dans les siennes.

Ses yeux s'embuèrent, il savait que le télégramme qu'il tenait dans les mains n'était qu'une mince feuille de papier et que Shi Zhaoji avait pris sa décision sous une forte pression.

Il se consacra entièrement à la lutte contre l'épidémie et, suivant ses conceptions, il fit construire des salles d'hôpital isolées et fabriquer des masques respiratoires en grande quantité.

Mesny ne quitta pas immédiatement Harbin. Même s'il était amer de ne pas exercer les fonctions d'officier général de santé pour le Nord-Est, c'était un passionné de médecine, et il tenait à voir des pestiférés à l'hôpital russe. Il continuait à penser que Wu Liande se trompait en croyant à une peste pulmonaire. Pour lui, minimiser l'importance des rats dans la lutte contre la peste, c'était laisser le champ libre à l'ennemi le plus impitoyable, et à une plus grande menace pour l'avenir. Avant de partir, il voulait faire des expériences et des essais cliniques pour prouver à ce docteur de Cambridge un peu trop têtu qu'il avait tort.

Depuis qu'on l'avait emmené à l'hôpital russe, l'état de Ji Yonghe empirait de jour en jour. A son arrivée, il pouvait encore se tenir en position semi-assise et voir par la grande baie vitrée les arbres tout noirs et le ciel. Maintenant, il avait de la peine à lever les bras. Depuis que Zhai Fanggui l'avait emmené, elle ne lui avait pas fait une seule visite, et il pensait qu'elle espérait qu'il mourrait rapidement, pour pouvoir profiter toute seule de son soja ! Rien que pour cela, il fallait qu'il se rétablisse, il ne pouvait pas laisser cette voleuse rafler son butin ! Et puis, avec son absence de la maison, He Wei ne devait pas s'embarrasser de scrupules, il devait y être chaque jour. Il se demanda si elle était tombée enceinte.

Ji Yonghe ne faisait pas confiance aux docteurs étrangers, et quand le docteur Haffkine l'auscultait, il détournait la tête. Le jour où un docteur chinois à lunettes était venu, il l'avait pris pour l'étoile du salut, mais il ne parlait qu'étranger, et puis, quand il l'avait examiné, il ne l'avait pas regardé dans les yeux, manifestement c'était un couard. Dans son esprit, un médecin qui craignait la mort ne pouvait pas être bon à grand-chose.

Ce matin-là, après les piqûres, au prix d'un grand effort, il réussit à s'asseoir. Cela faisait plusieurs jours qu'il ne voyait que ce plafond d'un blanc funèbre, il avait l'impression de devenir aveugle. La neige qui tombait à gros flocons le rendit maussade. Il aurait voulu voir la lumière du soleil se refléter sur la neige éclatante. Ces flocons lui semblaient des cendres de billets de banque funéraires flottant dans le vent. Il se dit, je ne suis pas encore mort, l'heure de mes funérailles n'est pas encore venue ! A cet instant quelques corbeaux apparurent dans son champ de vision. Ils se posèrent sur le giroflier devant la fenêtre, secouant ses branches nues. Ces visiteurs tout de noir vêtus lui brisèrent encore plus le moral.

Alors qu'il allait s'allonger de nouveau, la porte de la salle s'ouvrit. Haffkine entra avec un autre docteur étranger en blouse blanche. L'homme avait un visage carré, la peau blanche, une chevelure blonde, belle allure. C'était le docteur Mesny. Il inspectait les lits en discutant avec Haffkine. Ji Yonghe ne comprenait pas leurs paroles mais devina qu'ils parlaient de la peste. Comme ils arrivaient devant son lit, Ji Yonghe fut pris soudain d'une toux violente. Mesny se pencha sur lui, examina ses paupières et ses lèvres, et dit quelque chose à Haffkine. Ji Yonghe s'aperçut alors que le dos de la main de ce docteur était couvert d'un duvet blond, ce qui lui donna la nausée et lui fit cracher quelque chose de nauséabond. Voyant le visage du docteur changer de couleur, il comprit que ce n'était pas bon signe ; il regarda : c'était un gros caillot de sans noir ! Il sentit ses membres se geler, ses dents claquer, il dit d'une vois tremblotante : « Mon entrepôt rempli de grains… » et s'évanouit.

Ji Yonghe ne se réveilla pas de cet évanouissement. Il se tourna dans son lit, inconscient, pendant un jour et une nuit, et expira les yeux ouverts. Contrairement aux autres malades, il ne partit pas les mains ouvertes, mais à demi fermées, comme si, au dernier moment, il voulait agripper quelque chose.

Après l'enlèvement de son corps, l'infirmière qui nettoyait son lit découvrit, sous son oreiller, un document d'une page et deux haricots de soja. Le document était un contrat de mise à bail d'une épouse. Les deux haricots étaient l'un rouge et l'autre jaune, le rouge ressemblait à un feu lointain, le jaune à une pépite d'or. On eût dit deux yeux immaculés, si clairs et si purs.

C'est tout ce que récupéra Zhai Fanggui.

Trois jours après sa mort, Mesny fut soudain pris de fortes fièvres, de tremblements et de quintes de toux interminables dans l'hôtel russe où il était descendu ; les glaires qu'il recrachait contenaient du sang violet tirant sur le noir. Il comprit qu'il avait attrapé la peste. C'est alors qu'il prit conscience que le fait d'être allé à l'hôpital russe visiter des pestiférés sans avoir pris de mesures de protection était une faute impardonnable. Ce que disait le docteur Wu sur la peste pulmonaire était donc vrai, mille fois vrai ! Il pensa au marchand de grains que Haffkine lui avait présenté et au caillot de sang qu'il avait recraché. Peut-être que c'était à ce moment-là qu'il avait été contaminé, par la bouche ou le nez, que les bacilles avaient sournoisement pénétré son corps et commencé à le lacérer de l'intérieur. Il se dit à lui-même : « Si j'avais mis un masque, la mort m'aurait frôlé et aurait passé son chemin ! »

Après son admission dans ce même hôpital, l'hôtel de deux étages où il était descendu fut mis sous scellés et totalement désinfecté. Tous les objets dont il s'était servi furent brûlés.

He Wei fut admis dans cet hôpital en même temps que Mesny. Ce n'est pas Zhai Fanggui qui l'y emmena, ni la fille du négociant en sel, mais son domestique. Ayant entendu dire que son gendre n'allait plus au cercle de jeux, qu'il fermait boutique tôt et disparaissait souvent, le beau-père l'avait fait suivre. Il avait ainsi appris qu'il fréquentait l'entrepôt de grains de Ji Yonghe. Tout le monde savait que ce grippe-sou de Ji Yonghe avait racheté sa femme à la Bibliothèque des nuages bleus et qu'elle continuait à exercer son ancienne profession clandestinement. Le négociant en sel se fâcha tout rouge, et il s'apprêtait à fermer la boutique de son gendre et à lui couper les vivres, lorsque He Wei tomba malade avec les symptômes de la peste et resta alité. Le beau-père demanda au domestique de le faire hospitaliser, puis fit revenir sa fille chez lui, faisant condamner leur domicile et le comptoir Yitai.

Haffkine finit par porter un masque respiratoire, et après la mort de Mesny, on ne le vit plus jamais sourire. Il essaya de le sauver avec le sérum de son oncle. Mais la santé de Mesny empirait, il était comme un rocher au bord de la falaise, sur le point de basculer.

Une semaine après avoir été infecté, Mesny, vidé de son sang, ferma ses deux yeux mélancoliques. C'était un jour un peu plus doux, le ciel de Harbin était exceptionnellement clair. Haffkine lui prépara lui-même un linceul blanc, qui lui laissa au fond du cœur l'image d'un manteau de neige.

He Wei lutta encore un mois à l'hôpital avant de rejoindre à son tour la nuit éternelle. L'infirmière qui nettoya son lit, la même que celle qui avait nettoyé celui de Ji Yonghe, trouva sous son oreiller un document d'une page. Surprise, elle s'aperçut que c'était le même contrat de location d'épouse que le précédent ! Persuadée d'avoir affaire au fantôme de Ji Yonghe, elle fut prise de panique.

La famille de He Wei avait pris des dispositions pour qu'à sa mort l'hôpital se charge de brûler les objets qu'il laisserait, eux-mêmes ne voulant rien récupérer. L'infirmière prit ce papier recouvert de cachets et le jeta à la poubelle, fit le ménage puis alla elle-même brûler le tout.

He Wei mourut le 13 janvier, un vendredi, jour tabou pour les étrangers. Très peu de monde sortait. Harbin ressemblait à une personne qui aurait été empoisonnée et à qui on aurait fait un lavement, les rues grandes et petites étaient vides, inanimées. Mais pour le ciel, ce n'était pas un mauvais jour : deux jours plus tard, ce serait le 15 du calendrier lunaire. Dans le ciel se détachait l'éclat d'une lune froide, susceptible de donner aux gens un enthousiasme communicatif, car elle évoquait la peau d'un tambour.

Pourtant, un brin d'ombre – sans doute celle des baguettes qui frappaient le tambour – atténuait cet éclat.

DES MASQUES RESPIRATOIRES

Cela faisait plusieurs jours que, pour accélérer la production de masques respiratoires, Yu Qingxiu ne rentrait pas déjeuner à la maison.

Zhou Yaozu, soucieux qu'elle mange comme il fallait, envoya ce jour-là Xisui lui apporter un panier de croustillants aux amandes et de pains mollets aux jujubes. Les femmes qui fabriquaient les masques respiratoires posèrent leur ouvrage et ne firent pas de manières pour se servir l'une après l'autre. Elles relevèrent, non sans un brin de jalousie, que Yu Qingxiu avait bien de la chance d'avoir un mari comme ça, qui la nourrissait et l'habillait, elle avait la belle vie. Yu Qingxiu fronça exprès les sourcils, critiqua les croustillants, trop sucrés, ce qui tuait le parfum des amandes, et les pains mollets aux jujubes, trop mous. La grosse dondon qui travaillait à la buanderie chez Fu Baichuan la taquina : « Alors vous préférez quand c'est dur ? »

Yu Qingxiu perçut l'allusion, fit « Hum ! » et dit en se massant les lombaires : « Le vent, je le préfère mollet, une brise qui vous fait du bien ; les bûches, je les aime dures, résistantes au feu ! »

A Fujiadian, tout le monde connaissait le célèbre sens de la répartie de Yu Qingxiu, et la grosse femme, sachant qu'elle ne pouvait rivaliser avec elle sur ce terrain, se tourna vers Xisui, montra du doigt le ventre de sa mère et lui demanda :

« Devine, dans le ventre de ta mère, c'est un garçon ou une fille ?

— Ni l'un ni l'autre, répondit carrément Xisui.

— Et comment c'est possible, ça ? demanda l'autre en riant.

— Tant que l'enfant n'est pas né, on ne peut pas savoir s'il fera pipi accroupi ou debout.

— Et toi, tu aimes pisser accroupi ? »

Le gamin secoua la tête et dit à haute voix : « Moi, j'aime pisser debout ! »

La femme, qui n'avait pas pu avoir d'enfant, le taquina à son tour : « Si ta maman fait un enfant qui pisse debout, tu seras moins gâté, si on t'envoyait vivre chez moi ? »

Xisui secoua la tête et répondit du tac au tac : « Tu es trop vieille, je ne veux pas vivre avec toi ! »

Les rires s'envolèrent dans la pièce et continuèrent par rafales, à l'instar d'une bouilloire oubliée sur le feu par son propriétaire et qui, le feu aux fesses, sautille sur le poêle.

Après cette pause pâtisseries et rires, les femmes reprirent leur travail. Une fois qu'elles avaient terminé un masque, elles le jetaient dans un carton, comme si elles lâchaient une colombe blanche. Sauf que la colombe gardait les ailes repliées, incapable de s'envoler.

La mort de Mesny avait marqué un tournant dans la lutte contre la peste à Harbin. Les officiels comme le peuple, les Chinois comme les Occidentaux plaçaient désormais leur confiance en Wu Liande.

Celui-ci pensait qu'en sus de l'isolement des malades infectés, il fallait mettre en observation ceux qui avaient été en contact rapproché ou intime avec eux. Les lits d'hôpitaux manquaient, et pour répondre à l'urgence, il était allé rendre visite au général Khorvat, administrateur du Chemin de fer de Chine orientale pour lui demander de louer des wagons de train non utilisés afin de les transformer en chambres d'observation. En même temps, des renforts en personnel médical, médecins et infirmiers, arrivaient de Pékin à flot continu. Cependant, pour préserver la sécurité des trois provinces du Nord Est, on en envoya quelques-uns à Changchun. Cette ville abritait la plus grande gare au sud de Harbin et y prévenir la propagation de la peste était crucial pour la sécurité de Fengtian et des territoires en deçà de la passe de Shanhai. Il pensait qu'avec une formation relativement simple, les médecins traditionnels de Fujiadian seraient à même de prendre la responsabilité de la lutte contre l'épidémie.

Lorsqu'il avait pris officiellement la direction du Centre de lutte contre l'épidémie de Harbin, Wu Liande avait créé des services chargés de la mise en quarantaine, du diagnostic, de la protection contre le froid, de la désinfection, etc.

La meilleure méthode de prévention, en l'état actuel, était le port de masques respiratoires. Mais ils étaient extrêmement rares. Fu Baichuan avait donc converti son magasin de soieries, ajouté deux machines à coudre, recruté à grands frais quelques femmes sachant bien s'en servir, et commencé à produire des masques en grande quantité.

Yu Qingxiu n'était pas là pour l'argent, contrairement à la grosse dondon et aux autres. Elle était là pour se rendre utile. Comme elle était enceinte, Zhou Yaozu ne voulait pas la laisser venir. Mais elle avait entendu dire que Fu Baichuan avait sorti des fonds pour payer le loyer de l'hôpital provisoire destiné aux malades de la peste, que sa pharmacie traditionnelle fournissait gratuitement des décoctions médicinales aux gens, qu'il avait baissé le prix de son eau-de-vie et que ses affaires étaient fortement ralenties. Sa femme folle, ses chaussures brodées aux pieds et un boulier à la main, allait du magasin de soieries à la distillerie et à la pharmacie, chaque fois elle jetait le boulier sur le comptoir et commençait à compter, furibarde, puis faisait les yeux blancs devant les employés présents. Cela avait valu à Fu Baichuan un profond respect de la part de Yu Qingxiu. Vu tout ce qu'il faisait, elle aurait été bien en peine de rester à le regarder, les mains dans les manches, et elle convainquit Zhou Yaozu de la laisser fermer la pâtisserie et donner un coup de main. Elle y allait le matin tôt et revenait le soir, déjeunant sur place.

Chaque jour, à midi et le soir, le Centre de lutte contre l'épidémie envoyait des gens prendre livraison des masques et les distribuait aux résidents. Quand elles étaient fatiguées, quand elles avaient mal aux reins et au dos, des vertiges et des troubles de la vision, elles se reposaient et blaguaient pour se redonner du cœur à l'ouvrage.

A peine Xisui était-il reparti qu'un autre homme arriva avec un panier.

Fu Baichuan apportait des bonnes choses à manger : du jarret de porc caramélisé, des haricots aux cinq parfums, des crêpes au sésame, ainsi que des pêches séchées et des abricots confits.

Ce qu'il apportait était beau, mais lui-même l'était tout autant.

Il portait une robe grise en coton qui lui arrivait aux genoux et une veste de satin noir par-dessus, un chapeau haut-de-forme en feutre noir, des bottines noires ; il était grand mais ni gros ni maigre, et cette tenue mettait en relief sa distinction et son élégance. Il posa le panier, remercia chacune de ses efforts, et les enjoignit à ne pas se surmener, à se reposer en cas de fatigue. Sur ces mots, il lança un regard appuyé à Yu Qingxiu.

Il n'échappa pas à celle-ci qu'il la regardait comme s'il voyait pour la première fois une lampe électrique, le regard brillant. Troublée, elle tourna rapidement les yeux vers le panier et dit avec un sourire :

« De si bonnes choses, ce serait encore meilleur avec de l'alcool.

— Je vais demander qu'on nous apporte une cruche tout de suite », dit Fu Baichuan.

Malicieuse, Yu Qingxiu prit un abricot : « Depuis que je suis enceinte, mon Yaozu m'interdit de boire, même si j'en ai envie, il me faudra attendre jusqu'au prochain printemps. » Puis elle toussa délicieusement, goûta l'abricot et apprécia : « A la fois acide et sucré, très bon. »

La grosse femme dit : « Je ne crois pas que boire de l'eau-de-vie fera du mal à l'enfant que tu as dans le ventre. Je pense même que ça pourrait être bénéfique. Qui sait, une fois qu'il sera né, il aura peut-être le talent de faire de l'eau-de-vie. Sans Qin Huit Bols, la distillerie de la maison Fu manque d'un bon spécialiste. S'il devient maître de chai à la distillerie, tu n'auras plus de soucis à te faire pour le reste de ta vie ! »

L'allusion à Qin Huit Bols fit de la peine à Fu Baichuan mais aussi à Yu Qingxiu. Mais la dondon ne s'en aperçut pas et elle continua : « Ah, cet officier Wu ! La mère de Qin Huit Bols n'est pas morte de la peste, il aurait pu le laisser partir au pays l'enterrer avec son mari, il n'en serait pas mort ! Il a causé la mort à Qin Huit Bols mais aussi fait du tort à Wang Chunshen. Il paraît que si on n'avait pas obligé Wang Chunshen à enterrer Qin Huit Bols ce soir-là, il n'aurait pas été aussi triste et n'aurait pas bu autant. Et alors il ne serait pas tombé dans le piège de la veuve Wu ! Et maintenant elle raconte que c'est lui qui a détruit sa réputation. Non mais, vous l'avez vue, elle est sale et elle louche, elle est moins bien que moi, quel homme s'amuserait à détruire sa réputation, à part dans le noir ? Le dicton dit vrai : Regard torve vaut cœur qui louche ! »

L'histoire de Wang Chunshen, Yu Qingxiu l'avait apprise par son mari Zhou Yaozu. La veuve Wu l'avait vraiment complètement coincé, elle avait déjà déménagé dans la maison de Qin Huit Bols et condamné la sienne en disant qu'elle voulait la vendre après le Nouvel An. Wang Chunshen lui résistait et continuait à habiter dans l'écurie, mais elle l'obligeait à aller la voir tous les jours. D'abord elle gardait Jiying, ensuite elle avait, en tant que maîtresse de maison, déménagé les réserves alimentaires stockées par Jin Lan. Wang Chunshen devait rentrer pour manger.

Quand la dondon se lançait, elle ne tolérait pas d'interruption. Yu Qingxiu et Fu Baichuan eurent le même sentiment et ne purent s'empêcher d'échanger un regard et un sourire. Ce sourire donna à Yu Qingxiu l'impression d'avoir partagé avec Fu Baichuan des confidences, ce qui lui fit chaud aux oreilles et fit battre la chamade à son cœur. Pour cacher son trouble, elle se remit au travail.

Fu Baichuan était très content d'avoir obtenu ce sourire. Il prit congé en expliquant que ce docteur venu de l'Ecole impériale de médecine de Tianjin allait donner dans sa pharmacie une formation aux docteurs traditionnels sur la prévention de la peste et qu'il devait aller y assister.

Lorsqu'il fut parti, la dondon lâcha un soupir : « C'est vraiment bien de fabriquer des masques, ça rapporte et on mange bien aussi, comme au Nouvel An ! Mais peut-être que dans deux jours on n'aura plus ce boulot, et ça me manquera.

— Je me demande si les gens aiment porter nos masques, remarqua Yu Qingxiu.

— Ça m'étonnerait ! dit la dondon. Vous avez vu le grand patron, est-ce qu'il en met un ?

— Exactement, dit Yu Qingxiu. J'ai essayé, et c'est difficile de respirer avec. J'attends un bébé, et j'ai peur que si j'en mets un, ça le suffoque, et qu'après la naissance il aime le renfermé. »

La grosse renchérit : « Je vous le dis, si on reste à la maison, pas la peine d'en mettre. Ces masques me font rire, après tout, nos bouches ne sont pas des portes, pourquoi y mettre un rideau ? »

Yu Qingxiu pouffa : « C'est pour cacher les disputes entre la langue et les dents, à mon avis. »

La grosse femme gloussa : « L'homme qui vit avec toi est sûrement heureux ! Tu es assez jolie pour le bonheur de ses yeux ; tu sais faire des pâtisseries pour le bonheur de sa bouche ; et tu dis des choses amusantes, pour le bonheur de ses oreilles !

— Tu veux dire que le père de Xisui nage dans le bonheur ?

— Oui, soupira la dondon. Le père de Xisui est un homme heureux ! Regarde le grand patron, il est riche et puissant, talentueux et beau, mais il n'a pas une bonne épouse, quand il rentre à la maison il ne trouve pas de chaleur féminine, c'est ce qu'on appelle ne pas avoir de chance. »

Yu Qingxiu ne répondit pas, sachant que sinon la dondon ne s'arrêterait pas.

En une courte semaine, les vingt mille habitants de Fujiadian avaient tous un masque respiratoire. Faits de douze couches de gaze blanche, ils étaient larges au milieu pour couvrir le nez et la bouche, puis s'affinaient sur les côtés en deux brins que l'on nouait derrière la tête, et cachaient hermétiquement la moitié du visage. En plein hiver, les hommes portaient des bonnets et les femmes des foulards noués sur la tête ; avec le masque, même les plus familiers ne se reconnaissaient pas dans la rue.

Les femmes terminèrent la fabrication des masques par un après-midi sec et froid. Le soleil en hiver manque toujours de souffle, à trois heures de l'après-midi, il a déjà l'air fatigué, il branle comme sur le point de tomber. Le givre qui s'était estompé sur les vitres se reformait. Chacune rassembla ses affaires et se préparait à rentrer chez soi, lorsque la porte de la boutique s'ouvrit et Su Xiulan entra, un boulier à la main. Elle portait une paire de chaussons brodés de fleurs rouges sur fond noir, une veste ouatée avec des carreaux rouges et bleus sur fond vert, un pantalon gris matelassé, une écharpe couleur poil de chameau, des gants de coton fleuris : une tenue extravagante !

Il faisait froid, et à la vue d'autant de femmes dans la pièce, elle frissonna puis dit, comme si elle se parlait à elle-même : « Le scélérat ! Quand a-t-il commencé à prendre des concubines dans mon dos ? Une, deux, trois, quatre… » A ce chiffre elle se mit à pleurer puis à pourchasser les femmes dans la pièce avec son boulier.

La dondon protégea Yu Qingxiu et la fit sortit avant les autres, en raison de sa grossesse. Puis elle sourit à Su Xiulan : « Regardez-nous, je suis plus grosse qu'une truie, celle-ci est plus maigre qu'une guenon, celle-là a de petites fentes en guise d'yeux, aucune chance que le grand patron s'intéresse à nous ! On a été recrutées pour faire un travail ici. » Elle montra ses collègues qui sortaient : « Le travail est fini, on rentre et on ne reviendra plus. »

Su Xiulan tourna la tête, pointa le doigt vers Yu Qingxiu et dit en claquant des dents :

« Celle-là est jolie…

— Elle est jolie, ce n'est pas faux, mais elle est mariée. Vous ne vous en souvenez pas ? Elle tient un magasin de pâtisseries, son mari s'appelle Zhou Yaozu, elle est aussi aide cuisinière chez l'intendant général, qui aime ses pâtisseries. »

Su Xiulan eut l'air de penser à quelque chose, mais elle ne quittait pas Yu Qingxiu des yeux, et quand elle fut sortie, elle la suivit. Inquiète, la dondon suivit aussi Yu Qingxiu jusque chez elle.

Quand le ciel rougeoie à l'ouest, la lumière du soleil couchant apporte une note de légèreté et de clarté, comme le parfum indescriptible que dégage une mandarine quand on la pèle. Mais si la fumée des cheminées salit le ciel, cette lumière prend une teinte jaune trouble, comme si le soleil coulait du nez. Lorsqu'elles sortirent, le soleil semblait tomber à contrecœur derrière l'horizon et diffusait des reflets jaunâtres.

Malgré la protection de la dondon, Yu Qingxiu sentait la présence de Su Xiulan derrière elle et cela lui faisait froid dans le dos. Elles croisèrent juste à ce moment-là une charrette qui transportait des cadavres vers l'extérieur de la ville, et Yu Qingxiu se sentit encore plus déprimée. Quand donc cet enfer allait-il prendre fin ? Elle haletait, et en arrivant elle s'aperçut qu'elle avait transpiré au point de mouiller son chemisier dans le dos et aux aisselles.

Elle se retourna pour remercier la dondon et vit Su Xiulan, raide comme un piquet, qui regardait la boutique bouche bée. En ouvrant la porte, elle entendit la dondon lui dire : « Vous voyez, c'est chez elle, son mari l'attend à la maison. » Su Xiulan fit « hum » et eut un ricanement étrange.

Elle n'eut pas le temps de retrouver son calme. En entrant, ce qu'elle vit lui donna un autre coup de frayeur. Le comptoir qui se trouvait normalement au centre de la salle avait été déplacé sous la fenêtre ; le fourneau avait été démonté et placé dans un coin. Par terre se trouvaient une nouvelle poêle et deux nouvelles bassines, dans l'une d'elles il y avait des cuillères et spatules neuves.

Zhou Yaozu était accroupi et s'occupait du poêle. Lorsqu'il la vit, il eut un rire forcé et expliqua : « Excuse-moi, je ne t'en ai pas parlé, tout ça c'est une idée de mon père. Nous les jeunes, on doit écouter les vieux. »

L'origine de l'affaire était le nombre de gens mis en quarantaine dans les wagons de chemin de fer loués à cet effet.

Comme le nombre de malades ne cessait d'augmenter et que celui des cuisines et des cuisiniers était limité, ces deux derniers jours, la fourniture de repas gratuits avait été très tendue. Ceux qui étaient confinés dans des wagons ne pouvaient manger à l'heure habituelle et ils commençaient à se plaindre de la faim. Lorsque Zhou Ji l'avait appris, il avait dit à Zhou Yaozu, notre famille ne serait rien sans Fujiadian, maintenant que la ville traverse une crise, nous n'allons pas rester les bras croisés. Il lui avait demandé de transformer la pâtisserie en cuisine pour que toute la famille se mette au travail afin de nourrir les gens dans les wagons.

Zhou Yaozu n'avait aucune envie de le faire, mais il ne pouvait pas désobéir à son père. Celui-ci avait jugé qu'un seul fourneau n'était pas suffisant et lui avait dit d'en installer un autre. Quant aux ustensiles posés par terre, Zhou Ji était allé les acheter avec Xisui et venait de les rapporter.

Yu Qingxiu défit son foulard, s'épousseta et dit : « Les gens en quarantaine sont bien à plaindre, ils ont un foyer mais ne peuvent y dormir, ils ont peur d'attraper la maladie, c'est normal qu'on donne un coup de main. Mais les ingrédients pour la cuisine, qui les fournira ? Pour une ou deux semaines, ça ira encore, mais si la peste dure six mois, nous n'aurons plus qu'à plier boutique !

— C'est l'Intendance générale qui paiera, vu la situation, c'est déjà pas mal de contribuer par notre travail. » Zhou Yaozu donna un coup de truelle sur le mur et ajouta : « Disons que nous accumulons des mérites pour l'enfant qui est dans ton ventre. »

Ce dernier membre de phrase fut entendu par hasard par Xisui, qui venait de pousser la porte, il renifla et dit à Yu Qingxiu : « Mère, quand le bébé sera né, je voudrais retourner dans votre ventre. »

Yu Qingxiu le regarda affectueusement, se caressa doucement le ventre et dit : « Gros nigaud, le ventre, on ne peut qu'en sortir, on n'y retourne pas.

— Xisui, pourquoi veux-tu retourner dans le ventre de maman ? demanda Zhou Yaozu. Ce n'est pas bien dehors ?

— Pas bien du tout, dit tristement l'enfant, il fait froid, il y a la peste, je ne peux pas sortir vendre des journaux, autant rentrer dans le ventre de maman, il y fait chaud et on peut y dormir toute la journée. »

Zhou Yaozu soupira : « A partir de demain, tu viendras avec moi porter leurs repas aux gens qui sont dans les wagons, ça te distraira.

— Ne l'emmène pas, vas-y avec ton père, intervint Yu Qingxiu. Les adultes savent comment se protéger, un enfant ne sait pas, s'il était contaminé, ce serait la catastrophe.

— Il sera avec moi, tu peux être tranquille. Je lui mettrai deux masques respiratoires ! » dit-il pour plaisanter.

En fait, Xisui ne porta jamais deux masques, mais trois jours plus tard, c'était le cas de quelqu'un qui rendit visite à la famille : Zhou Yaoting, une palanche à l'épaule avec ses deux valises. Voyant arriver son oncle, Xisui se dépêcha d'aller avertir son père.

L'épidémie avait gagné depuis quelques jours Changchun et Fengtian, et pour l'empêcher de se propager plus loin, Wu Liande avait écrit à la cour pour demander que l'on cesse de vendre des billets de train de troisième et deuxième classes de Pékin à Fengtian ; le Chemin de fer de Mandchourie méridionale avait aussi été fermé. En même temps, Pékin avait envoyé des troupes pour surveiller la passe de Shanhai et arrêter les transports de personnes ou de marchandises qui voulaient la franchir en direction du Sud, tout en resserrant les contrôles à Harbin. Malgré cela, le nombre de contaminations ne faiblissait pas et la mort semblait envelopper chacun de sa lugubre chape. Wu Liande prit la décision de boucler la ville et demanda pour cela le soutien de l'armée. En ce moment même, mille soldats étaient déployés de Changchun à Harbin. Il y avait aussi quelques dizaines d'agents de police en route depuis Tianjin pour lutter contre l'épidémie. L'école de filles de Harbin ainsi que quelques hôtels avaient été évacués, mais cela ne suffisait pas et le Centre de lutte contre l'épidémie dut réquisitionner d'autres endroits, parmi lesquels le Bureau de répression de l'opium où résidait Zhou Yaoting. Les maisons closes et les maisons de thé avaient toutes fermé, et Zhou Yaoting n'avait nulle part où aller – sauf dans sa famille.

Zhou Yaoting avait entendu dire que le père avait décidé de transformer la pâtisserie en cuisine. Il posa ses bagages, retira ses masques respiratoires, alla trouver son frère et lui dit : « Frère, Fujiadian n'est pas notre patrie, au-dessus de nous il y a l'Intendance, en dessous le Centre de lutte contre l'épidémie, la peste n'est pas du ressort de tout le monde, quel besoin de se mettre en avant comme ça ? Livrer des repas aux gens confinés dans les trains, c'est très dangereux, si on attrape la peste, il sera trop tard pour le regretter. Dis à papa d'arrêter ça ! »

Zhou Yaozu était en train de faire sauter des germes de soja, il lui lança un coup d'œil et dit : « Si tu as peur, va donc habiter ailleurs.

— La ville va être bouclée, des milliers de soldats arrivent de Changchun. Le bâtiment de notre Bureau de répression de l'opium a été réquisitionné, j'en viens et il a bien fallu que je revienne à la maison, geignit Zhou Yaoting.

— C'est ta maison, tu ne l'as pas oublié ? » Zhou Yaozu remuait les pousses de soja avec une spatule. Il ne put s'empêcher d'ajouter, excédé : « Tu ne vaux même pas une pousse de soja ! Elle, elle sait d'où elle vient, elle reste avec les siens ! Toi, on dirait que tu es sorti de la fente d'une pierre, quand maman est morte, tu n'es même pas venu aux obsèques ! »

Zhou Yaoting ne dit rien, il sortit de sa poche deux masques, les enfila l'un sur l'autre, et sortit dans la rue. Dès qu'il fut dehors, Xisui sautilla de joie : « Cette fois ça va être amusant, les soldats arrivent ! »

LA FERMETURE DE LA VILLE

Plus de mille six cents soldats de l'armée de terre, serrés comme autant de points de couture, fermèrent de façon hermétique ce grand sac ouvert qu'était Fujiadian. Plus de vingt mille résidents se retrouvèrent dedans sans pouvoir montrer leur tête.

Fujiadian fut alors divisé en quatre secteurs. En signe distinctif, les résidents portaient un insigne de couleur à l'épaule gauche : blanc pour le secteur un, rouge pour le deux, jaune pour le trois et bleu pour le quatre. Les gens préféraient mentionner les couleurs car ils trouvaient les chiffres trop froids, et ils parlaient donc de secteur blanc ou rouge, etc.

Ceux du secteur rouge étaient les plus contents, cette couleur chaude leur semblait joyeuse, capable de chasser la malchance ; ceux qui avaient reçu un insigne jaune se sentaient réconfortés, parce que c'était la couleur du bonheur et de la richesse ; quant aux bleus et aux blancs, ils faisaient grise mine. Le bleu étant la couleur du ciel, cela ne signifiait-il pas qu'ils allaient y monter bientôt ? Et le blanc était la couleur du deuil, qui ne servait qu'aux funérailles. Voir quelqu'un avec un insigne blanc, c'était comme voir un fantôme, cela vous faisait pâlir tout d'un coup.

Tout le monde à Fujiadian devait porter son insigne, les résidents comme les soldats chargés du maintien de l'ordre. Les personnes d'un même secteur pouvaient circuler librement à l'intérieur de celui-ci, mais devaient obtenir une autorisation spéciale pour se rendre dans un autre. Les hommes atteints de bougeotte en étaient fort fâchés. Ils grommelaient que les rats, qui transmettaient la peste, étaient libres de circuler, eux ; en quoi enfermer les hommes dans une basse-cour comme des poulets était-il un moyen de prévenir la peste ?

La famille de Xisui se trouvait dans le secteur blanc. Zhou Yaozu jeta un œil sur l'insigne et grogna : « Ces types qui font les insignes, ils auraient pu trouver une autre couleur ! Vert ou violet, voilà qui aurait été parfait, non ?

— Le blanc c'est lumineux, comme l'argent, comme le riz, le sucre et la neige, dit Yu Qingxiu, se voulant rassurante.

— Et pourquoi tu ne dis pas que les larmes ou les rêves sont lumineux ? » rétorqua Zhou Yaozu.

Xisui n'attendit pas la réponse de sa mère : « Le soleil aussi est lumineux ! »

Yu Qingxiu, toute contente, ajouta : « C'est vrai, le soleil est de bon augure, les choses blanches sont toutes bonnes. »

Xisui, voyant que son père, une louche à la main, le fixait du regard, les moustaches frémissantes comme celles d'un chat en colère, ajouta : « Ah, j'y pense, la morve aussi, ça brille… »

Yu Qingxiu lui donna un petit coup de cuillère sur la tête : « A ton âge, tu es bien impertinent, qu'est-ce que ce sera quand tu seras grand ! »

Zhou Ji, qui épluchait des oignons et en avait les larmes aux yeux, dit à sa bru : « C'est pas pour me vanter, mais mon petit-fils est l'un des meilleurs garçons de Fujiadian, il est astucieux, un vrai prodige ! »

Face à ces louanges, Xisui se mit à siffler de joie. Zhou Yaozu lui dit qu'il sifflait mal, et le petit protesta : « Vas-y, toi, siffle pour voir ! » Le père secoua la tête, mit ses lèvres en cul de poule et fit « pfuit, pfuit, » deux fois, le son que fait un adulte qui emmène son enfant uriner. Xisui rigola : « Père, quand tu siffles, ça me donne envie de chercher le pot de chambre ! »

Toute la famille éclata de rire. Le soldat en faction à l'extérieur rit également, par contagion. Un passant, voyant cela, grommela : « Qu'y a-t-il de drôle à voir les gens de Fujiadian mourir ? » Le soldat reprit immédiatement son sérieux.

Il y avait déjà près d'un millier de personnes mises en quarantaine dans les trains. Tous ces wagons noirâtres alignés sur les rails de la zone des entrepôts, une soixantaine, évoquaient quelque monstre en train de ramper vers Fujiadian. La zone se trouvait à la limite de la ville, et Xisui, en accompagnant son père chargé d'une palanche, devait traverser le secteur jaune. Tous deux bénéficiaient pour cela d'un laissez-passer émis par le Centre de lutte contre l'épidémie.

Dans chaque wagon il y avait environ vingt personnes. Hommes et femmes étaient séparés, les enfants restaient avec les femmes. Des poêles provisoires avaient été installés et dans le toit de chaque wagon on avait percé un trou pour la cheminée. La famille Zhou fournissait les repas à deux wagons accolés, un de femmes et d'enfants et l'autre d'hommes.

A chaque wagon était affecté un employé du Centre de lutte contre l'épidémie. En raison du manque de personnel, en plus des médecins traditionnels, il y avait des policiers et des pompiers qui avaient reçu une formation rudimentaire. Des deux wagons servis par la famille Zhou, l'un avait un ancien pompier comme gardien. Son rôle était de prendre la température des patients à intervalles réguliers, de l'enregistrer et de désinfecter le wagon quotidiennement. S'il s'apercevait que quelqu'un avait de la fièvre, il devait en rendre compte immédiatement et le conduire par voiture spéciale à l'hôpital. Ceux qui restaient dans les wagons avaient donc par définition une température normale. Ils étaient en bonne santé, avaient bon appétit, et quand les plats arrivaient, ils disaient qu'ils mouraient de faim et pressaient le responsable du wagon d'ouvrir la porte. Xisui les observait, les mains dans les manches, debout près du wagon, attendant leur repas les yeux grands ouverts.

Les responsables de wagon portaient une blouse blanche, une toque blanche et un masque respiratoire blanc, seuls leurs yeux étaient visibles. On aurait pu croire qu'ils étaient tous identiques, n'étaient leurs différences de taille et de poids.

On accédait au wagon par trois marches en bois. Xisui n'avait jamais pris le train et il voulut aller voir à l'intérieur comment c'était, mais le gardien ne le laissa pas monter.

Zhou Yaozu portait sur sa palanche, soit du riz à l'étouffée, soit des plats sautés ; quant à Xisui, il avait dans son panier des pains de maïs cuits à la vapeur, en forme de nid d'oiseau. Ils remettaient la marchandise au gardien, qui la distribuait. Normalement, les gens des wagons discutaient du menu du jour avant même que le panier n'ait été reposé par terre : qu'est-ce qu'on a aujourd'hui ? Y a-t-il de la viande ? Peut-être que chez eux ils avalaient n'importe quoi, mais ici ils faisaient la fine bouche. Ils se plaignaient que le chou était trop cuit ou les pousses de soja trop dures. La majorité de ceux qui se plaignaient du chou étaient jeunes, alors que ceux qui se plaignaient des pousses de soja étaient des vieux qui n'avaient plus guère de bonnes dents. En plein hiver, à cause du grand froid, Yu Qingxiu protégeait les plats avec des couvertures de feutre, mais même ainsi, ils arrivaient tièdes sur place. Il y en eut pour se plaindre que Zhou Yaozu était lent, d'autres que la famille Zhou se servait en viande avant les autres et laissait refroidir ses plats avant de les servir. En réalité, Zhou Yaozu et Xisui allaient aussi vite qu'ils pouvaient ; en arrivant aux wagons, leurs genoux faiblissaient, leurs vêtements étaient trempés de sueur. Chaque fois qu'on lui faisait des reproches, Zhou Yaozu se lamentait : « Bonne intention est souvent mal rétribuée, c'est bien vrai. » Xisui n'était pas en reste : « Ils n'ont pas peur que dire des bêtises leur pourrisse le bec ? » Les gens du wagon disaient : « Ce sont les corbeaux qui ont le bec pourri », ou bien ils demandaient à Xisui : « Décline-nous la liste des lampions, on s'ennuie ici ! » Xisui faisait « Peuh » et répondait, furibond : « Des lampions, des lampions, je vous en ficherai, moi, des lampions ! » Et les gens du train riaient de bon cœur.

Les enfants en quarantaine connaissaient Xisui et lui demandaient tout le temps de leur donner quelque chose. La vie était dure, il leur fallait des bonbons pour l'adoucir. Et puis ils s'ennuyaient trop dans le wagon, ils réclamaient un livre illustré et se faisaient lire les histoires par un adulte un peu lettré. Ils se plaignaient aussi de ne pas pouvoir sortir jouer et d'avoir les jambes ankylosées, ils voulaient qu'il apporte une fronde pour pouvoir jouer à côté du wagon. Xisui répondait toujours à leurs requêtes, mais ce qu'il apportait devait leur être remis par l'agent responsable.

Quand le wagon des femmes et des enfants avait mangé, les hommes appelaient : « Vite, on meurt de faim ! » Ces hommes, à la fois de peur d'avoir froid, et qu'on leur vole leurs habits chez eux, portaient trois couches de sous-vêtements et chemises et trois couches de vestes, ils ressemblaient à des beignets torsadés, ils avaient l'air boursouflés. Quand ils se déplaçaient dans le wagon ils zigzaguaient. On aurait cru qu'il n'y avait aucun maigre parmi eux. Pour maintenir ces habits ensemble, ils avaient tous à la taille une corde. Il y en avait de toutes sortes, de longues et fines faites de chanvre, de plus épaisses et grossières faites de paille, d'autres encore en lanières de tissu tressées. Celles-là étaient de couleurs variées, comme un arc-en-ciel autour de la taille. Dans cet univers lugubre, elles apportaient une remarquable touche de gaieté.

Il y avait dans ce wagon quelques travailleurs venus de Qiqihar. Ils étaient arrivés en gare de Harbin le jour où la ville avait été bouclée. On les avait placés directement en quarantaine. Les autres venaient pour la plupart de Fujiadian, Zhou Yaozu les connaissait. Lorsque le responsable du wagon leur distribuait les repas, s'ils trouvaient que la cuisine était plutôt bonne, ils soupiraient en secouant la tête et remarquaient que ce serait encore mieux s'ils pouvaient avoir une cruche d'eau-de-vie. Ils tapaient sur leur bol avec leurs baguettes et disaient à Zhou Yaozu : « La bonne cuisine c'est comme une bonne épouse, ; et le bon vin c'est comme un bon mari, si on ne les met pas ensemble ils ne resplendissent pas. » Zhou Yaozu compatissait : « Quand vous sortirez d'isolement, vous viendrez boire un coup. »

Les hommes se plaignaient aussi de ne pas pouvoir dormir en tenant leur femme dans leurs bras. Ils en étaient réduits à vouloir attraper la lune à la place. Zhou Yaozu dit : « Hé, si vous prenez la lune dans vos bras, qui osera sortir la nuit, avec la seule lumière des étoiles ? Au bout de quelques pas on rentrerait dans un mur ! »

Certains admiraient la famille Zhou d'avoir transformé sa pâtisserie en cuisine collective pour livrer des repas, d'autres faisaient des commentaires sarcastiques. Comme par exemple que Zhou Ji avait passé la moitié de sa vie derrière son comptoir de change pour rien. Qu'il touchait un petit ruisseau d'argent de l'Intendance pour lutter contre la peste et qu'il ne gagnait rien alors que d'autres ne se gênaient pas! Ils l'encourageaient à demander plus d'argent au Centre de lutte contre l'épidémie pour acheter du poulet et du poisson et améliorer l'ordinaire. Zhou Yaozu répondait en plaisantant que d'abord ils ne travaillaient pas, ensuite ils ne pouvaient remplir leurs devoirs conjugaux envers leurs femmes, alors pourquoi manger autant quand on ne savait pas comment dépenser ses forces? Et eux répondaient, en se poussant les uns les autres, en disant, c'est vrai, mais on peut faire de la lutte entre nous.

A chaque livraison, les hommes se plaignaient tant que Zhou Yaozu et Xisui en étaient contrariés; mais en repartant, déchargés, les épaules libres, leur bonne humeur revenait.

Il y en avait d'autres qui étaient autorisés à passer d'un secteur à l'autre dans Fujiadian, par exemple Wang Chunshen et Zhou Yaoting.

Wang Chunshen avait été touché d'apprendre que la pâtisserie Zhou avait été convertie en cuisine et il s'était dit que lui aussi pourrait faire un effort pour Fujiadian. Avec son fiacre, il pouvait s'intégrer aux équipes de désinfection et d'enlèvement des corps. La désinfection était moins dangereuse, et comme il avait peur de mourir, il commença par là. Mais le cheval noir réagit à l'odeur des produits chimiques comme un homme atteint d'un rhume de cerveau, il éternuait tout le temps. Wang Chunshen avait de la peine pour lui et décidé donc de faire le corbillard. Tous les morts de la peste étaient pris en charge par la brigade d'enlèvement et d'inhumation qui emmenait les corps au cimetière public.

Depuis le bouclage de la ville, les seuls véhicules qui circulaient étaient impliqués dans la lutte contre la peste. Ceux munis d'un auvent transportaient les malades vers les hôpitaux; ceux qui étaient découverts transportaient les habitants devant être placés à l'isolement vers les centres de détection ou les wagons de la zone de fret ; ces véhicules étaient généralement à quatre roues. Ceux consacrés à la désinfection et au transport de corps étaient couverts mais plus petits, à deux roues. Wang Chunshen démonta sa belle capote et élargit le plateau de son cabriolet car il fallait parfois charger deux cercueils. Lorsqu'il commença à faire le corbillard, la veuve Wu lui interdit de rentrer à la maison, de peur qu'il ne contamine toute la famille. Du coup, Wang Chunshen ne se donna plus la peine de rentrer, après tout il pouvait prendre ses repas et dormir avec l'équipe des croque-morts, inutile de voir la triste face de la veuve Wu.

Chaque fois qu'il allait au cimetière porter des cercueils, il regardait ceux qui n'étaient pas enterrés profondément car il cherchait Jin Lan et Jibao. Cependant, hormis l'épaisseur du bois, tous les cercueils se ressemblaient, et comme ils étaient fermés, il lui était impossible de savoir qui était dedans. Ainsi, chaque cercueil lui arrachait des larmes.

Zhou Yaozu rencontra Wang Chunshen deux fois, mais il ne le reconnut pas. Il reconnut le cheval noir, en revanche. Wang Chunshen portait le même habit que l'équipe des croque-morts, une longue robe chinoise, un chapeau en peau de chien et un épais masque de protection. Conscient des risques de son travail, il agita la main de loin quand il le vit s'approcher, pour lui faire signe de garder ses distances. Ils restèrent à quatre ou cinq mètres l'un de l'autre, haussant la voix pour échanger quelques mots. Zhou Yaozu lui demanda s'il allait vraiment vivre avec la veuve Wu, à quoi Wang Chunshen répondit :

« Tout le monde à Fujiadian sait que je l'ai déshonorée, que veux-tu que je fasse ?

— Déshonorée, déshonorée, ce n'est pas non plus une vierge du printemps ! » Il avertit Wang Chunshen qu'il ne pouvait plus se permettre d'être stupide avec les femmes, sinon il ne pourrait espérer vivre un jour avec une femme qu'il aimerait. Wang Chunshen leva les yeux au ciel :

« Avec ma tête de courge amère, je n'ai aucune chance de trouver une femme aussi bien que la tienne.

— Elle sait faire des pâtisseries, c'est tout », dit Zhou Yaozu, content de lui.

Il est vrai que la plupart des hommes de Fujiadian l'enviaient à cause de Yu Qingxiu. Mais lui-même craignait qu'elle ne soit pas heureuse avec lui, parce que souvent elle le regardait et soupirait sans raison, et que son regard s'assombrissait. Et puis, elle aimait boire – quand elle n'était pas enceinte – et quand elle avait bu, elle aimait déambuler dans les rues, sans pouvoir se retenir de parler au premier venu. Il se disait qu'elle ne ferait pas cela si elle ne se sentait pas très seule au fond d'elle-même. Il avait aussi remarqué que, consciemment ou non, elle mentionnait parfois devant lui le nom de Fu Baichuan, en baissant la tête pour qu'il ne voie pas son regard. Dernièrement, quand elle avait insisté pour aller fabriquer des masques dans sa boutique de soieries alors même qu'elle attendait un enfant, il avait compris que Fu Baichuan occupait une place dans son cœur. Bien sûr, il n'avait rien à craindre parce qu'elle était enceinte de lui et que Fu Baichuan ne pourrait jamais abandonner Su Xiulan. Mais comment deux personnes n'étant pas libres pourraient-elles se fréquenter ?

Zhou Yaozu remarqua que le cheval noir avait maigri, on lui voyait les côtes et sa crinière avait pâli. Il recommanda à Wang Chunshen de le ménager. S'il épuisait son cheval, que ferait-il après la peste ? Wang Chunshen répondit : « Il a encore de la force, je le sais ! » et il posa sa joue contre celle de l'animal. Le contraste entre son visage blanc comme un linge et le noir du cheval leur donnait l'air de deux fantômes.

Toutes les routes menant hors de Fujiadian, y compris fluviales, étaient gardées par des soldats. La ville était coupée du monde extérieur. Mais depuis la division en quatre secteurs, les gens étaient plus nombreux à sortir de chez eux. Les magasins encore ouverts pouvaient se compter sur les doigts de la main, comme les grains de riz dans la bouillie pendant une famine. Le Centre de lutte contre l'épidémie, pour garantir l'approvisionnement en biens de première nécessité, avait donc établi dans chaque secteur un point de vente de riz et de bois où les habitants pouvaient se procurer gratuitement de quoi manger et survivre. Les gens s'y rendaient, leur insigne à l'épaule gauche, leur masque sur le visage, qui tirant une luge, qui une palanche sur les épaules. L'endroit était en général très animé. Les hommes, sous pression chez eux, arrachaient leur masque une fois arrivés là et fumaient en plaisantant, à une toise les uns des autres ; les femmes comméraient sur qui était mort, qui avait été mis en quarantaine... Le bruit courait qu'au moment où la ville avait été bouclée, quelques personnes qui toussaient beaucoup avaient pris la fuite de peur d'être emmenées à l'hôpital de la peste. Selon certains, elles s'étaient cachées dans la distillerie des Tian, selon d'autres, à l'église catholique, ou encore plus fort, elles avaient creusé un trou dans la glace de la rivière Songhua et sauté dedans, pour s'échapper par voie fluviale.

Le début de la peste avait attiré à Fujiadian deux trafiquants d'opium. Ils s'étaient déguisés en mendiants, cachaient l'opium dans un creux ménagé dans leur canne à chasser les chiens et repéraient les gens que la peste rendait fébriles. Ceux qui achetaient de l'opium fumaient chez eux pour atténuer leur angoisse. Comment Zhou Yaoting avait-il repéré ces deux mendiants ? D'abord parce qu'ils marchaient en se tenant droits et non comme de vrais mendiants qui marchent le dos courbé et n'osent pas lever la tête ; ensuite parce que leurs bâtons de mendiants étaient gros et bien équilibrés et qu'ils avaient manifestement été fabriqués spécialement ; le plus évident était qu'ils prétendaient mendier de quoi manger mais ressortaient de chez les gens avec de l'argent et non des petits pains. Un matin, Zhou Yaoting se rendit au logement qu'ils louaient derrière l'abattoir, fouilla leurs bâtons et découvrit l'opium. Puis il leur montra sa carte du Centre de prohibition de l'opium et les deux faux mendiants sentirent leurs genoux flageoler. Ils s'agenouillèrent devant lui et le supplièrent de ne pas les envoyer en prison. Il leur dit qu'il acceptait de les laisser pour cette fois mais qu'il confisquait l'argent qu'ils avaient gagné en trafiquant ainsi que leur opium. Les deux gredins grincèrent des dents, ils étaient prêts à abandonner l'argent mais pas leur opium. Zhou Yaoting leur ricana au nez, dans ce cas vous allez goûter aux repas de la prison. La vérité c'est qu'il avait déjà décidé de la destination de l'opium : après la peste, il l'apporterait à la maison close et la mère maquerelle le remercierait en le laissant s'amuser. Les deux trafiquants comprirent qu'ils avaient affaire à un coriace qui ne céderait pas et qu'ils n'avaient d'autre choix que d'obéir pour sauver leur peau. S'ils ne l'avaient pas supplié en se prosternant et en frappant le sol de leur front, il ne leur aurait même pas laissé de quoi payer le voyage de retour chez eux.

Grâce à ce butin clandestin, Zhou Yaoting se sentit pousser des ailes. Peu importait que la maison close ou les maisons de thé fussent fermées, il aurait pu faire venir des filles de joie au Centre de prohibition de l'opium. Mais ce docteur Wu avait bouclé la ville et réquisitionné son logement, brisant ses rêves débridés. Zhou Yaoting n'aimait pas habiter avec sa famille, il trouvait que son père et son frère aîné n'avaient pas plus de maturité que Xisui. Il les traitait en son for intérieur d'imbéciles et les trouvait bien bêtes de trimer du matin au soir pour cuisiner et livrer des repas aux gens en quarantaine, sans en retirer aucune joie. Heureusement que son père ne livrait pas et restait seulement à travailler à la maison, sinon il n'aurait pas eu le courage de partager sa chambre. Zhou Ji faisait exprès de lui faire peur, il se redressait sur son kang et se frappait la poitrine, toussait bruyamment et le réveillait. Et lui avait tellement peur qu'il ne se rendormait pas. Une semaine après son retour au logis familial, il avait le visage émacié de quelqu'un dont on aurait creusé les traits au couteau, pas plus large que la paume de la main.

L'activité des médecins traditionnels avait été plus affectée que celle des pharmacies. Lorsque les gens ne se sentaient pas bien, ils faisaient comme quand ils étaient malades avant, ils allaient acheter des médicaments. Les pharmacies de chaque secteur étaient pour la plupart restées ouvertes. Elles étaient régulièrement contrôlées par le Centre de prohibition de l'opium, parce que les pharmaciens en vendaient souvent aux toxicomanes, ainsi que de la morphine.

Ce jour-là Zhou Yaoting, ses deux masques respiratoires sur le visage, se promenait sans but dans le secteur jaune, lorsqu'on l'appela dans son dos. Il se retourna, c'était Gu Weici, le patron des sauces soja Xiangyi. Il portait une longue robe bleue, un grand chapelet de bois de santal autour du cou et un chapeau de feutre marron. Il avait pris un coup de vieux, probablement parce qu'il ne s'était pas rasé depuis plusieurs jours.

« Yaoting, je te cherchais, j'ai quelque chose à te dire… »

Il lui fit signe de s'approcher de lui. Comme il ne portait pas de masque, Zhou Yaoting recula plutôt d'un pas, et Gu Weici, plein de tact, s'arrêta. « Va donc à la pharmacie Puji jeter un coup d'œil, je te garantis que tu y trouveras ce que tu cherches. »

Il s'agissait de la pharmacie du sieur Kato Nobuo. Elle n'était pas grande et recevait en général peu de clients. A titre de comparaison, si la fabrique de sauce soja de Kato était un fier destrier, sa pharmacie était un âne poussif qui avait du mal à gravir les pentes. Cependant, ces derniers temps, en raison de la peste, elle avait augmenté ses stocks de grandes quantités de désinfectants, comme l'acide carbonique, et les affaires avaient repris. Zhou Yaoting n'ignorait pas que Gu Weici détestait Kato Nobuo, et souhaitait de tout cœur qu'il arrive quelque chose à sa pharmacie. Mais lui-même n'avait aucune envie de se fourrer dans ce guêpier. Parce que s'il trouvait vraiment quelque chose, ce serait le début des ennuis : il lui faudrait rédiger un rapport, informer le Consulat du Japon par voie officielle, et si ça tournait mal, il risquait de se trouver empêtré jusqu'au cou.

Il resta donc planté là, immobile, sans dire s'il irait ou non, en hochant juste la tête pour dire qu'il était au courant.

Gu Weici, le voyant hésitant, sortit de sa poche quelque chose enveloppé de satin rouge : « Voici quelque chose de rare, veux-tu voir ? »

Zhou Yaoting s'avança d'un demi-pas :

« Qu'est-ce que c'est ?

— Regarde, tu verras. »

Il lui tendit le paquet sans s'approcher de lui.

Le paquet rouge était comme un appât au bout d'une canne à pêche, Zhou Yaoting s'approcha lentement et mordit à l'hameçon.

Le paquet contenait une boîte d'argent en forme de tortue, de la taille d'un poing. La tortue avait les quatre pieds fermement arrimés à terre, elle levait la tête vers le ciel, elle avait une courte queue recourbée et son dos était perlé de taches ressemblant à des gouttes d'eau scintillantes. Elle était très mignonne et elle avait l'air si vivante qu'on aurait dit qu'elle attendait qu'on la pose à terre pour se mettre à marcher en dodelinant de la tête.

« C'est une tortue d'argent que m'a laissée ma mère, elle est belle, n'est-ce pas ? Cet objet, plus on le garde, plus il prend de la valeur. »

Zhou Yaoting écarquilla les yeux et demanda, tout excité :

« Si je fais fermer la pharmacie Puji, elle sera à moi ?

— Naturellement. En cette période de peste, qui obtient une tortue d'argent est sûr de vivre longtemps. Avec cet objet porte-bonheur qui te protégera, tu ne seras pas infecté même si tu ne portes pas de masque. »

Gu Weici remit l'objet dans sa poche. Zhou Yaoting demanda :

« Le moment venu, comment me la donneras-tu ?

— Je ne peux pas aller dans le secteur blanc où tu habites, mais je passe chaque jour devant la pharmacie Puji. Dès que je verrai le panneau FERMÉ, SOUS SCELLÉS, je te l'apporterai ici, parole d'honneur ! » Et il tapa par terre du pied.

Zhou Yaoting fit de même et répondit : « D'accord ! Ici même ! »

La pharmacie était tenue par un couple de Japonais. L'homme était de petite taille, il dépassait à peine le comptoir, avec un visage mat, de petits yeux, un nez en gousse d'ail, et il rugissait plus qu'il ne parlait, car il avait mauvais caractère. Sa femme, elle, était grande et plantureuse, la peau blanche et tendre, avec des sourcils et des yeux effilés, et elle parlait doucement. La rumeur disait qu'elle était l'amante de Kato et qu'il lui avait interdit d'avoir un enfant, raison pour laquelle le couple n'en avait pas.

Quand Zhou Yaoting entra dans la pharmacie, elle était vide, sans doute en raison de la fermeture de la ville. La Japonaise qui était derrière son comptoir le salua, serviable, et lui demanda en inclinant la tête de quel médicament il avait besoin.

Zhou Yaoting répondit : « Je vais voir » et il commença à inspecter les médicaments du comptoir.

La femme comprit qu'il nourrissait des desseins inamicaux. Elle l'examina soigneusement et reconnut en lui un agent du Centre de prohibition de l'opium. Elle inspira une bouffée d'air et retira en vitesse quelques boîtes du comptoir, ce qui évita à Zhou Yaoting d'avoir à les identifier : il attrapa sa main et prit une boîte.

C'était de la morphine ! Apparemment Gu Weici avait dit la vérité.

Alors qu'il s'apprêtait à relever les étiquettes des boîtes incriminées, la femme fonça vers la porte et la ferma à clef, puis revint vers lui, ouvrit les bras et l'étreignit vivement. Le rêve de la tortue d'argent s'envola immédiatement. Depuis la fermeture de la ville, il n'avait pas eu l'occasion de goûter à une femme, et le désir lui fit perdre la raison.

La femme l'entraîna dans l'arrière-boutique et lui ôta son masque respiratoire. Quand elle s'aperçut qu'il en portait deux, elle se mit à rire. Sentant qu'elle se moquait de lui, Zhou Yaoting s'énerva et lui donna une gifle. Elle se mit à pleurer et gémir de façon extraordinairement touchante, ce qui excita Zhou Yaoting au plus haut point. Il la prit dans ses bras, elle lui donnait l'impression d'être une pomme juteuse à l'odeur suave. Il mordit dedans à pleines dents, l'écho de la jouissance bruissa dans ses oreilles, il était à la fête.

Lorsqu'il s'écarta d'elle, la vision de la tortue d'argent passa devant ses yeux. Son corps était satisfait, son esprit ne l'était pas. Alors qu'il remettait son pantalon, il n'avait pas encore eu le temps de serrer sa ceinture que la porte calfeutrée de l'arrière-boutique qui donnait sur la rue s'ouvrait soudain. Deux choses s'engouffrèrent dans la pièce : un courant d'air froid, et le petit Japonais. La femme prit immédiatement un air honteux, pleurant le visage caché dans ses mains, elle raconta que Zhou Yaoting ayant trouvé la morphine l'avait menacée de faire fermer la pharmacie si elle ne couchait pas avec lui et qu'il l'avait violée.

Sans attendre les explications de Zhou Yaoting, le Japonais lui donna un coup de poing. Il avait de la force, il lui fit sauter une dent. Zhou Yaoting, saignant du nez, fumant de colère par les sept orifices, allait rendre le coup, mais l'homme lui donna un coup de pied qui le fit tomber à terre, lui enleva sa ceinture, s'assit sur lui et lui lia les deux mains. Puis il se releva et Zhou Yaoting se tendit alors comme une carpe et s'efforça de se mettre debout sans les bras, mais avant qu'il y parvienne, l'autre s'en aperçut et lui redonna un coup de pied qui le fit retomber, puis il prit une corde et lui lia les pieds. Il le traîna dans la pharmacie, saisit les boîtes de morphine sur le comptoir et les jeta dans le poêle. Au bruit des flacons de verre explosant, Zhou Yaoting sentit son monde s'effondrer, il aurait voulu se tuer en fonçant dans un mur.

Le Japonais n'en avait pas fini : il but une théière, et lorsque le poêle eut englouti la morphine, voyant qu'il échappait aisément à son crime, il se leva tranquillement, ouvrit la porte et jeta Zhou Yaoting dans la rue comme un sac de détritus. Les gens du secteur jaune qui passaient par là avec leur traîneau ou leur palanche pour aller chercher leurs produits de première nécessité, voyant devant la porte de la pharmacie un homme pieds et poings liés, les reins à demi-nus, s'écrièrent : « Ciel ! Quelle injustice… Ciel, quelle injustice… »

LE SEIGNEUR DES FOURNEAUX

Le vent glacial et la neige sont de fréquents visiteurs en hiver, mais il est rare qu'ils viennent en même temps. Le premier est un solitaire qui vient quand ça lui chante et repart de même. Il tient dans ses mains un couteau imaginaire, qui coupe les visages à l'improviste ; alors, on ne voit pas de passants se haussant du col, chacun ressemble à une tortue qui rentre la tête. La neige a l'air froide mais en réalité elle est douce. Qu'elle soit fine comme de la poudre ou à gros flocons aussi pimpants que des fleurs de poirier, on l'essuie d'un geste insouciant de son visage, elle est familière. Les gens avaient ainsi décidé que le vent glacial était un démon envoyé par le ciel et la neige un ange. Cependant, parfois, l'ange était kidnappé par le diable et pouvait déchoir, comme ce fut le cas de la neige qui tomba le jour de la fête des offrandes à l'esprit du foyer.

Cette fête se célèbre le vingt-troisième ou le vingt-quatrième jour de la douzième lune, selon que l'année lunaire est courte ou longue. Jadis, on se levait très tôt et l'on commençait une journée de ripaille, en faisant mijoter les viandes, frire des boulettes et en hachant la farce pour les raviolis. Si les plats ne se succédaient pas sans interruption sur la table, cela revenait à manquer de respect à Zao Jun, le seigneur des fourneaux.

D'après la légende, le seigneur des fourneaux Zao Jun est la divinité du feu, responsable des vivres, envoyée parmi les hommes par l'Auguste de Jade. Pour le peuple, la nourriture est ce qu'il y a de plus important, aussi les gens prennent-ils très au sérieux cette fête. Certains disent que le seigneur des fourneaux s'appelle Su, Jili (Faste ou Prospère) de son prénom ; selon d'autres, il s'appelle Zhang et monte un destrier, armé d'une lance. La plupart des gens pensent que c'est un homme, mais il y en a pour croire que c'est une femme. Dans les familles de Fujiadian, les images placardées sur les portes le représentaient en homme. Et ces images provenaient pour la plupart du magasin de Xu Yide. Le seigneur des fourneaux avait l'air jovial, coiffé d'un chapeau multicolore en forme de lingot, sur les épaules une cape écarlate aux manches jaunes, comme s'il venait de plonger les bras dans un tas d'or. Ses sourcils et ses moustaches étaient d'un noir de jais, sauf que les premiers étaient courbés comme une feuille de saule, et que les deuxièmes se dressaient vers le haut, autoritaires. Sous ses pieds, de grandes flammes, rouges et jaunes, très agréables au regard. De chaque côté, deux suivants portant des jarres sur lesquelles était inscrit respectivement *Jarre du bien* et *Jarre du mal*. Zao Jun était réputé remplir ces deux vases des bonnes et des mauvaises actions commises par le chef de famille durant l'année et de les emmener avec lui au ciel au jour dit pour les remettre à l'Empereur de Jade. Pour éviter que Zao Jun ne rapporte au Ciel les méfaits et que des sanctions ne s'ensuivent, le jour de la fête, les maîtresses de maison préparaient chez elles des mets sucrés qui collent aux dents, comme des *yuan xiao*, qui sont des boulettes de riz glutineux farcies, des sucres d'orge, du sang de porc caillé, des petits pains fourrés, et elles l'en gavaient pour que ses dents se collent et qu'il ne puisse ouvrir la bouche et parler. Pour les puristes, il fallait aussi fabriquer un cheval en papier, qui lui servirait de monture, et préparer du foin et du soja pour celui-ci. Quand, la nuit venue, Zao Jun monterait au ciel, on les brûlerait.

Pour finir, c'était la famille qui profitait tous ces mets préparés pour Zao Jun. Les hommes mangeaient le sang de porc caillé en buvant de l'eau-de-vie, les femmes savouraient les petits pains à la vapeur trempés dans du sucre, les enfants se disputaient les sucres d'orge. Mais parfois ceux-ci se prenaient dans une dent creuse ou manquante, et la douceur se faisait douleur : si en ce jour de fête, on entendait un enfant pleurer, huit ou neuf fois sur dix c'était à cause d'un sucre d'orge coincé entre ses dents.

Cette année-là, le jour de la fête, le vent glacial du nord et la neige vinrent ensemble à Harbin pour une fois. Probablement que l'Empereur de Jade savait que la peste sévissait et qu'il craignait que le seigneur des fourneaux ne la ramène au ciel, c'est pourquoi il avait mis sur sa route des obstacles comme une tempête de vent et de neige. La neige arriva au petit matin, suivie de près par ce vent diabolique. Les flocons, brisés par le vent, devenaient autant d'incisives acérées qui vous coupaient le visage et les mains. Ceux qui s'étaient levés tôt pour aller chercher des vivres ou du bois de chauffage pestaient contre ces flocons en lames de rasoir. Ils s'inquiétaient à l'idée que par un tel temps le seigneur des fourneaux ne puisse prendre la route.

Compte tenu de la fermeture des magasins d'alimentation due au blocus de la ville, les fourneaux étaient loin d'être aussi actifs que les années précédentes et le nombre de couverts et de plats sur les tables avait aussi fortement diminué. Mais pour la plupart, les gens avaient quand même en réserve des sucres d'orge et des petits pains fourrés, afin d'en gaver le seigneur des fourneaux et qu'il reparte au ciel rendre compte de leurs bienfaits. Ce n'était pas un problème pour eux.

Depuis que Zhou Yaoting avait été jeté en prison, la famille Zhou faisait grise mine. Zhou Ji s'affairait aux fourneaux en soupirant, il reprochait à Yaoting d'avoir déconsidéré la famille et disait que s'il avait su, à sept ou huit ans, il lui aurait « purifié le corps » et l'aurait envoyé au palais impérial comme eunuque. Zhou Yaozu remarqua que dans ce cas Fujiadian aurait eu deux Zhai Yisheng, il ne fallait pas croire qu'entrer au palais faisait de vous un homme bon, c'étaient tous des gredins, quoi qu'ils fissent c'étaient des gredins ! Xisui entendit son grand-père et son père mentionner Zhai Yisheng en pestant contre son oncle, et cela lui fit penser à la mort de sa grand-mère et désarma sa colère. Pour sa part, Yu Qingxiu avait de la compassion pour Zhai Yisheng qui, malgré tous ses défauts, était bien à plaindre. « Peuh ! fit Zhou Yaozu. Pourquoi le plaindrait-on ? Il a deux bras et deux jambes, il pourrait s'en servir pour se nourrir, mais non ! Il faut qu'il mange gratis et fasse le pique-assiette chez les autres, quel vaurien ! »

Ils pouvaient bien enrager, il restait que la famille Zhou était tombée dans le malheur et que ce qui était arrivé à Zhou Yaoting faisait bien de la peine. Tout le monde savait dans le secteur jaune que Zhou Yaoting était resté quasiment cul nu une heure durant dans la rue où l'avait jeté le Japonais, à se geler littéralement les miches, avant qu'un policier ne le trouve.

« Cette moins-que-rien dit qu'il l'a violée mais je n'en crois pas un mot ! Un peureux comme Yaoting, qui met deux masques de protection, comment aurait-il pu s'en prendre à une femme, c'est sûrement elle qui l'a aguiché ! ». Zhou Ji ne décolérait pas et ça le faisait tousser.

« C'est vrai, cette bonne femme est la poule de Kato Nobuo, ce n'est pas une femme de haute vertu ! Comment pourrait-on la croire ? demanda Zhou Yaozu. Même s'il l'a forcée, son mari n'aurait pas dû ligoter Yaoting et le jeter dans la rue ! Ça, c'est un meurtre ! S'il faut châtier quelqu'un, c'est bien ce chien de Japonais ! »

A cause de cette histoire, Zhou Ji avait soudain la nostalgie des Boxers qui, à l'époque, avaient encerclé les Russes à Harbin avec l'armée impériale, attaqué la briqueterie du Chemin de fer de Chine orientale, battu les Russes dans ce repaire de brigands de la distillerie des Tian, infligé à huit compagnies d'infanterie et douze compagnies de cavalerie de lourdes pertes. Si les Russes n'avaient pas envoyé à temps des renforts, les Bowers auraient pris Harbin. Et les Russes et les Japonais auraient été foutus dehors !

Pendant qu'ils maugréaient, Xisui prit la pose d'un cavalier, à demi accroupi, les jambes écartées, serra les deux poings et s'écria : « Je sais boxer, je vais chasser ces longues langues et courtes langues ! »

Les gens de Fujiadian, au vu de la différence entre les langues russe et japonaise, avaient tranché : les Russes avaient de longues langues, celles des Japonais étaient courtes.

Zhou Ji toussa encore et dit avec un rire forcé : « Si tu en étais capable, tu n'aurais pas besoin de t'égosiller à vendre des journaux ! »

Zhou Yaozu et Yu Qingxiu sentirent à ces mots que le grand-père se faisait du souci pour Xisui et ils le regardèrent, impuissants, comme on regarde une pâtisserie mal cuite.

Les gens qui travaillaient dans la restauration avaient pour le seigneur des fourneaux un respect particulier, et les Zhou ne faisaient pas exception. Son image qui datait de l'année dernière était décolorée par les fumées des cuisines. Sa moustache était toujours noire mais avait perdu son éclat. Sa robe écarlate virait au grenat, les manches jaunes avaient pâli. Ce qu'aimait le plus Xisui le jour de la fête, c'était de prendre une aiguille à coudre de sa mère et de percer des trous dans la jarre du mal que portait l'un des suivants du seigneur des fourneaux. Cela créait des courants d'air, disait-il, qui permettaient la fuite des mauvaises actions, et l'Auguste de Jade ne pourrait ainsi retenir aucun méfait contre la famille Zhou. Yu Qingxiu rit en disant que s'il y avait quelques méfaits dans cette jarre, c'était elle qui les avait commis. Xisui cligna des yeux et s'efforça de passer en revue toutes ses bêtises de l'année passée, et en réfléchissant bien il en trouva quelques-unes, comme d'avoir tué un moineau à la fronde, ou encore lorsque le marchand de tofu, le père Gao, avait trouvé très drôle que Zhai Yisheng essaye de lui attraper la zézette et qu'il s'était fâché et avait profité d'un moment d'inattention de sa part pour jeter une poignée de terre sur son tofu : les moustaches du père Gao s'étaient hérissées en voyant le gâchis qu'il avait fait.

Tout en perçant la jarre du mal avec des aiguilles, Xisui déposait des baisers sur celle du bien en disant à la cantonade : « A mon avis, les bonnes actions de notre famille déborderont cette année de la jarre, le seigneur des fourneaux devra faire attention de ne pas trop la secouer en montant au ciel, si par hasard il en perdait, ça ne serait pas bon pour nous. » Pour cette raison, il découpait des bouts de papier dans de vieux journaux et les collait sur la jarre du bien pour bien la colmater. Une année, Zhou Yaozu s'était aperçu que le papier que son fils collait sur l'ouverture de la jarre était une annonce d'objets perdus : quelqu'un avait perdu au bord du fleuve un panier contenant un chapeau, une chemisette, un flacon d'alcool, deux bols de cuivre et une blague à tabac. Zhou Yaozu avait bien ri : « Si le seigneur des fourneaux voit cette annonce, il ne sera sûrement pas content, il va penser que ce sont les Immortels du Ciel qui les ont volés ! Enlève-moi ça tout de suite ! » Un peu vexé, Xisui avait arrêté de coller du papier journal, parce qu'il était couvert de caractères comme le ciel d'étoiles, et que si ces caractères avaient un air familier, il y en avait en fait peu qu'il connaissait vraiment. S'il collait une publicité pour des médicaments, l'Empereur de Jade pourrait penser qu'il lui jetait un sort pour le rendre malade !

Le soir de la fête, Xisui était tout content d'aider sa mère à saluer le départ du seigneur des fourneaux. Il préférait le moment où l'on brûlait sa monture, parce que l'on brûlait aussi le foin et les haricots de soja pour le voyage, et Xisui adorait ces haricots de soja. Alors que le cheval de papier et le foin s'envolaient en fumée, il retirait des cendres chaudes les haricots et les fourrait dans sa bouche. A peine cuits, c'était comme cela qu'ils étaient les meilleurs, pas trop durs et pas trop mous, parfumés et doux, avec une trace d'odeur un peu âcre rappelant celle du poisson de la rivière au dégel, mais en plus frais.

Le matin du vingt-troisième jour de la douzième lune, Yu Qingxiu fit chauffer une bassine d'eau et décousit la literie pour la laver. C'était une tâche que chaque maîtresse de maison devait accomplir avant la nouvelle année, de même que le nettoyage de la maison. Elle se dit que puisque Zhou Yaoting était en prison, autant commencer par la sienne, après quoi elle la roulerait. Mais elle ne trouva pas la couette très souple et, à l'idée que le coton s'était tassé, elle pensa à l'emmener chez un cardeur pour lui redonner du volume. Quelle ne fut pas sa surprise d'y découvrir un paquet de billets de banque ! Il avait cousu les liasses dans la ouate de sa couette. Et en ouvrant son oreiller, elle découvrit de l'opium enveloppé dans du papier huilé. Voyant cela, Zhou Ji qui était à côté d'elle devint vert de rage. Il injuria Yaoting qui détenait de l'opium du Centre de répression, et dont l'argent était certainement sale, il méritait bien la prison ! Yu Qingxiu était bien embêtée d'avoir créé tous ces problèmes en faisant simplement son travail. De peur que Zhou Yaoting ne découvre en sortant de prison qu'il lui manquait de l'argent et ne lui en fasse reproche, elle le recousit dans la couette. Quant à l'opium, Zhou Ji le jeta sur un coup de tête dans le feu. La grande colonne de fumée qui partit du poêle et passa par la cheminée avait une odeur inhabituelle et caractéristique, au point que l'agent de police qui distribuait de la propagande anti-peste remarqua en entrant : « Qu'est-ce que vous faites cuire pour que la fumée de votre cheminée sente aussi bon ? »

Zhou Ji dont la colère n'était pas retombée tapota le couvercle du poêle et dit : « Qu'est-ce qu'on fait cuire ? La Mère de l'Ouest[1] ! »

L'agent, étonné que son compliment lui attire des sarcasmes, dit sèchement : « Vous grillez la chair de la Mère de l'Ouest, vous n'avez pas peur que ça vous porte malheur ? »

Pour Yu Qingxiu, il n'était pas question d'entendre des propos portant malheur le jour de la fête du seigneur des fourneaux. Elle apporta du thé au visiteur et dit : « Il vente et il neige aujourd'hui, vous avez bien du courage, asseyez-vous donc et réchauffez-vous avec ce thé.

— Sans façons, j'ai encore beaucoup de maisons à visiter. » L'agent de police laissa sa feuille d'information et s'en alla.

La feuille rose, couverte de petits caractères noirs de la taille de grains de riz, donnait des instructions pour la vie quotidienne, telles que boire de l'eau bouillie, se laver soigneusement les mains, manger des aliments bien cuits, porter son masque de protection lorsqu'on sortait, ne pas uriner n'importe où, couvrir de chaux les toilettes extérieures, etc. Avant même que Yu Qingxiu en eût terminé

1. La divinité des épidémies dans la religion taoïste.

la lecture, un autre visiteur en blouse blanche se présenta. C'était l'agent du Centre de lutte contre l'épidémie, qui faisait sa tournée quotidienne depuis le blocus de la ville pour vérifier l'état de santé des gens et voir s'il se passait quelque chose d'anormal. Il demanda en entrant, comme chaque jour :

« Y a-t-il quelqu'un qui se sent mal ?

— Non, répondit Xisui pour tout le monde.

— Il paraît que les gens qui sont dans les wagons que vous servez sont très contents de vos repas ! Hier il y en avait six ou sept qui sortaient de quarantaine et ils ne voulaient pas partir, ils disaient qu'ils mangeaient et dormaient mieux là que chez eux ! » Quand il parlait, son masque se gonflait comme un soufflet.

Zhou Ji dit à son fils : « S'il en est parti quelques-uns, aujourd'hui ce n'est pas la peine de faire autant de repas que d'habitude…

— J'ai entendu dire qu'il y avait de nouvelles arrivées, dit l'agent de santé.

— Cette règle sur la mise en quarantaine, quand finira-t-elle se plaignait Zhou Ji ?

— Après l'année du Chien et le début de l'année du Cochon, tout ira bien, intervint Yu Qingxiu.

— Dans six ou sept jours, l'année du Chien sera terminée, remarqua Zhou Ji. Si on avait su que cette année du Chien serait si terrible, on aurait suspendu dans tous les foyers un bâton pour les chasser ! »

L'agent de santé se mit à rire. Il demanda à Zhou Yaozu, qui s'affairait à la cuisine : « Cette année, pour la fête du seigneur des fourneaux, qu'est-ce que vous leur préparez de bon ?

— Des nouilles aux pousses de soja, et des raviolis à la vapeur au porc et au chou.

— D'aussi bonnes choses, ça me donne envie de passer un moment dans ces wagons, et ça m'éviterait aussi d'aller vérifier chaque maison. Aujourd'hui on meurt de froid mais il faut quand même sortir, c'est du meurtre ! »

Zhou Yaozu n'était pas d'accord. « Ces wagons ne sont pas si grands et il y a dedans tant de gens qui mangent, dorment et font leurs besoins que ça pue horriblement ! Même si chaque jour on me gavait de mets rares et exquis, je ne voudrais pas y rester ! J'aurais trop peur de ne plus tenir sur mes jambes ! »

Le givre sur les cils de l'agent avait fondu et il dit en frottant ses yeux mouillés : « Vous avez raison, monsieur Zhou. Si en restant dans ces wagons on attrapait la peste, ce serait le bouquet ! Il y a des gens qui en sortent, mais il y en a aussi qui attrapent la maladie et qu'on transfère à l'hôpital. Rien qu'hier et avant-hier, quelques dizaines d'entre eux sont morts. Alors aujourd'hui il faut bien traiter le seigneur des fourneaux pour qu'il nous protège et nous laisse vivre ! » Sur ces mots, il s'en alla.

Cette dernière remarque de l'agent de santé fit penser à Yu Qingxiu qu'au lieu de faire les choses simplement comme elle en avait initialement eu l'intention, il vaudrait mieux faire une grande cérémonie pour le seigneur des fourneaux, comme les années précédentes. Elle envoya donc Xisui au grenier chercher un panier d'osier inutilisé qu'elle défit afin de fabriquer pour le seigneur des fourneaux une monture. Une fois le cheval d'osier terminé, on pourrait le décorer avec du papier. Rouge ou blanc, comme on voulait. Zhou Yaozu, qui n'avait pas un moment à lui, voyant que Xisui aidait sa mère à fabriquer un cheval plutôt que de l'aider à hacher le chou pour la farce des raviolis, se plaignit : « Le Souverain des fourneaux, il ne voit rien et il ne sent rien de ce qu'il touche, pas la peine de lui faire tant d'honneur ! »

Yu Qingxiu dit : « Pour notre foyer, on ne peut rien laisser au hasard ! » Xisui mit son grain de sel : « Zao Jun est un Immortel, si on le traite bien, il dira du bien de nous, et l'an prochain nous aurons tout ce que nous voudrons ! Si on veut faire la cuisine, il nous apportera le bois de chauffage ; si on veut boire de l'eau-de-vie, il ira à la distillerie nous en chercher ; si on veut allumer une lampe, il l'allumera pour nous ; si on veut dormir, il fera notre lit ; et si on veut faire pipi, il nous apportera le pot de chambre ! »

Cette tirade amusa Zhou Yaozu qui rit : « Si le seigneur des fourneaux a tous ces pouvoirs, quand ta mère aura son bébé, on lui demandera de faire la sage-femme. Et je lui préparerai des œufs à coque rouge pour le régaler ! »

Yu Qingxiu se rembrunit et dit à Xisui : « Le seigneur des fourneaux ne s'occupe que de cuisine, s'il s'occupait de tout, que resterait-il aux autres Immortels ? »

Xisui écarquilla les yeux : « Les autres Immortels apprendront avec moi à nommer les dix lampes ! »

Yu Qingxiu se tourna vers son mari : « Tu veux qu'un homme m'aide à accoucher, qu'est-ce que ça veut dire ? »

Zhou Yaozu rit : « Je pensais juste donner l'occasion au seigneur des fourneaux de regarder une Immortelle d'ici-bas ! »

Même les gens d'un fort tempérament aiment les louanges. Yu Qingxiu cacha de la main le sourire qui lui montait aux lèvres.

Elle mit plusieurs heures à fabriquer ce cheval en osier, quand elle eut terminé, il était trois heures passées, le ciel s'assombrissait déjà. Xisui voulait un cheval blanc, alors on le recouvrit de papier blanc. La monture du seigneur des fourneaux faite, il fallait encore lui préparer son fourrage et son soja. C'est alors que Yu Qingxiu songea qu'à la maison il y avait bien des haricots de soja mais pas de foin.

« C'est pareil, s'il n'y a pas de foin, avec du soja il peut quand même prendre la route, dit Zhou Yaozu. La peste sévit, pas besoin de lui fournir la totale, » dit-il en employant une expression de son patois du Henan.

Xisui tira sur un pan de l'habit de sa mère et lui chuchota à l'oreille : « Mère, mère, ce soir quand Zao Jun partira, je ramènerai du foin. »

Yu Qingxiu lui tira gentiment l'oreille et eut un rire entendu.

Xisui partit avec son père, palanche à l'épaule, livrer les repas aux wagons. L'après-midi, la neige s'était arrêtée, mais au crépuscule elle revint, probablement pour accompagner le retour du seigneur des fourneaux. La neige dans les rues était vierge de toute trace. On n'entendait plus hululer le vent qui avait méchamment soufflé toute la journée, il devait être fatigué. Débarrassés du vent et de ses outrages, les flocons de neige restaient entiers et flottaient doucement dans l'air.

L'hôpital des cas non confirmés était installé dans une école privée. En passant devant, Zhou Yaozu et Xisui virent une voiture à quatre roues arrêtée à la porte, apparemment on allait encore transporter des patients à l'hôpital de la peste. Zhou Yaozu ne put retenir un soupir. Le père et le fils mirent leurs pas dans les ornières tracées par les roues, car marcher sur de la neige damée coûtait moins d'efforts.

En sortant de la maison, le ciel d'un gris pâle était constellé de flocons, il semblait couvert d'une épaisse couche veloutée qui ne manquait pas de splendeur. Mais à leur arrivée aux trains, la nuit était déjà noire. Une de ces nuits de la douzième lune, le mois de décembre du calendrier lunaire, où le ciel passe du gris au noir en un clin d'œil. Lorsqu'ils posèrent leurs charges, ils entendirent dans un wagon le bruit d'une dispute. La porte n'était pas ouverte comme d'habitude à l'heure de la livraison des repas, elle était à peine entrouverte. C'était sans doute à cause du grand froid, les occupants du wagon voulaient éviter que la chaleur ne s'échappe. La lanterne était allumée, laissant filtrer une lame de lumière fendant l'obscurité.

L'agent du Centre de lutte contre l'épidémie n'était pas en faction au pied du wagon, il était sans doute à l'intérieur où une dispute avait éclaté. Les pensionnaires étant d'origines et de caractères différents, vivant selon des horaires différents, les frictions étaient permanentes. Il y avait ceux qui ronflaient allègrement et empêchaient les autres de dormir ; ceux qui lâchaient des pets malodorants et rendaient les autres fous ; ceux qui se collaient au poêle plus souvent qu'à leur tour, ceux qui avaient une paillasse plus épaisse que les autres, ceux dont le nez coulait sur les autres, et même ceux qui marchaient sur les oreillers des autres, et tout cela était autant de raisons de disputes. Au-dessus du brouhaha, l'agent responsable du wagon hurlait : « Bande de bonnes femmes ! Vous avez les cheveux longs mais les idées bien courtes ! En cette période, vous voulez encore le garder ! Si vous ne le relâchez pas, vous pouvez renoncer à fêter le seigneur des fourneaux ! J'appelle la voiture-ambulance et je vous envoie tous à l'hôpital ! » Lorsqu'il se tut, un enfant se mit à pleurer. Xisui, intrigué, regardait le rai de lumière lorsqu'il vit une paire de mains relâcher un corbeau !

Quand l'agent de nettoyage était venu faire le ménage plus tôt, au moment où la porte était ouverte, un vol de corbeaux était passé. Un enfant qui venait d'arriver et qui s'appelait Gaiwan, un turbulent, avait jeté une poignée de grains et un corbeau s'était engouffré dans le wagon. Les enfants, vifs comme la poudre, l'avaient attrapé. Ils s'ennuyaient à mourir et ce nouveau partenaire de jeux les remplissait de joie, ils le tenaient dans leurs bras et ne le lâchaient plus. L'agent responsable n'arrivant pas à les persuader de lui rendre la liberté avait dû le leur arracher des bras.

En redescendant du wagon, il expliqua à Zhou Yaozu les tenants et aboutissants de la dispute, et celui-ci remarqua : « Un corbeau n'est pas un rat, il n'y a rien à craindre, vous auriez pu les laisser le garder un ou deux jours. »

L'agent fit « Hum » et expliqua à Zhou Yaozu qu'il n'y connaissait rien, qu'un corbeau était en fait plus dangereux qu'un rat, parce que ces oiseaux aimaient voler dans le cimetière où étaient inhumées des victimes de la peste. Avec le froid et le gel, il était impossible de creuser les tombes et de nombreux cercueils étaient laissés sur la terre ; si par hasard des corbeaux parvenaient à y pénétrer, à picorer le cadavre, puis à transmettre la peste à l'homme, ce serait très grave.

« Qui a dit que la peste pouvait se transmettre de cette manière ?

— C'est ce que je présume.

— Vous êtes pompier, mais vous savez cogiter, se moqua Zhou Yaozu.

— Qu'est-ce qu'ils ont, les pompiers ? demanda l'agent, mécontent. J'ai reçu une formation de l'Ecole militaire de Beiyang, moi ! »

Pendant qu'ils se disputaient, Xisui était entré sans que personne n'y fasse attention dans le wagon et ramassait de la paille pour le fourrage de la monture du seigneur des fourneaux. Il avait entendu dire que les pensionnaires des wagons mettaient de la paille entre leurs couches et le plancher du wagon en guise d'isolation contre le froid et l'humidité.

Xisui n'avait pas imaginé que l'intérieur du wagon ne serait qu'une pièce basse de plafond toute noire, plus petite que le grenier de sa maison. Quand il y entra, les femmes assises en tailleur près du poêle, couchées sur leur paillasse en attendant le repas ou accroupies en train de ranger leurs affaires, se levèrent tout excitées et firent cercle autour de lui. Celles qui le connaissaient lui demandèrent de chanter un air d'opérette pour les égayer, ou de faire une culbute pour les étonner. Il y en eut une plus dévergondée, qui, imitant Zhai Yisheng, fonça sur lui toutes dents dehors, les mains en forme de serres, en disant que c'était jour de fête, qu'elle allait rompre l'abstinence et lui manger la zézette. Xisui, la tête rentrée dans le cou et les mains protégeant son entre-jambe, se réfugia dans un coin du wagon. Les femmes riaient à gorge déployée, l'air de faire de la publicité pour un dentifrice.

Gaiwan qui pleurait dans un coin, adossé à la cloison, sécha ses larmes et demanda à Xisui de venir près de lui. Xisui répondit : « Je prends un peu de paille pour le seigneur des fourneaux et je redescends. » Gaiwan, déçu, fit la moue et se remit à pleurer. En entendant Xisui révéler le but de sa visite, la femme aux pommettes hautes qui voulait lui attraper la zézette le relâcha, marcha vers sa couche et lui jeta la demi-botte de paille qui lui servait d'oreiller : « Le cheval du seigneur des fourneaux, il faut bien s'en occuper ! »

Xisui, de peur qu'elle ne fonce de nouveau sur lui, descendit en vitesse du wagon avec sa paille.

Le pompier avait remarqué les cris de joie des femmes s'amusant avec Xisui dans le wagon, et quand celui-ci descendit, sans se préoccuper de monter les repas, il l'attrapa comme un aigle son aiglon et lui dit, très en colère : « Tu ne manques pas d'air, tu oses monter dans le wagon sans ma permission, sans mettre de masque de protection ! Maintenant je dois te mettre en quarantaine et si tout va bien tu rentreras chez toi dans sept jours !

— J'y suis resté même pas le temps d'un pet, de quoi avez-vous peur ? En plus, ces bonnes femmes à l'intérieur, elles sont toutes plus gaies que ma mère, elles veulent jouer avec moi et m'attraper la zézette, elles ne sont pas malades ! »

Zhou Yaozu était tout aussi mécontent que Xisui soit monté dans le wagon sans permission, mais il n'avait pas envie que son fils passe la fête en quarantaine. Il plaida auprès du pompier : « Attendons demain, après le départ du seigneur des fourneaux, il sera toujours temps ! »

L'agent secoua la tête et râla : « Bonne mère, garder les gens, c'est plus compliqué que d'être pompier ! » Puis il monta dans le wagon avec les repas.

Lorsque Zhou Yaozu et Xisui rentrèrent à la maison, il ne neigeait plus. L'année dernière, à la même date, les rues de Fujiadian résonnaient de pétards et brillaient sous les lampions pour la montée au ciel du seigneur des fourneaux. Cette année, aucun lampion, aucun pétard. Seule l'odeur des fumées des foyers et des poêles embaumait l'air des rues.

Zhou Yaozu en voulait encore à Xisui d'avoir pris le risque de monter dans un wagon pour un peu de paille.

Xisui dit : « Père, c'est pour la monture du seigneur des fourneaux, il m'empêchera d'être malade.

— S'il avait vraiment ce pouvoir, il n'y aurait pas autant de morts. »

Ce soir-là, Zhou Yaozu ne laissa pas Yu Qingxiu fêter le départ du seigneur des fourneaux. Il conduisit son fils devant la porte et ils brûlèrent l'effigie de Zao Jun et le cheval blanc en osier, la paille et les haricots de soja.

Les traces noires du feu laissées sur la neige immaculée avaient l'air d'un grand trou. Comme les années passées, Xisui ramassa dans les cendres les haricots à moitié cuits et les mangea.

Après la cérémonie, Zhou Yaozu dit à Xisui que le seigneur des fourneaux étant monté au Ciel, plus personne ne veillait sur les cuisines, et que si par hasard il venait un voleur, ils ne pourraient plus servir des repas aux gens confinés dans les trains. Il le mobilisa donc pour dormir avec lui dans la cuisine pendant quelques jours, jusqu'au Nouvel An où le seigneur des fourneaux redescendrait du ciel. Alors il pourrait retourner dormir sur le kang. Xisui ne comprit pas le sens réel de l'intention de son père, mais il dit, tout content : « Dormir ici c'est aussi bien, on n'entend pas Xizhu grincer des dents. » Alors le père et le fils renversèrent le comptoir inutilisé dans un coin pour s'en faire un lit de fortune.

Tous deux se couchèrent. Le lendemain matin, Zhou Ji alla comme d'habitude dans la cuisine et en découvrant son fils et son petit-fils couchés là, il leur demanda ce qu'il se passait. Ils firent juste « hum hum » sans répondre. Zhou Ji comprit qu'il se passait quelque chose d'anormal, il regarda de près, tous deux frissonnaient et respiraient avec difficulté. Xisui avait les yeux mi-clos, Zhou Yaozu les yeux grands ouverts. Lorsqu'il vit son père, Zhou Yaozu leva le bras avec difficulté et, tout tremblant, montra du doigt la porte. Zhou Ji comprit que son fils lui faisait signe de la fermer à clef, afin que Yu Qingxiu et Xizhu n'entrent pas.

Les bras de Zhou Ji tremblaient tellement qu'il eut du mal à fermer la porte. Il s'effondra sur le sol, prit sa tête entre ses mains et dit en pleurant : « Seigneur ! Une génération ne te suffit pas, il faut que tu en rappelles trois… »

Deux jours plus tard, Xisui mourait à l'hôpital. Encore deux jours et ce fut le tour de Zhou Yaozu et de Zhou Ji. Parmi les gens du wagon où était monté Xisui, il y eut neuf morts, dont Gaiwan. Ce fut la plus grande vague de décès après la fermeture de la ville.

Yu Qingxiu, mise en quarantaine avec Xizhu à l'hôpital des patients suspectés d'être infectés, n'avait pas été informée que les trois générations des Zhou étaient passées dans l'autre monde. Au milieu de la nuit du vingt-huitième jour de la douzième lune, elle rêva de Xisui. C'était le printemps, une brise tiède soufflait, des hirondelles chantaient. Elle travaillait dans sa pâtisserie, lorsque Xisui entra en coup de vent. Il portait une veste en satin bleu, un pantalon de cheval noir et des bottes luisantes, une image du seigneur des fourneaux à la main. Il fonça directement à la cuisine, accrocha vivement l'image au mur et lui dit : « Mère, garde des aiguilles à coudre pour moi, je me suis mis d'accord avec grand-mère et grand-père et papa, chaque année pour la fête je reviendrai à la maison et percerai la jarre du mal avant de repartir. » Puis il disparut en coup de vent. Yu Qingxiu le suivit du regard par la fenêtre et vit qu'il montait sur un destrier blanc. Xisui tira sur les rênes et le cheval, au lieu d'avancer, bondit et s'envola dans les airs, l'emportant dans les nuages.

En se réveillant, Yu Qingxiu comprit que la famille Zhou l'avait abandonnée avec Xizhu, et ses larmes coulèrent sur ses joues. Les larmes sont faites d'eau, mais pour Yu Qingxiu elles étaient comme des flammes tellement elles lui brûlaient le visage.

LA DISTRIBUTION DES BONBONS

Natacha, la fille de Sennikova, étudiait au lycée de filles de Gnerotsova. Après la mort du docteur Mesny, les Russes cessèrent de prendre les choses à la légère, ils fermèrent les écoles et les théâtres des quartiers de leur ressort. Les restaurants, les magasins, les hôtels, les maisons closes, les maisons de thé, les épiceries, les coiffeurs et même les banques fermèrent leurs portes. Le père de Sennikova, Lushkovich, pensa que comme sa fille ne donnait plus de récitals, et que Natacha n'allait plus en classe, il aurait à domicile une pianiste et une chanteuse et pourrait profiter de leur présence en buvant du thé et en mangeant des petits gâteaux. Mais toutes deux sortaient autant qu'avant : Sennikova disait qu'elle allait à l'église prier pour les victimes de la peste, Natacha qu'elle allait faire du patinage.

Lushkovich avait certes soixante-dix-huit ans, mais il avait encore les idées claires. Il savait que sa fille et sa petite fille ne sortaient pas pour d'aussi pures raisons qu'elles le prétendaient, mais parce qu'il y avait des hommes qu'elles voulaient rencontrer. Natacha voulait voir Pirof, et Sennikova les frères Hoffman. Seulement, Lushkovich ne savait pas très bien sur lequel des deux frères elle avait jeté son dévolu.

Gaudi Hoffmann tenait un atelier de réparation de montres sur la grande avenue Horvath de la Nouvelle

Ville, et bien que Lushkovich ne l'eût jamais vu, il lui était familier à cause des descriptions qu'en faisait sa fille. Il savait parfaitement ce qu'il aimait manger, faire, porter et même dire.

Gaudi Hoffmann s'était échappé d'une caserne en Sibérie. Comme il était juif, il avait été obligé de s'engager dans l'armée à quatorze ans et avait servi vingt-cinq ans dans la cavalerie en Extrême-Orient, pendant lesquels il en avait bavé. Au début de sa vingt-sixième année dans l'armée, ne voyant aucune perspective d'avenir, il avait pris un soir d'hiver un cheval de guerre, traversé la steppe et la forêt sibériennes et, au bout d'une quinzaine de jours passé la frontière avec la Chine. En chemin, le cheval était mort de faim et il avait dû terminer le voyage à pied. Il avait réussi à s'enfuir mais par suite des carences alimentaires et du grand froid, ses pieds avaient été gravement gelés, ses orteils gangrenés, et il marchait depuis avec une canne.

Lorsqu'il était arrivé à Harbin, c'était les débuts du Chemin de fer de Chine orientale, mais comme il ne pouvait y travailler à cause de l'état de ses pieds, il était entré comme réparateur de montres chez un horloger, métier que son père, fabricant de montres, lui avait transmis dans sa jeunesse. Au moment de la planification de la Nouvelle Ville, il avait rassemblé ses économies, complété par un prêt à la Banque russo-chinoise et ouvert son propre atelier de réparation de montres sur l'avenue Horvath. Compte tenu de son problème de mobilité, il habitait un cabanon derrière son atelier. Puis son frère cadet Orr l'avait rejoint, et ce violoniste d'orchestre avait fait détruire le cabanon et construire à la place une petite maison d'un étage. Comme la surface occupée était toute petite, ce bâtiment de couleur beige était sans doute le plus étroit et le plus délicat de la ville. L'été, il ressemblait à une appétissante crème glacée, l'hiver à une patate douce épluchée sortant du four, toute mignonne. C'est là qu'habitaient les frères Hoffmann.

Gaudi n'aimait pas sortir, c'était Orr qui s'occupait des besoins de la vie quotidienne. Orr avait trente ans, il était de taille moyenne, plutôt maigre, les cheveux frisés et le teint blanc. Il avait un visage aux traits fins, un front large et protubérant, d'épais sourcils, de grands yeux profonds et mélancoliques, un nez saillant, un menton légèrement pointu et des joues un peu creuses. Son visage ressemblait à une peinture, avec des monts et des vals mêlés de lacs. Lorsqu'il était sur scène et jouait du violon, le regard alangui, ses longs cils s'agitant comme des reflets sur un lac, sa crinière frisée dansant sur sa tête comme un nuage enchanteur, la plupart des femmes dans le public tombaient en pâmoison.

La première fois que Lushkovich l'avait vu, c'était devant chez lui. On était au début de l'été, il portait un costume gris clair et un haut-de-forme blanc, il tenait un journal à la main et lui avait posé une question sur l'adresse d'un ancien lieu de culte juif. Ce lieu de culte se trouvait à l'origine dans la rue Shaman où habitait Lushkovich, avant de déménager rue de l'Artillerie. Lushkovich lui avait montré un bâtiment de briques rouges en pensant en son for intérieur, ce jeune homme ressemble trop à un de ces éphèbes grecs qu'on voit dans la presse illustrée. Quinze jours plus tard, en rentrant chez lui après avoir acheté son journal illustré, il avait découvert cet éphèbe dans son salon en train de bavarder avec Sennikova. Au regard luisant de sa fille, Lushkovich avait deviné sa joie intérieure. Quand elle était avec son mari Yaslutine, elle avait le regard brumeux.

Ces dernières années, Orr était devenu un habitué de son salon. Il aimait offrir des cadeaux à la famille de Sennikova, par exemple une canne ou un chapeau à son père, des broches à cheveux ou des ombrelles fleuries à sa fille. Mais à elle il n'offrait que des fleurs. Il n'apportait rien pour Yaslutine. Lorsque les deux hommes se croisaient, ils se saluaient poliment et c'est tout. Ce que ne comprenait pas Lushkovich, c'était que lors de ses visites, Orr et sa fille parlaient de Gaudi. Lorsqu'il repartait, Sennikova lui donnait des pâtisseries de Fujiadian pour son frère. Et quand Lushkovich causait avec sa fille, si un nom lui venait spontanément aux lèvres, c'était celui de Gaudi et non celui d'Orr. Un jour il lui avait demandé pourquoi ces deux frères ne se mariaient pas. Elle avait répondu que Orr était entouré de nombreuses femmes et qu'un homme se trouvant au milieu d'un massif de fleurs ne saurait tomber amoureux d'une seule d'entre elles. Quant à Gaudi, il flottait au milieu de la Voie lactée et aucune femme ordinaire ne saurait lui convenir ! Cette réponse avait fortement intrigué Lushkovich, quel charme pouvait avoir un ancien soldat estropié ? Etait-il encore plus beau que son frère ? Par curiosité, il était allé par deux fois en cabriolet avenue Horvath chercher cet atelier de réparation de montres, pour voir à quoi ressemblait ce Gaudi, mais dans les deux cas il n'était pas entré. La première fois, il avait oublié de prendre une montre en panne et manquait donc d'un prétexte pour entrer ; la seconde fois, au moment d'entrer il s'était dit, si par hasard je tombe sur ma fille, comment faire ? Dans son esprit, quel que fût celui des deux frères qui lui avait plu, la liaison était chaste. Contrairement à son mari, qui se conduisait mal pour satisfaire ses désirs sexuels.

Natacha avait quinze ans. Lushkovich s'était aperçu que chaque dimanche matin, depuis ses onze ou douze ans, elle demandait de la monnaie à sa mère pour s'acheter à manger au cas où elle aurait faim après une matinée passée à jouer dehors. Mais lorsqu'elle rentrait à midi, elle allait directement à la cuisine et dévorait ce qu'elle y trouvait, pas du tout comme quelqu'un qui aurait mangé dehors. Il l'avait donc suivie prudemment et avait découvert que chaque dimanche matin elle allait avenue de Chine et mettait la monnaie que lui avait donnée sa mère dans la coupelle du saltimbanque muet Pirof. Et quand elle avait donné l'argent, au lieu de s'en aller comme tout le monde, elle restait et faisait les cent pas dans la rue en l'écoutant jouer de l'accordéon. Dans ces instants-là, Pirof était une fleur et Natacha un papillon virevoltant autour de lui.

Pirof était un orphelin adopté par le cordonnier Lojaev, nul ne savait qui étaient ses parents. Le doute sur ses origines le faisait ressembler à un ange. Il ressemblait à Orr, tous deux étaient beaux et vivaient de leur musique. La seule différence était que la scène où se produisait Orr était un théâtre prestigieux avec de splendides lumières, alors que pour Pirof c'était la rue et le soleil.

Au fait de la vie dissolue de son gendre, Lushkovich ne désapprouvait pas que sa fille fréquente les frères Hoffmann. Quant au bouton de fleur à peine ouvert qu'était Natacha, il ne souhaitait pas que son monde spirituel s'accroche trop tôt à un pauvre hère comme Pirof. C'est pourquoi il lui arrivait de demander à Natacha de l'accompagner lors de ses sorties dominicales. Il l'emmenait d'abord avenue de Chine pour qu'elle dépose son obole dans l'escarcelle de Pirof, puis, comme si sa mission était accomplie, il l'emmenait ailleurs. Il sentait alors la main de Natasha peser lourd dans la sienne, parce qu'elle essayait de la retirer. Cela lui faisait mal au cœur, il avait l'impression d'être un berger sans merci éloignant une agnelle des verts pâturages qui l'attiraient. Dès les premiers froids, les rhumatismes de Lushkovich se réveillaient, il ne pouvait plus guère bouger et ne pouvait donc sortir avec Natacha. Maintenant que la peste était là, Natacha n'allait plus à l'école mais sortait néanmoins chaque jour, et Lushkovich s'inquiétait vivement. Il avait entendu dire qu'à Fujiadian des familles entières mouraient et que l'on brûlait les maisons des foyers les plus touchés. Dans le quartier des Quais, on ne cessait de mettre en quarantaine des gens infectés. Et dans le cimetière public de la Nouvelle Ville, la plupart des morts étaient des victimes de la peste. Lushkovich aurait voulu que Natacha reste à la maison mais ne savait comment s'y prendre ; c'est ainsi qu'il parla à sa fille du véritable objectif des sorties de Natacha chaque dimanche matin depuis deux ans.

Sennikova n'aurait jamais imaginé cela. Elle imaginait que sa fille était à l'âge où l'on ne pensait qu'à jouer et à sortir le dimanche pour se promener, comme un oiseau évadé de sa cage.

Le soir même où son père lui avait raconté les escapades de Natacha, Sennikova alla la trouver dans sa chambre et lui dit qu'il y avait une mission importante à laquelle elle désirait que sa fille participe et qu'elle devrait pour cela abandonner le patinage.

Natacha écarquilla les yeux et demanda, curieuse, de quoi il s'agissait.

« De distribuer des bonbons, répondit sa mère.

— Distribuer des bonbons à qui ?

— Aux fidèles. »

Les popes des églises de Harbin s'étaient mis récemment à organiser des collectes pour les pestiférés, et Sennikova y participait. Elle chantait des oratorios de Bach dans plusieurs églises de la Nouvelle Ville et du quartier des Quais pour encourager les dons, et les gens, attirés par sa réputation, venaient nombreux dans les églises où elle se produisait. Le pope se tenait debout devant l'autel, elle chantait près de lui, sous une représentation du Seigneur, avec à côté d'elle une grande boîte hexagonale d'un pied de haut pour les collectes, aux parois en vitraux, les verres colorés étaient assemblés par des tiges de cuivre soudées, comme six dragons d'or prenant leur envol. Chaque vitrail représentait une scène de la Bible comme le baptême de saint Mathieu ou Jésus portant la croix... Après la messe, les fidèles passaient lentement devant cette boîte et y déposaient leur obole, et Sennikova remerciait chacun de quelques mots en inclinant la tête.

Elle pensait que si Natacha jouait le rôle d'un ange et se tenait près de la boîte pour les collectes avec un panier de bonbons à la main, où chaque donateur pourrait en prendre un pour rentrer chez lui en affrontant le vent et la neige, ce serait merveilleux. Cette idée qui venait de germer dans sa tête était liée à Chen Xueqing.

Sennikova ne savait pas exactement le nombre de femmes auxquelles son mari était lié. Si l'odeur du parfum qu'il ramenait à la maison changeait, c'était signe qu'il avait changé de femme. Mais il avait beau se démener, il sentait surtout alternativement deux parfums. L'un était une eau de toilette où se mêlait une odeur de baume, il était un peu trouble ; l'autre dégageait une senteur de saindoux frit, puissante et pénétrante. Sennikova en avait identifié les propriétaires. Elle ne les avait pas recherchées exprès, elle les avait rencontrées par hasard. Celle à l'odeur un peu trouble était la Japonaise Michiko, parce qu'en plus de se parfumer elle s'enduisait le visage de baume : comment un tel mélange aurait-il pu être limpide ? L'autre venait de Nina, qui tenait une boulangerie sur l'avenue de Chine, à côté de l'hôtel Modern. Nina était grande et vigoureuse, dotée d'un visage rouge, d'une grosse voix et d'une force peu commune. Il lui arrivait souvent de soulever d'une main une chaise en fer forgé de sa boulangerie en disant qu'elle était capable d'en faire autant avec quiconque oserait s'asseoir dessus. Naturellement, personne n'osait. Chez les autres femmes, les seins sont une partie du corps, même s'ils sont protubérants, on sent qu'ils y ont leurs racines ; chez elle, ils étaient si énormes qu'ils semblaient en être séparés, comme deux gros lapins qui se seraient échappés d'un domaine privé pour s'échouer brusquement sur une étendue de sable, ils étaient fascinants. Le parfum qu'elle portait correspondait à son caractère, passionné et brûlant. Lorsque Yaslutine rentrait à la maison avec cette odeur, il était mou comme de la glaise à poterie, et après le dîner il s'assoupissait avant même que les étoiles n'apparaissent.

Sennikova n'aimait pas Michiko, elle détestait le mélange trouble de ses parfums, et plus encore son visage blanc comme celui d'une marionnette. En revanche, elle n'avait pas d'aversion pour Nina, et quand elle avait besoin de pain, elle envoyait son domestique en acheter chez elle, parce que non seulement il était bon mais toujours frais du jour, car elle faisait juste assez chaque jour pour satisfaire sa clientèle habituelle, et avant même le crépuscule, il ne lui en restait pas pour le lendemain.

Outre ceux de Michiko et Nina, Yaslutine revenait parfois avec d'autres parfums, dont la mauvaise qualité et la vulgarité lui révélaient qu'il était allé dans une maison close. Lorsqu'elle sentait de telles odeurs, si c'était en été elle descendait au jardin s'asseoir jusqu'à ce que la nuit tombe ; en hiver, elle débouchait une bouteille, se blottissait contre le poêle et buvait jusqu'à ce que le feu s'éteigne.

Dès lors que Yaslutine s'intéressait à une femme, il était pour ainsi dire invincible. Mais il y en avait une qu'il convoitait ardemment et qu'il n'avait jamais pu conquérir, c'était Chen Xueqing.

Parmi les Chinoises que Sennikova avait rencontrées, Chen Xueqing était celle dont l'allure était la plus remarquable. Elle s'habillait avec élégance, avait des centres d'intérêt raffinés : Sennikova l'avait vue plus d'une fois au théâtre ou au cinéma. Cependant elles ne se parlaient pas.

Sennikova avait l'impression que la Chinoise lui battait froid. Et elle traitait Yaslutine de la même façon. Celui-ci détestait les bonbons par-dessus tout, mais pour se rapprocher de Chen Xueqing, il allait souvent en acheter à son magasin. En rentrant, il avait des douceurs à la main mais le visage aigre, on voyait que Chen Xueqing ne lui avait pas fait bon accueil. Mais il n'était pas homme à renoncer, et sans se décourager se rendait chaque semaine à sa boutique. Il y avait à la maison une telle réserve de bonbons qu'il avait invité Natasha à les partager avec ses camarades de classe.

C'était ce printemps-là que Sennikova s'était rendu compte que son mari n'allait plus acheter de bonbons. Il n'allait plus voir Chen Xueqing mais parlait encore plus d'elle qu'avant. Il disait qu'elle était soutenue par un « barbe rousse » – comme l'on appelait les bandits des montagnes en Mandchourie, en ce temps-là –, le chef d'une bande d'une dizaine de brigands armés qui s'en prenaient spécialement aux Russes. Ils s'attaquaient à leurs cargos sur la Songhua, sabotaient le chemin de fer dans la région de Yimianbo. Yaslutine avait juré que si ce barbe rouge venait à Harbin, il ferait rouler sa tête par terre ! Il regrettait qu'une aussi belle femme que Chen Xueqing soit avec un vagabond dont la vie même était précaire, et qu'en plus elle lui ait donné un enfant.

Chen Xueqing avait un garçon de sept ou huit ans. Il portait le nom de sa mère, il s'appelait Chen Shui. Il avait des traits réguliers mais le teint jaunâtre tirant sur le vert, il n'avait pas l'air de bien se porter ni d'être bien nourri, il manquait de vitalité. Il avait de mauvaises dents, peut-être parce qu'il mangeait trop de bonbons. Chen Xueqing était d'un naturel taciturne, elle semblait indolente. Elle avait peur que son fils ne se fasse malmener et elle ne le laissait pas sortir tout seul. Il passait donc ses journées au magasin où il s'ennuyait à périr, alors il ramassait des gravillons et les lançait contre la porte. Quand on allait acheter des bonbons, si l'on entendait un bruit suspect derrière la porte, il ne fallait surtout pas l'ouvrir, sinon l'on risquait une volée de cailloux !

Dix jours plus tôt, Yaslutine était rentré à la maison en sifflotant et avait dit à Sennikova, tout content, que le barberousse qui soutenait Chen Xueqing était mort à Mao'ershan ! L'homme avait voulu profiter de la peste et de la coupure des communications avec Fujiadian, y compris le chemin de fer, qui avait provoqué une pénurie de vivres et de bois de chauffage, pour se faire un joli magot. Il avait loué sept charrettes en vue de livrer du charbon à Harbin. Les brigands de sa bande avaient été arrêtés par les employés du Chemin de fer de Chine orientale près de Mao'ershan alors qu'ils volaient du charbon. Conformément au contrat signé trois ans plus tôt entre le général Horwath et Du Xueying, vice-roi du Jilin, les mines de charbon sur une largeur de trente lis le long de la ligne de chemin de fer étaient la propriété de la partie russe et ne pouvaient être exploitées par la partie chinoise. Lorsque les brigands étaient tombés sur une équipe de sécurité, il y avait eu des échanges de coups de feu nourris, qui avaient causé des morts et des blessés de chaque côté. Le brigand de Chen Xueqing était cerné. Au moment où il allait être fait prisonnier, il avait pris dans son dos un court pistolet et s'était suicidé. Yaslutine ajouta qu'il était intelligent, il savait que s'il était pris il mourrait, autant s'en charger lui-même ! Mais il regrettait que le brigand ait eu une mort aussi facile. A l'entendre, le mieux aurait été qu'on le transfère sous escorte à Harbin et que lui-même l'exécute, voilà qui aurait apaisé sa colère. Manifestement, l'homme de Chen Xueqing avait pas mal préoccupé Yaslutine. Et d'après ce qu'en percevait Sennikova, c'était pour lui que brillait la lumière de Chen Xueqing, et après sa disparition, peut-être qu'elle ne luirait plus.

Ce fut Orr qui le premier apporta à Sennikova la nouvelle que Chen Xueqing sillonnait les rues en distribuant des bonbons.

En fait, Orr aimait bien Chen Xueqing, il savait qu'elle aimait aller au concert, et il passait souvent à sa boutique lui offrir des billets. Elle ne les refusait pas, mais elle n'acceptait pas ses invitations à prendre un café avec lui. Orr avait dit à Sennikova qu'apparemment elle n'appréciait pas les Russes. Curieux, il s'était renseigné et avait appris que l'homme qu'elle aimait venait du même village qu'elle autrefois et qu'il était récolteur de ginseng. Le chantier du Chemin de fer de Chine orientale devait traverser leur village et tous les habitants avaient été chassés de chez eux. Quand la forêt, où il récoltait ce qui était sa seule source de revenus, avait été attribuée au chemin de fer, l'homme s'était trouvé sans ressources. De là venait sa haine envers les Russes, et sa décision de former une bande et devenir chef de brigands. Depuis Chen Xueqing s'était installée à Harbin, il venait souvent la voir parce qu'il l'aimait. Il l'avait aidée à ouvrir sa boutique, et elle lui avait donné un fils.

L'homme, à la fois intelligent et courageux, était insaisissable, et s'il n'avait pas été repéré par cette équipe de sécurité, il serait encore à courir dans les bois. Lors de l'échange de tirs, seuls cinq brigands en avaient réchappé, gravement blessés. En hiver, les bandits de grand chemin portaient une veste matelassée qui se boutonnait par-devant et un grand manteau de cuir posé sur les épaules, de façon à laisser l'accès libre à la ceinture pour pouvoir dégainer en cas de besoin. En général, les chefs de bandes avaient, en sus de leur pistolet à la ceinture, une arme plus courte dans le dos, pour les situations imprévues. Ils portaient des toques en peau de chien, courtes devant et longues derrière, pour se protéger du vent et de la neige, et aussi cacher une arme. L'homme de Chen Xueqing, se voyant cerné et sans issue, avait pris cette arme cachée pour se tuer.

Après la mort du père de Shui, Chen Xueqing sortit de sa boutique en manteau en fourrure mauve, aux pieds des bottes noires, les cheveux tirés en un haut chignon, un panier rempli de bonbons de toutes les couleurs à la main, et fit du porte à porte pour les distribuer. Une jolie femme qui distribue des bonbons en pleine peste, voilà qui plaisait aux gens ! Mais elle ne sonnait que chez les Chinois. Ceux qui la connaissaient lui demandaient en prenant les bonbons si elle allait se marier. Elle secouait la tête en souriant et disait que le Nouvel An arrivait, qu'elle avait trop de bonbons dans son magasin et qu'elle les distribuait donc à tous. Ceux qui ne la connaissaient pas pensaient qu'elle était envoyée par une église et pour ne pas lui donner d'argent, ils prenaient les bonbons et refermaient leur porte.

C'est en allant rendre visite à Sennikova qu'Orr la vit faire sa distribution. Lorsqu'elle l'aperçut elle sourit faiblement et lui dit à sa grande surprise qu'elle voulait bien prendre un café avec lui. Fou de joie, il l'emmena à l'hôtel Modern sur l'avenue de Chine. C'était le seul endroit où l'on pouvait boire un café décent en cette période d'épidémie. Assis à la fenêtre, Orr n'osait pas trop regarder Chen Xueqing en face et tournait son regard vers l'extérieur. Il craignait que l'ardeur de son regard ne la brûle, et qu'ensuite elle ne veuille plus boire un café avec lui. Et l'avenue de Chine toute froide avait bien besoin de ce regard ardent.

Chen Xueqing but son café, remercia Orr, prit son panier, se leva et s'en alla. Lorsqu'elle fut partie, Orr fixa la chaise sur laquelle elle s'était assise, enchanté à l'idée qu'il y aurait d'autres occasions de boire un café avec elle. Mais il ne comprenait pas pourquoi elle distribuait ses bonbons : voulait-elle plier boutique ?

Sennikova ne le comprenait pas plus mais trouvait le geste touchant. Chen Xueqing était devenue la protagoniste de la plus belle scène du quartier des Quais depuis le début de la peste. Sennikova songea que si Natacha pouvait distribuer des bonbons aux paroissiens qui donnaient leur contribution pendant la messe, ce serait quelque chose de très réconfortant.

Natacha accepta avec joie ce que sa mère lui demandait.

La vive inquiétude de Lushkovich put enfin retomber, et il décida de payer pour les bonbons. Leur domestique fit cinq magasins avant d'en trouver un ouvert. Ces bonbons de toutes les couleurs dans un emballage transparent étaient ravissants, on eût dit qu'un arc-en-ciel était allé y fourrer son âme après la pluie.

Il y avait de plus en plus d'églises à Harbin, mais celle que préférait Sennikova était toujours celle de Saint-Nicolas. La Nouvelle Ville était plus en hauteur que le quartier des Quais, et comme l'église se trouvait à l'entrée de la Nouvelle Ville, en y allant on la regardait d'abord en levant la tête, puis graduellement elle se mettait à votre niveau, à mesure que l'on s'en rapprochait, une harmonie se créait, de sorte que les gens avaient l'impression d'entrer chez eux, dans leur maison.

A la différence de la plupart des églises, celle de Saint-Nicolas n'était pas en brique et en bois, mais tout en bois, et sans qu'un seul clou n'ait été utilisé. Cette église dépourvue de chaînes donnait une impression de douceur, de nébulosité. Un clocher hexagonal couronné d'un dôme aux tuiles métalliques en écailles surmontait le bâtiment principal brun et durant les longs mois d'hiver on aurait un buisson de houx baigné de soleil, plein de vitalité. L'église Saint-Nicolas se distinguait réellement des autres. Elle avait quelque chose d'une tenture baroque sur laquelle on aurait fiché un hexagone irrégulier, avec par-dessus, en guise d'ornement, un entrelacs de fer blanc et noir en forme d'oignon, puis une croix. Côté nord, il y avait trois autres petits dômes également en forme d'oignon, avec chacun une croix. Les croix des autres églises donnaient à Sennikova une impression majestueuse de sacré, alors que celles de Saint-Nicolas lui semblaient des colombes prêtes à prendre leur envol à tout moment.

Quand elle se trouvait dans cette église et regardait autour d'elle les fresques en chantant des cantiques, elle se sentait pousser des ailes, son cœur se gonflait, son corps devenait léger. Maintenant, avec Natacha dans le rôle d'un ange debout près d'elle, son panier à la main, elle se sentait comme sur un nuage. Au fond, interpréter un drame sur une scène illuminée au son de la musique d'un orchestre avait bien moins d'importance que d'être devant l'autel d'une église à chanter des cantiques devant des fidèles en train de prier en silence ; on comprenait bien mieux ainsi les joies et les peines des hommes, parce qu'à cet instant elles semblaient dotées d'ailes et prêtes à s'envoler.

Le vingt-septième jour du douzième mois, ayant écoulé tous ses bonbons, Chen Xueqing dîna, nettoya la boutique et se rendit avec son fils chez Zhai Fanggui.

Après que la peste avait emporté Ji Yonghe et He Wei, Zhai Fanggui avait enfin obtenu la liberté et était devenue propriétaire de l'entrepôt de grains. La première chose qu'elle faisait chaque matin en se levant était d'ouvrir la porte et de répandre au pied des deux ormes une poignée de riz, en attendant joyeusement l'arrivée des corbeaux. Elle avait aussi changé l'enseigne et l'avait, sans se casser la tête, remplacée par une autre éclairée par une lanterne. Sur les quatre verres de celle-ci était écrit *Entrepôt de grains de Fanggui*, en caractères différents à chaque fois. Et sur chaque face étaient également dessinés des épis de sorgho, de millet, de maïs et de blé. Mais comme Ji Yonghe était mort de la peste, aucun client ne venait.

Elle fut donc fort surprise de voir arriver Chen Xueqing avec son fils. Non pas tant de leur visite, d'ailleurs, que du visage de Chen Xueqing. Elle portait des bottes rouges flambant neuves, un manteau de fourrure blanc, et son visage n'avait jamais été aussi limpide. Limpide comme quoi ? Comme une pleine lune emplie de clarté. Ce rayon de sérénité incomparable semblait dire à la cantonade que dorénavant elle n'aurait plus jamais peur que cette lumière ne faiblisse.

Chen Xueqing s'assit et, voyant que Zhai Fanggui contemplait ses bottes rouges, dit en souriant : « Je sais que cette année tu as choisi des bottes vertes. »

Zhai Fanggui comprit que ces bottes venaient de chez Lojaev, mais il restait trois jours avant la nouvelle année : pourquoi les mettre avant ?

Chen Xueqing lui dit que cette année, elle avait une chose importante à faire et qu'elle devait partir le soir même. Il n'y avait plus de trains, elle avait loué un fiacre pour quitter la ville. Mais il lui était difficile d'emmener son fils, c'est pourquoi elle voulait lui demander de le garder quelque temps. Et comme avec la peste étaient venus les voleurs, elle avait peur que sa boutique de bonbons ne soit visée, et elle voulait la prier d'y passer chaque matin pour voir si tout allait bien. Après ces paroles, elle tendit deux choses à Zhao Fanggui. L'une était la clef de sa maison, l'autre un petit paquet de bonbons, qu'elle la priait de donner à Lojaev en guise de cadeau de Nouvel An lorsqu'elle irait à sa boutique.

Zhai Fanggui était au courant des distributions de bonbons de Chen Xueqing et savait qu'elle n'en donnait pas aux Occidentaux. Le fait qu'elle en donne à Lojaev et que chaque année elle lui commande une paire de bottes montrait qu'il ne lui était pas antipathique. Zhai Fanggui pensa que si elle quittait la ville, c'était à cause de ce barberousse. Elle ne savait pas qu'il était mort.

En partant, Chen Xueqing se pencha sur son fils et l'embrassa. Puis elle se redressa et dit à Zhai Fanggui :

« Si la nuit il fait pipi sur son kang, il ne faut pas le gronder.

— Bien sûr que non, c'est encore un enfant. »

Chen Xueqing reprit : « En ce moment il n'a pas d'appétit, il a des vers dans le ventre. S'il fait le difficile, merci de ne pas le battre. »

Zhao Fanggui caressa doucement les cheveux de Chen Shui et dit tendrement : « Je l'aime déjà tant, comment pourrais-je le frapper ? Tu sais, je n'ai pas d'enfant, quand j'en rencontre un, je m'y attache très fort. »

Ces mots tranquillisèrent Chen Xueqing qui s'en alla. Une fois dehors, elle frissonna un grand coup, montra du doigt la lanterne qui tournoyait doucement dans le vent et ajouta encore : « S'il est insupportable et qu'il la casse avec sa fronde, il faut le corriger en lui tapant sur les fesses, pas sur la tête. »

Zhai Fanggui, n'y tenant plus, s'esclaffa et dit : « Sois tranquille, chez moi il sera bien traité. »

Après le départ de sa mère, Chen Shui, perturbé par la nouveauté de la situation, ne s'endormit qu'à minuit. Mais les enfants sont les enfants, et le lendemain, Zhai Fanggui le laissa répandre le millet pour les corbeaux, et quand il vit les oiseaux descendre pour se repaître des grains dorés, cela l'amusa. Pour faire durer le plaisir, il demanda à Zhai Fanggui s'il pouvait leur en donner une nouvelle poignée.

Après avoir accédé à sa requête et lui avoir préparé son petit-déjeuner, Zhai Fanggui l'emmena au magasin de bonbons voir si tout allait bien.

Ce jour-là, le soleil était particulièrement brillant, d'une clarté rare en hiver. Le vent était doux et au soleil on n'avait presque pas froid. En arrivant à la boutique de bonbons, Zhai Fanggui s'aperçut avec surprise que la porte n'était pas fermée à clef. Elle crut qu'il s'agissait d'un oubli. Elle poussa la porte et entra doucement.

Chen Xueqing gisait, déjà raide, sur le sol, elle portait sa robe chinoise traditionnelle en satin bleu où était brodé, sur la poitrine, un couple de corbeaux, une paire de souliers en cuir noir à talons plats, une tenue printanière comme celle d'une belle jeune femme allant au jardin cueillir des fleurs et qui, enivrée par leur parfum, se serait endormie au milieu d'un massif.

Zhai Fanggui regarda le visage gris sombre de Chen Xueqing et se mit à pleurer. Ce visage si limpide hier et dont la lumière s'était éteinte le lendemain. Elle ne comprenait pas comment la clarté d'une femme pouvait disparaître aussi rapidement.

LA CRÉMATION

La mort des grand-père, père et fils de la famille Zhou fit comprendre à Wu Liande la gravité de l'épidémie. Les gens en quarantaine dans les wagons étaient de plus en plus nombreux et les hôpitaux partout dans la ville étaient surpeuplés par ceux dont la contamination avait été confirmée. Après la mise en place du blocus, la peste n'avait pas reculé comme il l'attendait, elle augmentait au contraire. Chaque soir, quand il consultait les nouvelles statistiques du jour, son moral s'alourdissait. Le nombre des morts qui était au début de quarante à cinquante par jour avait soudain bondi à quatre-vingts ou quatre-vingt-dix, il y avait même eu un jour où il avait atteint les cent quatre-vingts personnes ! Ce chiffre lui donnait l'impression qu'il y avait un monstre tapi parmi les hommes, parce qu'il avait fait tout ce qu'il devait faire. S'il était si difficile de combattre cet ennemi qu'était le virus, c'était parce qu'il avait toujours un temps d'avance sur l'homme, qui ne pouvait que réagir au lieu d'agir.

Les premières victimes de la peste étaient apparues à l'Auberge des trois kangs. Le plus surprenant, c'est que plusieurs d'entre elles avaient été en contact étroit avec Wang Chunshen et que celui-ci, qui semblait protégé des dieux, n'avait aucun problème de santé. Et un autre praticien de médecine traditionnelle du nom de Liu, qui travaillait tout le temps dans les salles où étaient concentrés les malades les plus graves, qui ne s'habituait pas au port du masque respiratoire et ne prenait aucune mesure préventive particulière, n'avait rien non plus ; il disait en riant qu'à cause de ses dents de travers, les diablotins de l'enfer pensaient qu'il était l'un d'eux, infiltré parmi les hommes et oublié là. Wu Liande qui commençait à désespérer d'arriver à contenir la peste espérait d'après les cas de Wang et Liu que l'organisme humain parviendrait à se défendre naturellement contre la maladie et la vaincrait.

A deux jours du Nouvel An, Wu Liande et son assistant Lin Jiarui faisaient ensemble la tournée en calèche des zones de quarantaine pour inspecter la situation épidémiologique. En voyant ces rues froides et vides, ces devantures closes, ces cheminées sans fumée, Wu Liande se sentait oppressé, au bord de l'asphyxie. Il se dit que si la peste échappait à tout contrôle, cette ville deviendrait une ville morte et que lui-même n'aurait peut-être pas le temps de retourner à Tianjin voir sa femme, il deviendrait un second Mesny. A cette idée il ne put s'empêcher de frémir. Les charpentes nues de quelques magasins durement frappés par la peste qu'il avait donné l'ordre de brûler étaient toujours là. Sur le moment, de peur que le feu ne se propage, en même temps qu'on brûlait les maisons les pompiers les aspergeaient d'eau, et celle-ci en dégoulinant et gelant avait formé des stalactites pendues aux avant-toits à demi calcinés. Elles étaient alignées, sculptées et translucides, comme les cordes d'une harpe attendant que le soleil ou le vent en joue. Les gens de Fujiadian avaient dit à Wu Liande que ce type de stalactites n'apparaissait normalement qu'au début du printemps. C'était la saison où la neige accumulée sur les toits fondait et où l'eau gouttait comme des larmes le long des avant-toits. Elle coulait jusqu'au crépuscule, et gelait soudain ; alors l'eau fluide se durcissait et restait suspendue en l'air, leur faisant comme une frange.

Wu Liande descendit de sa calèche, ramassa par terre un long morceau de bois, en fit tomber quelques stalactites. En se brisant sur le sol, elles sonnaient comme du cristal. Il n'avait pas envie de voir ces stalactites hors saison, il voulait attendre le printemps avec les gens de Fujiadian et assister à la fonte des neiges.

Il allait se diriger vers la zone de fret à l'entrée de la troisième rue du Nord, lorsqu'il rencontra Wang Chunshen qui revenait de conduire des cadavres au cimetière, hors des limites de la ville. Wu Liande lui fit signe de s'arrêter, descendit de voiture et commença à bavarder avec lui.

Il montra le cheval et dit dans un chinois maladroit : « Joli... »

Wang Chunshen raidit la nuque et dit, non sans satisfaction : « Monsieur Wu, il vient de l'Intendance générale, c'est sûr qu'il est beau. Quand il y est entré, comme pour les concubines de l'empereur, il lui a fallu passer de nombreuses étapes. S'il n'était pas noir, aujourd'hui ce serait lui qui mènerait l'attelage quand l'intendant général sort.

— L'intendant général Yu le connaît ? » demanda Wu Liande.

Wang Chunshen secoua la tête : « C'est un cheval qui a été sélectionné par un de ses lointains prédécesseurs, l'intendant Yu ne le connaît sûrement pas. »

Wu Liande posa sa question suivante en langue étrangère, une langue compliquée. Lin Jiarui traduisit : « L'officier Wu voudrait savoir combien de transports de corps vous avez faits aujourd'hui ?

— C'est le deuxième. »

Wu Liande demanda d'une voix chevrotante combien de corps il avait transporté.

Wang Chunshen haussa les épaules : « Monsieur Wu, j'en transporte deux par voyage, ça fait quatre aujourd'hui. Parmi eux, une femme enceinte, si on compte l'enfant dans son ventre, ça fait cinq. »

Wu Liande, ému par la femme enceinte, dit en anglais : « My God ! »

Wang Chunshen crut entendre « Mai gala » (« enterrer dans un coin ») et pensa que Wu Liande interdisait d'enterrer les femmes enceintes dans le cimetière commun et proposait de l'enterrer dans un coin perdu, ce qui le mit en colère : « Monsieur Wu, cette femme est morte avant de donner naissance, la pauvre ! On ne peut pas la traiter comme un chat ou un chien crevé et l'enterrer dans un coin perdu, ce serait indigne d'elle. »

Lin Jiarui s'empressa d'expliquer : « Ce n'est pas ce qu'a voulu dire monsieur Wu. »

Wang Chunshen toussota : « Tant mieux. »

Lin Jiarui regarda Wang Chunshen avec sympathie : « Transporter tous ces morts chaque jour, ça doit vous couper l'appétit. »

Wang Chunshen secoua la tête et expliqua que depuis qu'il avait rejoint la brigade d'enlèvement des corps, chaque soir en revenant du cimetière il avait particulièrement faim. Pourquoi ? Parce qu'à force de voir ces cercueils en rangs d'oignons, on pense qu'un jour on sera soi-même dans un cercueil et qu'on ne pourra plus manger. Si on ne mange pas comme un fou, c'est comme si on ne savait pas qu'on est encore vivant.

Ces propos rendirent Wu Liande encore plus morose. La pression de ces morts continuelles était sur le point de lui briser le moral. Il ne comprenait pas pourquoi Wang Chunshen parlait de cercueils en rangs d'oignons, n'y avait-il pas au cimetière des responsables pour les enterrer ? Il demanda à Li Jiarui de quoi il retournait. Wang Chunshen dit que la terre gelée était trop dure et qu'il était très pénible de creuser des tombes, c'est pourquoi, au lieu de mettre les cercueils en terre, on les laissait en surface. Wu Liande fronça les sourcils et changea d'avis, il décida d'aller immédiatement au cimetière public.

La calèche sortit de la ville en direction du cimetière. C'était un chemin de terre sinueux dont la neige, damée par le passage des charrettes, était dure comme de la tôle et reflétait les rayons du soleil en vous éblouissant. Des deux côtés du chemin, une immense étendue de champs couverts d'une couche de neige qui laissait distinguer le creux des sillons et les bosses entre ceux-ci. Cette terre fertile produisait du soja écoulé dans le monde entier. Wu Liande se dit que peut-être que certains des propriétaires de ces champs avaient été emportés par la peste et qu'ils ne cultiveraient plus rien. Ses yeux s'embuèrent.

Ce qu'il vit en arrivant au cimetière lui donna des sueurs froides. De longues rangées de cercueils étaient alignées à perte de vue sur au moins un à deux lis, les uns à côté des autres comme des dominos. Des dominos désespérants qu'on aurait eu bien du mal à faire tomber sur le côté si on avait voulu le faire. Affrontant un vent glacial à vous transpercer les os, Wu Liande longea la rangée de cercueils et s'aperçut que beaucoup étaient bon marché et de mauvaise qualité, cloués à la va-vite, avec de larges fentes par où dépassait parfois un bras ou une jambe. Parmi eux, des corps étaient simplement enroulés dans une natte de paille à moitié déchirée par le vent, laissant voir le visage du défunt.

Le virus de la peste peut survivre longtemps par grand froid et cet immense cimetière, où régnait le plus grand désordre et où étaient déposés deux à trois mille cercueils en plein air, constituait une terrifiante source de contamination. Même si entre humains la peste pulmonaire pouvait se transmettre par voie aérienne, pour peu que des rats viennent au cimetière, entrent en contact avec des cadavres et repartent en ville, l'épidémie continuerait de s'étendre et tous ses efforts seraient vains et partiraient à vau-l'eau. Ces cercueils et ces cadavres à découvert étaient à coup sûr une tumeur maligne qu'il fallait à tout prix exciser. Mais comment procéder, c'était une autre paire de manches.

Il y avait à côté du cimetière une cabane d'où sortait de la fumée. Wu Liande alla voir. A l'intérieur, trois hommes au visage buriné vêtus de noir des pieds à la tête, un masque de protection pendant sur leur poitrine, rassemblés autour du poêle en train de grignoter des graines de pastèque. Wu Liande leur demanda ce qu'ils faisaient, ils expliquèrent qu'ils avaient été embauchés par l'Intendance générale pour s'occuper des enterrements. Lin Jiarui savait quelle serait la question suivante de Wu Liande, et il la posa lui-même : « Pourquoi les cercueils sont-ils alignés sur le sol au lieu d'être mis en terre ? » Un type à grosse tête et larges oreilles se leva, sortit de la cabane, attrapa une pioche et dit : « Patron, regardez… » et il donna un grand coup de pioche dans la terre. Cet homme était très fort, mais après quelques coups de pioche, il avait à peine écorché la surface. Il continua mais le sol était dur comme de l'acier, impossible à entamer. Il lança la pioche à Wu Liande en disant : « Si vous ne me croyez pas, essayez vous-même ! Nous aussi on voudrait les mettre en terre, mais avec ce grand froid et ce gel, impossible de creuser une tombe, il faut attendre le printemps. »

Attendre le printemps ? Cela voulait dire au moins trois mois. Dans trois mois, l'endroit serait complètement recouvert de cadavres. Wu Liande en eut le cœur transpercé.

Une nouvelle charrette de cadavres arriva. Les trois hommes, en entendant grincer les moyeux, mirent leurs masques de protection et allèrent à sa rencontre. Tout ce qu'ils pouvaient faire était d'aider à décharger le véhicule, rassembler les cercueils et allonger la rangée de dominos. Comme l'on manquait de cercueils, dirent-ils, cela faisait déjà quinze jours que de nombreux morts n'en avaient pas et arrivaient directement enroulés dans une natte de paille. A la vue de cette interminable armée de cadavres, les larmes de Wu Liande coulèrent dans son cœur. Il avait déjà pensé à une solution pour extirper le mal, mais dans le souci de ne pas effrayer Lin Jiarui, il ne lui en parla pas tout de suite, il lui demanda de retourner en ville en calèche chercher l'intendant général Yu et le chef du district de Fujiadian, le magistrat Chen, pour discuter d'une question cruciale avec eux au cimetière public.

Deux heures plus tard, il revint avec les deux hommes. Wu Liande s'assura que leurs masques étaient bien ajustés et les emmena faire un tour du cimetière. Puis il leur demanda ce qu'ils pensaient de tous ces cercueils et cadavres en plein air. Yu Sixing n'avait pas imaginé le degré de désolation du lieu et, indigné, il s'en prit magistrat Chen à qui l'Intendance générale avait alloué des fonds qui avaient été versés, pourquoi ne pouvait-on inhumer les cercueils et pourquoi tant de corps étaient-ils simplement enroulés dans des nattes ? N'était-ce pas une honte pour les défunts ?

Le magistrat prit un air affligé et expliqua : « Son Excellence l'intendant Yu ne sait pas tout. Les fabricants de cercueils travaillent jour et nuit, mais le nombre de morts ne cesse d'augmenter, les matériaux manquent, et ils n'arrivent pas à répondre à la demande, on ne peut qu'enrouler les morts dans des nattes. S'il n'y en avait que quatre ou cinq, même si c'est dur de creuser une tombe, on le ferait à mains nues. Mais avec le nombre qu'il y a, nous manquons de main-d'œuvre, on ne peut que les aligner comme ça, au printemps on les inhumera. »

Cela ne calma pas Yu Sixing, lui qui était déjà de mauvaise humeur depuis qu'il avait été informé qu'en raison des défaillances de la lutte contre l'épidémie il allait être muté et remplacé provisoirement par Guo Zongxi, venant du Jilin. Il ne savait pas où il allait se retrouver et s'estimait injustement sanctionné car il avait fait tout ce qu'il avait pu. Cela lui faisait de la peine de voir le peuple subir cette catastrophe, et d'être en même temps réduit à l'impuissance ! Récemment, il avait été découvert, lors d'une enquête à Changchun sur une cellule clandestine de l'Alliance pour l'extermination des bandits (société secrète vouée au renversement de la dynastie mandchoue), un document selon lequel cet organisme avait trois membres à Fujiadian : le patron de la miroiterie, mort de la peste le mois précédent ; un instituteur de l'école primaire n° 1 de Harbin, qui était hospitalisé en observation actuellement ; et un autre auquel il n'aurait jamais songé, Xu Yide. Yu Sixing connaissait son magasin et il aimait acheter ses lanternes et lampions, ses bougies et ses images de gardiens des portes, un magasin qui avait toujours une touche printanière même lors des grands frimas. Cela lui faisait de la peine qu'un tel homme ait été arrêté. La police avait fouillé son logement et découvert un drapeau impérial pendu au-dessus de la bassine pour se laver les pieds et dont il se servait pour les essuyer. Les membres de l'Alliance contre la dynastie mandchoue des Qing avaient profondément pénétré toutes les strates de la société et l'Intendance n'en avait rien perçu, ce qui était un manquement de l'intendant Yu aux devoirs de sa charge. Il ignorait combien de membres comptait la ville de Harbin. Il sentait que le feu couvait dans ce vaste territoire.

Wu Liande expliqua la nature du danger que représentait ce cimetière aux deux magistrats et exposa sa solution : l'incinération des corps ! C'était la seule solution pour détruire complètement ce foyer d'infection.

Le magistrat Chen lâcha un « Bonne mère » », l'intendant général Yu un « Grands dieux ». Manifestement, c'était pour eux une mesure à faire se dresser les cheveux sur la tête.

Wu Liande insista, il n'y avait pas de temps à perdre, il fallait prendre une décision toutes affaires cessantes, sinon tous les efforts engagés depuis la fermeture de la ville seraient réduits à néant.

Yu Sixing réfléchit quelques instants, puis leva la tête au ciel et soupira : « Si la crémation peut vraiment refouler la peste et mettre le peuple hors de danger, alors il faut prendre le risque d'encourir l'opprobre et d'humilier les morts. »

Le magistrat Chen opina du bonnet : « Ah, ce que vous dites est juste. »

Wu Liande dicta sur-le-champ à Lin Jiarui un télégramme pour Shi Zhaoji demandant à la cour l'autorisation de procéder à l'incinération des corps. Il signa le télégramme, de même que Yu Sixing et le magistrat Chen. Au moment de signer, Yu Sixing regarda le soleil couchant comme s'il était le signal des adieux et pleura à chaudes larmes.

Lorsqu'il reçut la requête de Wu Liande, Shi Zhaoji resta longtemps interdit sur son fauteuil. Il savait que Wu Liande n'aurait pas proposé cette solution si elle n'avait pas été absolument nécessaire. Il recevait un rapport quotidien sur l'épidémie, et tout indiquait qu'elle était plus virulente que jamais. Il savait aussi que les décisions de Wu Liande étaient scientifiquement fondées, mais il lui était néanmoins difficile d'y adhérer. Premièrement la crémation était considérée comme contraire aux principes d'humanité, deuxièmement le Nouvel An arrivait, la peste avait déjà plongé le peuple dans un océan de troubles, la crémation risquait de provoquer de nouvelles peurs et même de l'animosité, ce qui nuirait à la lutte contre l'épidémie. Alors qu'il hésitait encore sur le pion à bouger sur son échiquier, il reçut un télégramme du gouverneur de la province de Jilin : Liao Zhongkai présentait la même requête. Il était clair qu'il ne fallait pas tergiverser, et il alla trouver Na Tong pour en discuter avec lui. Celui-ci, en comprenant que Wu Liande demandait la permission de brûler des milliers de corps, explosa de colère. Depuis plus d'un mois qu'il était à Harbin, Wu Liande avait pris beaucoup de mesures contre l'épidémie mais sans grands résultats, manifestement. Cela voulait-il dire qu'ils s'étaient trompés d'homme en le nommant là-bas ? Shi Zhaoji lui fit remarquer que les autorités officielles de Harbin avaient contresigné le télégramme de Wu Liande et que le gouverneur du Jilin faisait la même demande ; pour la sécurité des trois provinces du Nord-Est, il n'y avait pas d'autre choix que d'autoriser la crémation. Na Tong commençait à en être persuadé, et il dit avec résignation que la crémation bouleversait l'ordre des choses et que le ministère des Affaires étrangères ne pouvait en décider seul, il fallait interroger le prince régent.

Le lendemain, c'était le réveillon du Nouvel An. Shi Zhaoji n'avait pas le cœur à la fête, au petit-déjeuner il se contenta d'une tasse de thé et de pâtisseries. Vêtu de son habit de cour, au moment de sortir prendre un fiacre il fit un faux pas à cause du manque de sommeil, trébucha sur le seuil et faillit tomber à la renverse. Il eut le pressentiment que l'audience prévue ce matin avec le prince régent pour évoquer l'affaire serait compliquée. En de fait, lorsqu'il exposa la requête de Wu Liande à la cour, il provoqua un tumulte et une avalanche de reproches de la part des ministres. Le prince régent Zai Feng, toujours indulgent, voyant cela, eut un léger soupir et regarda Shi Zhaoji avec sympathie en disant qu'une date serait choisie pour délibérer de l'affaire.

Shi Zhaoji retourna au ministère des Affaires étrangères, la tête basse et le cœur gros, dans l'intention de rédiger un télégramme informant Wu Liande du résultat de sa démarche. Mais il n'arrivait pas écrire, il se demandait comment lui annoncer cette nouvelle désespérante. Il pensait à la lourde responsabilité de Wu Liande, qu'il avait lui-même recommandé pour ce poste où il devait lutter contre l'épidémie dans les trois provinces du Nord-Est, à ce talentueux docteur à l'intelligence discrète qui, bien qu'étant né et ayant vécu à l'étranger, avait dans les veines du sang bien chinois, et qui n'aurait jamais proposé l'incinération s'il n'y avait pas été forcé par la peste. Il se dit qu'il allait retourner plaider le dossier, et s'il obtenait l'autorisation, au cas où malgré la crémation des corps l'épidémie ne reculerait pas, il remettrait sa démission ; mais il ne pouvait pas laisser passer cette chance. Sa décision prise, il prit son projet de télégramme et le posa sur son bureau à l'envers, comme un calendrier périmé, et sortit du ministère. Le cocher qui l'attendait toujours dehors pensait qu'il allait rentrer chez lui pour la fête, mais il reçut l'instruction suivante : « Vite, au palais du prince régent. »

La nuit commençait à tomber. La plupart des Pékinois étaient déjà rentrés chez eux pour accrocher à leur porte des lanternes rouges, les claquements pétards résonnaient à ses oreilles, sans répit, une odeur de soufre flottait dans l'air. La résidence du prince régent était décorée de lanternes et lampions rouges, une troupe donnait un opéra, tout semblait harmonieux. Le portier lui dit que le régent assistait à un opéra et ne pouvait le recevoir. Shi Zhaoji lui remit alors de l'argent, et le portier le laissa entrer en lui demandant d'attendre dans un salon. On lui servit du thé ; quand l'orchestre s'arrêta, la théière était froide.

Zai Feng fit donner à la troupe l'argent du spectacle et apprit que Shi Zhaoji attendait depuis longtemps une audience. Il savait quel en était l'objet et se rendit dans le salon d'accueil. Alors que Shi Zhaoji s'inclinait, genoux ployés, le régent lui dit : « Veuillez vous redresser ! » en lui prenant le bras, et lui annonça sans ambages que devant l'opposition unanime de ses ministres lors de l'audience du matin, il lui était impossible d'acquiescer à sa requête.

Shi Zhaoji argumenta : « Le docteur Wu Liande a mon entière confiance. Les gens meurent, et ils sont terrorisés. Vous avez passé plusieurs années à l'étranger, vous aimez l'astronomie, vous connaissez l'importance de la science. En ouvrant la voie et en décrétant la crémation, vous sauverez le peuple d'un océan de malheurs, vous protégerez la mère patrie, et votre renommée sera impérissable !

— Mais monsieur Shi, en pleine fête du Nouvel An, comment pourrais-je prendre un décret si contraire à nos vertus ? » Le Régent n'était clairement pas content. « S'il faut vraiment incinérer ces cadavres, autorisez-le au nom du ministère des Affaires étrangères. » Aux yeux de Zai Feng, c'était là la plus grande concession qu'il pût faire.

« Je crains qu'avec la seule autorisation des Affaires étrangères, le docteur Wu n'ose pas l'ordonner. »

Le régent demanda pourquoi.

« La crémation n'a jamais été pratiquée depuis l'antiquité, ses opposants ne sont pas la minorité. Un simple télégramme du ministère des Affaires étrangères n'aura pas assez d'autorité pour les réduire au silence. »

Zai Feng regarda Shi Zhaoji, rongé d'inquiétude, les traits tirés, qui caressait la théière froide. Il alla à la fenêtre, y resta un long moment, et dit lentement en lui tournant le dos : « J'acquiesce à votre requête, incinérez les corps. »

C'était la première fois que Shi Zhaoji entendait le régent parler avec des trémolos dans la voix. Comme l'écho après un coup de tonnerre. Les larmes lui montèrent aux yeux, il se prosterna en signe de gratitude.

Après deux jours d'attente, Wu Liande était déçu de ne pas avoir encore de réponse de Shi Zhaoji. Le matin du dernier jour de l'année, il demanda à Lin Jiarui qu'on ne le dérange sous aucun prétexte, sauf si arrivait un télégramme de Shi Zhaoji, puis il endossa sa blouse blanche et entra dans son laboratoire. Ceci intrigua Lin Jiarui, parce qu'il n'y avait actuellement aucune expérience en cours, pourquoi s'enfermait-il dans son labo ? Pendant toute la matinée, le laboratoire resta plongé dans un silence total ; à midi, n'y tenant plus, Lin Jiarui entra.

Wu Liande savait que c'était lui et ne tourna même pas la tête ; il lui dit, le dos tourné, d'envoyer tout de suite quelqu'un acheter du kérosène pour les incinérations. Lin Jiarui pâlit comme un linge et toussota : « Si le prince régent n'accède pas à notre requête, nos têtes vont rouler ! »

Wu Liande se retourna. Lin Jiarui s'aperçut que son visage était un peu rouge et qu'il avait les larmes aux yeux : un visage brillant comme le soleil levant mais empreint d'une noirceur de mort. Il parla d'une voix tremblante : « Si demain nous n'avons pas reçu de nouvelles, nous devrons allumer ce feu sans faillir ! »

Lin Jiarui s'étrangla : « Bien, je vais faire acheter du kérosène. »

C'était le dernier soir avant la nouvelle année, toujours aucune nouvelle de la capitale. Wu Liande était en train d'inspecter le kérosène acheté dans un magasin japonais lorsqu'un agent envoyé par Yu Sixing se présenta pour lui demander de se rendre à l'Intendance générale pour célébrer le Nouvel An. Il lui était difficile de refuser cette invitation, il s'y rendit donc avec Lin Jiarui. Il donna avant de partir l'instruction, si un télégramme de Shi Zhaoji arrivait, qu'on le lui apporte sans délai.

En arrivant à l'Intendance générale, Wu Liande vit de loin les deux lampes rouges suspendues à l'entrée. Elles paraissaient palpiter comme si elles étaient le cœur de la nuit. Yu Sixing, coiffé d'un chapeau de mandarin à plumes fleuries, vêtu d'une robe chinoise et d'un mantelet, bravait le vent pour les accueillir à la porte, ce qui toucha Wu Liande. Une inscription en deux vers ornait la porte : *Le ciel donne sa vigueur au printemps, la justice impériale brille tel l'astre lumineux*. Wu Liande descendit de voiture, joignit les deux mains pour souhaiter la bonne année à Yu Sixing, qui lui rendit la politesse et le pria d'entrer.

Lors de la fête du Nouvel An, ceux qui avaient du pain sur la planche à l'Intendance générale étaient les cuisiniers et les domestiques. Les premiers en charge de la nourriture, tuaient des poulets, abattaient des moutons, confectionnaient des raviolis, mettaient à mitonner jarrets et museaux de porc et ces boulettes de viande qu'on appelle « têtes de lions », faisaient cuire nids d'hirondelles, ormeaux, concombres de mer et autres produits rares, sans compter le millet, les petits pains à la vapeur, les bouchées farcies au soja sucré ou aux légumes, en remplissaient des jarres et les laissaient geler à l'extérieur pour les conserver durant tout le mois de janvier. Les domestiques faisaient le ménage dans chaque pièce, accrochaient les lanternes, décoraient le chapiteau dans le grand hall, dressaient les tables sur lesquelles ils disposaient bougies et plats en offrande aux dieux du ciel et de la terre. Comme il fallait aussi vénérer le dieu des puits, la veille du jour de l'an, on fermait les puits avec les ustensiles en osier à fond pointu dont on se servait pour puiser l'eau et les domestiques devaient donc remplir des centaines de seaux afin de pourvoir aux besoins jusqu'au deuxième jour de l'année nouvelle, date où on les rouvrait.

En passant dans le grand hall, Wu Liande vit deux serviteurs installer un chapiteau. Yu Sixing lui expliqua que du fait que les gens n'étaient pas d'humeur à célébrer la nouvelle année à cause de la peste, les festivités avaient été réduites mais que l'installation d'un chapiteau décoré était indispensable, car on ne pouvait se dispenser d'offrandes aux dieux du ciel et de la terre ainsi qu'aux ancêtres, quelles que soient les circonstances.

Yu Sixing fit passer ses invités dans les appartements intérieurs. Il y avait une longue table en bois de rose sur laquelle étaient disposés un vase, une assiette de pommes et une assiette de kakis glacés. Dans le vase était planté un *ruyi* avec des épis, symbole de paix; deux autres talismans plus petits étaient placés l'un avec les pommes, l'autre avec les kakis, symboles de vœux exaucés. Wu Liande se dit que son vœu le plus cher serait que la peste disparaisse de la scène, alors il serait comblé.

Des assiettes froides se trouvaient déjà sur la table carrée, avec entre autres du « jarret en cristal » ou de la « gelée d'ail »... Yu Sixing les invita à s'asseoir et des serviteurs apportèrent du thé fumant. Il leur expliqua qu'aux fourneaux opérait un chef du nom de Zheng Xingwen, venu des cuisines impériales de Pékin, spécialiste de la gélinotte et de l'esturgeon, que Yuan Shikai admirait. Dès son arrivée à Harbin il avait créé deux plats, « augmenter la paie des fonctionnaires » et « anoblir immédiatement », que son prédécesseur Shi Zhaoji avait appréciés et qui étaient devenus des mets réguliers des repas de Nouvel An. Yu Sixing espérait que ces plats leur porteraient bonheur. Il ajouta qu'il avait invité le président de la chambre de commerce Fu Baichuan, et qu'il apporterait de l'eau-de-vie de la distillerie.

Voyant que Wu Liande était soucieux et morose, Yu Sixing chercha à le réconforter: « Mon cher, en plein Nouvel An, il est illusoire de croire que la cour va délibérer d'un sujet aussi funeste que la crémation, à mon sens, si nous avons une réponse après le troisième jour de l'année, nous pourrons rendre grâce au ciel! Nous avons fait tout ce que nous pouvions, remettons-nous-en au ciel ! »

Wu Liande but une gorgée de thé brûlant. Ce thé dont l'arôme flattait les narines, une fois dans la bouche, lui parut amer. Il pensait à cette peste, qui se cramponnait mortellement à eux et refusait de partir, et cela lui coupait l'envie de trinquer. Au moment où il reposait sa tasse avec un léger soupir, Fu Baichuan entra avec un panier plein de flacons d'eau-de-vie décorés d'un papier rouge où était écrit le caractère « Bonheur ». Wu Liande se dit alors qu'il avait manqué à la politesse en venant sans apporter de cadeau. Mais les magasins étaient dans un tel état de désolation en ce moment, qui aurait eu à cœur de s'occuper de cadeaux ?

Wu Liande joignit les mains et salua Fu Baichuan. Depuis le début, il était le plus grand soutien du Centre de lutte contre l'épidémie, il avait recruté du personnel pour fabriquer gratuitement dix mille masques respiratoires. Puis, quand le personnel s'était mis à manquer cruellement, il avait mobilisé les médecins traditionnels. Wu Liande avait vu à la distillerie sa femme qui avait perdu l'esprit, et à l'idée qu'il avait laissé à la maison femme et enfants pour passer le réveillon avec lui, il se sentit son obligé.

La nuit était de plus en plus noire, l'année nouvelle de plus en plus proche, lorsque les deux fameux plats furent servis. Yu Sixing expliqua leur rapport avec Shi Zhaoji. Lorsqu'il avait quitté ses fonctions d'intendant général à Harbin, c'était justement la veille du Nouvel An ; il avait annoncé qu'il était appelé à Pékin par le prince régent pour des délibérations. Ignorant si ce voyage serait faste ou néfaste, il était inquiet. Pour le réconforter, Zheng Xingwen lui avait préparé de la viande de cerf entourée de crêtes-de-coq rouges bouillies ; puis il avait fait frire du saumon et placé au centre de la chair de hérisson aux champignons braisée en sauce rouge. Il avait nommé le premier plat « Augmenter la paie des fonctionnaires » et le second « Anoblir immédiatement ». Lorsqu'il avait expliqué ces noms (jeux de mots basés sur le nom des ingrédients) à Shi Zhaoji, cela l'avait détendu et il s'était repu de ces mets, et peu après à Pékin il avait appris la bonne nouvelle de sa promotion au ministère des Affaires étrangères. Depuis, ces deux plats hauts en couleurs étaient devenus des figures obligées du réveillon de l'intendant général à Harbin.

En tant qu'officier général de santé, Wu Liande était indifférent à la gloire et à la fortune, il n'attendait qu'une chose, l'autorisation de la cour pour incinérer les cadavres. Si la réponse de Shi Zhaoji devait le décevoir, il ne laisserait pas le kérosène acheté inemployé. Sa décision prise en son for intérieur, il saisit ses baguettes et goûta aux deux fameux plats, mais l'amertume qui lui rongeait le cœur l'empêcha de les apprécier. Il déposa ses baguettes alors que Yu Sixing et Fu Baichuan parlaient de Yu Qingxiu, qui avait perdu en deux jours son beau-père, son mari et son fils. Wu Liande savait que cette femme enceinte qui faisait des pâtisseries dont la renommée dépassait la ville se trouvait sous surveillance à l'hôpital, avec une température normale et sans symptômes inquiétants. Dans quelques jours, si ses signes vitaux demeuraient stables, elle pourrait rentrer chez elle. Mais privée de ses poutres maîtresses, comment affronterait-elle cette maison vide ? Comment passerait-elle ces longues nuits noires ?

Fu Baichuan raconta : « J'ai entendu dire que le soir de la fête du seigneur des fourneaux, Xisui ne serait pas monté dans ce wagon s'il n'avait pas voulu chercher de la paille pour son cheval, quand j'y pense cela fait mal au cœur ! Désormais, quand j'ouvrirai un magasin, qui allumera les pétards pour moi ? »

Voyant que Wu Liande était déprimé, Yu Sixing lança un regard à Fu Baichuan pour qu'il ne parle plus de choses tristes. Il leva sa coupe et dit : « Aujourd'hui c'est une chance d'avoir ce cher Wu Liande pour passer le nouvel an avec nous ! L'année Gensu s'en va, bienvenue à l'année Xinhai ! »

Fu Baichuan renchérit avec émotion : « L'année du Chien s'en va, bienvenue à celle du Coq, quand la peste s'en ira, la lueur de l'espoir viendra ! »

Wu Liande ressentit pour la seconde fois la brûlure de l'eau-de-vie de la maison Fu. La chaleur de ce nectar lui fit monter les larmes aux yeux, et il fut tenté d'en profiter pour pleurer un bon coup, afin de se libérer du fardeau de ses responsabilités qui l'écrasaient comme une montagne.

Ils venaient de vider la première coupe, la seconde était pleine mais avant qu'ils ne la lèvent, le portier vint annoncer qu'un membre du Centre de lutte contre l'épidémie apportait un télégramme urgent du ministère des Affaires étrangères adressé à l'ambassadeur extraordinaire Wu Liande. Sur quoi il lui remit le document roulé en cylindre.

Wu Liande le reçut, les mains tremblantes. Lorsqu'il l'eut lu, il pleura de joie. Il savait ce que les mots *Edit impérial : requête de Wu Liande accordée* avaient coûté d'efforts à Shi Zhaoji.

Yu Sixing comprit à son expression que la cour avait donné son accord et il poussa un long soupir de soulagement, se leva et sortit doucement de la pièce pour aller remercier les dieux du ciel et de la terre sous le chapiteau décoré qui venait d'être installé. Le bâtonnet d'encens qu'il brûlait avait réduit de trente centimètres quand Wu Liande le rejoignit. Les serviteurs l'ayant informé de la raison pour laquelle Yu Sixing était sorti, il venait à son tour se prosterner. Ce rite accompli, ils partirent tous deux en calèche pour le Centre de lutte contre l'épidémie, où ils passèrent la nuit à rassembler la main-d'œuvre nécessaire à la crémation. Lorsque Yu Sixing se rendit compte que Wu Liande avait déjà acheté le kérosène, il écarquilla les yeux et le regarda fixement pendant un long moment sans pouvoir dire un mot.

Alors même qu'on entrait dans l'année Xinhai (1911), ils discutaient des personnalités qu'il faudrait inviter à assister à la crémation. Lorsque Lin Jiarui vint leur dire que l'on était entré dans la nouvelle année, Wu Liande se redressa et écouta avec attention, mais il n'entendit aucune explosion de pétards. Trouvant cela bizarre il demanda à Yu Sixing ce qui se passait. L'intendant général expliqua que dans la conjoncture actuelle pour éviter les incendies, les autorités avaient décidé d'interdire d'allumer les chaînes de pétards. Mais passer l'année en silence avait quelque chose d'oppressant. Wu Liande expliqua que l'odeur de soufre des pétards pouvait non seulement chasser les microbes mais aussi redonner du courage aux gens. Il proposa que le jour du premier janvier, le peuple soit autorisé dans toute la ville à le faire. Yu Sixing opina du chef et approuva : les chaînes de pétards pouvaient chasser le mal et repousser la malchance, et ce passage d'année trop calme ne lui disait rien qui vaille. Il donna l'ordre que l'Intendance dégage des fonds pour acheter des pétards et les distribuer le lendemain dans chaque famille.

Le jour de l'an, de grand matin, au lever du soleil, un groupe d'hommes vêtus de noir et portant des masques blancs sur le visage commencèrent à s'affairer au cimetière. Ils devaient rassembler les longues files de cercueils en tas pour faciliter la crémation. Ils passèrent la matinée à empiler les cercueils, au total cela faisait vingt-deux tas de cent cercueils. Alors qu'ils les aspergeaient de kérosène, un fiacre entra dans le cimetière, il transportait une délégation du Centre de lutte contre l'épidémie menée par Wu Liande, des membres de l'administration, Yu Sixing et le magistrat Chen, ainsi que les consuls en poste à Harbin et des marchands comme Fu Baichuan.

Wu Liande prit la torche des mains du fonctionnaire et la brandit, puis il alluma le premier tas. On entendit un vrombissement et les flammes montèrent vers le ciel. On eût dit des traits de pinceau dorés écrivant sur l'immensité désolée des mots d'adieu aux mânes des défunts. Les autres monticules furent allumés à leur tour, et le cimetière devint un immense brasier dégageant une fumée épaisse. Bien que tout le monde portât un masque respiratoire, ils ne pouvaient échapper à l'odeur âcre de chair grillée. Quant aux moineaux qui voletaient normalement au-dessus du cimetière, on n'en voyait plus un seul. Mais il y eut quelques corbeaux qui s'approchèrent sans crainte. Ils se posèrent dans le cimetière, silhouettes noires, comme les ultimes veilleurs des défunts innocents.

Lorsque Wang Chunshen entra dans le cimetière avec des cadavres, la crémation était terminée. Le soleil couchant était nimbé de rouge, peut-être parce qu'il était étouffé par la lumière du feu et la fumée. Les longues rangées de cercueils avaient disparu, il n'y avait plus que des amoncellements de braises encore chaudes. Il pensa à Jibao et à Jin Lan qui avaient été abandonnés là et dont il ne restait plus un os, contrairement à Wu Fen qu'il avait inhumée lui-même et qui reposait dans un tombeau où il pouvait se recueillir. Il s'accroupit par terre et pleura à grand bruit. Les trois employés du cimetière l'entendirent et sortirent de leur cabane. Montrant le cercueil dans son fiacre, ils dirent que ce mort avait de la chance car il allait pouvoir être enterré. La terre avait dégelé sous l'action du feu et l'on pouvait maintenant creuser des tombes sans effort. Ils savaient pourquoi Wang Chunshen pleurait, la source de ses larmes était son fils Jibao, et ils dirent pour le réconforter : « La veuve Wu n'est pas vieille, tu peux encore avoir un enfant avec elle. » Wang Chunshen en pensant à cette femme au regard torve qui s'accrochait à lui fut envahi de tristesse et pleura encore plus fort.

Le soir du premier jour de l'an, les pétards explosèrent, Fujiadian semblait ressusciter. Wu Liande regarda les statistiques du jour. Le nombre de morts était inférieur de quinze à celui de la veille, depuis près de deux semaines, c'était la première fois qu'il diminuait. Le miracle se produisait ! Tout excité, il rédigea immédiatement un télégramme pour Shi Zhaoji pour lui faire part de cette nouvelle exaltante. Lorsqu'il l'envoya, il était minuit passé. Il retourna à son logement, posa la tête sur l'oreiller et s'endormit aussitôt. Il rêva qu'il rentrait à Tianjin, que Huang Shuqiong l'accueillait à la gare avec leurs fils Changgeng et Changfu qui semblaient revenir d'une foire au temple, son fils aîné tenait à la main un moulin à vent de toutes les couleurs dont l'hélice tournait, et le second une petite lampe en forme de carpe. Il se rappelait tendrement le petit dernier qui n'avait que six mois, Changming, et demandait à Huang Shuqiong pourquoi elle ne l'avait pas emmené avec elle ; elle lui répondait, les joues luisantes de larmes : « Changming s'est transformé en huile pour la lampe de la Clarté éternelle. »

Il se réveilla en sursaut, se rappela ce que sa femme venait de lui dire en rêve, y vit un mauvais présage et fut pris de sueurs froides. Il alluma la lampe et alla vers la fenêtre. Il aurait tant voulu qu'à ce moment-là apparaisse une voie céleste qui pût le ramener chez lui en un instant !

Le givre sur le carreau de la fenêtre dessinait des fleurs en dents de scie, blanches, étincelantes. Il songea, Changming devrait avoir ses premières dents qui poussent maintenant, sont-elles apparues ?

LE CIEL NOCTURNE

Il y avait à Fujiadian un grand nombre de gens venus du Shandong, ils avaient conservé l'habitude de fêter les 7 du premier mois de l'année.

Le 7, le 17 et le 27 étaient appelés les « jours des hommes ». La légende voulait que le 7 soit le jour des enfants, le 17 le jour des jeunes gens, et le 27 le jour des vieillards. A ces dates-là, certains faisaient des repas de nouilles, d'autres de tofu. Les premiers prédisaient une année prospère et sans obstacles ; les seconds une année heureuse à souhait. Cependant, quoi que l'on mangeât, les soirs d'un jour en 7, on n'allumait pas les lampes, pour permettre aux rats de profiter du noir pour prendre compagne. Lorsque les rongeurs se mariaient, ils prenaient du bon temps et n'attaquaient pas les réserves des greniers, présageant d'une année riche pour les hommes.

Si ne pas allumer la lumière permettait vraiment que les rats ne menacent plus les hommes, Wu Liande était prêt à rester dans le noir !

Le matin du 17, alors qu'il mangeait un bol de nouilles, il pensa au docteur de médecine traditionnelle Xu qui venait de mourir, et cela lui fit tant de peine qu'il posa ses baguettes au milieu de son bol. Les nouilles qui restaient lui semblèrent un écheveau de chanvre.

Le docteur Xu avait été contaminé par un agent du Centre de lutte contre l'épidémie, et il était mort en trois jours. Depuis que l'on incinérait les morts, leur nombre diminuait régulièrement, mais voir mourir quelqu'un quasiment sous ses yeux avait affecté considérablement Wu Liande.

La femme de cet agent de service, c'était la dondon qui habitait derrière le Centre de lutte contre l'épidémie. Son homme avait disparu le 9 janvier et depuis ce jour elle portait un foulard de deuil sur la tête et venait tous les matins faire du tapage à la porte du bureau. Elle se plaignait de ne pas avoir d'enfant et donc personne à tenir dans ses bras la nuit depuis la mort de son mari, elle avait beau se blottir sous ses deux couvertures, elle avait quand même froid. Elle disait que si elle avait su qu'il attraperait la peste, elle ne l'aurait jamais laissé venir travailler au Centre, quel que soit le nombre de ligatures de sapèques qu'on lui donnait. Deux jours plus tôt, le 15, lors de la fête des Lanternes, elle était venue trépigner en disant que son homme ne verrait plus les lanternes, et sans doute allait-elle revenir le lendemain, le 17, en se plaignant qu'il ne mangerait plus de nouilles. Arrivé à ce point de ses pensées, Wu Liande soupira encore.

Plus effrayant que le raffut de la dondon étaient les regards que certains posaient sur Wu Liande depuis les crémations. La plupart des familles de défunts comprenaient les raisons de cette mesure, mais certains y étaient opposés et l'accusaient de folie meurtrière. Dans leur esprit, les morts n'étaient pas vraiment morts, ils pouvaient encore revenir dans ce monde pour se réincarner. Mais une fois qu'ils étaient réduits en cendres, ils étaient vraiment morts, ils n'avaient plus d'âme et ne pouvaient même pas revenir sous la forme d'une vache ou d'un cheval. Lorsqu'ils voyaient le fiacre de Wu Liande, c'était comme s'ils avaient vu le bourreau, ils se calfeutraient chez eux ; ceux qui n'avaient pas eu le temps de l'éviter dardaient sur lui des regards glaciaux.

Cela ne faisait que deux mois que Wu Liande était arrivé à Harbin, mais ses tempes grisonnaient déjà. Sur le mur ouest de son logement était suspendu un miroir rond dans un cadre en bois de noyer. Le soleil du matin plongeait le miroir dans une lumière dorée. Aux yeux de Wu Liande, ses rayons étaient comme des épis de blé mûr, et le miroir était la grange qui les abritait. Deux jours plus tôt, devant son miroir, il s'était aperçu qu'il y avait dans la lumière dorée des traces de reflets argentés, il avait regardé de plus près et vu qu'il s'agissait de ses propres cheveux.

Pendant ces quelques jours, l'affaire qui retint le plus l'attention fut la nouvelle du trépas de la chanteuse russe Sennikova, infectée par la peste. Sa mort n'ébranla pas moins la ville de Harbin que celle de Mesny. Wu Liande avait vu des photographies d'elle dans des archives de presse de l'Intendance générale. Elle arborait un demi-sourire, avec un air un peu insolent, un peu content, un peu infatué, un peu mélancolique, dans un mélange extrêmement séduisant. On pouvait imaginer sa force d'attraction lorsqu'elle montait sur scène et se mettait à chanter. Sa fille Natacha était également morte, ainsi qu'un violoniste de l'orchestre du nom d'Orr. Ils avaient été contaminés à l'église alors qu'ils recueillaient des dons pour les pestiférés. Wu Liande avait entendu dire que Sennikova aimait les pâtisseries de Yu Qingxiu et que, chaque semaine ou presque, elle s'y rendait dans le cabriolet de Wang Chunshen pour en acheter.

Le fait que Sennikova ait été infectée dans une église du quartier des Quais montrait que pendant l'épidémie il était dangereux d'aller à la messe. Le Seigneur, tout à l'écoute des cantiques à sa gloire, s'était laissé envoûter, puis s'était assoupi, et ne se souciait plus de la vie et de la mort chez les hommes. Wu Liande donna l'ordre d'inspecter toutes les églises et les temples de Harbin, et de suspendre provisoirement toutes les activités religieuses.

Lorsque sa voiture s'arrêta devant le Centre de lutte contre l'épidémie, la dondon venait de partir. Le portier lui dit qu'aujourd'hui elle s'était plainte que son homme ne mangerait plus de nouilles : Wu Liande avait deviné juste, apparemment. Le portier ajouta qu'elle ne viendrait plus, parce que Fu Baichuan lui avait donné de l'argent pour la convaincre de rentrer chez elle. Elle s'était mouchée, avait grommelé qu'elle se gelait les os et était repartie.

Wu Liande en eut chaud au cœur. Il savait que les affaires de Fu Baichuan avaient été durement affectées par la peste et que celles qui subsistaient, hormis la distillerie, étaient moribondes ; pourtant, il continuait imperturbablement à soutenir la lutte contre l'épidémie, et il était toujours là pour s'occuper des choses, grandes ou petites.

Ce jour-là, Wu Liande devait présider la réunion régulière d'information du Centre. Y participaient l'intendant général Yu Sixing, le magistrat Chen, ainsi que les responsables des divers services du Centre. Au début, la discussion porta sur la mort de Sennikova. Quelqu'un dit que Dieu avait trouvé sa voix à son goût et l'avait rappelée au paradis pour y chanter ; un autre dit que le violoniste était proche d'elle et qu'elle était partie en emmenant sa fille et son amant ; un autre, se réjouissant du malheur d'autrui, déclara que c'était bien fait pour les Russes, qui se prétendaient les meilleurs adversaires de la peste, cette mort spectaculaire en valait bien cent ! A ce moment-là, le chef de la brigade de police sanitaire rapporta à Wu Liande d'une voix hésitante qu'il y avait un problème à l'église catholique de Fujiadian, mais qu'ils n'osaient pas y entrer. Depuis le début de l'épidémie, plusieurs personnes avaient disparu, et selon certains renseignements, elles s'étaient réfugiées dans cette église. Depuis quelque temps, lorsque les patrouilles passaient devant, on entendait dans la cour des bruits de pelles et de pioches, il semblait qu'on y enterrait clandestinement des morts. Apparemment la situation sanitaire dans l'église était très grave. Cette information étonna Wu Liande, il n'avait pas pensé qu'il pouvait encore y avoir à Fujiadian un « angle mort » de la lutte contre l'épidémie.

Wu Liande, fort fâché, demanda au chef de brigade pourquoi il avait attendu maintenant pour partager cette information qu'il connaissait depuis tout ce temps. L'homme, transpirant à profusion, regarda Yu Sixing, sembla vouloir dire quelque chose mais se tut.

Yu Sixing s'éclaircit la voix et expliqua qu'il avait entendu dire, au moment où Wu Liande avait pris ses fonctions à Harbin, que l'église catholique accueillait des réfugiés. Mais il lui était difficile d'interférer dans les affaires de l'Eglise. On lui avait fait comprendre que les dossiers délicats liés à la religion donnaient la migraine à la cour : s'il ordonnait une enquête qui provoquait une polémique et engendrait une catastrophe, cela reviendrait à causer beaucoup de remous pour peu de chose. De toute façon, cette église était fermée, personne n'y entrait, et si la situation y devenait intenable, au pire on les laisserait mourir tous ensemble.

Ces propos donnèrent des sueurs froides à Wu Liande. Dans cette affaire, il n'était pas moins à blâmer qu'eux car, lorsqu'il avait ordonné la fermeture de la ville, il avait inconsciemment considéré l'église comme une terre sacrée et négligé toute vérification et contrôle.

Il conclut immédiatement la réunion et fonça vers l'église avec un détachement d'hommes.

Cette église était en bordure de la ville. Si on considère Fujiadian comme ayant la forme d'un homme allongé bras et jambes écartés, alors cette église était un grelot attaché à sa cheville qui pendait au-dehors, dans une relative indépendance. Avant l'épidémie, on entendait souvent carillonner ses cloches. Vue de l'extérieur, l'église n'est pas grande, construite en briques avec une charpente de bois, elle avait l'allure d'une maison ordinaire, en un peu plus élevée ; chacune des fenêtres rectangulaires était couronnée d'un ornement en bois en demi-lune. Le clocher se trouvait sur le côté droit, ses fenêtres en arc lui donnaient l'air d'une cheminée fumant de tous côtés. L'entrée était située à gauche et rappelait beaucoup celle d'un temple chinois, avec une partie élevée au milieu et deux plus basses sur les côtés. Au-dessus de chaque fronton en forme de V inversé était plantée une croix. Le style sobre de l'église donnait un sentiment d'intimité. La différence avec les autres églises, c'est qu'elle avait un mur d'enceinte de la hauteur d'un homme.

En arrivant sur place, Wu Liande comprit pourquoi des gens s'y étaient réfugiés : une pancarte signalait *Foyer catholique de convalescence*. Il ordonna à ses hommes qui ne portaient pas leur masque respiratoire de le mettre immédiatement.

La porte était hermétiquement fermée ; ils frappèrent longtemps avant qu'un gardien ne vînt ouvrir. Derrière lui se tenait un prêtre émacié portant une croix. Il avait le visage et les yeux rouges, il toussait légèrement, et Wu Liande vit tout de suite qu'il était contaminé. Une messe était en cours, et le son des psalmodies était entrecoupé de toussotements.

Le prêtre était français. Wu Liande lui dit dans cette langue qu'il était l'officier sanitaire chargé de la prévention de la peste dans les trois provinces du Nord-Est et qu'il venait pour effectuer un contrôle et une désinfection des locaux ; s'il y avait des malades de la peste, tous devaient être envoyés à l'hôpital, aucun ne pouvait rester dans l'église. Il comptait sur sa coopération.

Le prêtre le regarda en silence, les lèvres tremblantes, mais ne dit mot.

Voyant cela, Wu Liande adoucit le ton et lui demanda combien de personnes étaient réfugiées dans l'église.

Le prêtre le regarda droit dans les yeux et dit : « Le Seigneur nous protège. » Il tourna les talons en disant au gardien de fermer la porte.

Wu Liande se dit que si le Consulat de France pouvait intercéder pour permettre l'inspection sanitaire, ce serait parfait.

Il s'y rendit personnellement et demanda à voir le consul, exposa la raison de sa visite. Le consul, bien qu'un peu réticent, dut, compte tenu de l'épidémie, l'accompagner.

Cette fois, la porte s'ouvrit sur un autre prêtre, le père Bouriès. Le consul lui dit que le décès de leur compatriote Gérald Mesny avait montré que les préconisations de Wu Liande sur la peste étaient justes et efficaces, que toutes les communautés étrangères se rangeaient derrière lui et qu'il espérait que l'Eglise le soutiendrait également. Mais ce prêtre, comme le précédent, campa ferme sur sa position : l'autorité publique ne pouvait interférer dans la religion, seule l'Eglise pouvait lui dicter sa conduite : le Seigneur était tout-puissant, ils n'avaient pas besoin de médecin.

Le consul de France ouvrit les bras en signe d'impuissance, secoua la tête pour signifier qu'il avait fait ce qu'il pouvait.

Wu Liande ne renonça pas. L'église était en territoire chinois, et en période d'épidémie, en tant qu'officier général de santé pour les trois provinces du Nord-Est, il avait le droit d'inspecter un lieu qui mettait en danger la sécurité du reste de la population. Si on ne pouvait s'accorder, il faudrait entrer par la force. Il ordonna au Centre de lutte contre l'épidémie de prendre le contrôle de l'église en indiquant qu'il en assumerait toutes les conséquences.

Yu Sixing avait vu, dix ans plus tôt, au moment où les Russes assiégeaient la ville, le général Shoushan ordonner à sa garde de le tuer. Il n'aurait pas imaginé que ce docteur si distingué ferait preuve d'une aussi grande fermeté, et il se sentit honteux comme jamais.

En pénétrant dans l'église, Wu Liande se rendit compte que la situation était bien pire que ce qu'il avait imaginé. Dans ce petit bâtiment s'entassaient plus de trois cents personnes, de simples gens craignant de mourir de la peste et venus y chercher refuge. Comme dès le début il y avait parmi eux des personnes contaminées et qu'aucune mesure prophylactique n'avait été prise pour les séparer des autres, la situation avait atteint un degré de gravité qui le laissa pantois. Outre quelques dizaines de corps enterrés en douce, il y avait eu récemment plus de vingt morts qui avaient été mis en bière mais laissés dans la cour – un cimetière au cœur de la ville ! En plus, parmi les survivants plus de quatre-vingts pour cent étaient infectés mais ils étaient tous assis ensemble à psalmodier et prier le ciel d'être miséricordieux et de les sauver des épreuves de la peste. Les employés du Centre de lutte contre l'épidémie s'affairèrent jusqu'au soir pour confirmer les diagnostics, séparer les personnes infectées de celles soupçonnées de l'être et les envoyer séparément dans des hôpitaux en quarantaine, y compris les trois prêtres qui continuaient à résister.

La tristesse de Wu Liande était infinie. Il savait très bien qu'en l'absence de traitement efficace pour les cas confirmés, la majorité de ces trois cents personnes allaient mourir. Il avait perdu l'occasion de sauver plus de vies.

Il donna l'ordre de transporter la vingtaine de cercueils qui étaient dans la cour au cimetière et de procéder à leur crémation. Comme la plupart étaient catholiques, au moment de la crémation il fit placer une croix devant chaque cercueil. On procéda à une désinfection complète de l'église. Quand tout cela fut terminé, l'aube pointait. Wu Liande monta dans son fiacre et, sur le chemin du retour, au son des sabots du cheval, voyant la lumière pâle de l'aurore, il se dit qu'un certain nombre d'humains allaient bientôt dire adieu aux aurores, et il en pleura jusqu'à mouiller sa chemise.

Les employés du Centre qui habitaient Fujiadian ne s'attendaient pas à découvrir Zhai Yisheng dans l'église. Il tenait dans ses bras un affreux chat aux poils d'un jaune sale et portait toujours sa tresse sur la nuque. Il n'était plus aussi gros qu'avant, il avait maigri et ses joues s'affaissaient, des rides s'étaient creusées au coin de ses yeux, il avait des cernes comme des lanternes et l'air de n'avoir plus que la peau sur les os. Malgré son visage émacié, il faisait partie de la petite minorité dans l'église qui ne présentait pas les symptômes de la peste, et il fut donc envoyé dans les wagons de quarantaine. Aux questions qu'on lui posait, il ne répondit pas un mot. Mais au moment de monter dans le véhicule qui l'emmenait aux wagons, il demanda : « Combien y a-t-il eu de morts ? »

S'il avait changé d'apparence, sa voix était restée la même, chevrotante avec des accents féminins. On lui répondit qu'il y avait déjà eu plusieurs milliers de morts. Ses yeux s'illuminèrent, il tira sur le coin de ses lèvres pour forcer un sourire, caressa son chat en lui demandant d'un air allègre : « Qu'en dis-tu ? » et monta en voiture. Ceux qui le connaissaient remarquèrent que cette main qui volait si facilement de quoi manger chez les habitants de Fujiadian, autrefois grassouillette, dont chaque doigt luisait comme la cire des bougies, était maintenant décharnée et sèche comme une serre d'aigle.

Le responsable de la désinfection de l'église fulmina : « Regardez-moi cette fripouille, il est tout content d'apprendre qu'il y a eu beaucoup de morts, il voudrait que tout le monde soit mort à Fujiadian et rester seul sur terre ! »

L'homme n'avait pas tort. Zhai Yisheng, depuis qu'il s'était réfugié à l'église, espérait que tous les habitants de Fujiadian meurent, que tous les habitants de Harbin meurent, que la peste se propage rapidement au-delà de la passe de Shanhai et fasse de la Cité interdite à Pékin une ville morte. Une fois que l'humanité aurait été détruite, il sonnerait les cloches de l'église et lèverait les bras en signe de victoire. Avant la mort de Jin Lan, le monde ne lui était pas encore totalement indifférent, mais depuis qu'elle avait disparu, il l'avait pris en haine. Chaque jour, il montait dans le clocher et regardait Fujiadian de là-haut. Voir les rues désertes hormis les corbillards improvisés le réjouissait. Pour éviter d'être infecté, il s'était porté volontaire pour s'occuper de la chaudière et se terrait dans le local à l'alimenter en combustible. Le soir, il se recroquevillait à côté d'elle avec son chat et dormait là. Il n'allait jamais dans la nef. Il partageait avec son chat le repas quotidien que servait l'église. Si lui avait maigri, le chat se portait toujours bien. Ce qui lui plaisait le plus était d'entendre le soir le bruit des pelles et des pioches, cela voulait dire qu'il y avait eu des victimes. Et si le mort était un homme, cela le rendait furieusement joyeux ! Le Seigneur leur avait enlevé le souffle de vie et l'engin qu'ils avaient entre les jambes était désormais un jouet inerte ? Quelle différence avec le simulacre de céramique qu'il gardait sur lui ?

Voir l'épidémie s'aggraver, la nourriture manquer à l'église, les morts privés d'inhumation, les fidèles tousser pendant la messe, lui avait donné vraiment envie de boire une coupe de l'eau-de-vie de Fujiadian ! Cependant, le soir du Nouvel An, il entendit la ville résonner de pétards de tous côtés, dans une ambiance de fête. Il fut déçu : est-ce que par hasard les gens se donnaient du bon temps ?

Les deux personnes auxquelles Zhai Yisheng pensait le plus souvent étaient non pas sa sœur Zhai Fanggui mais Jin Lan et Qin Huit Bols. Lorsqu'il pensait à Jin Lan, il regardait les yeux de son chat. Ils lui évoquaient un lac sombre et profond à la surface frémissante duquel flottait le regard de Jin Lan. Mais lorsqu'il pensait à Qin Huit Bols, cela le faisait grincer des dents : il ressemblait trop à l'eunuque Li, son oppresseur au palais impérial ! Ce Li, pour s'attirer les faveurs de l'eunuque en chef, en guise de divertissement, l'avait forcé à jouer au chat et à attraper des souris. C'était encore lui qui, uniquement parce qu'il courtisait une demoiselle d'honneur, lui avait tendu par jalousie une embuscade et lui avait cassé la jambe droite. Si Zhai Yisheng avait alors été renvoyé du palais, c'était à cause de cet homme méchant et cruel. Ce palais somptueusement décoré où l'on célébrait la paix avec des chants et des danses, avait été pour lui une immense prison ! Chaque fois qu'il voyait s'y poser des moineaux, il aurait voulu être l'un d'eux pour que ces murs ne l'enferment plus, pour pouvoir voler au-dessus de leur enceinte ; quand il voyait un papillon dans les massifs de fleurs, il aurait voulu en être un pour pouvoir aller caresser la joue de la femme qui lui plaisait sans que quelqu'un ose dire qu'il lui avait fait un outrage ; et quand il voyait des fourmis, il aurait voulu en être une pour pouvoir pincer ceux qu'il haïssait !

Zhai Yisheng ne voulait pas que l'église soit prise en charge par d'autres, il ne voulait pas qu'on les découvre, il voulait que personne ne soit sauvé. Mais son rêve fut brisé. Lorsqu'il vit du haut du clocher la porte de l'église s'ouvrir et le prêtre ne pas opposer de résistance au milieu de ces gens portant des masques de protection, il faillit sauter du clocher par désespoir. Cependant, lorsqu'il apprit qu'il y avait eu plusieurs milliers de morts à Fujiadian, il reprit espoir. Sur le chemin qui le conduisait aux wagons de quarantaine, bien qu'il fît déjà sombre, il reconnut le cocher qui transportait les cercueils vers le cimetière : c'était Wang Chunshen. Il se dit qu'il ne devait plus avoir de clients ni de ressources pour faire le croque-mort. En voyant son cheval noir épuisé qui avait perdu sa prestance et à façon dont Wang Chunshen penchait la tête, il frémit de joie, son chat dans les bras.

Lorsqu'il était entré au palais, Zhai Yisheng faisait le travail le plus rebutant, vider et nettoyer les lieux d'aisances. Chaque jour il en faisait cent et il en était fatigué au point d'avoir des vertiges et des troubles de la vision. Il crevait de faim, mais il n'arrivait pas à manger. Aussi, les deux premières années, était-il maigre comme un pied de lanterne. Les eunuques étaient répartis en plusieurs échelons. Au sommet, les coiffes du deuxième grade, ceux du troisième grade s'occupaient du service domestique impérial. Puis il y avait l'officier général des neuf salles, ensuite les sous-chefs et encore plus bas les très nombreux petits eunuques. Les puissants eunuques étaient riches en soieries et mangeaient bien, ils faisaient la pluie et le beau temps, distribuant arbitrairement châtiments et récompenses. Les milliers de petits n'étaient que des bêtes de somme. La deuxième année, il avait pris la résolution de sortir du lot et attendu son heure pour grimper plus haut que ceux qui étaient au-dessus de lui. Comme il était obéissant, il avait obtenu un joli travail en tant que jardinier dans les jardins impériaux. Au milieu des plantes et des fleurs, il avait coulé des jours heureux.

Par une belle journée, alors qu'il était en train de tailler des rosiers, il avait soudain vu un rat entre les fleurs et, vif comme l'éclair, l'avait attrapé vivant. L'eunuque en chef du cinquième grade Li, qui avait assisté à la scène, s'était émerveillé de ce talent inattendu chez Zhai Yisheng. A dater de ce jour, Li l'avait obligé à attraper les rats vivants pour divertir le grand chef des eunuques. Mais les rats apparaissaient ou disparaissaient sans crier gare, et lui-même n'était pas doté d'un flair d'un chat. Il n'en rencontrait donc pas si souvent. L'eunuque Li réfléchit, et le muta dans un endroit où les rats foisonnaient, dans les cuisines impériales, comme homme de corvée.

Il y avait des dizaines de cuisines classées en huit catégories, et celle où Zhai Yisheng fut muté faisait à manger pour les hommes de corvée comme lui. Les cuisines pour l'empereur servaient des mets raffinés et on voyait de la vaisselle d'argent sinon d'or; mais celle où il travaillait n'était pas différente des cuisines du petit peuple et les plus beaux couverts étaient en étain. En sus de son travail, Zhai Yisheng devait s'entraîner à attraper des rats. Souvent bredouille au début, il avait fini par y réussir presque neuf fois sur dix.

L'eunuque Li lui avait alors fait capturer quelques rongeurs à élever en cage, qu'il avait apportés au grand chef des eunuques pour lui montrer le spectacle de Zhai Yisheng attrapant des rats. Le grand eunuque s'était beaucoup amusé, et avait dit que Zhai Yisheng avait certainement été un chat dans une vie antérieure! Il aurait fallu que le Bouddha voie ça, le dégoût que la vue d'un rat inspirait aux hommes! A dater de ce jour, si l'envie en prenait au grand eunuque, Li lui amenait Zhai Yisheng avec sa cage de rats pour faire son numéro devant lui. Assis dans un fauteuil d'acajou, le grand eunuque, les jambes croisées, buvait du thé et mangeait des fruits secs en le regardant ramper à la poursuite des rongeurs. Lorsqu'il en attrapait un, il applaudissait et criait « Bravo! » comme un spectateur au théâtre; et lorsqu'il manquait son coup, il criait: « Qu'on le batte! » Zhai Yisheng se sentait doublement humilié, parce qu'il était moins libre que les rats, qui au moins couraient partout.

La flatterie de Li avait plu au grand eunuque, qui l'avait promu rapidement au quatrième grade. Sans s'en rendre compte, Zhai Yisheng était tombé dans le piège à rats de Li. Quand celui-ci avait eu sa promotion, il s'était plaint : s'il restait aux cuisines à couper des légumes du matin au soir, il pourrait se couper un doigt dans un moment d'inattention et ne serait alors plus capable d'attraper des rats. Li avait compris le message et c'est ainsi que Zhai Yisheng avait été promu au huitième grade et nommé responsable de deux cuisines de basse catégorie.

Les eunuques du palais avaient tous un certain pouvoir, cela va sans dire pour ceux des troisième ou quatrième grades, mais aussi pour les cinquième, sixième ou septième grades, et tous avaient l'habitude de demander à une demoiselle d'honneur de devenir leur « commensale » – leur bonne amie. Bien que leurs relations ne fussent pas à proprement parler celles d'amants, il y avait entre eux une sorte d'accommodement qui prenait un caractère coutumier. La demoiselle que Li avait choisie pour « commensale » était aussi aimée de Zhai Yisheng. Elle s'appelait Shuilian (Lotus d'eau), elle avait deux yeux en amande pleins de tendresse, un beau nez fin, une peau blanche tirant sur le rose et l'air timide. Zhai Yisheng l'appréciait non seulement pour sa beauté et l'innocence de son caractère, mais aussi parce que, comme lui, elle transpirait facilement. Chaque fois qu'il la voyait, son petit nez perlait de gouttes de sueur. Elle était apparemment consciente de la beauté de son nez et du fait qu'une fine couche de transpiration l'embellissait.

Après sa journée de labeur, le soir, Zhai Yisheng aimait se promener dans les galeries du petit jardin, parce que la princesse que servait Shuilian avait coutume de s'y asseoir pour admirer le ciel, les soirs d'été. Lorsque le clair de lune s'y prêtait, Zhai Yisheng pouvait voir son nez luire. Il s'étonnait de ce que ces perles de sueur ne disparaissent pas avec le retrait du soleil, mais semblent incrustées comme des cristaux. Il trouvait cela particulièrement touchant. La plupart des princesses toléraient que les eunuques bavardent avec leur demoiselle d'honneur. Une fois celle-ci, pour plaisanter, avait demandé à Shuilian s'il était son commensal. Celle-ci s'était récriée : « Sa commensale, moi ? » Zhai Yisheng avait bien vu qu'elle faisait mine de se fâcher mais qu'en réalité elle l'aimait bien. Mais lorsque la princesse avait enchaîné en soupirant : « Oui, si tu vas avec lui, tu n'auras jamais de suivante », elle l'avait coulé de dix mille lieues par le fond. Comprenant que pour les femmes il n'était qu'un rebut, il s'en était allé, abattu.

Shuilian, paradoxalement, se rapprochait de Zhai Yisheng alors qu'il se tenait à l'écart ; et elle ne faisait aucun cas de l'eunuque Li qui la poursuivait de ses assiduités. Constatant cela, Li en avait conçu de la haine pour Zhai Yisheng et lui cherchait tout le temps des noises. Soit il le réprimandait vertement, soit il le châtiait durement. C'était comme cela qu'il avait eu la jambe amochée, Li l'avait fait tomber dans un traquenard : il avait mis une tabatière de jade *feitsui* à un endroit où Zhai Yisheng passait tous les jours, et lorsque celui-ci l'avait ramassée, il avait envoyé des gens l'arrêter, qui l'avaient accusé de l'avoir volée et lui avaient cassé la jambe séance tenante. Depuis, dès qu'il menaçait de pleuvoir, la jambe de Zhai Yisheng lui faisait mal.

Comme le grand chef des eunuques s'était pris de passion pour un autre jeu, à savoir les combats de coq, Li avait jugé que Zhai Yisheng ne lui servait plus à rien et avait pris le prétexte de cette jambe amochée pour le renvoyer chez lui, avec un peu d'argent. Mais il ne s'agissait pas de combats de coqs ordinaires : la lutte opposait en fait un coq à un jeune eunuque novice, que l'on faisait ramper la tête tendue vers le haut ! L'homme étant dépourvu d'un bec pointu, le coq avait toujours le dessus. Les coups de bec du coq laissaient des marques noires et mauves sur le front du jeune eunuque, et cela amusait beaucoup le grand eunuque qui disait que ça lui faisait une belle frange !

Lorsqu'il était rentré chez lui, Zhai Yisheng avait appris la mort de ses parents et le départ de sa sœur cadette pour d'autres horizons, et il avait été tenté de se jeter dans le fleuve pour mettre fin à ses jours. Puis il s'était dit que sa sœur avait encore besoin de lui et il était parti chez leur tante à Changchun pour la retrouver. A son grand désarroi, il avait appris qu'après le décès de la tante, sa sœur avait été vendue à Harbin à la Bibliothèque des nuages bleus où elle officiait sous le nom de Xiang Zhilan ! Lorsqu'il l'avait retrouvée, elle avait déjà été rachetée par Ji Yonghe, mais il en avait eu le cœur brisé... Il avait entendu dire que ce fumier la forçait à reprendre clandestinement son ancien métier et avait plusieurs fois joué avec l'idée de lui faire la peau. Zhai Yisheng nourrissait donc pour la vie un désespoir absolu, il était convaincu que ce monde appartenait aux salauds et que les honnêtes gens ne pourraient jamais y vivre heureux. Pour survivre, il fallait le dédaigner, le mépriser ! Il s'était installé en parasite à Fujiadian et s'y sentait comme un poisson dans l'eau, il s'était aperçu que pas mal de gens le craignaient. Chaque fois qu'il avait bien mangé et bien bu, il songeait que s'il avait su, il ne serait pas allé au palais endurer toutes ces souffrances, il serait encore un homme entier et aurait pu prendre femme et ainsi perpétuer la flamme. A bien y réfléchir, les gens de Fujiadian n'avaient pas vraiment de relations avec lui, la plupart le plaignaient de ne pas avoir cet engin qui faisait de vous un homme, cette idée lui cassait de nouveau le moral. Il s'était peu à peu pris d'affection pour Jin Lan, parce qu'elle était la seule à le traiter de façon sincère. Chaque fois qu'il caressait sa peau blanche et lisse, ses yeux brillaient de bonheur et de gratitude, et alors il avait le sentiment, si ténu soit-il, d'être un homme.

A chaque printemps, Zhai Yisheng, en voyant la neige fondue goutter aux avant-toits des maisons, en voyant perler les premières gouttes de rosée sur l'herbe verdoyante, pensait au joli nez de Shuilian. Avant qu'il ne quitte le palais, elle lui avait offert en larmoyant une paire de protège-ongles en argent ciselé avec un dessin d'orchidée, qui lui avait été donnée par la princesse qu'elle servait. Au début de l'épidémie, Zhai Yisheng les avait mis en gage, avec un bol de porcelaine bleu et blanc décoré de dragons et de nuages qu'il avait volé aux cuisines impériales avant son départ du palais, pour acheter des cercueils. Il n'avait à aucun moment imaginé que les cercueils qu'il avait achetés et les objets qu'il gardait dans son coffret en bois, comme sa fausse barbe, sa tabatière en émail cloisonné, les chaussures qu'il portait la première fois qu'il avait rencontré Shuilian, la blague à tabac en peau de cerf que lui avait offerte Jin Lan, finiraient tous en cendres. Heureusement, le « bijou de famille » que lui avait pétri Xu Yide dans la glaise non seulement avait survécu au feu, mais avait paru revenir à la vie, plus ferme et plus brillant que jamais. Tout comme son chat jaune, il était devenu pour lui quelque chose de précieux dont il ne pouvait se séparer un seul instant.

Dans le wagon de quarantaine, Zhai Yisheng tomba sur Zhang l'aveugle, le diseur de bonne aventure. Il avait beau être aveugle, il était aussi bien renseigné que les autres. Lorsqu'il reconnut la voix de Zhai Yisheng, il dit d'une voix tremblante :

« Tu es encore en vie…

— Non seulement je suis encore en vie, mais le chat jaune de Jin Lan aussi. »

L'animal, lové à ses pieds, miaula deux fois, histoire de confirmer.

L'aveugle soupira : « Chat jaune ou chat blanc, pour moi ils sont tous noirs. »

Zhai Yisheng lui fit écho : « C'est vrai, pour toi, les hommes blancs ou les hommes jaunes sont tous des nègres ! Yeux bleus, yeux bruns, tous sont noirs ! La terre et le ciel n'ont jamais été blancs ! » Gagné par l'émotion il ajouta en pleurant : « Le noir que tu vois, c'est la vraie couleur de ce monde. Qu'elle soit rouge, verte, rose ou jaune, aucune couleur n'est aussi éternelle que le noir ! »

L'aveugle acquiesça d'un air satisfait.

Puis Zhai Yisheng l'interrogea sur le sort de quelques personnes. Lorsqu'il apprit que Qin Huit Bols s'était tué pour être enterré avec sa mère, il se frappa la cuisse, tout content : « Je savais bien qu'avec sa tête, ça se terminerait mal pour lui ! » Dans son esprit, il lui semblait que l'eunuque Li l'avait suivi dans la mort. Lorsque l'aveugle lui dit que l'homme de la grosse dondon, pour gagner trois sous, était allé travailler au Centre de lutte contre l'épidémie et qu'il avait été contaminé, il s'écria : « Bien fait ! Pour lui ! », parce qu'un jour celui-ci l'avait vu en train de déguster sous un arbre en bordure de la rue un pied de porc et s'était moqué de lui : « Tu crois que grignoter un pied de porc, c'est bon ? Vois-tu, un homme qui n'a jamais joui d'une femme ne sait pas ce qui est bon en ce monde ! » Il lui avait rétorqué du tac au tac : « Tu as joui, et alors ? T'as même pas eu un garçon ! » A partir de cet instant ils s'étaient fâchés, ils ne se saluaient plus. Sa mort permettait à Zhai Yisheng d'assouvir sa vengeance. Mais quand il apprit la mort de Xisui, il revit son visage si mignon, ce jeu qu'il avait d'essayer de lui attraper la zézette, et il ne put se réjouir.

Il demanda à l'aveugle : « Calcule un peu, combien y a-t-il encore de gens à Fujiadian qui vont mourir ? »

L'aveugle roula des yeux : « Ceux qui doivent mourir ne survivront pas, ceux qui doivent survivre ne mourront pas. »

Zhai Yisheng eut un rire méprisant. Prédire l'avenir comme ça, n'importe quel idiot pouvait le faire.

Une semaine plus tard, Zhai Yisheng et l'aveugle sortirent l'un après l'autre d'isolement. Les poules enfermées pour la nuit n'aiment rien tant, au petit matin, que de s'ébrouer les ailes et de lancer quelques cot cot cot ! Les hommes sont pareils. Tous ceux qui sortaient des wagons s'étiraient les bras et les jambes. Et comme il était difficile de voir le soleil quand on était là-dedans et qu'ils en avaient perdu l'habitude, ils clignaient des yeux.

Zhai Yisheng retourna à l'église. Sur les trois cents personnes qui en avaient été évacuées, seule une quarantaine avait survécu. Sur les trois prêtres, deux étaient morts. On n'entendait plus personne psalmodier. Il s'installa comme avant près de la chaudière. Comme avant, il aimait monter au clocher pour observer d'en haut Fujiadian. Quand il se rendit compte qu'il n'y avait presque plus de corbillards et que les passants dans les rues redevenaient nombreux, il se sentit démoralisé. Le soir, recroquevillé au pied de la chaudière avec son chat, il écoutait la voix des fidèles qui priaient : « Que le diable s'en aille, que le Seigneur arrive. Seigneur, que ton amour infini illumine le ciel nocturne et les étoiles. Seigneur, que ta miséricorde illumine le ciel nocturne et les étoiles. » En pensant aux mots « le ciel nocturne », Zhai Yisheng frissonna, d'abord de froid, puis peu à peu il se réchauffa, comme la glace de la rivière qui se brise sous les rayons du soleil qui la percent pour trouver l'eau vive – ce qui provoqua la montée de ses larmes. Mais il n'aimait pas pleurer, parce qu'à ses yeux ce monde fou ne le méritait pas. Chaque fois que les larmes roulaient sur ses joues, il se donnait une gifle.

La nuit du premier jour du troisième mois, pour la première fois depuis le début de l'épidémie, le nombre de morts figurant sur les statistiques quotidiennes était de zéro ! Wu Liande pleura, et Yu Sixing également. Tous deux savaient que s'ils ne parvenaient pas à contrôler l'épidémie, la cour pourrait écouter la suggestion de certains vieux ministres de boucler totalement Fujiadian et de laisser les habitants disparaître d'eux-mêmes, afin de sauver Harbin. Alors, il ne resterait qu'une ville livrée au tournoiement des corbeaux.

Ce chiffre de zéro fut sans aucun doute pour Wu Liande comme une aube nouvelle apportant de la lumière dans son cœur plongé depuis si longtemps dans les ténèbres. Yu Sixing en fut également particulièrement heureux et il invita Wu Liande à l'Intendance générale : il restait de l'eau-de-vie apportée pour le Nouvel An par Fu Baichuan, et ce soir le temps était venu de s'enivrer ! Wu Liande accepta avec joie. Lorsqu'il eut envoyé son rapport quotidien à Shi Zhaoji, tous deux partirent ensemble en fiacre pour le siège de l'Intendance. En passant devant la pâtisserie de la famille Zhou, ils virent que la lumière était allumée et qu'à l'intérieur une femme s'affairait. Yu Sixing dit au cocher de s'arrêter et d'aller voir à l'intérieur si c'était bien Yu Qingxiu qui faisait ses pâtisseries. Le cocher entra et ressortit très vite avec un paquet de gâteaux, dont l'odeur parvint à leurs narines avant qu'il n'arrive à la voiture : il s'agissait de croustillants aux amandes. Le cocher avait dit à Yi Qingxiu : « Le patron a vraiment de la chance, ces croustillants aux amandes sortent du four, ils sont encore tout chauds ! » Yu Sixing dit à Wu Liande que pour accompagner l'eau-de-vie, les pâtisseries de Yu Qingxiu valaient encore mieux que les plats de Zheng Xingwen. Sur quoi il se lécha les babines.

Avant, Yu Sixing appréciait Yu Qingxiu pour ses pâtisseries et sa plume de poète, maintenant il y avait une nouvelle chose, à savoir l'indépendance et l'énergie dont elle faisait montre depuis qu'elle avait perdu ses proches, en continuant à travailler tard dans la nuit pour faire ses pâtisseries. Après la fermeture de la ville, pour alléger la pression de la lutte contre l'épidémie dans les prisons, l'Intendance avait libéré un groupe de prisonniers condamnés à des peines légères et Yu Sixing avait saisi l'occasion pour rendre la liberté à Zhou Yaoting. On ne saurait jamais s'il avait violé ou non la Japonaise de la pharmacie Puji, mais dans la mesure où la famille Zhou avait sacrifié trois de ses membres à la lutte contre l'épidémie, même si Zhou Yaoting n'était pas un saint, il n'avait pas le cœur de le laisser incarcéré.

Les pâtisseries de Yu Qingxiu et l'eau-de-vie de la maison Fu blanchirent cette nuit d'un noir d'encre. Yu Sixing et Wu Liande trinquèrent dans la bibliothèque jusqu'à l'aube. Enfin couché, Yu Sixing entendit un oiseau pépier, il jeta un habit sur ses épaules et alla voir, mais n'aperçut qu'un groupe de moineaux perchés sur les branches des rosiers. Les fleurs oscillaient sous leur poids et la lumière du matin accompagnait ce mouvement. Ce groupe de moineaux semblait un bouquet de roses tôt écloses.

LE RETOUR DU PRINTEMPS

Après le long hiver, à la fête de la Pure Clarté, l'hibernation prend fin, on bâille un grand coup et on se réveille. La neige entassée sur les toits commença à fondre, et ces stalactites qui se forment sous les auvents, quoique de longueur et d'épaisseur différentes, étaient tout entortillées et avaient la même transparence. Elles étaient aux auvents ce que les dents d'un blanc éclatant eussent été à une bouche. Mais le compte n'y était pas pour elles : alors que sur l'adret des collines, l'herbe commençait à pousser et les branches des ormes redevenaient tendres, elles n'avaient que le vent à se mettre sous la dent. Heureusement que celui-ci n'était plus glacial et coupant, mais doux et presque tiède.

Depuis le jour où le nombre de morts de la peste était tombé à zéro, il n'y avait pas eu de victimes de l'épidémie à Fujiadian. Vers la troisième décade de mars, il n'y avait plus de patient à l'hôpital susceptible d'avoir été contaminé et Wu Liande avait donné l'ordre de mettre un terme au blocus de la ville. Les renforts médicaux venus de Tianjin ainsi que les troupes envoyées par Changchun, leur mission accomplie, quittaient peu à peu Harbin. Les barrages routiers avaient été levés, les points d'approvisionnement en vivres et combustibles démantelés, les secteurs rouge, blanc, bleu et vert étaient redevenus un secteur unique. De quelle couleur était-il ? Sûrement vert, parce que le printemps était là et que Fujiadian serait bientôt couvert de verdure.

Fujiadian ressuscitait des morts, les rues retrouvaient leur animation. Les cheminées des magasins recommençaient à fumer. La cour impériale, pour montrer sa gratitude envers Wu Liande qui avait éradiqué la peste dans le Nord-Est, préparait la tenue d'une conférence internationale à Fengtian.

Lorsque Wu Liande s'y rendit début avril, il reçut une lettre de sa femme Huang Shuqiong. Leur dernier fils Changming était mort prématurément d'une intoxication alimentaire due à du lait avarié. Apparemment son rêve avait été prémonitoire, Changming était bien devenu le combustible de la lampe Changming, « Clarté éternelle ». Il frissonna en repliant la lettre à la pensée que lorsqu'il rentrerait chez lui, il manquerait à jamais un rayon de clarté quand il pousserait la porte, et il pleura à chaudes larmes.

Le jour de la fête de la Pure Clarté, les flammes illuminèrent le cimetière public des abords de Fujiadian, les bouts de papier brûlé voletèrent dans le ciel, dans un concert de pleurs. Les survivants qui avaient perdu un parent avaient acheté du papier à gros grains pour rappeler les âmes des défunts et étaient allés faire leurs offrandes pour leurs parents et proches décédés. En raison de la crémation des corps, les morts n'avaient pas de tombe individuelle, ce qui donnait le sentiment d'une sorte de disparition sans laisser de traces, et par contrecoup l'impression qu'au moindre signe d'inattention, ils pourraient resurgir. Aussi tout le monde s'était-il rassemblé pour brûler les offrandes de papier, et quand la brise soulevait les vêtements, que les fronts étaient frottés de cendres et les doigts brûlés, les gens étaient persuadés que c'étaient des réactions des morts pour reconnaître les leurs.

« Tu tires sur ma robe ? Tu es déjà là-bas, il y en a de bien mieux que moi, trouves-en une. Je ne peux pas avoir d'enfant, à quoi bon continuer à m'aimer ? » Ces mots furent prononcés par la dondon qui, depuis la mort de son homme, n'avait cessé de maigrir, comme si sa graisse était aspirée par lui dans le noir.

« Tu veux me brûler la main, tu ne veux plus que je fasse le cocher ? Mais il faut bien que je gagne de quoi me nourrir. Là-haut, occupe-toi bien de Jibao, et moi ici je m'occupe de Jiying. » C'était Wang Chunshen qui parlait à Jin Lan.

Yu Qingxiu avait emmené Xizhu pour brûler des billets de banque factices. Mais contrairement aux autres, elle ne s'était pas agenouillée : son ventre était trop rond, il fallait qu'elle reste debout. Elle avait une pique à la main pour remuer les billets que léchaient les flammes. Les autres femmes sanglotaient mais elle était étrangement calme, elle se contenta de dire, en regardant les bouts de papier calciné s'envoler : « En hiver tombent des flocons blancs, au printemps volent des flocons noirs. »

Lorsqu'ils eurent assez pleuré, les gens regagnèrent la ville ensemble, leur tristesse allégée. L'agriculteur marchait à côté d'un paysan comme lui, ils discutaient pour savoir s'il fallait plutôt planter du soja cette année, ou bien du sorgho ; le marchand de tissus était coude à coude avec le tailleur, ils essayaient de deviner quelle couleur aurait cette année la faveur des femmes. Plus nombreux étaient ceux qui discutaient de la peste qui venait de s'achever, ils parlaient de cette conférence internationale sur l'épidémie que présidait Wu Liande, qui était devenu un héros, même que Shi Zhaoji avait ordonné que le chef cuisinier Zheng Xingwen l'accompagne. Ils disaient aussi que les Russes et les Japonais étaient les maîtres des cadeaux inutiles, leurs compagnies des Chemins de fer de la Chine Orientale et de la Mandchourie méridionale avaient chacune de leur côté décidé de lui accorder la gratuité à vie sur leur réseau, comme s'il allait prendre leurs trains régulièrement! Les gens s'attendaient à ce que la cour lui donne d'autres fonctions et l'anoblisse, mais ils avaient beau se creuser les méninges, ils n'arrivaient pas à deviner quelles fonctions pourraient être attribuées à un médecin.

La dondon et Yu Qingxiu marchaient côte à côte. Yu Qingxiu lui dit qu'elle voulait continuer à ouvrir sa pâtisserie et qu'elle manquait de personnel, si ça ne la rebutait pas, elle aimerait bien travailler avec elle, elle n'y perdrait pas sur le plan financier. Et puis, comme la dondon n'avait pas d'enfant, elle pourrait adopter Xizhu, de toute façon elle en avait un à venir dans le ventre.

La dondon ne s'attendait pas du tout à un tel cadeau, avec en plus un enfant dont elle rêvait, elle en pleurait de joie; elle s'agenouilla devant elle et se prosterna en l'appelant Bouddha vivant. Elle s'était agenouillée par mégarde dans une bouse de vache. Yu Qingxiu se moqua gentiment d'elle: « L'image parfaite d'une jolie fleur plantée dans un tas de fumier! Relève-toi vite. »

La dondon était contente mais Xizhu ne l'était pas. Elle ne voulait pas être sa fille. Elle montra du doigt le ventre de sa mère en l'accusant d'être partiale, pourquoi ne lui donnait-elle pas plutôt cet enfant-là plutôt? Yu Qingxiu sourit et expliqua que l'enfant dans son ventre n'était pas encore né, et qu'elle ne pouvait pas le donner tant qu'il ne comprenait rien. Xizhu tapa du pied par terre et dit méchamment que si elle osait la donner à quelqu'un, elle se jetterait dans un gouffre de la rivière pour que les poissons la mangent!

Voyant cela, la dondon lui expliqua que ce n'était pas une adoption complète, qu'elle serait juste une mère d'emprunt. Xizhu sécha ses larmes, s'essuya la bouche, manifestement cette solution ne lui allait pas mieux.

De peur que Yu Qingxiu n'ait des regrets, l'après-midi même la dondon emballa quelques objets de valeur et des vêtements propres et vint avec son baluchon. Pour l'accueillir, Yu Qingxiu avait préparé du thé et confectionné spécialement pour elle un croustillant aux cacahuètes caramélisées. Lorsque la nuit fut tombée et que la lune croissante commença à apparaître, Yu Qingxiu, sans doute gagnée par la fatigue, ressentit des contractions dans son ventre et comprit qu'elle était sur le point d'accoucher. Elle demanda à la dondon de faire bouillir une marmite d'eau. La peste avait emporté deux des trois sages-femmes de Fujiadian, celle qui avait survécu habitait loin, alors Yu Qingxiu décida d'accoucher seule. De toute façon, elle avait déjà mis deux fois un enfant au monde, elle n'était pas inquiète, et la dondon pouvait lui donner un coup de main. Elle lui demanda donc de préparer des serviettes et de stériliser les ciseaux dans le feu pour couper le cordon ombilical le moment venu. La dondon, n'ayant pas d'expérience en le domaine, s'affaira en paniquant, la sueur au front.

Yu Qingxiu accoucha au moment où l'eau bouillait. Le nouveau-né cria et la dondon pleura en même temps. Yu Qingxiu lui dit de couper le cordon mais elle tremblait, c'était un bout de chair, attaché à une veine, elle n'y arrivait pas. Yu Qingxiu dit d'une voix faible : « Si tu ne coupes pas, l'enfant et moi ne vivrons pas. » Alors la dondon prit son courage à deux mains, pinça le cordon, ferma les yeux et coupa. Puis elle pleura encore plus fort, les ciseaux pleins de sang à la main. Yu Qingxiu lui demanda si le bébé était un garçon ou une fille. La dondon sécha ses larmes et regarda. Lorsqu'elle eut distingué le sexe, elle répondit en gloussant : « Félicitations, ce pauvre Zhai Yisheng va avoir une nouvelle zézette à attraper. » Yu Qingxiu sourit : « Alors je vais l'appeler Xisui. »

Après sa sortie de prison, Zhou Yaoting prit ses affaires et emménagea de nouveau au Centre de répression de l'opium. Il méprisait son père et son frère d'être morts de la peste. Ils n'avaient qu'à ne pas se mêler de ce qui ne les regardait pas. Dans ce monde, les deux choses les plus précieuses étaient la vie et l'argent, et y attacher de l'importance était une preuve d'intelligence. Zhou Yaoting haïssait deux personnes, la Japonaise de la pharmacie et Gu Weici. Chaque jour il fallait qu'il fasse deux choses, la première était d'aller à la pharmacie vérifier si on n'y vendait pas de produits illégaux, ce qui les empêchait de vendre la morphine, l'autre était d'aller faire du grabuge chez de Gu Weici. Il entrait et disait qu'il avait pris froid et se mouchait sur le comptoir, ou qu'il avait la poitrine prise et il toussait et crachait les glaires dans le pot de fleurs sur la fenêtre. Gu Weici lui servait du thé mais il était toujours trop chaud ou trop froid, et il renversait toutes les théières. Selon lui, si Gu Weici l'avait accompagné à la pharmacie, il n'aurait pas été séduit par cette Japonaise et n'aurait pas fait de prison. A force de harcèlements, Gu Weici dut se résoudre à lui donner la boîte d'argent en forme de tortue pour qu'il lui laisse la paix.

Zhou Yaoting pensait que la vie était imprévisible, alors il fréquentait assidûment les maisons closes, en se disant que si par hasard il mourait, il serait un fantôme libertin. Mais il s'aperçut bientôt que ces dames, lorsqu'elles étaient dans ses bras, fermaient les yeux. Il ne comprenait pas pourquoi, est-ce qu'elles lui reprochaient de sortir de prison ? Quelque temps plus tard, une fille plus franche que les autres lui dit qu'avec son incisive manquante, pendant qu'il s'affairait sur elles la bouche à demi ouverte, il était si comique qu'elles n'osaient pas le regarder de peur de rire. Zhou Yaoting se fit alors mettre une fausse dent. Pour cela, il dut aller voir un docteur étranger dans le quartier des Quais. Quand il apprit que cela lui coûterait autant que dix visites à la maison close, cela lui fit mal au cœur, il trouvait irrationnel que les vraies dents ne coûtent rien et les fausses si cher. Le docteur étranger lui dit en souriant finement : « Alors attendez donc qu'elle repousse. »

Il fit ses calculs et décida de vendre la boîte en argent de Gu Weici et d'ajouter un peu d'argent de sa poche pour pouvoir se faire arracher sa bonne incisive et mettre une paire en or à la place : il disait que cela ferait plus riche et que c'était un endroit sûr où placer sa richesse, il gagnait sur les deux tableaux. Une fois qu'il eut ses deux dents en or, les filles le regardaient en face et aimaient même lui lécher ses incisives comme des chiots. Et Zhou Yaoting prit l'habitude de marcher dans les rues en montrant les dents, il ne fermait presque jamais la bouche, au point que les gens firent la remarque que son attitude rappelait celle de Li le Noiraud que la peste avait rendu fou de frayeur.

Après la fête de la Pure Clarté, la brise du printemps travailla plus que personne. Elle débarrassa Harbin de la carapace de neige gelée qui la recouvrait, les avant-toits cessèrent de goutter, les rues n'avaient plus de congères. Puis elle se chargea de changer les couleurs du ciel et de la terre, rendant l'un bleu et l'autre verte. Le plus merveilleux, c'étaient les floraisons dans les jardins de l'Intendance générale et des maisons des étrangers, avec des roses jaunes, des girofliers mauves, des poiriers blancs, des pêchers roses, en une effervescence colorée. Pendant l'hiver, les gens trouvaient que le ciel toujours gris et les champs sans herbe ressemblaient à une cage dans laquelle chacun était enfermé. Mais maintenant que le ciel était dégagé et que la végétation reprenait ses droits, la cage s'ouvrait grâce au rayonnement du printemps.

Les magasins de Fujiadian firent peau neuve et les affaires reprirent. Le marchand de tissus époussetait les étoffes avec un plumeau et empilait des rouleaux de toutes les couleurs ; les Bazars exposaient sur leur pas-de-porte leur quincaillerie et leur vaisselle qui scintillait au soleil, et ceux qui remontaient un ménage les achetaient, emmenant avec eux un peu de soleil ; le marchand de *wantan* ouvrait sa porte pour que le fumet de ses raviolis au poulet émincé attire le chaland qu'il tirait par la veste. La scène artistique avait retrouvé la joie et les rires, dans les maisons de thé les chanteuses de *lian hua lao* étaient de nouveau applaudies. Le vendeur de pop-corn était accroupi sous son orme. Les rémouleurs, les agrafeurs de faïence, les marchands de sucre d'orge et les tailleurs sillonnaient les ruelles, leur palanche à l'épaule, annonçant leur passage à grands cris.

Quels étaient les commerces qui marchaient le mieux à ce moment-là ? Les mastroquets, bien sûr. Les hommes appelaient leurs amis pour fêter la joie d'avoir survécu à l'épidémie. A chaque fois ils buvaient dans une taverne mais n'en avaient pas leur content, alors ils essayaient un deuxième établissement. Si celui-ci n'était pas à la hauteur, ils allaient dans un troisième. Au troisième chaque homme devenait immortel, ils ouvraient leur chemise au vent et rentraient chez eux en titubant. Cette façon de boire devint une coutume. Comme si un homme qui n'avait pas bu dans trois tavernes de suite n'était pas un brave.

Les distilleries de Fujiadian, grandes et petites, en raison de cette folie de libations, marchaient mieux que jamais ; sauf celle de la maison Fu, qui était délaissée. Les clients qui avaient goûté à la nouvelle eau-de-vie que l'établissement de Fu Baichuan avait mise sur le marché après l'épidémie disaient tous qu'elle n'était pas comparable à celle du temps de Qin Huit Bols, elle était juste forte, il lui manquait cet arôme pénétrant d'autrefois. Il y avait pourtant encore des nostalgiques qui venaient au comptoir de la distillerie. Mais lorsque la nouvelle que l'eau du puits arc-en-ciel avait été polluée se répandit, plus personne ne se montra.

Ce malheur avait été provoqué par Zhai Yisheng.

Il était retourné à l'église pour y attendre dans le calme le retour de la peste, mais son rêve avait été détrompé. Il s'apprêtait à partir mais le prêtre l'avait devancé. Avec l'arrivée des chaleurs, son chat devenait incontrôlable, il fonçait dans la nef, sautait sur les chandeliers, volait les hosties. Le prêtre ne voulait plus de cet affreux chat diabolique, et il avait ordonné à Zhai Yisheng de l'emporter ailleurs. Zhai Yisheng avait répondu, je ne m'en séparerai jamais, sauf si je meurs.

De retour dans les rues de Fujiadian, Zhai Yisheng n'osait plus comme avant tendre la main et se servir en prenant les choses des autres. On eût dit qu'en maigrissant il avait perdu son audace. Les gens qui le voyaient disaient qu'il était méconnaissable : « Comment es-tu devenu comme ça ? » Il ne pipait mot. Si on lui offrait à manger, il mangeait, sinon il jeûnait. Il ne mendiait pas de repas pour lui, mais si son chat avait faim, il allait quémander dans les échoppes, quitte à perdre la face. Le jour il errait dans les rues, la nuit il dormait dans le temple de Guandi.

Nombreux étaient ceux qui savaient qu'il avait en réalité un bon endroit où aller. Dès la fin du blocus de Fujiadian, Zhai Fanggui était allée à l'église avec cet enfant du nom de Chen Shui et avait raconté à Zhai Yisheng tout ce qui lui était arrivé pendant l'épidémie. Elle lui avait proposé de tenir le magasin de bonbons que lui avait légué Chen Xueqing. En apprenant la mort de Ji Yonghe, il avait dit « Peuh ! » et « C'est bien fait ». Mais il n'avait pas envie de reprendre ce magasin. Zhai Fanggui s'imagina que c'était parce qu'il le trouvait petit et lui proposa de s'occuper de l'entrepôt de grains et de prendre elle-même le magasin de bonbons. La seule chose, c'est que les deux ormes devant l'entrepôt et les visites matinales et vespérales des corbeaux lui manqueraient. Zhai

Yisheng lui dit alors le fond de sa pensée : il ne voulait pas du magasin de bonbons parce qu'il ne voulait plus vivre.

Zhai Fanggui écarquilla les yeux, elle ne comprenait pas ce qu'il voulait dire. Avait-il par hasard l'intention de se suicider ?

Zhai Yisheng était déçu que le ciel n'ait pas transformé le monde en enfer. Même si à Fujiadian on ne voyait plus le chiffonnier Li le Noiraud, ni Zhou Ji le changeur de monnaie de la rue Zhengyang, ni le cueilleur d'herbes médicinales Zhang Xiaoqian, ni Wu Er le cultivateur, ni Xisui qui aimait comme lui errer dans les rues, ni Jin Lan à qui il pensait toujours avec le cœur gros, ni un grand nombre de visages familiers, il restait encore beaucoup de monde. A la vue des hommes qui délaissaient leur foyer pour faire la tournée des tavernes, de ceux dont la joie d'avoir survécu était indicible, ses pas s'alourdissaient et il n'arrivait presque plus à marcher. C'était la raison pour laquelle il détestait Wu Liande, s'il n'avait pas été là, la peste aurait rendu cet endroit silencieux, tout le monde serait mort, là était vraiment l'égalité. Il avait entendu dire que la cour allait décorer Wu Liande ; lui conférer le deuxième degré de la médaille du Double Dragon, et le nommer médecin en chef du ministère des Affaires étrangères. Il y avait même des gens à Fujiadian qui disaient qu'il était un Immortel extraordinaire, que pour le prochain Nouvel An, on allait imprimer son portrait sur du papier décoré pour l'afficher sur les portes et protéger les gens de la maladie.

Quand Fu Baichuan apprit que Zhai Yisheng était tombé à peu près aussi bas qu'un mendiant, il lui proposa de venir à la distillerie, et celui-ci ne refusa pas. Premièrement parce que Qin Huit Bols était mort et qu'il n'avait donc plus peur d'y aller ; deuxièmement parce qu'il pourrait avec l'argent qu'il gagnerait racheter au prêteur sur gages ses objets préférés ; troisièmement parce qu'il y trouverait son eau-de-vie préférée. Cet alcool brûlant comme le feu, qui le consumait doucement, inconsciemment. Il espérait que le chat jaune mourrait avant lui, comme cela, il n'aurait aucun regret. Quant à savoir où l'enterrer, il y avait déjà pensé. Il ne pouvait pas l'enterrer en compagnie du chat blanc, ils ne s'étaient jamais entendus, et il y avait lieu de penser que dans l'autre monde ils se chamailleraient. Il avait l'intention de l'enterrer à l'Auberge des trois kangs, de sorte que la nuit, quand le fantôme de Jin Lan reviendrait hanter les lieux, elle puisse voir son chat chéri. Quant à lui, il lui suffisait d'être enterré avec le bijou de famille que Xu Yide lui avait pétri ainsi que les objets qu'il rachèterait au mont-de-piété, et il pourrait fermer les yeux. Ce qu'il n'avait pas prévu, c'était que l'eau-de-vie de la distillerie des Fu était devenue imbuvable et qu'il ne serait pas si facile de se détruire avec.

Son travail n'était pas très difficile, il s'occupait du transport de l'eau. C'était lui qui puisait l'eau dont la distillerie et la buvette avaient besoin au puits arc-en-ciel. Elle servait soit à la distillation, soit au nettoyage et aux cuisines. En général il en fallait environ quinze à seize seaux par jour, parfois plus mais jamais plus de vingt. Quand il avait du temps, il s'asseyait sur la margelle et regardait le ciel.

Un jour, alors qu'en puisant de l'eau il s'était un peu trop penché, cet engin qui ne le quittait jamais glissa de sa poche et tomba dans le puits ! Abasourdi, il resta bouche bée, le regard rivé sur l'eau au fond du puits, un long moment, avant de retrouver ses esprits et de tourner la manivelle du treuil pour faire descendre le seau jusqu'au fond et tenter de repêcher ainsi son bijou de famille. Il puisa ensuite vingt seaux, ce qui l'épuisa à en avoir le vertige, mais ne ramena que de l'eau claire, pas l'objet. Il s'assit mollement sur la margelle et se mit à pleurer. Les gens de la distillerie se gaussèrent de le voir pleurer pour un faux engin, après tout il s'agissait d'un truc en argile, il suffisait d'en faire faire un autre, voilà tout. Zhai Yisheng expliqua qu'il y était attaché, qu'il faisait partie de lui et qu'il était irremplaçable. Et puis, Xu Yide avait été arrêté et était incarcéré à Changchun. Où trouver quelqu'un qui ait un tour de main comme le sien ?

Son engin perdu, Zhai Yisheng perdit la tête. Un jour il puisa cent seaux d'eau, dans l'espoir de le repêcher. Mais l'engin semblait s'être mué en poisson, nageant jusqu'au fond, introuvable. Comme la distillerie n'avait pas besoin d'autant d'eau, il la versa au pied des arbres et dans les fleurs. C'est ainsi que ce printemps-là, l'arrière-cour de la distillerie se trouva particulièrement fleurie.

Zhai Yisheng pensait qu'en puisant de l'eau de la sorte, il ferait baisser le niveau du puits jusqu'à l'assécher et qu'alors l'objet apparaîtrait. Alors il s'assiérait sur un seau et demanderait qu'on le descende, et il le récupérerait. Mais le niveau d'eau ne descendait pas, au contraire il montait, au grand désespoir de Zhai Yisheng. Les employés, le voyant en pleine confusion, tentèrent de le raisonner, en disant que le fond du puits était de pierre et que son engin avait dû se désintégrer : même si on le retrouvait, il serait en morceaux ou en poussière, il fallait se faire une raison. D'autres dirent que l'esprit des puits avait peut-être commis quelque grande faute, qu'il avait été condamné à la castration et, que privé lui aussi de son engin, il s'était approprié le sien. Et l'esprit des puits s'accroche fermement à ce qu'il veut, aucune force humaine ne saurait l'ébranler. Avec cette explication, l'esprit des puits devenait un eunuque, ce qui remplit d'aise Zhai Yisheng. Il y avait encore une autre explication, c'était qu'une fée immortelle était descendue sur terre par l'arc-en-ciel et que par mégarde elle était tombée dans le puits. Folle de solitude, elle s'était approprié l'engin de

Zhai Yisheng pour lui tenir compagnie. Zhai Yisheng n'avait aucune considération pour cette façon de voir et quiconque la défendait était gratifié en guise de réponse d'un « pouah ! » méprisant.

L'eau-de-vie de la maison Fu était déjà en perdition, et du moment où l'histoire de la chute de l'engin dans le puits arc-en-ciel de la distillerie commença à circuler, le nombre de clients baissa davantage encore. Il s'agissait clairement d'un artefact, mais dans le subconscient des gens, il était aussi vrai que dans l'esprit de Zhai Yisheng. Pour eux, si l'engin d'un eunuque était tombé dans l'eau, celle-ci était polluée : et si, en buvant de l'eau-de-vie distillée à partir de l'eau de ce puits, on perdait par hasard ses attributs virils et qu'on n'était plus en mesure d'accomplir son devoir conjugal sur le kang tout chaud, on encourrait une belle scène de la part de sa femme !

Bredouille, Zhai Yisheng retourna à la rue avec son chat jaune. Il changea à nouveau de comportement par rapport à celui qu'il avait adopté en sortant de l'église, il se remit à entrer dans les restaurants et tavernes et à se servir librement. Si on refusait de lui donner, il prenait de force. Il était vêtu de guenilles, les cheveux en bataille, mal lavé, sa tresse pendant sur sa nuque telle une corde tressée d'herbe sèche. Lorsqu'il avait bu et mangé à sa faim, il aimait aller prendre le soleil devant deux devantures : celle de Xu Yide, qui était fermée, et celle du prêteur sur gages. Parfois, il se déshabillait en public pour s'épouiller, écrasait les poux en disant « Scélérat ! ». L'ongle de son pouce, devenu le bourreau des poux, était maculé de sang, on eût dit qu'il s'était teint les ongles.

Zhai Fanggui, alors que son frère était retombé à la rue, se préparait à se marier avec Lojaev. Le fabricant de chaussures, depuis qu'il savait que Ji Yonghe était mort, venait chaque jour au dépôt de grains. Un jour il achetait du riz, le lendemain du soja, le surlendemain du sorgho, toujours en petites quantités, mais sans jamais manquer un jour. Et il venait avec des cadeaux, une tarte aux pommes, des saucisses ou des chaussures. Zhai Fanggui voyait bien qu'il lui faisait la cour. Elle repensa à la première moitié de sa vie, où elle avait été totalement foulée aux pieds et outragée par de méchants hommes, songea que Xu Yide, qu'elle aimait bien, n'épouserait jamais une femme comme elle s'il n'avait pas les ennuis qu'il avait, et se dit que de passer la seconde moitié de son existence avec Lojaev ne serait pas si mal, au moins il connaissait et aimait ses pieds.

Ces derniers temps, la renommée de Zhai Fanggui à Fujiadian avait pris de l'ampleur. Le soja que Ji Yonghe avait acheté avait vu son prix s'envoler après la fin de l'épidémie et son stock était de loin le plus important de Harbin. Les fabricants de sauce soja étaient ceux qui manquaient le plus de cette ressource. Kato Nobuo et Gu Weici vinrent la voir presque en même temps pour lui acheter tout son soja. Le premier pour assurer le développement de son usine, le second pour assurer la résurrection de la sienne. Bien que le Japonais lui ait offert un prix bien plus élevé, Zhai Fanggui décida de céder la totalité de son stock à Gu Weici. Celui-ci loua la voiture de Wang Chunshen pour le transporter chez lui en plusieurs voyages. Il disait aux gens qu'il croisait en chemin qu'il avait connu pas mal de femmes dans sa vie mais aucune qui ait le sens de la justice comme Zhai Fanggui. Elle lui avait promis que si la qualité de sa sauce soja était bonne, elle transformerait son magasin de bonbons en boutique de sauce soja spécialement dédié à la vente de ses produits. Il fallait éviter que la sauce soja de la maison Kato ne monopolise le marché.

Alors que tout le monde encensait Zhai Fanggui, il y avait quelqu'un qui la détestait à mort, et c'était la tenancière de la Bibliothèque des nuages bleus. Les filles de la maison étaient jalouses de cette ancienne vedette de l'établissement, de sa destinée, de la mort de l'homme qui l'opprimait mais aussi de l'entrepôt de grains qu'il lui avait laissé, mais surtout de ce qu'elle, qui n'avait pas eu d'enfant, s'était soudain retrouvée avec un fils tombé du ciel, avec par-dessus le marché un magasin de bonbons ; et maintenant, elle allait épouser le patron russe d'un magasin de chaussures, qui avait la réputation d'être un bon artisan et un homme fidèle. La peste avait été une catastrophe pour les autres, mais pour Orchidée parfumée elle avait été une chance, elle avait dû accumuler pas mal de mérites dans sa vie antérieure. Elles en avaient conclu que la voie de sortie pour une femme était de se trouver un homme. La maquerelle espérait gagner une belle somme après la fin de l'épidémie, après tout les hommes portés sur la chose avaient dû se retenir tout l'hiver, mais les filles de la Bibliothèque des nuages bleus ne montraient plus de cœur à l'ouvrage, elles rechignaient à recevoir les clients qui sentaient cette morgue et allaient voir ailleurs, tout cela à cause de l'histoire d'Orchidée parfumée. La maquerelle était si fâchée qu'un soir elle passa sa colère sur les filles, furieuse de ne pas pouvoir ramener Orchidée parfumée à la Bibliothèque des nuages bleus pour lui donner du fouet.

En venant à Fujiadian avec Chen Shui, Zhai Fanggui rencontra dans la rue Beisan la dondon qui allait à la boucherie acheter des pieds de porc pour Yu Qingxiu. Lorsqu'elle la salua, la dondon ne la reconnut pas de prime abord : Zhai Fanggui portait une courte veste de satin rose brodée d'un motif de fleurs de prunier rouges, une longue robe droite noire, une paire de chaussures noires à bout arrondi et à talons hauts, un chignon tout en hauteur dans lequel était fichée une pince à cheveux en argent, et un bracelet de jade au poignet. Elle avait le visage rose pâle, comme si on l'avait maquillée avec de la poudre de peau de pêche. Les pupilles brillantes, les lèvres rouges et les dents blanches dévoilées par un sourire éclatant, elle semblait être une pivoine aromatique que quelqu'un aurait coupée et plantée au milieu du lugubre marché de Fujiadian pour lui apporter un brin de lumière. Zhai Fanggui demanda à Chen Shui de dire bonjour à la dondon en l'appelant « tante », ce qu'il fit sagement. La dondon tout émue faillit en pleurer de joie. Apparemment, Zhai Fanggui était venue pour son frère : en prenant congé de la dondon, elle se dirigea vers l'ancien magasin de Xu Yide.

Encore éblouie par l'éclat printanier de Zhai Fanggui, la dondon dut faire face à un nouvel assaut de couleurs fraîches : il s'agissait cette fois de Su Xiulan ! Elle portait un pantalon large de toile bleue, des chaussures de toile noire brodées et une veste de brocart vert jade, au col et aux poignets de laquelle pendaient des ornements en argent. Comme Zhai Fanggui, elle avait une broche dans les cheveux, sauf que la sienne était en or. La dondon la trouva particulièrement bien en chair et, intriguée, regarda de plus près. Elle découvrit la rondeur de son ventre : Su Xiulan était enceinte ! Il ne faisait pas encore chaud mais elle avait à la main un éventail de soie grège, elle marchait, insouciante, heureuse comme une grosse sauterelle chantant dans le soleil, rayonnante du dedans et au-dehors ! A la voir, ce serait un enfant de l'automne, dommage, cela lui ferait un second Fu Qiu. Cependant, elle était en âge d'en avoir d'autres, et elle n'aurait pas de peine à faire un Fuchun pour élargir aux quatre saisons. Pendant l'épidémie, Fu Baichuan n'avait manifestement pas baissé les bras, se dit la dondon qui croyait que depuis qu'elle était devenue folle, il ne touchait plus sa femme.

En rentrant à la pâtisserie, tout émue, avec ses deux pieds de porcs la dondon rencontra justement devant la porte de la maison de thé Fu Baichuan, manifestement moins détendu que Su Xiulan. Il avait beaucoup maigri, le teint verdâtre, il était mal rasé, mais sa tenue traditionnelle grise était toujours aussi recherchée, sans un faux pli, immaculée. La dondon l'interrogea sur l'heureux événement, mais il eut l'air embarrassé, comme s'il avait fait quelque chose d'inavouable.

Il lui demanda en retour comment se portait Yu Qingxiu ces derniers temps, il avait entendu dire qu'elle avait eu un fils et qu'elle l'avait nommé Xisui…

La dondon le lui confirma, précisant que l'enfant avait déjà un mois. Ce qui était dommage, c'était que le lait de Yu Qingxiu ne montait pas et que le bébé pleurait souvent de faim, il était maigre et vilain à voir, la nuit il réclamait souvent. C'était pour cela qu'elle était allée acheter des pieds de porc, pour aider le lait à monter.

Fu Baichuan lui dit que quand sa femme avait donné naissance à Fu Xia, elle avait eu le même problème. Un docteur traditionnel lui avait dit que manger du corbeau favorisait la montée de lait ; il en avait fait tuer deux, les avait fait cuisiner en bouillon, et ça avait marché.

La dondon remarqua : « Il n'y a pas d'homme dans sa famille, qui va chasser des corbeaux pour elle ? »

Elle espérait qu'il se proposerait mais il ne réagit pas et entra dans le salon de thé. Elle repensa à ces journées où elles fabriquaient des masques respiratoires, quand Fu Baichuan venait souvent avec un panier de victuailles et ne quittait pas des yeux Yu Qingxiu, et elle poussa un soupir en songeant qu'une femme ne pouvait compter sur un homme qui n'était pas le sien.

De retour à la pâtisserie, la dondon posa les pieds de porc et sans même se laver les mains, alla annoncer à Yu Qingxiu la grossesse de Su Xiulan.

Yu Qingxiu était en train de changer Xisui, elle leva la tête et dit calmement : « Ses affaires tournent mal en ce moment, il n'a pas de clients, peut être que cet heureux événement fera tourner la chance, tant mieux. »

Cette absence d'émotion dans sa réaction dérouta la dondon, qui retourna à la cuisine. La marmite de bouillon de pieds de porc, blanc comme du lait, une fois cuisinée, le crépuscule tombait déjà. Elle en remplit un bol et l'apporta à Yu Qingxiu, puis prit sa pipe à opium et fuma près du poêle. Alors qu'elle commençait à en ressentir les effets, on frappa à la porte. Elle ouvrit avec le pied, personne. Mais il y avait sur le seuil deux corbeaux. Elle regarda mais n'aperçut que la silhouette d'un homme de grande taille en robe grise et elle songea qu'il y avait encore quelqu'un qui aimait Yu Qingxiu.

Elle ramassa les corbeaux et les porta à la cuisine, les pluma, les nettoya et les fit cuire pour en faire un bouillon. Lorsqu'elle en porta un bol fumant à Yu Qingxiu, celle-ci était allongée à plat ventre devant la fenêtre, comme un petit enfant, à regarder la lune. Sentant le fumet, elle se retourna et demanda : « Ça sent bon, c'est du bouillon de quoi ? »

De peur qu'elle n'ose pas en boire, la dondon lui mentit : « C'est du bouillon de pied de porc, mais une autre recette, avec d'autres condiments. Goûte donc ».

Elle goûta, obéissante, et dit : « Je n'ai jamais mangé de bouillon aussi bon ».

Le lendemain matin, la dondon réchauffa le reste de bouillon de corbeau. Le soir, le lait de Yu Xingxiu montait à profusion, jaillissant comme une source, impossible à arrêter. Xisui se mit à téter, tout content, tout sourire, les yeux mi-clos, et son petit ventre s'arrondit. Ce soir-là il dormit sans réveiller personne, sauf quand il mouilla sa couche.

La dondon ne dit pas à Yu Qingxiu qu'elle avait bu du bouillon de corbeau, de peur que cela ne lui donne la nausée, que son lait ne tarisse et que le pauvre Xisui n'en souffre.

De nouveau pleine d'énergie, Yu Qingxiu se remit à faire ses pâtisseries. Un après-midi de pluie, elle cuisait une fournée de gâteaux à la crème de pignons. Comme cela sentait très bon, cela réveilla sa propension à l'eau-de-vie, et elle sortit une cruche qu'elle gardait depuis de longues années et but à satiété. Puis elle sortit de la maison, le regard virevoltant. Comme elle n'avait pas pris de parapluie, la dondon courut derrière elle pour lui en donner un, mais malgré son insistance Yu Qingxiu refusa de s'abriter.

Contrairement à son habitude d'antan, elle ne salua pas tous ceux qu'elle rencontra. Qui que ce fût, elle ne dit pas un mot. Elle erra sans but, trempée de pluie, et finit par s'arrêter au pied d'un orme feuillu. Elle le secoua et l'arbre l'arrosa de ses perles de pluie – bien plus grosses que la pluie fine qui tombait du ciel. Elle s'écria, émue : « Les arbres ont tous la couleur du printemps, seules les branches au-dessus de ma tête pleurent ! » Et elle se mit à pleurer, pour la première fois, à cœur ouvert, sans retenue.

Les hirondelles arrivèrent, apportant avec elle une nouvelle mélodie. Wang Chunshen était comme à son habitude, le matin il prenait sa voiture et allait travailler dans le quartier des Quais et la Nouvelle Ville, et le soir il rentrait à Fujiadian. Son cheval noir avait vieilli. Au printemps, la veuve Wu avait vendu la maison de Qin Huit Bols et s'était réinstallée chez elle ; elle avait érigé une clôture de planches autour de sa maison et de l'ancienne Auberge des trois kangs, avec l'intention de bâtir une nouvelle auberge. Elle maltraitait Jiying et la nourrissait mal, bien qu'elle soit petite elle lui faisait allumer le feu, éplucher les haricots, pétrir la pâte à nouilles et faire la lessive. Si Jiying ne mettait pas assez de cœur à l'ouvrage, elle lui donnait des coups de poing et de pied. Un jour, Wang Chunshen la surprit en train de châtier l'enfant et, furieux, il prit son fouet et la frappa jusqu'à ce qu'elle roule par terre. A dater de ce jour, la veuve Wu n'osa plus frapper Jiying, mais elle continua à la détester.

Wang Chunshen avait pensé un temps qu'après la mort de Jin Lan, le vrai père de Jiying viendrait la reconnaître. Il la promenait souvent dans les rues, comme s'il cherchait quelque chose, guettant si tel ou tel homme la regardait un peu plus que les autres. Mais personne ne manifestait le moindre intérêt pour cette fillette malingre et timide. Wang Chunshen finit par se dire qu'il y avait tant de choses troubles sur cette terre, pourquoi chercher à clarifier ses origines ? Une fois qu'il eut admis cette idée, il la traita comme si elle était sa propre enfant. Il se mit à l'aimer et, de peur que la veuve Wu ne trouve dans le tas de foin la cassette où il gardait ses économies et ne la lui vole, il la prit, l'enveloppa d'un tissu de soie rouge et l'enfouit sous la mangeoire, afin que la gamine ait une dot le jour où elle se marierait.

Il continuait à habiter dans l'écurie. La veuve Wu pensait qu'en se réinstallant près de lui, il n'y tiendrait plus et viendrait dormir avec elle. Mais un mois après son retour, Wang Chunshen entrait toujours dans la maison pour prendre ses repas mais n'y passait jamais la nuit. Elle alla le trouver dans l'écurie, mais à peine s'était-elle glissée sous sa couverture qu'il s'échappait et allait se coucher dans le foin. Elle pensa que c'était le fait d'avoir transporté tant de corps pendant l'épidémie qui lui avait retiré cette force-là, et elle alla à la pharmacie traditionnelle lui acheter un fortifiant. Wang Chunshen se dit qu'à tout prendre, autant que ça serve à quelque chose. Mais le médicament l'empêchait de dormir, et au milieu de la nuit il se levait pour aller dans les maisons closes assouvir ses désirs. Son corps aimait ça, mais sa bourse en souffrait, parce que le fruit du dur labeur de quelques jours s'envolait d'un coup à chaque fois. Mais il avait juré de ne plus jamais toucher la veuve Wu.

Ce soir-là, comme il rentrait plus tôt que d'habitude, il demanda au vendeur de tofu, le père Gao, de venir boire avec lui. Depuis la fin de l'épidémie, le seuil de chaque taverne sentait l'alcool : après avoir pris place, les hommes allaient en asperger un peu le seuil, en hommage à ceux qui ne boiraient jamais plus.

Wang Chunshen et le père Gao sacrifièrent eux aussi à ce rite. Wang Chunshen prononça quelques mots à la mémoire de Qin Huit Bols, Zhou Yaozu et Zhang Xiaoqian, le père Gao à celle de l'homme de la dondon et de Li le Noiraud. Cela fait, ils s'installèrent tranquillement pour boire et manger. Comme ils devaient faire trois tavernes d'affilée, dans la première ils commandèrent quelques en-cas symboliques et deux bols d'eau-de-vie, pour se caler le fond de l'estomac. Puis ils allèrent à la taverne du Paradis où ils prirent des plats plus consistants, de l'oreille de porc froide, un ragoût de cerf aux haricots de soja. Repu, Wang Chunshen n'avait pas envie d'aller dans une troisième taverne, mais le père Gao dit : « Tous les autres en font trois, pourquoi pas nous ? Buvons ! » Wang Chunshen proposa alors d'aller au comptoir de la distillerie de la maison Fu, même si leur alcool avait mauvais goût, ils en boiraient quelques gorgées, pour la forme, et ça compterait pour la troisième taverne. Le père Gao dit alors que peut-être que l'eau-de-vie des Fu allait redevenir bonne, parce qu'il avait entendu dire que Su Xiulan y allait chaque jour donner des instructions aux bouilleurs de cru qu'elle prétendait connaître la formule secrète de Qin Huit Bols.

« C'est une folle, qui peut croire ce qu'elle raconte ? dit Wang Chunshen.

— C'est pas faux », acquiesça le père Gao.

Ils rejoignirent la distillerie, suivis de près par Zhai Yisheng. Le jour, il errait dans les rues et, le soir, venait dormir sous la tonnelle du puits. Les gens disaient en privé qu'il venait là pour veiller sur son engin perdu. Wang Chunshen avait entendu dire que l'autre jour, Zhai

Fanggui était allé trouver son frère devant le magasin de Xu Yide pour lui annoncer son mariage avec Lojaev et l'inviter à la cérémonie, et que celui-ci s'était levé lentement, avait arraché la broche qu'elle avait dans les cheveux et dit : « Plutôt me crever les yeux que de te voir épouser un monstre ! De toute façon, j'ai assez vu ce monde. » Zhai Fanggui avait pris Chen Shui par la main et était repartie en larmes.

En cette douce nuit de printemps, bouleversé de voir Zhai Yisheng décrépit, le visage couvert de poussière, avec son chat jaune vieux et laid dans les bras, Wang Chunshen l'invita à boire avec eux. Zhai Yisheng se figea, recula d'un pas et le regarda, l'air effrayé. Wang demanda au serveur de verser l'eau-de-vie et tendit lui-même son bol à Zhai Yisheng. Le chat au creux du bras gauche, le bol dans la main droite, il trinqua avec lui, tremblant. L'eau-de-vie était moins parfumée qu'avant mais ils la burent d'un trait. Zhai Yisheng reposa son bol sur le comptoir, et Wang lui tapa gentiment sur l'épaule. Le chat, croyant qu'il l'attaquait, feula méchamment. Wang Chunshen le caressa et lui dit, les yeux mouillés : « Tu ne me reconnais pas ? On est de la même famille, n'est-ce pas ? »

Bien que Sennikova ne fût plus de ce monde, chaque dimanche, la voiture de Wang Chunshen passait devant chez elle. Il imaginait qu'elle allait sortir de cette jolie maison en riant, traverser le jardin et monter dans son fiacre pour aller à l'église.

Un dimanche de la fin mai, il vit Yaslutine et Nina devant la maison, buvant une bière dans le jardin, jouissant de la lumière du printemps aussi blanche que la mousse de la bière. Nina éclata de rire, effrayant le cheval noir qui hennit. Wang Chunshen avait entendu dire qu'après la mort de Sennikova et de Natacha, Lushkovich était retourné en Russie et que la nouvelle maîtresse de la maison était maintenant Nina. En voyant cette femme exubérante, Wang Chunshen pensa à Sennikova, si calme et posée, et eut un pincement de cœur. Il n'avait pas envie de s'attarder là et il donna au cheval le signal du départ. Au moment de partir, l'artiste de rue muet Pirof apparut sur l'avenue de Chine. Cela surprit Wang, parce que c'était la troisième fois qu'il le voyait là. Revenait-il jouer de l'accordéon ? Les deux fois précédentes, c'était aussi le dimanche, Pirof restait planté au bord de la route, face à la maison de Sennikova, à jouer un air mélancolique. Et il n'avait pas à ses pieds son bol à aumônes. Wang Chunshen ne savait pas pour qui Pirof jouait.

Ce dimanche-là, Wang Chunshen ne voulait prendre aucun client, parce qu'il avait l'impression que Sennikova était déjà à bord. Aux passants qui le hélaient ou lui faisaient signe de la main, il faisait un signe de tête pour dire qu'il était pris. Il suivit la route jusqu'à l'église, du quartier des Quais à la Nouvelle Ville. Il passa d'abord au cinéma « L'Orient », caressa la poignée de la porte ; puis il se rendit à la société Qiulin et fit de même. Puis il alla place de Moscou devant à l'église Saint-Nicolas, et quand il posa sa main sur la poignée il entendit le son grave des prières. Finalement, il continua jusqu'au magasin de réparation de montres du juif Hoffman sur l'avenue Horvath. Il prit son courage à deux mains et entra. Le calme régnait, il n'y avait aucun client, ni le patron, mais il regarda les montres de tous les modèles et de toutes les formes accrochées aux quatre murs. Aucune d'elles ne donnait l'heure exacte. Les yeux de Wang Chunshen s'embuèrent, parce que dans ces cadrans déréglés, il voyait le visage de Sennikova.

POSTFACE
LES PERLES

Dès qu'on le lâche au pré, le cochon se met à manger et son groin ne quitte plus la terre. Il ne choisit pas l'herbe fine. Il attaque la première venue et pousse au hasard, devant lui, comme un soc ou comme une taupe aveugle, son nez infatigable. Il ne s'occupe que d'arrondir un ventre qui prend déjà la forme du saloir, et jamais il n'a souci du temps qu'il fait. Qu'importe que ses soies aient failli s'allumer tout à l'heure au soleil de midi, et qu'importe maintenant que ce nuage lourd, gonflé de grêle, s'étale et crève sur le pré. La pie, il est vrai, d'un vol automatique se sauve ; les dindes se cachent dans la haie, et le poulain puéril s'abrite sous un chêne. Mais le cochon reste où il mange. Il ne perd pas une bouchée. Il ne remue pas, avec moins d'aise, la queue. Tout criblé de grêlons, c'est à peine s'il grogne : « Encore leurs sales perles ! »

Ce texte est tiré des *Histoires naturelles* de Jules Renard. Lorsque je l'ai lu, je venais de terminer le manuscrit de *Neige et Corbeaux*, et j'étais allée avec quelques professeurs et étudiants de l'Université chinoise de Hong Kong visiter des petites librairies de Mong Kok et acheter des livres. J'ai acheté ce volume plein d'esprit et le soir, assise à ma fenêtre donnant sur la mer, je l'ai lu tranquillement. En lisant *Le Cochon et les Perles*, je n'ai pu m'empêcher de rire aux éclats, toute seule dans ma chambre. Peut-être que c'était dû au poids de l'écriture de *Neige et Corbeaux*, des soucis et de l'anxiété cumulés, de son atmosphère lourde et pénible, dont je ne m'étais pas libérée avec la rédaction du dernier chapitre, « Le retour du printemps », j'ai été prise de fou rire inextinguible. Je me suis fait une petite frayeur.

En y réfléchissant bien, pendant que j'écrivais ce roman, quelle différence y avait-il entre ce cochon qui mange imperturbablement, indifférent à ce qui l'entoure, et moi-même ? Je ne faisais que baisser la tête et mordre, imperméable aux aléas et aux péripéties du dehors.

Avec l'expérience de l'écriture de *Mandchoukouo* et du *Dernier Quartier de lune*, je sais que je dois avaler toute la documentation possible. Pendant cette période, je ressemble à ce cochon, je rassemble tout ce que je peux sur la peste de 1910 à Harbin, j'en remplis un cahier de notes détaillées, et je le digère lentement. J'ai consulté quasiment tous les numéros du *Yuandong bao* (le « Journal de l'Extrême-Orient ») dont la collection est conservée à la bibliothèque du Heilongjiang. Les publicités des produits de l'époque, le prix des voitures à cheval, le fonctionnement du marché du riz, les catastrophes naturelles, l'agencement des rues, les us et coutumes populaires sont ainsi entrées peu à peu dans mon champ de vision, créant sans bruit le décor du roman.

La population de Harbin à l'époque venait de dépasser les cent mille habitants, dont la plupart étaient des Russes. Avec la construction du chemin de fer de Chine orientale, des fonctionnaires du gouvernement russe, des ingénieurs, des techniciens, des ouvriers ainsi que des forces armées, au prétexte de protéger les voies, sont venus s'installer à Harbin. Le nombre de Chinois était d'environ vingt mille, pour la plupart regroupés à Fujiadian. Ces migrants venus de Chine méridionale appartenaient aux couches populaires de la société, faisaient des travaux de peine ou tenaient de petits commerces.

La grande peste du Nord-Est qui a sévi de l'automne 1910 à l'hiver 1911 est d'abord apparue en Russie, puis elle est passée en Mandchourie et a atteint Harbin. Cette épidémie déclenchée par des chasseurs de marmottes itinérants était, à la fin de 1910, hors de contrôle, particulièrement à Fujiadian, qui relevait de Harbin. La cour des Qing, ébranlée par la tourmente, envoya Wu Liande, alors directeur adjoint de l'Ecole de médecine de l'armée impériale de Tianjin. Ce jeune docteur formé à Cambridge au Royaume Uni, mais qui était le descendant d'un héros de la guerre de 1894-1895 contre le Japon, avait du sang chinois dans les veines. Celui qui l'avait recommandé était Shi Zhaoji, haut fonctionnaire au ministère des Affaires étrangères, qui l'avait rencontré lors d'une mission d'inspection à Penang quelques années plus tôt.

Après son arrivée à Harbin, en un laps de temps très court, il détermina par des moyens scientifiques comme la dissection des cadavres que la peste qui se déployait localement était d'un genre nouveau, la peste pulmonaire. Ce qui signifiait qu'elle pouvait se transmettre par voie aérienne. Il prit une série de mesures préventives efficaces, comme d'appeler la population à porter des masques respiratoires, de mettre en quarantaine les personnes infectées, de mobiliser l'armée pour boucler la ville, et de procéder à l'incinération des cadavres des pestiférés. Bien que la dynastie des Qing en fût à ses derniers feux, le régent Zai Feng, pour une fois éclairé, autorisa la crémation et rendit ainsi possible le contrôle de l'épidémie.

Mais je ne voulais pas modeler dans mon roman un personnage héroïque, bien que Wu Liande soit bien le héros qui a rétabli la situation. Ce que je voulais montrer, c'est la vie quotidienne des gens au moment de l'attaque soudaine de la peste. En d'autres termes, je voulais mettre de côté les squelettes blanchis et décrire la vie sous le nuage de la mort, fût-ce à la lumière d'une lueur phosphorescente.

Avant de prendre la plume, je me suis rendue plusieurs fois dans les environs de Harbin, là où se trouvait à l'époque Fujiadian, pour tenter de me mettre à la place des gens de l'époque. A mes yeux, bien que cette peste date de plus d'un siècle, les habitudes de vie de l'endroit, tout comme les courants profonds sous l'eau calme, restent d'une certaine façon perceptibles. Les lieux étaient alors en pleins travaux, c'étaient les chantiers, la poussière, les détritus et le chaos. Dans ces rues j'ai vu le vendeur de pop-corn, le cardeur de coton, des vieilles femmes portant des gilets déchirés faire leur lessive dans la rue, des enfants jouer les fesses à l'air, des hommes au visage buriné tirer des pousse-pousse pieds nus et des hommes assis dehors, un drap blanc sur les épaules, se faisant raser le crâne. Bien sûr, au moment de pénétrer dans un bâtiment circulaire tout noir qui ressemblait à un camp de concentration pour réfugiés, j'ai entendu la voix rauque d'un homme, au milieu des bruits de la cour, qui disait : « Défense de prendre des photos, sortez ! » Ces scènes sont quasiment impossibles à voir là où j'habite dans le district de Nangang. En m'approchant de ce quartier « hors les murs », j'ai eu le sentiment que le Fujiadian de la peste, telle l'épave d'un vieux bateau, remontait peu à peu à la surface.

Mais ce qui m'a réellement permis de monter sur ce vieux cargo rouillé, ce n'est pas ça.

Un jour, sur le chemin du retour du siège de l'Intendance générale, je me suis promenée quasiment seule au bord de la rivière Songhua. Un pont était en cours de construction, de nombreuses embarcations attendaient, chargées de matériaux de construction. La seule différence entre un chantier sur l'eau et un chantier sur la terre ferme, c'est qu'il y a moins de poussière, pour le reste c'est pareil. Même bruit, même désordre. Pourtant, curieusement, les pêcheurs ne semblaient pas être dérangés par les bruits du chantier, ils surveillaient leurs cannes comme s'ils étaient seuls au monde, qui en fredonnant, qui en buvant du thé infusé dans un grand verre, qui en s'aérant doucement avec un éventail, qui en caressant son chien recroquevillé à ses pieds. Ce qui avait l'air de les intéresser, ce n'était pas d'attraper des poissons, mais de savoir s'il était possible ou non d'attraper les jeux d'ombre et de lumière qui flottaient à la surface : les rides provoquées par le vent, la lumière celée dans les vagues, les plumes perdues par les oiseaux en vol, le reflet des saules de la rive ou celui des nuages. J'ai été profondément touchée par leur imperturbable sérénité ! Il me semblait sentir enfin l'odeur du vieux Harbin – l'ambiance paisible au milieu de l'agitation, précisément celle dont j'avais besoin pour écrire mon roman sur la catastrophe.

C'est à ce moment-là que j'ai mis le pied sur cette épave flottante et que je me suis embarquée pour le voyage de *Neige et Corbeaux*.

J'ai dessiné une carte de Harbin à cette époque, la carte de mon roman. Pour la commodité de la narration, pour retrouver le nom de chaque rue, la réalité du Harbin d'il y a cent ans. Cette carte comprend trois grandes zones ou quartiers : le quartier des Quais, la Nouvelle Ville et Fujiadian. Puis j'ai dessiné sur cette carte les lieux des scènes du roman : les maisons avec leur jardin, les diverses églises, l'entrepôt de grains, l'auberge, les tavernes, les maisons closes, la pâtisserie, la distillerie, le coiffeur, le prêteur sur gages Gongji, la pharmacie, le magasin de chaussures, celui de bonbons, etc., puis j'ai noté les noms des rues correspondantes. De même que l'homme a des organes, un squelette et un système nerveux, les éléments principaux qui en structureraient la vie étaient là. La dernière chose qui me restait à faire était de lui donner du sang frais. Et pour cela, il fallait créer des personnages divers et variés. Dès qu'un personnage entrerait en scène, le vieil Harbin revivrait. Je sentais l'odeur de la fumée de la distillerie, je voyais la lune planer au-dessus de la neige, j'entendais les soupirs du cocher, rythmés par les sabots du cheval.

Pourtant, l'écriture demeurait difficile. La composition était ardue, et au moment d'entrer dans la phase de l'épidémie, la pression psychologique devenait insupportable. C'est quelque chose que je n'avais jamais ressenti auparavant. En écrivant *Le Dernier Quartier de lune*, même si je me sentais misérable, ma plume pouvait aller des monts bleus à l'eau verte, avec une allégresse indéfinissable ; alors qu'en écrivant *Neige et Corbeaux*, j'avais l'impression chaque jour d'accompagner des funérailles et d'être cernée de pleurs. D'après les documents historiques, le nombre de morts de la peste à Fujiadian avait dépassé les cinq mille ! C'est-à-dire presque trois personnes sur dix. J'avais l'impression de marcher par une nuit d'hiver sans clair de lune, enveloppée par le froid et les ténèbres infinies, et d'être sur le point de sombrer dans l'abîme. Je savais qu'il fallait faire surgir la vie au milieu de ces morts pour pouvoir me libérer. Au moment où je prévoyais de faire une pause pour procéder à des ajustements, le matin de la fête de la Mi-Automne, un coup de fil m'a réveillée, m'annonçant le décès de ma grand-mère maternelle.

Bien que ce fût le milieu de l'automne, la lumière de l'aube était claire et envoûtante. Je me suis demandé si ma grand-mère, de l'autre monde, pouvait encore voir de belles aurores. Son départ signifiait pour moi la séparation définitive d'avec une génération, le monde de mon enfance disparaissait à jamais.

J'ai pris un avion l'après-midi même pour me rendre aux obsèques. En cette saison à Harbin le vent est déjà froid, mais le soleil brillant ; lorsque l'avion a survolé la chaîne du Grand Khingan, j'ai vu que les sommets étaient enneigés ici et là. Ces traces de neige d'un blanc éclatant ressemblaient à ces bandes de soie sur lesquelles on inscrit des messages lors des funérailles et elles m'ont transpercé le cœur. Je n'ai pu me retenir plus longtemps, j'ai collé mon visage au hublot et pleuré. C'est au pied de ces monts désolés que, vers sept ou huit ans, alors que je brossais des chaussures avec ma grand-mère au bord du fleuve du Dragon noir, j'ai vu l'étoile du Nord ; et c'est aussi à cet endroit, en plein hiver, que je suis allée avec elle attraper des poissons sous la surface du fleuve gelé. Je me souviens encore très clairement de ma grand-mère lançant à notre gros chien jaune les brochets encore frétillants. Le soir des jours de pêche, comme nous mangions du poisson, nous en gardions, grand-mère et moi, le goût fort dans la bouche, il empestait toute la maison, mais d'une odeur que nous aimions tant.

La dépouille de ma grand-mère n'était pas sereine, son visage était un peu déformé, il était visible qu'elle était partie en souffrant et en luttant. Une telle image vous brise le cœur. Il faisait déjà très froid au village de Beijicun, et dans la nuit d'automne, pendant que je restais debout dans la cour pour veiller ma grand-mère, je levais de temps à autre la tête pour regarder la pleine lune, et je trouvais que le choix de grand-mère de nous quitter en ce jour de fête où tout le monde se réunit soulignait un ressort mystérieux de la vie. Ce soir-là la lune était particulièrement claire et limpide, au point de sembler avoir perdu toute teinte. J'ai pensé qu'il y avait probablement trop de monde en train de la regarder, des centaines de millions de paires d'yeux qui la blessaient. A minuit, plusieurs groupes de nuages l'ont encerclée, et j'ai compris que ce soir-là la lune était comme une jeune mariée, et que ces nuages volant vers elles étaient sa robe nuptiale. Peut-être qu'à ce moment-là grand-mère s'était transformée en une adolescente et avait réussi à devenir demoiselle d'honneur de la lune.

Le lendemain de la fête, il neigeait sur notre village. D'abord je n'ai pas fait attention aux pommiers de Sibérie dans la campagne, ni aux grands coqs. La chute des flocons blanchissait la terre, et les fruits rouges aux branches des arbres ressortaient sur l'écran de neige. Ils ressemblaient à des lanternes de fête en modèle réduit, scintillant de lumière. Et lorsque l'on regardait de nouveau le tapis de neige, on voyait bouger quelque chose de bariolé, c'étaient de grands coqs au plumage bigarré courant ici et là. J'ai pensé au cercueil de grand-mère déposé sous le clair de lune, parmi les flocons, je me disais qu'elle est en route, tenant fermement la lune d'une main, une plume d'oie dans l'autre, et que quand elle frapperait à la porte du ciel, on lui ouvrirait bien! Cette pensée m'apportait la consolation.

Cette douleur indicible conjuguée au grand froid du village m'a rendue malade. Une fois réglées les obsèques de ma grand-mère, de retour à Harbin, j'ai eu de la fièvre et je me suis mise à tousser. Le jour, la toux n'était pas très forte, mais la nuit, elle devenait insupportable, incessante, elle m'empêchait de dormir. J'ai fini tous mes médicaments mais sans le moindre effet. J'avais l'impression que mes viscères s'étaient déplacés, je ne savais plus où était mon cœur, où étaient partis mon foie et mes poumons, le trouble régnait dans mon crâne, j'ai dû interrompre l'écriture de *Neige et Corbeaux*.

La maladie m'a tenue au corps pendant une quinzaine de jours, puis, voyant que j'étais déterminée à la chasser, elle a perdu tout intérêt et est repartie. De retour à l'écriture, je n'avais plus peur d'entrer dans l'épidémie de peste. Finalement la douleur du deuil et la maladie avaient eu du bon, elles avaient calmé mes peurs et m'avaient injecté de la force.

Deux jours avant la nouvelle année, j'avais achevé la première version, comme prévu. Je l'ai rapportée dans mon village natal, j'ai passé les fêtes tranquillement, et pendant le mois de janvier je l'ai remaniée rapidement en regardant la neige tomber par la fenêtre, disons qu'en fait ce fut une « relecture ». Les corrections plus fines ont été faites en mars, à l'Université de Hong Kong. Je m'étais mise d'accord avec le département de chinois pour aménager mes activités de ces deux mois et concentrer ma série de cours sur les deux premières semaines afin de me laisser le temps pour les faire, et ma demande a été gentiment acceptée.

Au début avril, j'ai rembarqué sur le vieux bateau pour un nouveau voyage dans *Neige et Corbeaux*. Ces corrections et amendements, cette fois, n'ont pas apporté de modification majeure, mais j'ai affiné les rôles des personnages afin d'augmenter la cohérence de leurs destinées. Comme j'avais beaucoup de temps, j'ai aussi peaufiné l'écriture. Faire cela en ayant le temps est un vrai bonheur.

Du logement de l'Université au port de Victoria, il me fallait un quart d'heure à pied. Après une journée de travail, le soir, j'allais me promener au bord de la mer. Il y passait d'énormes cargos et d'imposants ferries mais aussi des yachts privés. Et dans le ciel au-dessus de la baie on voyait souvent de petits avions privés. Mais ce que j'enviais le plus, ce n'étaient pas ces yachts ou ces avions privés, qui ne sont pour moi que des signes de luxe superficiels et éphémères. Ce qui m'attirait le plus, c'étaient les milans qui planaient au-dessus de la mer ! Le milan est à l'origine un animal des monts et des forêts, des champs et des prés, mais je ne sais pourquoi, ils survolaient la baie de Victoria. Ils me semblaient apporter un courant du nord, et chaque fois que je les voyais, c'était comme si j'entendais le souffle des vents vifs et froids de mon pays natal. Quelle joie ! J'enviais leurs ailes d'acier, le fait que pour eux le monde était leur maison, leur attitude fière et inflexible entre ciel et terre. En ce lieu particulier ces oiseaux sont des perles noires, éclatantes ! Frères humains, souvenez-vous que si nous abandonnons ces perles noires, ce sera la perte d'une richesse immémoriale !

Lorsque j'ai achevé *Neige et Corbeaux*, le vieux bateau épave de cent ans sur lequel j'avais accompli mon voyage a coulé de nouveau au fond de la rivière Songhua. J'ai regagné la rive, marchant seule dans la nuit. Tout était désolé, le monde était si froid, mais je ne me sentais pas seule. Au fond de mon cœur était cachée une lumière née de la clarté de la neige de mon village et de l'illusion de la lune, suffisante pour dissiper l'obscurité sous mes pieds. Je voudrais dédier cette œuvre à la famille spirituelle qui me soutient depuis le début : le « pays du Dragon », mon pays. J'espère simplement qu'en l'acceptant il ne réagira pas comme le cochon de la fable : « Encore leurs sales perles ! »

Chi Zijian
Harbin, 9 juin 2010

Achevé d'imprimer sur les presses
de l'imprimerie Liberduplex
Sant Llorenç d'Hortons (Barcelone),
Espagne

Dépôt légal : mars 2020